本书获中央高校基本科研业务费及上海外国语大学学术著作出版费资助

跨文化的行者苏曼殊：
一种语言符号学探索

唐 珂 著

复旦大学出版社

谨以此书献给我的博士生导师

张汉良先生

序

张汉良

学棣唐珂博士的专著要出版了,她希望我写序。记忆中我未尝为他人写过序,自己的书也未请人写序,最多前面附个书的缘起和体例说明。除了敝帚自珍外,原因蛮复杂的,此处只能简单地说明。根据各种投射主义创作观——包括精神分析,任何著作,即使是幻设说部,追根究底皆可视为或被解读为作者的自传。西方有一种自述文体,以拉丁语命名,称之为"apologia pro vita sua",中文可译作"为其生涯辩护",最著名的当属19世纪英国纽曼(John Henry Newman,1801—1890)大主教的自传。然而,其中"生涯"一词明显地是被第三人称的所有格"sua"("他的")所驾驭,亦即写作者和被写作者不是同一人,应属于传记文体,而非自传文体,或作者退身,远离自我,视其为"他者"。如果要为文体正名,驾驭自述中的"生涯"者,应系第一人称的所有格形容词"mea",称为"apologia pro vita mea"("为吾生涯辩护"),此正系纽曼大主教笔体。

唐珂学术生涯方起步,谈不上提前写三十而立的自述,然而就她系统性地整理苏曼殊毕生文学事业的壮举而论,这本书亦不妨视为作者撰写的苏曼殊学术传记,是名正言顺的"apologia pro vita sua"。唐珂的博士论文由我指导,为了替作者写序,就传道授业的意义而言,"为其生涯辩护"亦无异于笔者个人"为吾生涯辩护"。数月前唐珂来函说明出版社发稿流程,我和唐珂向来以英文通信,她也许有意地引用了热奈特(Gérard Genette)的术语,称序、跋等为"paratexts",亦即环绕着正文的"副文本"。本序既源出于专书的主体正文,诚可谓副文本,然就更长久的历史渊源而论,作者的博士论文为另一"始源文本"(architext)所导出,值得借此机会向读者诸君告白。

笔者出身外文系,何德何能指导唐珂写苏曼殊的博士论文?1982年12月美国学术团体协会(American Council of Learned Societies)及社会科学协会(Social Sciences Council)联席,假夏威夷东西中心召开现代中国短篇小说叙述学会议,我应主办者米列娜(Milena Doleželová-Velingerová,1932—2012)教授邀请出席,被指定讨论苏曼殊的《碎簪记》,并作第一场基调发言。在场者多系欧美汉学重镇,如在加州大学柏克利分校任教的英国汉学家白之(Cyril Birch),也有刚出道的青年学者如德国人顾彬(Wolfgang Kubin),应邀担任理论顾问的是多伦多大学的结构诗学专家多勒泽尔(Lubomír Doležel,1922—2017)和加州大学柏克利分校的修辞学教授西摩·查特曼(Seymour Chatman,1928—2015)。除了特约讨论者李欧梵和郑树森二人系故旧外,识我者不多,更无人知晓我在台湾已作了十年的结构主义叙述学,在师资和图书等客观条件困顿的情况下,独力完成了以唐人小说为语料的叙述学博士论文,此背景唯有米列娜和郑树森略知一二。

值得一提的是,我在会上结识了两个人,对我后来的学术生涯有着不同性质的影响,一位即多勒泽尔,下文将进一步介绍,另一位是当时在哈佛大学访学的乐黛云教授。我俩相见投缘,她称我小张,我叫她老乐,并期约共同为海峡两岸的中国学术努力奋斗。理想固然远大,陈义亦高,然未必能轻易实现,但未料到成就了另一道师生因缘,三十年后,我承陈思和教授引进入复旦大学,乐教授为推荐人之一，跨海到上海任教，翌年唐珂经过少许波折，终能投入我门下，后来竟以苏曼殊为题撰写博士论文，宁非巧合？

现在介绍一下我和多勒泽尔的友谊，最后的发展也和唐珂目前的研究有关。由于我们都作结构主义诗学和符号学，算是同行，相见甚欢。布拉格之春后，他挟着布拉格语言学派嫡传人的身份在北美学术重镇执教，当时的他已是一方盟主，备受内行人尊崇。我们在会上和会后讨论叙述学和模态语义学问题，他习用细笔，仔细地点评了我论苏曼殊《碎簪记》的论文。写这篇论文时我已然经历过完整的叙述学洗礼，从俄国形式主义到法国结构主义，几乎读遍了能找到的英法语材料，自然不会错过20世纪70年代的结构语义学转向和本维尼斯特的话语符号学转向的问题。在这篇论文里我特别结合了本维尼斯特的话语理论和多勒泽尔的模态变型律，允称苏曼殊小说研究方法论的新起点。多年后再见到已成名的顾彬，他坦承受到我的启发，改变了他后来的研究方法论。北京师范大学的刘洪涛教授于2005年3月访谈我时提道："这篇文章运用结构主义叙事学理论，对苏曼殊小说《碎簪记》的人物关系和内蕴作了全新的解读，树立了一个比较文学研究实践的范例。"

唐珂进入我门下后，我见她特别好学，且心无旁骛，故引导她走进符号学和结构诗学的殿堂，我虽然未介绍她阅读多勒泽尔的叙述语义学，但她所接触的格雷马斯结构语义学和杜氏的论点，尤其在模态转换方面，同属一个大的范式。本书第二章论二度模式系统，第三章论话语符号学、人称代词、动元角色和情感都可看出作者如何亦步亦趋，遵循师教，但能更上层楼。就方法论的新颖性、深度和广度而言，本书非仅将苏曼殊研究推到前所未有的新境，更使得我国比较文学能与国际学术前沿接轨。唐珂完成论文后，继续比较诗学方向的科研，陪伴她的书籍中有多勒泽尔的《西方诗学：传统与进展》(*Occidental Poetics*：*Tradition and*

Progress），足见其用心之深。

  收到唐珂的书稿，眼睛为之一亮，书名出现了新词："跨文化的行者"，此处显系具有强烈宗教意味的"行者"，与近道、就道、得道的曼殊大师亦若合符节。这个头衔使我想起1978年3月我在台湾的《中外文学》6卷10期上介绍法国比较文学家圭玉亚（Marius-François Guyard，按内地译作"基亚"）时，曾提到他对比较文学家的定义是"文学世界主义的代理人"（"agents du cosmopolitisme littéraire"），如今看来，这个头衔奉送给苏曼殊再妥切不过。让我就借花献佛，拿这个封号作为对唐珂学术生涯的期许。

张汉良
2018年3月于台北

目 录

绪论　重访苏曼殊 ································· 1
　　一、语言符号学方法论及其演变史概述 ············· 6
　　二、文献版本与作者考据问题说明 ················· 28

第一章　语际转换与语内互动的诗性实践：苏曼殊翻译研究 ··· 32
　　第一节　溯古还今的诗性创译 ····················· 47
　　第二节　伪译实作的"他者"叙事 ··················· 115
　　第三节　改译重写型的"新小说"创作 ··············· 124

第二章　内涵表意系统的跨文化意识形态与跨文类修辞：苏曼殊诗歌研究 ··································· 148
　　第一节　文学系统的对外交往与内部互动 ··········· 150
　　第二节　苏曼殊诗歌的初度模式系统与二度模式系统 ·· 171
　　第三节　诗语言的"新旧"与"公私" ················· 191
　　第四节　两种文类的符码冲突与意义重构 ··········· 193
　　第五节　语言系统与非语言系统的互动共生 ········· 199

第三章 另出机杼的叙事句法与文化舆图：苏曼殊小说研究 …… 205
    第一节 苏曼殊小说的叙述者 …… 207
    第二节 苏曼殊小说的抒情向度 …… 229
    第三节 苏曼殊小说中的空间、地点与行踪 …… 248

第四章 苏曼殊"杂文"的语言学诗学之辨：兼作结语 …… 264

参考文献 …… 276
主要术语对照表 …… 296
后记 …… 299

绪 论

重访苏曼殊

苏曼殊是晚清民初著名的诗僧、翻译家、小说家,精通多国语言的他是清末民初推动东海西海之文学文化交流的代表人物之一,视野宏阔的他对英、法、印度等国不同风格的文学之译介有筚路蓝缕之功;作为新文学发轫之初的重要作家,他创作的诗歌、小说凝聚了中国文学转型时代的诸多新变。僧人曼殊曾游历南洋学习梵文和佛法,归国后投身民主革命活动,并倾力编著《梵文典》,尤为可贵的是,曼殊一面身体力行地译介和辑录域外文苑英华,一面编集他人的汉诗文译作在海内外出版,堪称当之无愧的跨文化之行者。与同时代别求新声于异邦的作家们相较,苏曼殊探索的是一条曲折复杂的路——面对中国两千多年博大精深的古典文学资源,如何使自身融入并承继其精髓,同时吸取其他文明的璀璨英华,通过译介活动为华夏文明注入新的生机活力,实现中外文学优秀遗产的汇通,且借他人之酒杯浇自己之块垒,抒发自己的家国情怀、幽隐心绪与艺术钟情。

苏曼殊祖籍广东香山,于1884年生于日本横滨,生母和养母均为日本人。1889年,他从日本返回故里。1898年曼殊赴日求学,1903年回国,曾在上海《国民日日报》任翻译,不久南下香港,1907年再次赴日,1912年初返沪,加入南社,1918年病逝于上海,后葬于杭州。时代历史与现实人生的遭际强烈地映射在这位混血儿的翻译活动与文学创作中。苏曼殊的翻译作品有典奥高古的旧体诗,也有通俗的白话章回小说。① 苏曼殊译诗以"直译"为宗,其小说译作则是一种"旧瓶装新酒"、以启蒙救国为旨归的"新小说"实践。苏曼殊与其同道的翻译策略和翻译实践如何反映、反思文化空间的时代转变,都是值得我们关注的焦点。

苏曼殊的旧体诗自中国文学传统中采撷菁华又自成一家,曼殊未必每首诗都至精工,却能凝聚传统诗歌之纷纭诸端。谢冕称苏曼殊为"中国诗史上最后一位把旧体诗作到极致的诗人,他是古典诗一座最后的山峰"②。也因旧学训练尚不深厚,接受外来新事物时的抵触也较弱,以及晚清多语言文化交流的热潮中所受的多方面濡染,使得曼殊能够杂取众英,创造出一种强烈个性化、具有"近代味"和"快味"③的独特诗风,丰富多样地实践了文学文本系统的对外交往与内部互动。

论中国小说叙事范式的嬗变,苏曼殊堪列开一代风气之先者。他在人生的中晚年率性而凝思创作的几篇小说,借鉴西洋小说叙事技法,打破并重新整合了中国文言小说、白话小说第一人称叙述功能的旧传统,以富有张力的情感轨迹和多维面向的语义空间,映射出作家在寻找自我与精神归宿的过程中所遭遇的与时代历史、社会环境之间的悖论和冲突。苏曼殊的小说既有对中国古典审美范式、叙事传统的继承和彰显,又着意创制新的话语程式,对五四一代后来者影响深远。小说的第一人称叙事、抒情叙事,以及绘制个人性文化舆图的自觉意识,是中国叙事文学的现代转型之际独具特色的重要组成部分。

---

① 本书对《赞大海》《去国行》《哀希腊》三诗译者争议问题和《惨世界》译者问题的探讨将在翻译一章详述。
② 谢冕著:《1898:百年忧患》,济南:山东教育出版社1998年版,第151页。
③ 郁达夫著,吴秀明主编:《郁达夫全集第十卷·文论上》,杭州:浙江大学出版社2007年版,第281页。

绪论　重访苏曼殊

在20世纪二三十年代的文坛曾出现"曼殊热"的现象,其中的代表作正是柳亚子、柳无忌所编《曼殊全集》和《苏曼殊年谱及其他》①,为我们今日知悉苏曼殊的生平事迹和作品年表、创作背景提供了珍贵的史料。1928年出版的《曼殊全集》"销售了几万部,这是在当时中国书籍发行中创纪录的数量"②。除此还有《曼殊逸著两种》③《苏曼殊小说集》④《苏曼殊书信集》⑤《苏曼殊诗文集》⑥,苏曼殊的小说《断鸿零雁记》也被译为英文和俄文介绍至海外。⑦ 在苏曼殊早期研究中,作家的血统、身世问题是争议的焦点,如今已释疑,其中重要的成果是柳亚子发表于《普及版曼殊全集》⑧的《苏曼殊传略》与《重订苏曼殊年表》,订正了此前误信《〈潮音〉跋》造成的对苏曼殊血统、生平的误识。⑨ 1959年北京大学编写的《中国文学史》肯定苏曼殊为"当时南社拥有的全国著名的翻译家与小说家"之一;⑩80年代以来,苏曼殊的作品重新受到

---

① 参阅苏曼殊著,柳亚子编:《曼殊全集》(五册),上海:北新书局1928年版。本套文集封面均注"曼殊全集",扉页则标为"苏曼殊全集"。该版本后由中国书店1985年影印。另参阅柳亚子、柳无忌编:《苏曼殊年谱及其他》,上海:北新书局1927年版。
② 柳无忌撰:《苏曼殊传·前言》,见于柳无忌著,王晶垚译:《苏曼殊传》,北京:生活·读书·新知三联书店1992年版,第1页。
③ 苏曼殊著,柳无忌编:《曼殊逸著两种》,上海:北新书局1927年版。
④ 苏曼殊著:《苏曼殊小说集》,上海:大达图书供应社1923年版。
⑤ 苏曼殊著:《苏曼殊书信集》,上海:中央书店1935年版。
⑥ 苏曼殊著,储菊人校订:《苏曼殊诗文集》,上海:中央书店1936年版。
⑦ 参阅裴效维撰:《苏曼殊研究中的几个问题》,见于中国社会科学院近代文学研究组编:《中国近代文学研究集》,北京:中国文联出版公司1986年版,第170页。柳无忌撰:《苏曼殊新论·序》,见于邵迎武著:《苏曼殊新论》,天津:百花文艺出版社1990年版,第1页。Hsüan-ying, Su. *The Lone Swan*. Trans. George Kin Leung. Shanghai: Commercial Press, 1924.
⑧ 苏曼殊著,柳亚子编:《普及版曼殊全集》,上海:开华书局1933年版。
⑨ 即曼殊实为其父苏杰生与妾室河合仙之妹若子所生,但由河合仙抚养长大,因此曼殊认河合仙为生母。
⑩ 参阅柳无忌撰:《苏曼殊研究的三个阶段》,见于《华南师范大学学报(社会科学版)》,1984年第3期。

学界的瞩目,任访秋的《中国近代文学作家论》辟专章论述苏曼殊的文学成就。① 《苏曼殊诗笺注》《燕子龛诗笺注》《苏曼殊诗文选注》先后问世。② 苏曼殊人生经历之传奇曲折让传记作者对他的青睐从未消减。③ 柳亚子哲嗣柳无忌于1987年编辑出版的《苏曼殊研究》④同时收录了柳亚子早年的《苏曼殊年表传略研究》和后来修正自己观点的《苏玄瑛新传》《苏玄瑛新传考证》,及其他论述共41篇,并附录《〈曼殊余集〉总目》、苏曼殊九妹苏惠珊致罗孝明长函《亡兄苏曼殊的身世》、柳无忌所作《苏曼殊研究的三个阶段》、马以君《苏曼殊的籍贯和家族》等,尤为生动地映现了半个多世纪来有关苏曼殊研究的作者、作品考据方面的学术史脉络。

近二十年来,随着"二十世纪中国文学整体观"⑤"重写文学

---

① 参阅任访秋著:《中国近代文学作家论》,郑州:河南人民出版社1984年版。
② 参阅苏曼殊著,刘斯奋笺注:《苏曼殊诗笺注》,广州:广东人民出版社1981年版。苏曼殊著,马以君笺注:《燕子龛诗笺注》,成都:四川人民出版社1983年版。苏曼殊著,曾德选注:《苏曼殊诗文选注》,西安:陕西人民出版社1986年版。
③ 可参阅唐润钿著:《革命诗僧:苏曼殊传》,台北:近代中国出版社1980年版。刘心皇著:《苏曼殊大师新传》,台北:近代中国出版社1984年版。李蔚著:《苏曼殊评传》,北京:社会科学文献出版社1990年版,第462页。毛策著:《苏曼殊传论》,北京:中国人民大学出版社1995年版。邵盈午著:《苏曼殊传》,北京:团结出版社1998年版。在此恕不尽数列举。
④ 柳亚子著,柳无忌编:《苏曼殊研究》,上海:上海人民出版社1987年版。
⑤ 黄子平、钱理群、陈平原在1985年5月中国现代文学研究创新座谈会上联名发表了《论"20世纪中国文学"》,后在《读书》杂志连续发表系列文章《"二十世纪中国文学"三人谈》。在当年《文学评论》第5期的《论"20世纪中国文学"》,他们开宗明义地倡导"把20世纪中国文学作为一个不可分割的有机整体来把握……使新的研究前景真正从'迷雾'中显现出来"(黄子平、钱理群、陈平原撰:《论"20世纪中国文学"》,见于《文学评论》,1985年第5期,第3页),"所谓'二十世纪中国文学',就是由上世纪末本世纪初开始的、至今仍在继续的一个文学进程,一个由古代中国文学向现代中国文学转变、过渡并最终完成的进程,一个中国文学走向并汇入'世界文学'总体格局的进程,一个在东、西方文化大撞击大交流中,从文学方面(与政治、道德等其他方面一起)形成现代民族意识(包括审美意识)的进程,一个通过语言艺术来折射并表现古老的民族及其灵魂在新旧嬗替的大时代中新生并崛起的进程。"(黄子平、钱理群、陈平原:《"二十世纪中国文学"三人谈·缘起》,(转下页)

史"①"没有晚清,何来五四"②"中国文学现代转型"③以及对新文学起点的重新追溯等问题的不断提出和热烈讨论,苏曼殊其人其

(接上页)见于《读书》,1985年第10期)此后以"20世纪中国文学"为题的研究著作和文学选集纷纷涌现,多部以"20世纪"命名并作为书写范围的文学史和文学研究著作相继问世。

① 《上海文论》于1988年第4期起,开辟了陈思和、王晓明主持的"重写文学史"专栏,二人在"主持人的话"中,指明"重写文学史"是"重新研究、评估中国新文学的重要作家、作品和文学思潮、现象","从新文学史研究来看,它决非仅仅是单纯编年式'史'的材料罗列,也包含了审美层次上对文学作品的阐发评判,渗入了批评家的主体性。研究者精神世界的无限丰富性,必然导致文学史研究的多元化态势","在正常情况下,文学史研究本来是不可能互相'复写'的,因为每个研究者对具体作品的感受都不同。只要真正是从自己的阅读体验出发,那就不管你是否自觉到,你必然只能够'重写'文学史"。文学史的重写过程"不仅表现了'史'的当代性,也使'史'的面貌最终越来越接近历史的真实。"(陈思和、王晓明撰:《重写文学史·主持人的话》,见于路文彬主编:《中国当代文学史料文论选1949—2000》,北京:中国文联出版社2006年版,第450页。)"重写文学史"专栏共推出了9期,发表16篇论文及笔谈,在学界引发了广泛深远的"再解读"思潮,推动了20世纪中国文学研究的发展革新。

② 由王德威在《世纪末的辉煌:晚清小说中被压抑的现代性,1849—1911》(Fin-de-siècle Splendor: Repressed Modernities of Late Qing Fiction, 1849—1911)一书中提出,作者将五四文学变革的思想文化动因追溯至众声喧哗的晚清,从新旧交替的晚清中探察新变的文学现象和思潮。可参阅 Wang, David Der-wei. Fin-de-siècle Splendor: Repressed Modernities of Late Qing Fiction, 1849 - 1911. Stanford: Stanford University, 1997. 王德威撰:《被压抑的现代性——没有晚清,何来"五四"?》,见于王德威著:《想像中国的方法——历史·小说·叙事》,北京:生活·读书·新知三联书店1998年版。王德威撰:《被压抑的现代性——晚清小说的重新评价》,见于王晓明编:《批评空间的开创——二十世纪中国文学研究》,上海:东方出版中心1998年版。

③ 这一题旨是由孔范今于论文《超越"五四文化模式"》《"新文学"史断代上限前延的依据和意义:对"二十世纪中国文学"的一种必要阐释》中酝酿,在2007年其主编的《二十世纪中国文学史》全面提出的。这部文学史将20世纪中国新文学的开端上溯至梁启超的"三界革命",将梁启超作为中国文学的现代转型的发轫者,以一部《上编(1898—1917)》的篇幅阐述五四文学革命前,维新派文学运动、新小说的崛起、"向民族意识转化的革命派文学"、小说之雅俗对峙互补的格局与翻译文学的兴起,极大推动了现代文学研究者对1917年前的文学生态的重新认识。可参阅孔范今主编:《二十世纪中国文学史》,济南:山东文艺出版社1997年版。孔范今著:《近百年中国文学史论》,北京:人民文学出版社2008年版。

文在中国文学转型之际的意义、在文学史上的价值贡献得到更为充分的评估。2005年后,终于出现苏曼殊研究的博士论文①和专书著作《现代启蒙语境下的审美开创：苏曼殊文学论》②。以往的苏曼殊研究集中于在时代历史与文学史背景下探讨其作品复杂幽婉的思想情感与独具一格的审美取向,然而从语言的视角出发,在语言符号学的视域下全面系统地探究这位跨文化的行者与众不同的表意方式和话语建构,这项研究还有待开拓,这一切构成了本书起笔始撰的缘由。

一、语言符号学方法论及其演变史概述

百年前,瑞士语言学家索绪尔(Ferdinand de Saussure)与美国逻辑学家普尔斯(Charles Sanders Peirce)各自独立地为符号学作为全新学科的创立奠定理论基石。③ 索绪尔把建立在连续

---

① 可参阅黄轶著:《苏曼殊文学论》,山东大学博士论文,2005年。林律光著:《苏曼殊之文艺特色研究》,暨南大学博士论文,2008年。
② 黄轶著:《现代启蒙语境下的审美开创：苏曼殊文学论》,上海：上海人民出版社2008年版。
③ 针对符号的构成和性质,索绪尔和普尔斯各自提出了闻名于世的二分法和三分法。索绪尔的符征(signifiant)/符旨(signifié)原本关涉的是语言符号的二分,普尔斯的符表(representamen)/符物(object)/符解(interpretant)则标识构成任何符号的三种成分之间的逻辑关系属性。这两种区分法和命名法针对的并不是同一界面的问题,符征/符旨也不能与符表/符物直接对等。参阅 Peirce, Charles Sanders. "What is a Sign?" *The Essential Peirce: Selected Philosophical Writings*. Vol. 2 (1893 – 1913). Ed. The Peirce Edition Project. Gen. ed. Nathan Houser. Bloomington: Indiana University Press, 1998. 及 Saussure, Ferdinand de. *Cours de Linguistique Générale*. 1972. Paris: Payot, 1997.

另外,国内通行的索绪尔《普通语言学教程》译本(高名凯译,岑麒祥、叶蜚声校注：北京：商务印书馆1980年版)将 signifiant 和 signifié 译为"能指"与"所指",至今中国大陆学界都沿用此种译名。但是"能指"与"所指"的译法实际上不能准确地表达索绪尔的原意。法语 signifiant 是动词 signifier 的现在分词形式,等同于英语 signifying, signifié 是过去分词形式,等同于英语 signified。如果结合(转下页)

绪论　重访苏曼殊

史观之上的语文学作为现代语言学的史前史,前者无法解释语言发展中的断层与突变,这位现代语言学之父决意扭转19世纪历史主义研究对语言本身的轻视,将共时语言学作为开拓的土壤。索绪尔开宗明义地提出,语言归根究底是**价值**(value)的系统。任何要素的价值实现都依赖于与系统内其他同时存在的要素的关联。"就像语言的价值的概念部分唯独是由它和语言中的其他符号之间的关系与差异决定,它的物质部分也同样如此。对于一个词的声音而言,重要的不是声音本身,而是让我们把这个词从其他词中分辨出来的语音差异,这些差异正是承载**表意**(signification)之所在。"① 因此索绪尔此处论述的"表意"不再局限于词汇传达的语义(semantics),语音和句法单位依据它们的区别性特征,都能够传达"意义";且这些语言符号个体本身无法表现价值,只有当它们被编排安置于组合轴与聚合轴的特定位

(接上页)普尔斯的符号学三分法来看,汉语中"指"的常用意思是普尔斯意义上的"index",索绪尔所谈论的,由 signifiant 和 signifié 结合而成不可分的"signe"(英语:sign)是普尔斯所讲的"symbol",因此将 signifiant 和 signifié 译为"能指"和"所指"容易造成对索绪尔原意的误解。在本书中,笔者从张汉良译法把 signifiant 和 signifié 译为"符征"和"符旨"。可参阅 Peirce, Charles Sanders. "What is a Sign?" *The Essential Peirce: Selected Philosophical Writings*. Vol. 2 (1893 – 1913). Ed. The Peirce Edition Project. Gen. ed. Nathan Houser. Bloomington: Indiana University Press, 1998. 张汉良撰:《编辑前言》,见于张汉良主编:《符号与记忆:海峡两岸的文本实践》(*Sign and Memory: Textual Practice Across the Straits*),台北:行人出版社2015年版。

① Saussure, Ferdinand de. *Cours de Linguistique Générale*. Paris: Payot, 1997. 163. Wade Baskin 英译本保留索绪尔的术语"signification"词形对应的英语形式"signification",Roy Harris 英译本则将其译为"meaning",容易让人误解为语义面向的意义。可参阅 Saussure, Ferdinand de. *Course in General Linguistics*. Eds. Charles Bally, Albert Sechehaye and Albert Riedlinger. Trans. Wade Baskin. New York: McGraw-Hill, 1959. Saussure, Ferdinand de. *Course in General Linguistics*. Eds. Charles Bally, Albert Sechehaye and Albert Riedlinger. Trans. Roy Harris. London: Duckworth, 1983. 笔者将在本书中酌情译为"表意""表意活动""表意机制"。

置,才能充分实现它们的特殊价值。索绪尔著名的符征/符旨二分法、对语言(langue)与言语(parole)的辨明,以及语言的横组合/纵聚合之双轴理论开启了语言学乃至各门人文学科划时代的范式转换。索绪尔《普通语言学教程》(*Cours de Linguistique Générale*)问世后,研究共时语言学的著作在欧洲相继出版,下文将述及的捷克"布拉格学派"(Le Cercle Linguistique de Prague)、丹麦"哥本哈根学派"(Le Cercle Linguistique de Copenhague)、美国结构主义语言学等等,无不继承和发展了索绪尔的思想精髓。索绪尔在《普通语言学教程》中还提出建立一门研究"社会生活内部的符号生命的科学",即"符号学"[①],他倡导对语言本身的研究比其他任何学科都能够更好地提供研究符号学的基础,反之,"语言的问题主要是符号学的问题,一切研究成果都从这个重要的事实生成其表意机制(signification)"[②],这些洞见对欧美文学批评、社会学研究、人类学研究乃至各门人文社会科学影响深远。

符号学发展的另一条线索承接美国逻辑学家普尔斯,由20世纪30年代美国实用主义哲学家莫里斯(Charles Morris)将其体系化,直接影响至20世纪中后的信息论、控制论。另外,新康德主义哲学家卡西尔(Ernst Cassirer),分析哲学学者卡尔纳普(Rudolf Carnap)亦从哲学、逻辑学的视野对符号多有关注,他们的研究与文学研究关系较为疏远。时至今日,生物符号学、电影符号学、城市符号学等新型亚学科不断发展,表明符号学前辈们的思想已在人文社会科学、自然科学的各个领域扎根。

人类语言不仅仅是交流的工具,人通过语言自立为主体,也

---

① Saussure, Ferdinand de. *Cours de Linguistique Générale*. Paris: Payot, 1997. 34.
② Ibid. ,35.

绪论　重访苏曼殊

通过语言建构作为个体和身处社会中的人。① 无论在任何历史时空，无论苏曼殊还是任何作家，都必须通过语言作为媒介，建构文本主体的存在方式。文学文本空间的建构得力于作家的观察、过滤与表达，作家同时是一个体验者、讲述者和中介者。文学语言是一种建基于自然语言之上的语言，它同样是模拟和表现主体与世界的符号系统，在遵循自然语言普遍规则的同时又分化出特殊的意义单位以及组合/聚合的规则，从自然语言的建制中脱轨。用塔图符号学派（Tartu School of Semiotics）代表学者洛特曼（Juri M. Lotman）的术语来讲，文学语言是一种较日常自然语言经过更多程序编码与解码的"二度模式系统"（secondary modeling system）②，系统内部的组织结构和要素关系也更为复杂。文学文本的言说方式依据不同的文类（genre）③在具体语境

---

① 参阅 Benveniste, Émile. *Problèmes de Linguistique Générale*. 2 Vols. Paris：Gallimard, 1966, 1974. 本书引述该文集时亦参阅英译本（Benveniste, Émile. *Problems in General Linguistics*. Trans. Mary Elizabeth Meek. Coral Gables：University of Miami Press, 1971.）及中译本（埃米尔·本维尼斯特著，王东亮等译：《普通语言学问题》，北京：生活·读书·新知三联书店 2008 年版）。

② 洛特曼把"语言"分为三种：自然语言、人工语言，以及二度建模的语言，即语言的二度模式系统。二度模式系统与自然语言系统的产生发展不存在物理时间上的先后。参阅 Lotman, Juri M. *The Structure of the Artistic Text*. Trans. Gail Lenhoff and Ronald Vroon. Ann Arbor：University of Michigan, 1977. 与 Lotman, Juri M. "Primary and Secondary Communication Modeling Systems." *Soviet Semiotics：An Anthology*. Ed. Daniel P. Lucid. Baltimore：Johns Hopkins University Press, 1977. 95 - 98. 我们还应认识到，没有纯粹的自然语言，文学与"非文学"之间没有绝对的畛域，任何话语都必定在一定程度上被多种因素干预和规约，因此叶姆斯列夫在《一种语言理论的绪论》（*Prolegomena to a Theory of Language*）中给"natural language"的"natural"加上引号（Hjelmslev, Louis. *Prolegomena to a Theory of Language*. Trans. Francis J. Whitfield, Madison：University of Wisconsin Press, 1961. 114.）"二度"规约也完全可能为"多度"，故洛特曼的"二度模式系统"与叶姆斯列夫-罗兰·巴特意义上的"内涵符号学"（connotative semiotics）同气相求。

③ 文体与文类之辨是拙作必须澄清的前提之一。今日学界往往把"文类"对应"genre"，文体对应"style"，但是"style"有时又对应汉语的"风格"，"风格"（转下页）

下展现出多样殊异的运用。正如同索绪尔普通语言学相较历史比较语言学之鼎新,符号学方法对传统语文学、主题学、文体学研究的发展,在于把文学文本看作一种由话语显现的特定的表意活动(semiosis),一种面向读者和世界开放的,蕴含历史、文化、价值观的内涵符号系统。符号学一方面处理信息如何透过语码在相对封闭的语音、语义、句法和逻辑层面产生意义,即表意(signification)过程;另一方面则考察信息发送者和接收者的沟

(接上页)却不能替代中国古代文体学意义上的"文体"。"文以体制为先"是中国古代文学创作的基本守则之一,吴承学在《中国古代文体学研究》中说,"在西方文论中,'文类'、'风格'、'形式'词义各异,在理论上分工明确,但在中国古代却统一在'文体'之上,'体'是本体与形体之奇妙统一。""文体"在中国古代兼具本体与形式的向度,追本溯源,"中国文学其实是'文章'体系(笔者注:"文章"包括诗歌、辞赋等韵文),它是在礼乐制度、政治制度与实用性的基础之上形成与发展起来的,迥异于西方式的'纯文学'体系。"(参阅吴承学著:《中国古代文体学研究》,北京:人民出版社 2011 年版,第 2—3 页。)因此,"文体"与"genre"、"style"的根本差异,实际上是这两个概念范畴的后设语言(metalanguage)的差异。后设语言、分类依据不同,中西方文学的类型学框架也必不相同。

在英语里,"genre"一词基本义是类别、种类。西方文学研究史上也曾多次经历重多分类标准、过简过繁的分类而造成的文类混乱。法国文艺理论家托多洛夫(Tzvetan Todorov)提出文类研究的两种途径:归纳性途径与演绎性途径。"归纳性的文类研究描述某一时代既有的文学作品,求出文类的结论,它处理的是历史性文类。演绎性途径根据语用理论推演某些类型的可能存在,这些理论性类型可能在特定时空中存在,也可能虚位以待。譬如我们根据语用原则,为说话者、听者,以及摹拟对象的关系系统,拟出叙述文(小说等)的类型学(typology),至于某类叙述者或叙事观点在某特定时空存在与否,并非特别重要的问题。这种研究方法倾向是诗学的。"(参阅张汉良撰:《何谓文类?》,见于《比较文学理论与实践》,台北:东大图书公司 1986 年版,第 113—114 页。)因此拙作在探讨、解析文学语言的系统、成分和功能时使用的"文类"概念,是从演绎性途径出发的、语言学诗学视域下的文类概念,这种演绎推论的方法是本书开展文学语言结构分析时一以贯之的方法。笔者也将在细读、分析苏曼殊具体作品时,同时兼顾其创作的原初语境和文学史背景。

关于"genre"和"style"在西方文论史中的界分,限于篇幅,笔者在此不再详述,可参阅张汉良撰:《何谓文类?》,见于《比较文学理论与实践》,台北:东大图书公司 1986 年版。

绪论　重访苏曼殊

通(communication)行为如何成为可能。关于文学文本的意义生产机制、意义建构的基本特征，以及如何在语言中建构主体、与生活世界和社会互动等问题，符号学的方法可以帮助我们寻求深入透彻的解答，它使我们摆脱印象式批评的直观评价，避免落入泛泛而谈的危险境地，从对文学语言的描述进而着力于对文本生产和话语实践的界说，从而能够透析不同文学文类的深层动力学以及它们彼此之间的真正殊异。

在索绪尔思想脉络下发展延伸的语言符号学文论可谓浩如烟海、千头万绪，弱水三千，笔者仅取一瓢饮。以下抽样介绍的理论，看似芜蔓，实则有理路可循。拙作倾全力之事工，是研究苏曼殊文学文本疏离于日常语言的诗性话语实践，分析其复杂多层、内外关联的话语建构，以及作家思索自我、人生与社会的方式。因此，下文所引述的语言符号学方法，将限于参与分析苏曼殊文学文本的方法论范围，这是语言符号学重要奠基者，曾在莫斯科、布拉格、纽约先后创立语言学小组的雅各布森(Roman Jakobson)，哥本哈根语符学派代表学者叶姆斯列夫(Louis Trolle Hjelmslev)，爱沙尼亚塔图符号学派领军人物洛特曼[①]，格雷马斯(Algirdas Julien Greimas)领衔的巴黎符号学学派，法国语言学家本维尼斯特(Émile Benveniste)，"后设文本"(metatext)理论首创者安东·波颇维奇(Anton Popovič)，法国结构主义至后结构主义学者热奈特(Gérard Genette)、罗兰·巴特(Roland Barthes)，以色列学者伊文左哈(Itamar Even-Zohar)，倡导"新修辞学"的比利时列日学派(Group μ)，以及意大利的符号学集大成者翁贝托·艾柯(Umberto Eco)等数十年来各司其工、共同传承

---

① 洛特曼的理论颇受雅各布森影响，但因雅各布森的理论在俄国和苏联长期被禁（其人辗转至1941年抵美），洛特曼直到20世纪60年代末、70年代初才知晓雅各布森。雅各布森逃至丹麦时，也曾和叶姆斯列夫的研究团体有过交集。

发展的语言符号学方法体系。①

(一) 符号的表意-交流与文本系统的编码-解码

首先,在结构主义语言学、语言学诗学②领域首屈一指的奠基者当属布拉格学派代表人物罗曼·雅各布森,他的思想直接启发和影响了爱沙尼亚塔图符号学派、法国文学理论家罗兰·巴特以及结构人类学的开创者列维·斯特劳斯(Claude Lévi-Strauss)。雅各布森在1958年美国印第安纳大学一次学术会议上发表了闭幕发言《总结陈词:语言学与诗学》("Closing Statement: Linguistics and Poetics"),这篇论文是现代诗学史上最有影响力的名篇之一,它总述文学研究的一个重要范式转换——以语言学模型为基础的诗学研究。这个语言学模型正是来自索绪尔普通语言学提出的共时性语言学。这个语言学转向因此把现代诗学和以往的文学研究区分开,也对比较文学研究的格局塑造影响深远。雅各布森指出,语言学是研究各种语言结构的普遍科学,是语言的后设语言(meta-language),那么诗学就是以文学为研究对象的科学,即文学这种对象语言(objectlanguage)的后设语言,它也是语言学的一部分。雅各布森借取索绪尔语言学的灵感建立了交流的普遍模式和功能类型,在《语言学与诗学》中为我们提

---

① 本节最后述及的、最近二十余年新兴的"认知语言学"是语言学发展的一个新阶段,它在对于传统进行"革"新的同时,也与语言符号学有着千丝万缕的联系。认知语言学与格雷马斯、艾柯的语义语用学立场殊途同归,早先雅各布森在《语言学与诗学》中探讨的交流模型与语言的六种功能,以及《语言的两个面向与失语症的两种类型》中论述的脑神经活动与语言的关联,堪称对三十年后如火如荼的认知语言学的先知预见。

② 雅各布森在《语言学与诗学》中所总结的,以索绪尔语言学模型为基础、以语言符号学作为方法论的诗学研究,笔者将其称之为"语言学诗学",在本书中,"语言学诗学"关涉的是结构主义语言学与将此领域拓展、变革的后结构主义语言学,并含涉认知语言学-认知诗学的新视角。

供了一个关于语言传达过程的组织结构图:

	语境(context)	
发送者(addresser)	信息(message)	接收者(addressee)
	接触(contact)	
	语码(code)①	

这个语言模型是一个发话者和受话者之间的言语(speech)活动的再现,它也可以用来规模作者与读者之间的书写文本,可以无限延伸、复归和复杂化:在一定条件下,接收者同样可以反过来影响发送者;接收者也可以成为二度发送者,向二度接收者传递信息,在此过程中,语码差异性沟通可能使信息发生变形和转换。与此同时,雅各布森也通过这个交流图示标识出语言的社会功能属性——语言始终是被社会使用、在社会流通中的语言,该模型中的六要素就是语言实践得以成为可能的六个必不可少的部件,这就为此后话语符号学、认知语言学的更新发展埋下了伏笔。雅各布森极具远见地提出与信息交流模式相应的语言的六种功能:情感功能、指示功能、诗性功能、交际功能、后设语言功能、意动功能。所谓语言的诗性功能(poetic function),就是把诗歌的对等原则(principle of equivalence)从选择性的纵聚合轴投射到组合性的横结合轴的功能。② 任何一种文类的文本都可能具有诗性功能的特征,只是比重不同,诗性功能通常在诗歌文本中体现为突出主导性。雅各布森意义上的"诗性功能",将在苏曼殊的诗歌创作与诗歌译作部分进行重点探讨;雅各布森的语言

---

① Jakobson, Roman. *On Language*. Eds. Linda R. Waugh and Monique Monville-Burston. Cambridge: Harvard University Press, 1990. 66. "code"或可在不同场合酌情译为"符码""代码"。

② Jakobson, Roman. "Linguistics and Poetics." 1958. *Language in Literature*. Eds. Krystyna Pomorska and Stephen Rudy, Cambridge: Belknap-Harvard University Press, 1987. 71.

交流模型进而为洛特曼、波颇维奇等人借鉴和发展,应用于文学的创作与翻译研究。在苏曼殊的创作和译作中,传统与当代、本土和异域的各种文类符码尤为突出地整合在文本性(textuality)的动态操演之中,本书力图全面深入分析的,正是语言的使用如何影响文类的演变,作家个人私语(idiolect)与社会公语(sociolect)①如何疏离,作家对文类符码和语言功能的创造性改制如何由文学常规(norm)中脱轨,体现出特殊的语用-修辞面向。②

同在东欧的塔图学派符号学家洛特曼借鉴雅各布森的交流模型,并假以苏联心理学家维果斯基(L. S. Vygotsky)"内在言语"(internal speech)的概念,提出两种交流的模式——"我—我"的内在交流与"我—他"的外在交流。这两个不同的模式并非孤立无关的两个系统,而是共同组成一个完整的、双重结构的交流机制。外在交流即雅各布森的语言交流模式,语码是其中的常量,文本是变量。内在交流则是自我交流,它可用于解释当文本在一个特定系统中被编码后,因另一个语码的引进而发生的改变。③ 洛特曼认为,外在交流是以接收信息为导向的,建基于意义的符号链,内在交流则旨在接收语码,在内在交流中,信息发送者(我)被信息 1 中的特定索引符号唤起对以往信息的回忆,也能够生成新的信息。内在交流在言语层面是离散分布的,但是它将离散、特定的话语时刻引入自觉意识编排的文本/话语建构。

斯洛伐克学者安东·波颇维奇则把雅各布森语言交流模型

---

① 可参阅 Jakobson, Roman. *Studies on Child Language and Aphasia*. The Hague: Mouton. 1971.
② 可参阅张汉良撰:《何谓文类?》,见于《比较文学理论与实践》,台北:东大图书公司 1986 年版,第 109—120 页。
③ Lotman, Juri M. "Two Models of Communication." *Soviet Semiotics: An Anthology*. Ed. Daniel P. Lucid. Baltimore: Johns Hopkins University Press, 1977. 99 - 101.

拓展于翻译研究领域,在以希·列维(Jiri Levy①)的交流模型的基础上,把翻译视为一种文学系统之间的交际过程:

发送者(作者)——文本1——译者——文本2——接收者(读者)②

此处的文本包括语码与信息两个方面。译者同时是第一接收者、二度发送者,对于读者而言他是唯一发送者,读者则是二度接收者。此外,在专著《后设文本理论》(*Aspects of Metatext*)中,波颇维奇开宗明义地倡导以结构主义符号学方法论为途径来研究文本间际的关系(inter-textual relations,或暂且称互文关系),针对文学在语言(langue)层面的系统范式,发掘一种"文学往来的类型学"③,使对历时传承与共时文化圈的文本互动机制的探究真正得以精细化、系统化。

"互文性"(intertextuality)对于今日国内学界绝不是一个陌生的术语,然而较早倡导文本互动理论且始终立足文本语言结构研究的波颇维奇则较少为世人所知。波颇维奇用"inter-textual"来指称时间上先在的原初文本(prototext)和与它有关系的后设文本(metatext)之间的关联,他在使用该术语时是有特定的方法论背景的。波颇维奇将其分为四个方面:语义的(semantic)、文体的(stylistic)、价值论的(axiological),以及和作者个人策略相关的。通过互文系统的理论架构,波颇维奇成功地把所有类型的

---

① 此处遵照捷克语发音音译。
② 可参阅 Popovič, Anton. *Poetika Uměleckého Překladu. Proces a Text* [*Poetics of Artistic Translation. Process and Text.*]. Bratislava: Tatran, 1971. 28. 转引自 Špirk, Jaroslav. "Anton Popovič's Contribution to Translation Studies." *Target* 21.1(2009): 11.
③ Popovič, Anton. "Aspects of Metatext." *Canadian Review of Comparative Literature / Revue Canadienne de Littérature Comparée* 3.3(1976): 225–235. Excerpts from his book: *Theória Metatextu* (Theory of Metatext), Nitra: Klikem, 1975.

文本现象和文本模式都纳入共同的视界,同时兼备语言学和文学史两大维度。根据比利时学者斯威格尔（Pierre Swiggers）对比较文学研究范式演变之界分,较早的对文学交往接触的研究停留在原子的、个体的、外在的研究,而波颇维奇从文学系统的内部结构入手着力于文本变形与文学关系的符号学考察,是比较文学之范式转换的典例。[1]

同样提倡把文学文本视为开放的符号系统,对其可变项与常项、同质性与异质性展开讨论的代表人物还有热奈特和伊文左哈,他们各自的"跨文本性"（transtextuality）[2]和"多元系统"（polysystem）[3]主张各有千秋。热奈特拒绝把文本看作稳定、封闭、去历史化的整体,或把单一的文本看作诗学的主体,而是聚焦于无处不在的原型文本（architext）,即各种"一般与超越性的范畴——话语类型、陈述模式、文学体类的整个集合"[4],继而将其深化发展并纳入"跨文本性"（transtextuality）下的互文理论总体建构。他对作者/出版者权重的强调与解构主义宣告"作者死了"截然对立,也超越了传统结构主义的文本语言系统优先论。伊文左哈提出文学的研究对象不仅仅是文本,而是互动的文学系统,从而将"中心/边缘","经典/非经典"的动态过程纳入研究视野。他们同样秉承着索绪尔、雅各布森之精要,由结构主义迈向后结构主义诗学。上述理论观点,笔者将在苏曼殊翻译研究、诗歌研

---

[1] Swiggers, Pierre. "A New Paradigm for Comparative Literature." *PoeticsToday* 3.1(1982): 182 – 183.

[2] Genette, Gérard. *Palimpsests: Literature in the Second Degree*. Trans. Channa Newman and Claude Doubinsky, Lincoln: University of Nebraska Press, 1997.

[3] 可参阅 Even-Zohar, Itamar. "Polysystem Theory." *Poetics Today* 1.1 – 2 (1979): 287 – 310. 与 Even-Zohar, Itamar. "Polysystem Studies." *Poetics Today* 11.1(1990): 1 – 268.

[4] Genette, Gérard. *Palimpsests: Literature in the Second Degree*. Trans. Channa Newman and Claude Doubinsky, Lincoln: University of Nebraska Press, 1997. 1.

究两章中作更详尽的阐述和应用。

(二) 话语理论、符号功能与新修辞学

对"人在语言中""语言中的人"之题旨的清醒意识,早在索绪尔《普通语言学教程》中已见端倪,索绪尔虽未详述,却始终正视该问题的存在。索绪尔"内部语言学"所聚焦的"语言","既是语言活动(langage)的机能(faculté)的社会产物,也是社会集体为了使个人能够行使这种官能而采用的一整套必不可少的规约。"①经过二度规模的文学语言也是同样。文学作品在根本上是一种作者向读者的话语陈述,我们的研究必须把文本内外的言说主体、言说对象、言说方式、言说缘由连同言说行为本身共同纳入研究视野。对语言在实际社会生活中的具体使用的研究,法国语言学家本维尼斯特对语言符号学迈向新的阶段贡献卓著,他的"语言建构人"之说与对话语理论的建树启发了法国符号学大师、文学理论家罗兰·巴特等一大批从结构主义走向后结构主义的学者,甚至遥应当代媒介学、传播学。

本维尼斯特认为语言是人的自然本性,反对把语言仅仅比拟为一种交流的工具;语言在符号世界中居于最特殊的位置,人唯独通过语言建立实存现实中的自我的概念,"人在语言(langage)之中且通过语言将自己组建为主体"②;语言符号的表意方式和话语生产方式决定语言使用者的思维方式,人总是通过语言的表意和沟通能力来捕捉和呈现世界,塑造自身文化的全部机制,语

---

① Saussure, Ferdinand de. *Cours de Linguistique Générale*. Paris: Payot. 1997. 25. "langage"在此着重指语言机能的活动。

② Benveniste, Émile. "De la Subjectivité dans le Langage." *Problèmes de Linguistique Générale*. 1. Paris: Gallimard, 1966. 259. 本维尼斯特使用的"langage",即是与索绪尔普通语言学的研究对象——"语言"(langue)有意区分,若从索绪尔的术语译为"语言活动""语言机能活动"则显累赘,且此处并不会造成概念歧义和误解,故译为"语言"。

言是社会的符解(interpretant)。① 本维尼斯特还区分了"符义学"(sémiotique)和"语义学"(sémantique)②这两个概念范畴：索绪尔普通语言学主要关注的符号是符义单位,语义则是在语流整体中,不同符号的相互搭配合作而产生的意义,是呼应于情境,又向世界开放的、处于变化中的;语义这个范畴与话语实践和陈述行动是同一的,它为人定义自身与其主体性的确立提供语言学基础。语义学把我们引至在具体话语时刻生成的特定表意方式。符义学关涉的是被识别,是描述与定位各单位的区别特征,语义学关涉的则是话语实践中的感知理解。

在此笔者亦须说明本书探讨"语义"和"意义"时的概念所指。传统语言学认为只有语义(semantic)层面/面向是负责表达意义(meaning)的。1957年,转换生成语法创始人乔姆斯基(Noam Chomsky)在其成名作《句法结构》(Syntactic Structures)中申明"语言学理论的中心概念是'语言层面'(linguistic level)的概念"③,如音位层面、语形层面、短语结构层面,进而提出"语法是自治的,独立于意义的"④,句法研究与语义研究互不相关。但是如果从结构主义符号学的表意(signification)理论重新检视这个问题,语形、句法同样能够以其特殊组织构形而具有价值,每个单位体以彼此相互的关联而表意,没有句法就没有语义;1974年佛克马(Douwe Fokkema)在谈到比较文学的方法与前景时将当下两种最主要的批评路径——基于生成语言学的生成诗学和结构主义符号学作以对比,提出结构主义符号学是对于文学和语言研

---

① Benveniste, Émile. "Sémiologie de la Langue." *Problèmes de Linguistique Générale*. 2. Paris: Gallimard, 1974. 54.

② Ibid, 63-66.

③ Chomsky, Noam. *Syntactic Structures*. 1957. 2nd Edition. Berlin: Mouton de Gruyer, 2002. 11.

④ Ibid., 17.

绪论 重访苏曼殊

究更有力的武器,它着眼于文本的结构,将其作为"相互重叠、对应的亚结构(substructure)所组建的系统","一个架构中的所有成分至少共享一个相同的面向(aspect)"[①];本维尼斯特在索绪尔普通语言学的基础上所开辟的话语符号学,超越了以往在语音、语义、句法等面向之间有意无意设立的畛域,将对意义的研究置于整体结构性的视野下,直接推动了 20 世纪 70 年代语用学(pragmatics)研究的热潮。本维尼斯特在索绪尔普通语言学的基础上开辟了话语符号学——"第二代的符号学",躬亲实践并推动了语言研究到话语研究的范式转换。[②]

在诗歌一章,笔者将借鉴本维尼斯特对人称代词、时态等句法范畴的话语符号学阐发,结合认知语言学的视角细读苏曼殊的诗作,考察古汉语语词如何参与作用于旧体诗的诗歌语法与修辞机制,进而参与多元概念空间的映射与整合;在小说一章,笔者将深入检视苏曼殊小说多种人称叙述的表层话语之下的深层句法和意义生成机制,进而探讨文本中复杂多维的时间系统、话语层级与其中显隐的主体建构。

索绪尔思想的另一位重要继承者是"哥本哈根学派"的代表人物叶姆斯列夫,他所倡导的演绎推论立场直接启发了格雷马斯

---

① Fokkema, Douwe W. "Method and Programme of Comparative Literature." *Synthesis: The Romanian Journal of Comparative Literature*, 1974(1). 4.
② "话语"这个概念另外为人熟知的场合是在拉康(Jacques Marie Émile Lacan)和福柯(Michel Foucault)的论著中。雅克·拉康把结构主义语言学方法引入弗洛伊德(Sigmund Freud)的精神分析学,借助结构语言学之模式透视"无意识"和"主体"。这个词也是米歇尔·福柯的名著《知识考古学》(*L'Archéologie du Savoir*)的核心概念。与本维尼斯特从索绪尔"语言总体"(langage,涵盖 langue 与 parole)、"言语"(parole)概念出发,专注于(社会)语言及语言演变历史的研究不同,拉康的"话语"概念有其特定的精神分析学背景和指涉,福柯的《知识考古学》旨归则是揭示话语潜藏的权力运作和历史被建构的秘密,他所书写的是意识形态与思想的后设语言。他们的论著同时映现语言学转向的时代背景,他们使用同一术语在不同领域各行其是,我们必须对其区别明辨。

语符学说,他所洞见的"内涵符号学"(connotative semiotics)①的新视野,使我们得以细察文学文本的层级系统与各个面向之间的关联,更被罗兰·巴特称为未来语言学的发展方向。② 叶姆斯列夫明确反对符号是用来指向符号以外某事物的旧观点,并用"符号功能"(sign-function)一词建构自己的语符学理论,倡导建立一门"真正的语言学"——"它必须努力把握语言,并不是作为非语言现象(如物理的、生理的、心理的、逻辑的、社会学的)的大杂烩,而是作为一个自足的整体,一个独特结构。"③他发展了索绪尔语言学的几个重要概念,将索绪尔的术语符征和符旨用"表达"(expression)和"内容"(content)来重新表述,从而能够涵盖更广阔的符号宇宙。索绪尔的符征/符旨特指语言符号,叶姆斯列夫用较早的、有更大包容性的术语重新筑造的方法论能够用于阐释语言符号以及非语言符号,也直接启发了罗兰·巴特对社会文化符码的研究。

叶姆斯列夫以"表达"和"内容"来命名契结(contract)形成符号功能的两个功能子④,它们分别具有"实质"(substance)与"形式"(form)。要构成符号功能,这两个功能子缺一不可。他进一步提出,通过不同语言之间的比较,可以从其中提取出适用于所有语言的共同因素,成为具有普遍意义的原则,但是"它在每一种

---

① Hjelmslev, Louis. *Prolegomena to a Theory of Language*. Trans. Francis J. Whitfield, Madison: University of Wisconsin Press, 1961. 114.
② Barthes, Roland. *Elements of Semiology*. Trans. Annette Lavers and Colin Smith. Hill and Wang: New York, 1968. 90-91.
③ Hjelmslev, Louis. *Prolegomena to a Theory of Language*. Trans. Francis J. Whitfield, Madison: University of Wisconsin Press, 1961. 5-6.
④ 参阅 Hjelmslev, Louis. *Prolegomena to a Theory of Language*. Trans. Francis J. Whitfield, Madison: University of Wisconsin Press, 1961. 48. "功能子"从程琪龙的翻译。参阅路易斯·叶姆斯列夫著,程琪龙译:《叶姆斯列夫语符学文集》,长沙:湖南教育出版社 2006 年版。

语言的具体实施各不相同,它是一个单位体,仅由它对于语言的结构规则以及所有让语言彼此区别的因素所具有的功能来定义,由区别各语言的功能来定义",叶姆斯列夫把这个不同语言的共同因素称为"心智材料"(purport)①。就像同样一把沙可以被塑造成不同的模型,同样的心智材料可以被不同语言的符号功能赋予不同形式,唯一决定这些形式的是语言的各种功能;心智材料通过各相殊异的具体形式成为物理性的表达实质和社会性的内容实质,而且它们只在作为某种形式的实质时才显现为存在。表达的心智材料、表达实质和表达形式构成表达系统;内容的心智材料、内容实质和内容形式构成内容系统。"心智材料"的概念是对索绪尔语言学的一个重要发展,它将成为拙作翻译研究的理论基础之一。各种语言在结构原则与功能上的一致性,是不同语言符号系统能够在语际与语内之间被"翻译"的真正前提。

叶姆斯列夫还在《一种语言理论的绪论》中区分了外延符号

---

① "purport"这个词在叶姆斯列夫的丹麦文原著中是"mening",该词的主要意思是观点、心智、意义,而"purport"依据《牛津英语大词典》的解释,主要意思是"传达、表达的意思(尤其是通过正式文件或演说)"、效果、意义、意图("purport, n."*OED Online*. Oxford University Press,December 2014. Web. 12 December 2014.),两个符征的符号并不完全对等。并且结合叶姆斯列夫在上下文中的论述,"mening"一词也并不能准确指涉叶氏的意图。翁贝托·艾柯也说,"mening"一词很容易让人误解。(参阅 Eco, Umberto. *A Theory of Semiotics*. Bloomington:Indiana University Press, 1976.52.)国内学界对"purport"的翻译并不统一,有译作"混沌体"(路易斯·叶姆斯列夫著,程琪龙译:《叶姆斯列夫语符学文集》,长沙:湖南教育出版社 2006 年版)、"义质"(彼得·V.齐马著,范劲、高晓倩译:《比较文学导论》,合肥:安徽教育出版社 2009 年版)、"意旨"(乌蒙勃托·艾柯著,卢德平译:《符号学理论》,北京:中国人民大学出版社 1990 年版)、"含义"(李幼蒸著:《理论符号学导论》,北京:社会科学文献出版社 1999 年版)、"素材"(丁尔苏著:《语言的符号性》,北京:外语教学与研究出版社 2000 年版)等,不一而足。笔者根据叶姆斯列夫《一种语言理论的绪论》论述的具体语境,译为"心智材料"。

学(denotative semiotics)和内涵符号学(connotative semiotics)①两种研究向度。外延符号系统的平面不包含其他符号系统,"自然"语言就是这样的系统。叶姆斯列夫把表达层面也是一个符号系统的符号系统称为内涵符号系统,它的表达层面本身是由一个表意系统(第一系统)组成;与之对立,有的系统的内容层面也是一个符号系统,叶姆斯列夫称之为后设符号系统(metasemiotics)。文学文本是典型的内涵符号系统,在自然语言基础上,它可以有多个内涵层面;特定语气、习语行话,这些语言单位首先是外延系统的符号——符征与符旨的统一,进而是内涵系统的符征,叶姆斯列夫把它们称为"内涵符征"(connotator)②。这些概念术语都为罗兰·巴特继承。巴特在《符号学原理》(*Elements of Semiology*)中援引并发展叶氏之说,将"内涵符号学"置于符号学研究的重要位置。

巴特在《符号学原理》中小结前辈的观点并提出,未来语言学发展的前景很可能是属于内涵语言学的,"社会持续地从人类语言向其提供的第一系统中发展出第二级的表意系统,这个时显时隐地展开的复杂化过程,十分接近一门真正的历史人

---

① 参阅 Hjelmslev, Louis. *Prolegomena to a Theory of Language*. Trans. Francis J. Whitfield, Madison: University of Wisconsin Press, 1961; Hjelmslev, Louis. *Language: An Introduction*. Trans. Francis J. Whitfield, Madison: University of Wisconsin Press, 1970. 114-120. 学界也有将这一对术语译作"直接意指符号学"和"含蓄意指符号学",可参阅罗兰·巴尔特著,李幼蒸译:《符号学原理:结构主义文学理论文选》,北京:生活·读书·新知三联书店1988年版,第169—172页。本书从王东亮、程琪龙等的译法,可参阅罗兰·巴尔特著,王东亮等译:《符号学原理》,北京:生活·读书·新知三联书店1999年版。路易斯·叶姆斯列夫著,程琪龙译:《叶姆斯列夫语符学文集》,长沙:湖南教育出版社2006年版。
② Hjelmslev, Louis. *Prolegomena to a Theory of Language*. Trans. Francis J. Whitfield, Madison: University of Wisconsin Press, 1961; Hjelmslev, Louis. *Language: An Introduction*. Trans. Francis J. Whitfield, Madison: University of Wisconsin Press, 1970. 116.

类学。"①巴特沿用了叶姆斯列夫"内涵符征"的概念,"无论内涵表意以什么方式'笼罩'被指称的信息,都无法将其穷尽:总是有'一些被指称的'残留下来(否则话语就不可能存在),而内涵符征总是非连续的散播的符号,被承载着它们的被指称的语言吸收归化。"②因此可以说,内涵的符旨属于意识形态的一部分,它们与社会文化、历史、知识密切关联,相互交融,"意识形态是内涵系统的符旨的形式(即叶姆斯列夫意义上的形式),而修辞是内涵符征的形式"③。人通过这样的表意过程,把周遭环境世界纳入自己的符号系统。巴特对修辞与意识形态的卓见与叶姆斯列夫内涵符号系统的框架相结合,使笔者能够细致分析苏曼殊创作和翻译的诗歌文本系统。

在西方古典修辞学已经衰落一个多世纪的20世纪60年代,语言学家、符号学家、哲学家在各自的理论视野下掀起复兴修辞学的运动。比利时列日大学诗学研究中心的六位学者所组成的学术小组是"新修辞学"的中坚力量,他们于1970年出版的《普通修辞学》(Rhétorique générale)④,将索绪尔普通语言学的思想引入修辞学,作为解释和涵括所有辞格的共同基础,从分解话语至最小意义单位入手,从语形变换(les metaplasmes)、句法变换(les metataxes)、义素变换(les metasememes)和逻辑变换(les metalogismes)四个面向探讨辞格的内在机制。列日学派把雅各

---

① Barthes, Roland. *Elements of Semiology*. Trans. Annette Lavers and Colin Smith. Hill and Wang: New York, 1968. 90 – 91.
② Ibid., 91.
③ Ibid., 92.
④ Groupe μ. *Rhétorique générale*. Paris: Larousse, 1970. 另参阅 Group μ. *A General Rhetoric*. Trans. Paul B. Burrell and Edgar M. Slotkin. Baltimore: Johns Hopkins University Press, 1981.

布森意义上的诗性功能称为修辞功能①,也吸取了格雷马斯《结构语义学》(Structural Semantics: An Attempt at a Method)的成果,关注"义素的补充与隐藏"如何扩展意义的空间,同时援引叶姆斯列夫、本维尼斯特、热奈特等人的研究成果。总而言之,列日学派以结构主义语言学的方法论重建修辞学的研究体系和概念系统,规避主观主义、印象式描述的研究,致力于探索一种操作性强、条理明晰的方法,并将逻辑学、诗学、美学纳入互动的视域。

列日学派继承雅各布森的观点,把诗学界定为关涉诗歌基本原则的全部知识,"严格意义上的诗歌是文学的典范模型"②。他们把语言对常规的偏离称为修辞,这种偏离导致的正是雅各布森提出的"诗性功能",列日学派把这个诗性功能称为"修辞功能"。诗歌章法是一种特殊的习俗,例如音步、节奏、韵律都要遵循固定的规约,但是"习俗(convention)是一种偏离的形式,它自身试图吸引我们对信息的注意而不是对信息的意思的注意,因此,它可以被看作一个修辞的程序并依辞格分类"③。所以说,诗歌较之日常语言的偏离是制度化的偏离,让读者关注话语建构本身。在研究苏曼殊翻译、创作的诗歌文本时,笔者将把列日学派的"修辞功能"与雅各布森的"诗性功能"作为一脉相承的视角,从语形辞格、义素辞格、句法辞格、逻辑辞格四个面向考察苏曼殊诗歌的特征。

(三) 叙事句法、意义模态与认知空间

法国语言学家、符号学家格雷马斯以其独树一帜的语义模态

---

① Group μ. *A General Rhetoric*. Trans. Paul B. Burrell and Edgar M. Slotkin. Baltimore: Johns Hopkins University Press, 1981. 17.
② Ibid., 39.
③ Ibid.

理论和叙事句法理论,开创了符号学的巴黎学派。和本维尼斯特同样,格雷马斯把语言活动(langage)区分为内在系统(immanent system)和被显现的过程(manifested process)。在早期成名作《结构语义学》中,格雷马斯把叶姆斯列夫研究语言学的演绎推论方法应用于叙事文本的结构分析,致力于探索义素到语篇的意义构形,从词汇至文本的语义逻辑中发掘叙事句法的系统规则。格雷马斯的结构语言学与索绪尔"语言是形式"、语言分合(articulation)与价值等基本概念的界定一脉相承,与雅各布森的功能语言学一派遥相呼应。在其符号学思想日益成熟的中后期,格雷马斯提出关于主体言语行为的实践能力的四种上层模态①,通过分析主体行动的各种功能性述谓,可以把握文本的叙事模式,进而研究其更深刻和抽象的概念句法层,把握语篇表意的基本结构与核心价值体系。

格雷马斯的语符学方法将与本维尼斯特的话语符号学、德塞都(Michel de Certeau)②研究空间地理的新视角相结合,集中用于解析苏曼殊小说的舆图系统。苏曼殊的多篇小说都有对其现实境遇和心路历程的影射,在语符叙事学的透镜下,叙述者和叙述对象之间自始至终都存在着复杂的动态关系。苏曼殊小说着力于细致化、情境化的写景状物,亦有意构筑自己独特的文化地图,这在当时是颇具先锋性的。在小说一章,笔者将关注文本中的地理空间和主角的行动路线所发挥的表意功能,将表征空间的文学话语分解为不同类属的语义单位,进而探索这些语义单位背

---

① 可参阅 Greimas, Algirdas Julien. "Pour une Théorie des Modalités." *Langages*, 10e année, n°43. 1976. 90 - 107.
② 可参阅 de Certeau, Michel. *L'Invention du Quotidien*. Vol. 1, *Arts de Faire*. Paris: Union Générale d'éditions, 1980. 本书引述主要参阅英译本 de Certeau, Michel. *The Practice of Everyday Life*. Trans. Steven Rendall. Berkeley: University of California Press, 1984.

后的模态句法和概念模式。

在晚近著作《激情符号学》(*The Semiotics of Passion: From States of Affairs to States of Feeling*)[①]中,格雷马斯与学生冯塔尼勒(Jacques Fontanille)一道倾力探讨叙述者如何把人的身体感觉、认知和反应表现于文本,从而构建意义的宇宙。苏曼殊的抒情小说、抒情叙事风格是中国文学现代转型之际独具特色的重要组成部分。笔者将借助格雷马斯符号学方法,对苏曼殊小说中复杂变幻的情感范畴以及它们所赋值的价值概念进行细致深入的意义切分,从"语义学"——即本维尼斯特所致力的话语符号学出发,重新追溯话语主体的构造过程及其情感拟象的生成轨迹。

20世纪八九十年代,认知语言学作为语言学的一种新的研究范式逐渐确立了独立的理论框架与学科地位。针对乔姆斯基的先天自治语法系统的论断,认知语言学相信语法是经过思维认知过程的概念化的结果,它把语义研究置于语言学的中心位置,语义在语法的塑造过程中发挥关键的作用,认知语言学认为语法"天生是象征性的,是用于概念内容的建构和使其以传统规约的方式符号化"[②],其反传统语法的语义研究与格雷马斯以结构语义学研究叙事语法的思路遥相呼应。

值得注意的是,认知语言学受格式塔心理学影响很大,他们的研究模型常为块状结构或图表,格雷马斯则秉承索绪尔、叶姆斯列夫语言学以来的合取析取之分析方法,以语言的分节为基本

[①] Greimas, Algirdas Julien, and Jacques Fontanille. *The Semiotics of Passion: From States of Affairs to States of Feeling*. Trans. Paul Perron and Frank Collins. Minneapolis: University of Minnesota Press, 1993.

[②] Langacker, Ronald W. "Introduction to Concept, Image and Symbol." *Cognitive Linguistics: Basic Readings*. Ed. Dirk Geeraerts. Berlin: Walter de Gruyter, 2006. 29.

着眼点。格雷马斯和翁贝托·艾柯代表了符号学发展的新阶段——语用研究的阶段,他们的语义语用学(semantic pragmatics)立场又与认知语言学殊途同归,语用就是研究语言的社会功能和实践活动。此外,对语言的社会功能的强调,即聚焦语言使用者怎么使用语言来感知世界,如何运用语言交往互动,这是与雅各布森及布拉格学派功能主义导向的语言研究一脉相承的。早先雅各布森在《语言学与诗学》中探讨的交流模型与语言的六种功能,以及《语言的两个面向与失语症的两种类型》中论述的脑神经活动与语言的关联,堪称对三十年后如火如荼的认知语言学的先知预见。

认知诗学便是用认知语言学的方法论——如拉考夫(George Lakoff)和约翰逊(Mark Johnson)的概念隐喻(conceptual metaphor)理论[1]、福康涅(Gilles Fauconnier)的心智空间(mental space)理论与概念合成(conceptual blending)理论[2]来研究文学文本,"诗性思维采用日常思维的机制,但是它将日常思维加以扩展,使其更加复杂精细,并把它们以异于平常的方式结合起来"[3]。运用认知诗学的方法,我们能够把文学文本作为多元概念空间整合互动的模式系统展开重新观察。另外补充说明,格雷马斯的意义模态理论和认知语言学的心智空间图式,彼此不能杂糅并置在同一方法论语境中,笔者将主要在苏曼殊小说一章使用语符叙事学的分析方法,在诗歌一章借鉴认知语言学的

---

[1] 可参阅 Lakoff, George, and Mark Johnson. *Metaphors We Live By*. Chicago: University of Chicago Press, 1980.

[2] 可参阅 Fauconnier, Gilles. *Mappings in Thought and Language*. Cambridge: Cambridge University Press, 1997; Fauconnier, Gilles, and Mark Turner. *The Way We Think: Conceptual Blending and the Mind's Hidden Complexities*. New York: Basic Books, 2008.

[3] Lakoff, George, and Mark Turner. *More than Cool Reason: A Field Guide to Poetic Metaphor*. Chicago: University of Chicago Press, 1989. 67.

棱镜。

以上是本书将要借鉴和应用的主要理论武器。拙作将一以贯之地以语言学诗学为本位，力求结合本领域最新学术成果，细察西学东渐与中国文学现代转型之际的苏曼殊翻译与创作，在避免生搬硬套的同时，尝试展开中西方比较诗学的对话与汇通。语言符号学研究不作价值判断，本书的目的不在于评估苏曼殊的创作和翻译"好"或"不好"；符号学并非使文学研究毕其功于一役的方法，而是发现新知的途径之一；本书定位于对文学语言系统的考察，文本外部的作者生平、社会文化、思想史、价值观不是写作重点，但是对文学语言的历时性考察，与文学创作/翻译的接受史的检视，要求我们必须重视符号学以外的研究方法并保持文史哲汇通的视野，让理论灵活地效力于文学批评，而不是令文学被理论禁锢，唯有如此，才能使论证充实有力，让理论和作品都长葆生机。

二、文献版本与作者考据问题说明

柳亚子编北新书局版《苏曼殊全集》无疑是流传最广、接受度最高、学界研究普遍使用的苏曼殊文集版本。如前所述，苏曼殊去世后，其知交好友柳亚子辛勤致力于苏曼殊其人其文的考证与整理，直接推动了20世纪二三十年代的苏曼殊热。从与《苏曼殊全集》几乎同时出版的《苏曼殊年谱及其他》所收录的《苏曼殊断鸿零雁记之研究》《苏曼殊绛纱记之考证》《日本僧飞锡潮音跋及其考证》、《记陈仲甫关于苏曼殊的谈话》可以看出，柳亚子广泛寻求详实有力的第一手材料，并不断查漏补缺、自我订正。但因这套文集初版于1928年，一些逸著未能收入其中，也未能反映苏曼殊研究的一些新成果。曼殊生前漂泊动荡，不少著作零落散失，因此柳亚子编的"全集"只是竭力寻得的、可考的苏曼殊作品汇编。有些曼殊化名、托名发表的作品,也使后人研究时必须格外谨慎。且有许多作品在日本发表,国内读者不曾在第一时间看到,二十年后文公直所编《曼殊大师全集》,仍将《征求曼殊大师逸著启事》置于书中。文公直的《曼殊大师全集》自注为"最完备本",却有明显的谬误,曼殊诗的编年颇多讹误,文公直亦将曼殊辑自英文著作的数十首汉诗英译误判为曼殊的译作。①

1930—1940年间柳亚子曾编《曼殊余集》,但手稿至今未能正式出版。《曼殊余集》第一册为《曼殊诗集之余》《曼殊文集之余》《曼殊书札集之余》《曼殊杂著之余》。第一册的正文首页有题字:"钱杏邨先生云:'除正文一册仍名曼殊余集外,其余十一册,应改名苏曼殊研究。'"②柳无忌在《柳亚子与苏曼殊》一文中记述:"此处所谓'余集'之正文,为补北新本之余,其中大部分已见后出的开华本全集。所以本书最重要部分,是正文外的十册附录,自年谱类以至诗话类、诗歌类,为苏曼殊研究资料的宝库。凡自1929至1939十年中间有关曼殊的文字,或先在报纸、期刊、书本上发表,或由作者直接寄赠父亲的,不论其长短、体裁与性质,全部录入;文后大部分并有父亲的按语,注明稿源(出版处及年月),如有需要,或为订正,或作解释。这些作品,在北新本全集印行的前后数年,发表甚多,直至抗战发生后始告结束,而《余集》的编成也就在这个时期。"③《余集》中柳亚子的研究著述,包括《曼殊之血统问题及其少年时代》《曼殊的戒牒问题》等新的研究成果,以及柳无忌所作、柳亚子修正并重录的《重订苏曼殊年谱》《重订苏曼殊作品提要》,均由柳无忌编入1987年出版的《柳亚子文集·苏曼殊研究》,这部共12册、50万字的手稿已为前辈学者研

---

① 参阅苏曼殊著,文公直编:《曼殊大师全集》(第三版),上海:教育书店1949年版。
② 苏曼殊著,柳亚子编:《曼殊余集》第一册,未出版手稿,现藏于国家图书馆。
③ 参阅柳无忌撰:《柳亚子与苏曼殊》,见于柳无忌编:《苏曼殊研究》,上海:上海人民出版社1987年版,第499页。

究所借鉴①,现存于国家图书馆。

综上所述,在原始出版物可寻得的情况下,笔者将首先参考曼殊作品的原始出版物,在原始出版物已难寻得的情况下,笔者将以柳亚子所编《苏曼殊全集》《曼殊余集》,与其哲嗣、曾任国际南社学会会长的柳无忌后续编订的文献为主要参考,结合刘斯奋编注《苏曼殊诗笺注》②、施蛰存《燕子龛诗》③、马以君编注《燕子龛诗笺注》、马以君笺注《苏曼殊诗集》④、马以君编注《苏曼殊文集》⑤、朱

---

① 李蔚在《苏曼殊评传·后记》中写道:"柳亚子柳无忌两人努力多年,为曼殊研究奠定了基础,我尤其怀有深深的感激之情。没有他们父子出色的工作,曼殊很可能直到今天还陷在历史的迷雾中。这本书就是在前人工作的基础上完成的,其中资料采自400多种书籍、报纸、刊物,虽然限于本书的篇幅,未便一一证明,但是必须声明书中的不少材料采自柳亚子的未刊稿《曼殊余集》。这部洋洋50万字的书,是《苏曼殊年谱及其他》之后,苏氏研究上的又一部里程碑式的著作,自编就已有半个世纪,可惜一直未能问世,令人十分遗憾。"参阅李蔚著:《苏曼殊评传》,北京:社会科学文献出版社1990年版,第462页。邵盈午《苏曼殊传》亦曾参考这部手稿,参阅邵盈午撰:《苏曼殊传·参考书目》,北京:团结出版社1998年版。

② 这是第一本对苏曼殊诗歌的笺注。刘斯奋在前言中注:"诗的字句,基本按照柳亚子编之北新书局版《曼殊全集》、开华书局版《苏曼殊全集》。其中柳本不载者,则根据文公直编《曼殊大师全集》,及文芷所藏《曼殊上人诗册》。较重要之异文,在注释中说明。"参阅苏曼殊著,刘斯奋笺注:《苏曼殊诗笺注》,广州:广东人民出版社1981年版,第19页。

③ 据施蛰存在《燕子龛诗》前言中所道,1972年偶得一本柳亚子印的苏曼殊诗集《燕子龛遗诗》,并"搜觅并抄录集外的诗,编为一卷。又从《南社集》及其他文献中汇抄了当时许多诗人所作的有关曼殊的诗,也编为一卷",上卷"燕子龛诗九十九首",下卷为"诸家投赠、唱和、题画、哀悼诗一百六十八首"。参阅苏曼殊著,施蛰存编:《燕子龛诗》,南昌:江西人民出版社1981年版,前言、目录。

④ 苏曼殊著,马以君笺注:《苏曼殊诗集》,珠海:珠海市政协文史资料委员会1991年版。

⑤ 柳无忌在《苏曼殊研究的三个阶段:〈苏曼殊文集〉序》中写道,马以君"所撰翔实、正确的《苏曼殊年谱》曾在学术刊物上分期登载。同时,他编注的《苏曼殊文集》,我预料着它可能被公认为此类集子中最完备的定型本。这些工作我乐于协助,并希望这部苏集的编印问世,将使此后曼殊的研究者有所依据,不必再费时间与精力从事搜集与考证的工作"。参阅马以君编注,柳无忌校订:《苏曼殊文集》上册,广州:花城出版社1991年版,第13页。

少璋编《曼殊外集:苏曼殊编译集四种》[1]与邵盈午注《苏曼殊诗集》[2]等各家辑录版本对观,并广泛收集文献史料,综合参考前辈学者的研究成果,在论述具体文本时对作者存疑的篇目分别注释考辨,释明自己取舍的原因并呈现文学史研究的发展脉络。

---

[1] 苏曼殊编译,朱少璋编:《曼殊外集:苏曼殊编译集四种》,北京:学苑出版社2009年版。
[2] 苏曼殊著,邵盈午注:《苏曼殊诗集》,北京:北京十月文艺出版社2013年版。

第一章

语际转换与语内互动的诗性实践：
苏曼殊翻译研究

在短暂的惊鸿照影的一生中，苏曼殊为中国近代文学、文化翻译事业作出了不可磨灭的贡献。曼殊以改译雨果（Victor Hugo）的长篇小说《惨世界》（*Les Misérables*，今译《悲惨世界》）寄托捐躯赴国之志，他是将雪莱（Percy Bysshe Shelley）诗歌译为汉语的第一人①，对拜伦（George Gordon Byron）作品的译介亦有筚路蓝缕之功。②"真正开创外国诗歌翻译风气并引起国人对外国

---

① 参阅张静撰：《附录二 1905—1937 主要中文报纸杂志中翻译的雪莱作品篇目一览表》，见于张静著：《雪莱在中国（1905—1937）》，复旦大学博士论文，2012 年，第 163 页。
② 《赞大海》的译诗，《拜轮诗选》（1914）与《潮音》（1911）所收录的版本个别字词有所出入，《潮音》题为《大海》，柳亚子编《苏曼殊全集》与马以君编《苏曼殊文集》译诗从《潮音》，题目却依《拜轮诗选》为《赞大海》。尽管苏曼殊在《〈拜轮诗选〉序》中明言"比自秣陵遄归将母，病其匈鬲，搦笔译拜伦《去国行》、《大海》、《哀希腊》三篇"（苏曼殊编译，朱少璋编：《曼殊外集：苏曼殊编译集四种》，北京：学苑出版社 2009 年版，第 69、192 页），曾与曼殊于日本交往甚深的友人黄侃则在《繻秋华室说诗》一文中称"余居东夷日，适与同寓舍，暇日辄翻拜轮诗以消遣。子谷之友汇刊为《潮音》，兹录《哀希腊》及《赞大海》二篇，愧不能如原意"（苏曼殊著，柳亚子编：《苏曼殊全集》第一册，北京：中国书店 1985 年版，第 237 页），似言自己实为《哀希腊》《赞大海》的译者。尽管柳亚子至马以君编辑的苏曼殊文集都将《赞大海》《去国行》《哀希腊》收入其中，三诗的译者历来存在争议。笔者将在下文第 56—59 页详细阐述该问题。关于《惨世界》的译作权也曾存在一定争议，不同的是陈独秀亲口说明"……于是《惨世界》就在镜今书局出版。并且因为我在（转下页）

第一章　语际转换与语内互动的诗性实践：苏曼殊翻译研究

诗人、诗歌注意"①的当属苏曼殊编译的《拜轮诗选》。苏曼殊的"按文切理、语无增饰、陈义悱恻、事词相称"②的翻译主张，在当时断章取义、文辞难登大雅等现象频现的晚清翻译界，是非常可贵的。

苏曼殊在翻译史、文学史方面的贡献已广为前辈学者所共识，然而苏曼殊翻译作品的文学表意系统——尤其是语际转换与语内互动之间的话语构建机制，还有待全面深入的探讨。笔者意图通过语言符号学的多种分析方法和观察视角，结合翻译研究中系统、规范(norm)的概念与描写翻译研究(descriptive translation studies)③的途径，细读苏曼殊的诗歌、小说翻译文本，检视其丰富复杂而又

(接上页)原书上曾经润饰过一下，所以陈君又添上了我的名字"(柳亚子撰:《记陈仲甫先生关于苏曼殊的谈话》，见于柳亚子著，柳无忌编:《苏曼殊研究》，上海：上海人民出版社 1987 年版，第 280 页)。综而言之，作为拙作立足点和理论视域的语言符号学，恰是要打破作者的迷思(myth)，将文学作品置于语言的社会性交际活动、文本互动的文学场域中考量；从雅各布森的"sociolect"(在此可译作社团公语)的视角来看，《本事诗》和诗作者、拜伦三诗与《惨世界》的译作者之争疑不会对拙作研究有实质性影响。如前文所论关于《本事诗》目次与《为调筝人绘像》二首的争议，它们印证了晚清民初文人团体的内部活动之鼎盛，陈独秀、柳亚子等人的不少诗与苏曼殊诗的内容与表达形式十分近似，即文学语言(langue)之并行不悖的系统性相似。各个作者的个人私语参与分享(文化圈内)文学语言的语码系统的规范制约，彼此相互关联，就会显现为社团公语、社会公语的面相。更确切地说，本不存在一个绝对唯一、自生原生的作者。本书使用文本从《潮音》，转引自柳亚子编《苏曼殊全集》。原译诗均无标点，笔者从朱少璋所加标点。

① 谢天振，查明建主编:《中国现代翻译文学史(1898—1949)》，上海：上海外语教育出版社 2004 年版，第 37 页。
② 苏曼殊撰:《〈拜轮诗选〉自序》，见于苏曼殊著，柳亚子编:《苏曼殊全集》第一册，北京：中国书店 1985 年版，第 127 页。
③ 可参阅 Hermans, Theo. *Translation in Systems: Descriptive and System-oriented Approaches Explained*. Manchester: St. Jerome Publishing, 1999; Toury, Gideon. "The Nature and Role of Norms in Translation." *The Translation Studies Reader*. Ed. Lawrence Venuti. London & New York: Routledge, 2000. 198-211; Hermans, Theo. "Translational Norms and Correct Translations." *Translation Studies: The State of the Art*. Eds. Kitty M. van Leuven-Zwart and Ton Naaijkens. Amsterdam: Rodopi, 1991. 155-169; Toury, Gideon. *Descriptive Translation Studies-And Beyond*. Amsterdam & Philadelphia: John Benjamins, 1995.

匠心独运的话语系统,将翻译事件与翻译作品置于意识形态、社会历史与文学规范等多元力量的角力之中进行考察。苏曼殊自称以严谨慎重的"直译"为宗旨,以翻译之笔神交域外文苑英才,却又与同道一起不遗余力地将标的文本充分本土化。

活跃于 20 世纪 60—80 年代的比较文学学者韦斯坦因(Ulrich Weisstein)在 1975 年《影响与平行:比较文学中类比研究的地位及功用》("Influence and Parallels: The Place and Function of Analogy Studies in Comparative Literature")一文中健全和完善了他多年来对文学影响研究的理论体系的阐述,归纳出两个"比较体"(comparatum)之间十种可能存在的关系。① 韦斯坦因理论架构来源于斯洛伐克著名比较文学理论家迪奥尼斯·杜瑞辛(Dionyz Ďurišin)的关系系统论,如张汉良阐明,文学文本之间的关系研究不仅要着眼于发生学意义上的文本接触和关联,即"属于'外在的接触'和接触方式,如出版、翻译等渠道的描述",更应当"探究内在的、结构性的接触,以及透过'合并作用'(合取)或'区分作用'(析取)的操作,使得来源文本发生质变,而产生出新的标的文本"②。杜瑞辛把文学的互动归纳为"基因关系"(des relations génétiques)和"类型学对应关系"(des corrélations typologiques),这其中亦潜藏结构语言学共时性研究与历时性研究的双轴辩证关系。"语言和文学的共相无不基于人类学的共相,是'人'这个'物种'演化遗传和环境互动的结果,也是'物种生成'和'个体生成'互动的结果。"③在接近的个体文学中呈现的文学相似性往往是它们彼此在共时空间交往、接触、

---

① Weisstein, Ulrich. "Influences and Parallels: The Place and Function of Analogy Studies in Comparative Literature." *Teilnahme und Spiegelung: Festschrift für Horst Rüdiger*. Eds. E. Koppen and B. Allemann. Berlin: Walter de Gruyter, 1975.
② 张汉良撰:《透过几个图表反思"文学关系研究"》,《中国比较文学》2014 年第 1 期。
③ 同上。

第一章　语际转换与语内互动的诗性实践：苏曼殊翻译研究

影响的结果，或是由于历时性的传承流变，如同基因的传递和变异；对于两个时空相异、没有"发生学的接触"的作者及其文学文本来说，它们呈现的相似性可以称为"类型学的近似"[①]。

与杜瑞辛同时代的斯洛伐克学者波颇维奇提出"后设文本"（metatext）与"原初文本"（prototext）的概念，由此发掘一种"文学往来的类型学"[②]。波颇维奇在《后设文本的面向》（"Aspects of Metatext"）一文中指出，比较文学家把自己困在文学关联诸多驳杂的形式中，或者局限于研究文学交往的个别现象，即**言语**（parole）层面的文学表征；波颇维奇倡导以索绪尔普通语言学为基础、东欧结构主义符号学方法论为途径来研究文本间际的关系，聚焦于文学在语言（langue）层面的系统范式。他用"inter-textual"来指称时间上先在的原初文本（prototext）和与它有关系的后设文本（metatext）之间的关联，后设文本拥有和原初文本一致的不变体，更具有意义的变体。后设文本是经过中介、被增损、同时生成新意义的文本，因此原样复制的复刻本、抄本等就被排除在研究范围之外。如此方能从文学作品芜杂的个体因素中寻找一个"模式系统"（modeling system）。波颇维奇把它们分为四个方面：语义的（semantic）、文体/风格的（stylistic）、价值论的（axiological），以及与作者个人策略相关的。波颇维奇为后设文本的类型学绘制的图表如下[③]：

[①] 可参阅 Zhirmunsky, Viktor M. "On the Study of Comparative Literature." *Oxford Slavonic Papers*, 1967 (13); Zhirmunsky, Viktor M. "Les Courants Littéraires en Tant que Phénomènes Internationaux" //*Actes du Ve Congrès de l'Association Internationale de Littérature Comparée*, Belgrade 1967. Ed. Nikola Banašević. Amsterdam: Swets & Zeitlinger, 1969. Vol. 1;转引自张汉良撰：《透过几个图表反思"文学关系研究"》，《中国比较文学》2014 年第 1 期。

[②] Popovič, Anton. "Aspects of Metatext." *Canadian Review of Comparative Literature/Revue Canadienne de Littérature Comparée* 3. 3. 1976. 225–235.

[③] 该图表引自张汉良撰：《透过几个图表反思"文学关系研究"》，《中国比较文学》2014 年第 1 期。

Typology of Metatexts 后设文本类型

Way of linking a text to a text 文本连接方式 \ Scope of linking 连接范围	Affirmative 肯定的 Apparent⟷Concealed 显	Affirmative 肯定的 Apparent⟷Concealed 隐	Controversial 争论的 Apparent⟷Concealed 显	Controversial 争论的 Apparent⟷Concealed 隐
Elements or levels of text 文本成本或成阶层	Quotation/motto/allusion, cento reproduction of text/direct, indirect/mediated reading/title, annotation, summary, retelling, etc. /	Subconscious allusion, reminiscence, paraphrase, imitation 潜意识引用，回忆，复述，模仿	Edition purificata/censorship/ parodically interpreted quotation 谐讽式引用	Critical allusion without giving source 不给来源的批评式引用
Text as a whole 文本整体	Translation; 翻译 tendentious transcription; praising review/ pastiche 集锦	Formulated intention of the author to write a text; plagiarism; second hand translation, pseudotranslation	Polemic translation; travesty; literary pamphlet, critical polemic	parody 谐仿

第一章　语际转换与语内互动的诗性实践：苏曼殊翻译研究

波颇维奇着眼于对文本成分与层级系统进行细分，原初文本对后设文本的影响范围可以是局部的文本成分，如引文、格言警句、典故、标题、注解、总结、复述；也可以是整个的文本，如翻译、抄袭、集锦诗、滑稽模仿剧等。此外，如果从文本系统的连结方式进一步加以区别，还可以将所有关联项，即韦斯坦因说的借取、改编、模仿、同义复述等分为可追踪的与不可追踪的，用波颇维奇的话说是显见和隐含的。显见的文本标记容易发现和考察，而更多的乃至无穷无尽的是隐含的似曾相识。

通过互文系统的理论架构，波颇维奇成功地把所有类型的文本现象和文本模式都纳入共同的视界，同时兼备语言学和文学史两大维度。研究者不仅可以借此观察翻译文本、抄袭剽窃、重写本、谐仿等后设文本形式，还可以由此观照文学批评、审查制度、广告以及读者书信等围绕文学作品的各种相关文本。就翻译领域而言，译者对所译源文本的特殊规划方案以及伪译的目标文本之真实意旨，都是以潜藏的形式联结于原初文本，这种联结的真正效果有待我们深入发掘。

波颇维奇和法国学者热奈特使用的概念术语各相殊异，他们各自架构的互文系统的类型学也不一样，他们的关注对象和视域范围则有相似。热奈特是互文性理论的集大成者，他的三部曲《原型文本导论》(*Introduction à l'Architexte*)、《复写文本：第二度的文学》(*Palimpsestes : La littérature au second degré*)和《副文本：阐释的开端》(*Seuils*，英译本名为"Paratexts: Thresholds of Interpretation")集中了他对于文本间互动问题的详尽周演。热奈特拒绝把文本看作稳定、封闭、去历史化的整体，而是将目光聚焦于作为每一个个体文本的生成之源的原型文本(architext)，或者说文本的原型文本性(architextuality)，即"各种一般与超越性的范畴——话语类型、言说模式、文学文类的整个集合"①,同时避免使自己的主张陷入极端多元主义和相对主义的虚无陷阱。热奈特进而把原型文本性深化发展并纳入"跨文本性"(transtextuality)下的总体建构,跨文本性被划分为五种类型:互文本性(intertextuality)、副文本性(paratextuality)、后设文本性(metatextuality)、高文本性(hypertextuality)与原型文本性。互文本性是最狭义的、确凿的文本互涉,如引用、抄袭、典故。副文本包括标题、作者署名、出版信息、前言、后记等"围绕文本"(peritext),以及作者与出版者提供的关于该文本的信息,如与创作、编辑相关的访谈、私人书信、日记等外文本(epitext)。第三种"后设文本性"是指一个文本与先在文本之间的评论、批评性的关系,如亚里士多德《诗学》的一些章节是《俄狄浦斯王》的后设文本。热奈特把对前文本"以非评论性的方式移植嫁接的文本"②称为"高级文本"(hypertext);被模仿的特定前文本是"下级文本"(hypotext——根据热奈特的理论阐发,或亦可以译为初级文本),谐仿、拼贴作品就是典例,如乔伊斯(James Joyce)的《尤利西斯》(*Ulysses*)之于荷马史诗《奥德赛》(*Odyssey*)。

由上观之,热奈特的跨文本性实际等同于波颇维奇的后设文本性。热奈特的《原型文本导论》法文原著出版于 1979 年,《复写文本》首发表于 1982 年,而波颇维奇的《后设文本的面向》出版于 1975 年。波颇维奇在斯拉夫语圈外并不广为人知,现在亦难以找到热奈特借鉴波颇维奇的直接事实凭据,我们只能说热奈特 1979 年可能已经读过波颇维奇的著作,或者他们在平行的时空所见略同。

---

① Genette, Gérard. *Palimpsests: Literature in the Second Degree*. Trans. Channa Newman and Claude Doubinsky. Lincoln: University of Nebraska Press, 1997. 1.
② Ibid, 5.

第一章 语际转换与语内互动的诗性实践：苏曼殊翻译研究

身处东欧的波颇维奇拥有吸取借鉴马克思主义思想的地缘优势,唯物主义、社会主义的思想熏陶使他从未将自己局限于封闭的文本自身。热奈特则身处结构主义向后结构主义转变的潮流当口,他对文学的社会生产的关注,一定程度上是针对意识形态批评对结构主义封闭系统论的指摘的回应。例如他所提出的副文本的概念。他认为副文本最重要的功能之一就是确保文本以与作者意图相一致的形态流传下去,作者和出版者的修改是"含蓄的规条和无意识的意识形态"[1]。副文本辅助和引导文本被解读阐释的方式,它"不仅标识一个文本与非文本的转化空间,也是一种事务处理(transaction)"[2]。热奈特对作者/出版者权重的强调较之解构主义宣告"作者死了"的惊人之语另出机杼,同时也打破了传统结构主义的文本优先论。

译者被关涉的不仅是翻译作品的文本,还有现象学意义上的译者现实遭际与效果历史。如波颇维奇所言："译者实际开展的是两种操作：他传达源文本中的不变量,也同时发掘源文本中实质性的或隐藏的涵义。"[3]苏曼殊对"师梨"之名的音译选择即是明证。"师梨"今译"雪莱",曼殊也尝译作"室利""赊梨"。一方面,"Shelley"英语发音接近"师梨"的粤语(曼殊的家乡方言)读音,另一方面这个译名源于曼殊的佛学、印度学造诣,文殊菩萨的音译是"文殊师利"或"曼殊室利"(即曼殊名由来),古印度六师外道中有一人名"末伽梨拘赊梨子",也为曼殊的翻译提供了语料。面对苏曼殊涉猎广泛、样式繁多的文学实践,笔者将把文学语言

---

[1] Genette, Gérard. *Paratexts: Thresholds of Interpretation*. Trans. Jane E. Lewin. Cambridge: Cambridge University Press, 1997. 408.

[2] Genette, Gérard. "The Proustian Paratexte." Trans. Amy G. McIntosh. *SubStance*. 17.2, n° 56(1988): 63.

[3] Popovič, Anton. "Aspects of metatext." *Canadian Review of Comparative Literature/Revue Canadienne de Littérature Comparée* 3.3(1976): 225-235.

系统、文学史传统、文学文本的生产与接受境况共同纳入研究范围,分析苏曼殊翻译文学整体境况中的互文本性、副文本性、后设文本性、高文本性与原型文本性,梳理他对跨语言、跨文类的开放系统的苦心经营。我们可以根据源文本(原初文本)/译文本(后设文本)这两个比较体之间的诸种关系,从跨文本系统的互动新生与文本系统内部符码交际的视域,绘制苏曼殊文学翻译作品的类型图谱。

首先,苏曼殊所译的诗歌和小说都属于赞成、肯定态度下的翻译活动,这些翻译文本都是作为整体与源文本显在地连结。进而言之,这些文本有的出自二手翻译——歌德(Johann Wolfgang von Goethe)《题〈沙恭达罗〉诗》译自英文[①];所有翻译文本都存在虚假翻译(pseudotranslation)[②]的成分,诗歌部分伪译的内容较少,小说则伪译成分较多。《娑罗海滨遁迹记》基本上是完全的伪译,是一个诸多译介文本掺杂的创作文本和对外部现实的多重虚构,如此另辟蹊径的重写方案是作者精心策划的结果。结构于文本外延系统与内涵系统的译者意图也是深刻影响原初文本与后设文本之关系的隐藏文本。

细化至文本的内容与表达层面,苏曼殊的所有诗歌都以借取、改编、模仿、影响的方式回应和召唤目标语言文化圈先在文本群的符码与习语储藏,他在译诗中淋漓尽致地施展了汉语语内互动下的诗性实践;苏曼殊的小说《惨世界》《娑罗海滨遁迹记》在分别借取、模仿、受影响于标的文学系统的表达层面文类符码的同

[①] 参阅苏曼殊《文学因缘自序》:"Goethe 见之,惊叹难为譬说,遂为之颂,则沙恭达纶一章是也。Eastwick 译为英文,衲重迻译,感慨系之。"见于苏曼殊著,柳亚子编:《苏曼殊全集》第一册,北京:中国书店 1985 年版,第 123 页。

[②] 或译"伪译"。可参阅 Baker, Mona. *Routledge Encyclopedia of Translation Studies*. London & New York: Routledge, 1998. 183 - 185. Toury, Gideon. *Descriptive Translation Studies and Beyond*. Amsterdam & Philadelphia: John Benjamins. 1995.

第一章　语际转换与语内互动的诗性实践：苏曼殊翻译研究

时，对内容层面自觉地进行显著的创新，以旧文体含新内容、旧形式表达新意境的"新小说"建制亮相于风云际会的历史舞台。在文本的跨文化交际活动中，二度模式系统的语码规则与（伊文·左哈意义上的）"经典剧目"是至关重要的结构性力量，对于苏曼殊而言，歌行、颂赞①、七言绝句、白话章回小说等二度模式系统的法度决定翻译文本被重写和理解、生产与消费的程序细节，也是笔者将在下文重点分析的部分。

"多元系统的核心总是与最尊贵的文学经典剧目相一致"②，苏曼殊翻译的诗歌并非拜伦、雪莱、陀露哆（Toru Dutt）、歌德等最为闻名的"代表作"，对于首先以诗歌、戏剧蜚声文坛的法国作家雨果，苏曼殊翻译的《惨世界》参与了他的"通俗"小说在中国的经典化过程，使其在异域的中国作为小说家而非诗人、戏剧家而家喻户晓。苏曼殊的诗歌翻译笃实遵循着旧体诗创作的传统规制，而他改译的《惨世界》则有力地推动了原本处于文坛边缘地带、难登大雅的白话小说的"正名"，见证了说部从文坛末流到主流中心的地位转变，并促进了现代意义的中国小说的形成。

与小说《惨世界》的大规模重写以图解政治不同，苏曼殊的诗歌翻译旗帜鲜明地以"按文切理、语无增饰，陈义悱恻、事词相称"为宗旨，因此，对苏曼殊译诗的语言学探析更能触及中西比较诗学的核心问题。如现代符号学创始人查尔斯·普尔斯所言，对任

---

① 赞是韵文体类的一种，与诗并行，有时候诗歌题目写作"赞"并不一定代表这首作品是赞，而只是表示该诗是在赞扬某物或某人。单就形式而言，它和四言古诗很难区分，一般情况下以标题中的"赞"字作为赞文体的标识，"赞"字通常位于标题末尾。但是，有些作者自编文集时也会把"某某赞"编入诗集，所以赞的界分情况较为复杂，苏曼殊自己把《赞大海》编入《潮音》和《拜伦诗选》，视其为四言古诗也无不妥。《去国行》是典型的歌行体。歌行的文体标识通常也是标题末尾的"行"字，它与乐府的概念有交叉，歌行属于广义的乐府。

② Even-Zohar, Itamar. "Polysystem Studies." *Poetics Today* 11.1(1990): 17.

何语言符号的意义阐释实际上都是将其翻译成另一种符号——一种"更加充分展开的符号"的过程。① 文学的跨语言翻译总是需要"语际翻译"(interlingual translation)与"语内翻译"(intralingual translation)的相辅相成。"语际翻译""语内翻译""符际翻译"(intersemiotic translation)是雅各布森在《论翻译的语言学面向》("On Linguistic Aspects of Translation")中提出的重要概念,是语言符号(verbal sign)得以被阐释和理解的三种渠道。雅各布森在该文中一针见血地指出,任何语汇的意义都是一种符号学建构,没有任何符旨能够离开符号(signum)直接传达。② 翻译中最难实现的是两种符码单元(code-unit)及其编排的完全一致,这些符码关联着使用者的感知经验、认知概念和语用习惯。当译者以一种语言替换另一种语言时,通常会力图确保整体信息(message)不受损,却必须使用标的语言系统的符码规则,因此翻译总是关涉两种不同符码传达的"等价"(equvalant)信息,而这些信息又不是完全对等的。翻译在源语言文化与标的语言文化的符号系统的解码—编码—再度解码的多重表意之中生成新的意义。

对诗歌语言学造诣甚深的雅各布森断言诗歌艺术归根究底是一种"文字游戏"(paronomasia),是"不可译"的,只能进行"创造性转换"(creative transposition)③,在诗歌中,"句法范畴和语

---

① Jakobson, Roman. "On Linguistic Aspects of Translation." *The Translation Studies Reader*. Ed. Lawrence Venuti. London and New York: Routledge, 2000. 114.

② 参阅 Jakobson, Roman. "On Linguistic Aspects of Translation." *The Translation Studies Reader*. Ed. Lawrence Venuti. London and New York: Routledge, 2000. 114.

③ Jakobson, Roman. "On Linguistic Aspects of Translation." *The Translation Studies Reader*. Ed. Lawrence Venuti. London and New York: Routledge, 2000. 118.

第一章 语际转换与语内互动的诗性实践：苏曼殊翻译研究

形范畴、词根词缀、音素与它们的部件（区别性特征）——总之各类语言符码的组成部分——都依据相似与对照（contrast）的原则被对比（confronted）、并置（juxtaposed），纳入共同的关联之中，并承载各自的独立表意（signification）"①。他在语言学诗学的纲领性文献《语言学与诗学》中也谈到，诗性功能在组合轴上设想选择轴所能呈现的等价原则（principle of equavalence）："在诗歌中，一个音节和其他所有相同序位的音节对等，词的重音也应和其他重音对应，非重音和非重音对应，……句法停顿和句法停顿对应，非停顿与非停顿对应"②。诗歌以押韵、节奏、重复性篇章结构为根本特征，语形辞格、语义辞格、句法辞格、逻辑辞格的展演是其最重要的书写方式，而这些用索绪尔的术语来说，就是两种语言系统的语言单位的"**价值**"（value）③不同。

让我们回归索绪尔《普通语言学教程》原典，这位现代语言学和符号学的奠基者开宗明义地提出，语言归根究底是价值的系统。任何要素的价值实现都依赖于与系统内其他同时存在的要素的关联。"一个词可以替换为某种不同的东西，如一个观念，同时也能够与同类性质的事物——另一个词相比拟。因此这个词的价值并不仅仅由它表示的概念或意义决定，它的价值必须通过与其他类似的价值相比较，与其他词相对照才能核定。一个词的内容归根到底不是它所包含的东西，而是外在于

---

① Jakobson, Roman. "On Linguistic Aspects of Translation." *The Translation Studies Reader*. Ed. Lawrence Venuti. London and New York: Routledge, 2000. 117-118.
② Jakobson, Roman. "Linguistics and Poetics." 1958. *Language in Literature*. Eds. Krystyna Pomorska and Stephen Rudy, Cambridge: Belknap-Harvard University Press, 1987. 71.
③ Saussure, Ferdinand de. *Course in General Linguistics*. Eds. Charles Bally, Albert Sechehaye and Albert Riedlinger. Trans. Roy Harris. London: Duckworth, 1983. 110-125.

它的其他事物。"①不仅词是如此,任何语言要素如音位、句法,它们的价值都由它们周围的其他一切要素决定。"就像语言的价值的概念部分唯独是由它和语言中的其他符号之间的关系与差异决定,它的物质部分也同样如此。对于一个词的声音而言,重要的不是声音本身,而是让我们把这个词从其他词中分辨出来的语音差异,这些差异正是承载表意(signification)之所在。"②因此索绪尔此处论述的"表意"不再局限于词汇传达的语义(semantics),语音和句法单位依据它们的区别性特征,都能够传达"意义";且这些语言符号个体本身无法表现价值,只有当它们被安置于组合轴与聚合轴的特定位置,才能充分实现它们的价值。

当索绪尔的视野用以观照语际翻译的问题,"如果词的任务在于表达预先设定的概念,那么在两种语言之间总应能够找到与它们完全对等的词,但事实并非如此……它们的价值并不完全对等"③。英语复数体现于词形和发音的差异,如此差异并不存在于汉语中,如"one day"和"two days"可以用汉语"一天"和"两天"表达对等的语义,它们却没有对等的价值。一首英语诗歌中发挥头韵辞格的单词很难直接再现于它的汉语译本中的对应位置,汉语诗歌的双声叠韵的词组,也难以转换为英语译本中表达同样意思且发挥同样语音辞格功能的词组。对于两种不同符码构形的语言系统而言,要达到语形、语义、句法的各个面向(aspect)的语言价值的同时对等是很难实现的。因此,诗歌翻译较之其他文学文类的翻译便尤其不易。

---

① Saussure, Ferdinand de. *Course in General Linguistics*. Eds. Charles Bally, Albert Sechehaye and Albert Riedlinger. Trans. Roy Harris. London: Duckworth, 1983. 114.
② Saussure, Ferdinand de. *Cours de Linguistique Générale*. Paris: Payot, 1997. 163.
③ Saussure, Ferdinand de. *Course in General Linguistics*. Eds. Charles Bally, Albert Sechehaye and Albert Riedlinger. Trans. Roy Harris. London: Duckworth, 1983. 115.

第一章 语际转换与语内互动的诗性实践:苏曼殊翻译研究

但是以上并不能说明诗歌就是不可译的,或曰诗歌翻译研究是无效的。各种语言符号系统从来不可能严丝合缝,文学语言更是如此。如苏曼殊在《〈文学因缘〉自序》中所言,"文章构造,各自含英,有如吾粤木棉素馨,迁地弗为良,况诗歌之美,在乎节族长短之间,虑非译意所能尽也。"[1]本雅明(Walter Benjamin)所设想的不同语言"意旨模式"[2]相互熔合为一的总体,用叶姆斯列夫语符学的概念来说,就是"心智材料"(purport)。叶氏认为,通过不同语言之间的比较,可以从中提取出适用于所有语言的共同因素,成为具有普遍意义的原则,但是"它在每一种语言的具体实施各不相同,它是一个单位体,仅由它对于语言的结构规则以及所有让语言彼此区别的因素所具有的功能来定义,由区别各语言的功能来定义"。叶姆斯列夫把这个不同语言的共同因素称为"心智材料",它是思维本身,是"一个无固定形状的集合、一个未经分析的实体,仅由我们选用的每一个语句的外部功能

---

[1] 苏曼殊撰:《〈文学因缘〉自序》,见于苏曼殊著,柳亚子编:《苏曼殊全集》第一册,北京:中国书店1985年版,第121页。
[2] 本雅明在名篇《译者的任务》("The Task of the Translator: An Introduction to the Translation of Baudelaire's *Tableaux Parisiens*")中把同一意义在译入不同语言系统中对应的表达形式之根本差异归于"意旨的模式"(modes of the intention)之别。德语"Brot"和法语"pain"都对应同一对象"面包",它们的意旨模式却相互冲突,正是这些模式将"Brot"和"pain"相区分,且这两个词相互抵触,不可互换。符征与符旨之间的关系在此凸显的是强制性、特殊性而不再具有任意性和武断性。虽然两个词的意旨模式冲突,但是意旨对象(object of intention)能够承担意旨的补充,"意旨与意旨对象补充它们所源生的这两种语言","在单独未被补充的语言中,意义从不是在相对的独立性中被发现,如单独的词汇或句子;而是处于在一个熔解的常态中,直到它作为一种纯语言能够从诸多意旨模式的和谐共鸣中创生。在此之前,它都隐藏于各种语言之中。"事实上,纯语言是一种只可能接近而永远不可能实现的状态,本雅明把文学作品的"本质"归于文本信息以外的、"不可捉摸的、神秘的、诗性的"东西,这是与符号学殊途的理论视野。参阅 Benjamin, Walter. "The Task of the Translator: An Introduction to the Translation of Baudelaire's *Tableaux Parisiens*." *The Translation Studies Reader*. Ed. Lawrence Venuti. London and New York: Routledge, 2000. 15-18.

来定义"。① 不同语言的符号功能赋予表达的心智材料以形式,这些表达形式将心智材料组成表达实质,构成语言的表达层面,内容层面也是同样。不同语言的表达形式、内容形式不同,却能够分享共同的心智材料。

"心智材料"的概念是对索绪尔语言学的一个重要发展。如英语诗歌有头韵辞格,汉语诗歌有双声辞格;英语诗歌有音步的划分,汉语诗歌有五言、七言、四言等;反问、设问、渐重等是不同语言共同分享的句法和修辞装置。不同语言在结构原则与功能上的一致性或近似性,是不同语言符号系统能够在语际与语内之间被"翻译"的真正前提。

我们对"心智材料"的探讨可以进一步应用于对语内翻译的探讨:任何一个标的文本都同时是诠释与被诠释、建构与被建构的文本,都能够召唤出标的语言中独特的后设语言文化系统。不仅英语与汉语的初度模式系统不同,汉语内部也历时与并时地存在着多个亚级模式系统,它们的结构规则可能千差万别。对文学文本内涵符征之形式的创造性转换,使文学翻译成为具有主观能动性的**诗性话语实践**。翁贝托·艾柯在《符号学理论》(*A Theory of Semiotics*)中虽然指责叶姆斯列夫的体系带有"拜占庭式的复杂性"②,但他却承认叶氏的方法非常适合分析语言的

---

① Hjelmslev, Louis. *Prolegomena to a Theory of Language*. Trans. Francis J. Whitfield. Madison: University of Wisconsin Press, 1961. 50–51.
② 艾柯认为,叶姆斯列夫的"实质"是个含糊不清的概念,"叶姆斯列夫反复表达这样的看法:实质是由语言形式所分离的事物。为理论纯晰之考虑,我宁愿把它们看作由语义系统派生的象征性语义单位(token semantic units)。"(Eco, Umberto. *A Theory of Semiotics*. Bloomington: Indiana University Press, 1976. 52.)笔者的理解是叶姆斯列夫始终遵循索绪尔"语言是一种形式"的观点,把语言符号看作内容形式和表达形式的统一,没有这种形式,心智材料就不能成为实质而显现。叶姆斯列夫所述的形式和实质是不可分离的,所以"实质"通过形式具体呈现的存在体,就是一个个具体的语言单位;而且实质并非隶属于语义系统,它也存在于语形(包括语音)、句法、语用的面向。

符码系统。

对于文学翻译而言,不同的翻译-诠释策略背后是译者主体生命的投射,以及译者身后的时代社会与文学文化系统。翻译文本的语言价值体系和符码规则依赖于译者对目标语言的把握。纵观苏曼殊的译诗,文体有五言古诗、四言古诗、七言绝句等多种形式,这些作品在同时代和后世又有散曲、五古、歌行、骚体、白话新诗等新版本的译作,内容调度、风格、修辞手法各有千秋,异彩纷呈,无不体现了中国文学古今演变的过程中,各种文学符号系统之间的语内互译与诗性实践。

第一节　溯古还今的诗性创译

苏曼殊身处的学古与新变双轨交织的近代诗坛,实为异彩纷呈,群芳竞妍。在发表于1926年《学衡》第51期的《近代诗评》一文中,钱仲联先生对晚清以来诗学大势作出如下分析:"诗学之盛,极于晚清。跨元越明,厥途有四:瓣香北宋,私淑西江,法梅(尧臣)王(安石)以炼思,本苏(东坡)黄(庭坚)以植干,经巢(郑珍)、伏敔(江湜)、蝯叟(何绍基)振之于先,散原(陈三立)、海藏(郑孝胥)、海日(沈曾植)大之于后,此一派也;……驱役新意,供我篇章,越世高谈,自辟户牖,公度(黄遵宪)、南海(康有为),蔚为大国,复生(谭嗣同)、观云(蒋智由),并足附庸,此一派也。"[1]苏曼殊的好友、南社创始人之一高旭即认为:"新意境、新理想、新感情的诗词,终不若**守国粹**的、用**陈旧语句**为愈有味也。"[2]与同时

---

[1] 钱仲联著:《钱钟联学述》,杭州:浙江人民出版社1999年版,第60—61页。
[2] 高旭撰:《愿无尽斋诗话》,见于郭长海、金菊贞编:《高旭集》,北京:社会科学文献出版社2003年版,第544页。粗体为笔者所加。

代别求新声于异邦的作家们相较,苏曼殊探索的是一条曲折复杂的路——面对博大精深的古典文学资源,如何使自身融入并承继其精髓,同时通过译介活动为华夏文明注入新的生机活力,且借他人之酒杯浇自己之块垒,通过对源文本别出心裁的筛选和改写,抒发自己的家国情怀、幽隐心绪与艺术钟情。

在曼殊编译的第一本中外诗文作品集《文学因缘》的自序中,他扼腕叹息"今吾汉土末世昌披,文事弛沦久矣,大汉天声,其真绝耶?"试图以中外文学的互译作追怀与复兴悠久灿烂的华夏文学传统之努力。苏曼殊对拜伦、雪莱的欣赏正如对李杜的尊敬。他在《燕子龛随笔》第一则中写道:"英人诗句,以师梨最奇诡而兼流丽。尝译其《含羞草》一篇,峻洁无伦,其诗格盖合中土义山、长吉而镕冶之者。"[1]在自己的小说《断鸿零雁记》第七章中,曼殊借主人公"三郎"之口如此比照中外诗人:"余尝谓拜轮犹中土李白,天才也;莎士比尔犹中土杜甫,仙才也;雪梨(雪莱)犹中土李贺,鬼才也。"[2]苏曼殊是晚清民初译介热潮中将中国文学介绍给西方的最早者之一,也是杂采众诗出版成集的第一人,他将平时搜集的英译汉诗精选成册,连同自己翻译的诗歌编辑成四种汉英互译作品集《文学因缘》《潮音》《拜轮诗选》及《汉英三昧集》,在海外出版发行,某种程度上弥补了近代中外文学交流"一边倒"的缺陷。[3] 在以下几节,笔者将把苏曼殊各篇译诗与源文本的文学话语系统进行对观,逐一展开文本细读。

---

[1] 苏曼殊撰:《燕子龛随笔》,见于苏曼殊著,柳亚子编:《苏曼殊全集》第二册,北京:中国书店 1985 年版,第 33 页。
[2] 苏曼殊撰:《断鸿零雁记》,见于苏曼殊著,柳亚子编:《苏曼殊全集》第三册,北京:中国书店 1985 年版,第 36—37 页。
[3] 参阅黄轶著:《苏曼殊文学论》,山东大学博士学位论文,2005 年,第 69—70 页。

第一章　语际转换与语内互动的诗性实践：苏曼殊翻译研究

一

首先，让我们对苏曼殊译诗《去燕》作表层文本结构的话语分析。《去燕》一诗译自英国 17 世纪浪漫主义诗人豪易特的 "Departure of the swallow"。这是一首沿袭中世纪古诗的形式与英国民间歌谣风格的作品，无显著的作诗习语，而以一种生活化、口语化的言语行为呈现于读者。作者在诗中设立了一个第一人称发话者，这个话语主体并不一定等于诗人本人，他通过一连串的发问虚拟出一个在场的受话者，也是一个读者可以自身代入的受话者，向其提问飞走的燕子去哪了，为什么离去。但是自始至终无人回答发话者的问题，只有他的自问自答，使得两极话语模式成为一种说话者的自我交流。说话者亦将自身假设为对象性的他者，从而描述、质询、投射情感欲望于作为他者的自身。从语用学的视角来看，言语行为中的发话者总是通过代词"我"把主体的在场引入话语中，人们通过它来"测量材料和其功能之间既微小又广阔的距离"，这是"一种本质体验的现实化"[1]。在 "Departure of the swallow" 的前三节中，表征话语主体存在的指示词"I"隐而不显，取而代之的是"自我交流"与"借他言己"的表达方式，通过凸显受话者对象的行为手段来标识话语主体的当下在场。

在这个对话场景中，发话者动元和受话者动元可以不断分配给不同的角色，从而实现话语主体的转换。前两节中，一个说话者在与另一个受话者交谈，燕子是两人谈论的他者对象。最后一

---

[1] Benveniste, Emile. "Le Langage et l'expérience humaine." *Problèmes de Linguistique Générale. Vol. 2*. Paris: Gallimard, 1974. 67–68. 此处引用王东亮译本（埃米尔·本维尼斯特著，王东亮等译：《普通语言学问题》，北京：生活·读书·新知三联书店 2008 年版，第 142—143 页）。

节的"we"突出了这两个话语主体的存在,又将该受话者角色隐于发话者背后,将受话者动元的角色分配给第三方不定的所指:"一切无从所知,我们感到孤寂,只留下这一片空无。"(最后三句直译)这样一种交织转换的对话场景充分展现了诗歌的话语交际效果,诗歌文本不仅能够表达语义维度的含义,而且具有语用意义。原诗被苏曼殊以颇具乐府民歌色彩的五言古诗的体制改编如下:

> 燕子归何处,无人与别离。
> 女行蔾谁见,谁为感差池。
> 女行未分明,踥蹀复何为。
> 春声无与和,尼南欲语谁。
> 游魂亦如是,蜕形共驱驰。
> 将翱复将翔,随女天之涯。
> 翻飞何所至,尘寰总未知。
> 女行谅自谪,独我弃如遗。①

　　苏曼殊向读者呈现了一个不同于原诗的话语结构:一个独语者向飞走的燕子倾诉衷肠,却无回应。译诗第一行,燕子是第一人称说话者咏叹、倾诉的对象,此时的话语主体与燕子分别承担主体和客体的动元角色,这个话语主体随后甚至向往变成对象客体,随其翱翔天涯。紧接着燕子变成第二人称受话者"女",它与话语主体保持着稳定不变的发话者-受话者的动元角色关系。原诗没有标点,从频繁使用的疑问代词与副词"何"、疑问代词"谁"可以看出,发话者"我"对燕子接连不断地发问,可是受话者没有作答,最终抛下了"我",全诗以哀怨叹惋之声作结。原诗

---

① 柳亚子编:《苏曼殊全集》第一册,北京:中国书店1985年版,第88页。

第一章 语际转换与语内互动的诗性实践：苏曼殊翻译研究

充分实践了诗歌作为一种**话语**的表达，译诗则展现了诗歌文本的**表演性**。

重复、连环的修辞手法是乐府民歌的常用表达方法。这一点契合了原诗的文类范畴，然而译诗多用习语。"蜕形"是借喻用法，它本是蝉的生物性征，燕子不存在蜕形一说。司马迁《史记·屈原贾生列传》以蜕形比拟屈原之志洁行廉："自疏濯淖污泥之中，蝉蜕于浊秽，以浮游尘埃之外，不获世之滋垢，皭然泥而不滓者也。"①翱翔为增意，"蹀躞"本义是小步行走，被曼殊用以形容燕子穿梭往复的飞翔状。它拥有丰富的互文空间：古乐府《白头吟》有"蹀躞御沟上，沟水东西流。"②鲍照《拟行路难》诗之六："丈夫生世会几时？安能蹀躞垂羽翼？"③等等。译诗末句"独我弃如遗"，可追溯至古诗十九首《明月皎夜光》的"不念携手好，弃我如遗迹"④等名句。

原诗生动鲜明地传达了抚今追昔的"Ubi sunt"传统，这个短语源自拉丁语，被欧洲各民族文学用来歌咏曾经的花儿、鸟儿、人儿都去了哪儿。它是中西文学的一个共同思想情感主题，也就是叶姆斯列夫意义上的共同的"心智材料"。然而值得注意的是，曼殊将"freed spirit"改为"游魂"，把摆脱束缚的自由灵魂代之以辗转迁徙的游子形象。这也与译者漂泊匆匆、行无定所的个人经历有一种隐含关联。孤独飘零之鸟是曼殊文学创作与翻译中最重要的意象和母题之一：拟自传小说《断鸿零雁记》的主人公以孤鸿自喻；未完成的小说《天涯红泪记》的主角名为"燕影生"；曼殊翻译的唯一一首雪莱诗歌《冬日》，首行以凄清寒风中

---

① 司马迁撰，裴骃集解：《史记·卷八十四屈原贾生列传》，北京：中华书局1982年版，第2482页。
② 逯钦立辑校：《先秦汉魏晋南北朝诗》，北京：中华书局1983年版，第274页。
③ 沈德潜选：《古诗源》，北京：中华书局1963年版，第255页。
④ 逯钦立辑校：《先秦汉魏晋南北朝诗》，北京：中华书局1983年版，第330页。

悲鸣的孤鸟起笔。这一切构成曼殊文学系统的互文对话网络，孤鸟是连结不同文本的纽结，同时又指涉文学文本之外的作者真实人生，从这个角度来说，它们是作者生命文本化于不同作品中的隐喻。

此外，"summer cheer"被取代为"春声"，个中缘由，在于古之写燕总是取时春季，若译为夏季则显得不合时宜。亦如写燕之鸣总用"呢喃"（即"尼南"）字眼，写燕穿梭之婉转灵动总用"差池"形容。燕之"差池"的习成表达源自《邶风·燕燕》中的"燕燕于飞，差池其羽"，马瑞辰《毛诗传笺通释》解释"差池"为"义与参差同，皆不齐之貌"[1]。《邶风·燕燕》被明人陈舜百颂为"深婉可诵，后人多许咏燕诗，无有能及者"，被清人王士禛举为"千古送别诗之祖"[2]。此后古诗十九首《东城高且长》的"思为双飞燕，衔泥巢君屋"[3]，乃至苏曼殊自己的创作——"轻风细雨红泥寺，不见僧归见燕归"（《吴门依易生韵》）[4]、"寄语麻姑要珍重，凤楼迢递燕应迷"（《无题》）[5]、"一炉香篆袅窗纱，紫燕寻巢识旧家"（《晨起口占》）[6]无不继承了送别思归的传统情境与思想主题。

在这首译诗的外延系统中，由一个第一人称发话者与稍有变动的第二人称受话者构成一个话语场景，对比原诗，"春声无与和"宾语省略，"将翱复将翔"主语省略，"翻飞何所至"的主语已由"游魂"回转为"燕子"，但是主语依旧省略。第三、四句和第五、六句在句法上体现为主语的重复、疑问句型的反复操演和语义上的

---

[1] 马瑞辰撰：《毛诗传笺通释》，北京：中华书局1989年版，第113页。
[2] 王昶编著：《古典诗词曲名句鉴赏》，太原：山西经济出版社2012年版，第4页。
[3] 《先秦汉魏晋南北朝诗》，第332页。
[4] 苏曼殊著，柳亚子编：《苏曼殊全集》第一册，北京：中国书店1985年版，第56页。
[5] 同上书，第57页。
[6] 柳亚子、苏曼殊著，柳无忌译：《磨剑鸣筝集：南社二友柳亚子与苏曼殊诗选》（*Poems of Two Southern Society Friends: Liu Ya-Tzu and Su Man-shu*），上海：上海外语教育出版社1993年版，第216页。

第一章　语际转换与语内互动的诗性实践：苏曼殊翻译研究

渐重关系。在通篇使用文言语法的情况下，使用文言句法典型的宾语前置结构"复何为""何所至""（独）我弃如遗"。"欲语谁"却没有进行宾语前置，是出于押上平声支韵的考虑。因此句法面向的宾语前置与否和语音面向的韵律编排具有垂直向度的因果关系。作为诗歌习语的"差池"（连绵词）、"蹀躞"（连绵词）、"尼南"（拟声连绵词）、"蜕形"、"弃如遗"，与具有丰富文学语义和语用传统的"春""燕子""游魂"进而参与内涵系统的建构，语音辞格有双声叠韵、拟声，语义、句法、逻辑辞格有复沓、对比和修辞问句。对文体规制的遵守，语音、语义、句法、逻辑辞格的运用，与抚今追昔的思想情感，怀春、伤春、思归、惜别等情感取向，人对自由灵魂/身体的向往，人与自然生物心灵相通的观念结合于目标文本的内涵系统。在诗歌的语义层面，确切言之是语义与逻辑辞格参与的内涵符号系统的语义面向，我们也可以根据普尔斯的三分法分析该层面符表（representamen）—符物（object）—符解（interpretant）的语义逻辑建构。

符表： "春天""燕子""游魂""差池""蹀躞""尼南""蜕形""弃如遗"等。	符物： 抚今追昔的思想情感； 怀春、伤春、思归、惜别等情感取向； 人对自由灵魂/身体的向往； 人与自然生物心灵相通的观念。

符解：如前举例，中国文学传统的典藏是诗人的精神原乡，塑造了"春""燕子""游魂""差池""蹀躞""尼南""蜕形""弃如遗"的文学语义，让《去燕》表达的内涵为读者理解接受。

符解作为连接符表与符物之间的表意过程，它本身也是符号，可以成为符号链上的一环，因此它具有无限衍生的能力，连结

起一个个文本和意义单位;当被置身于特定的文学符号系统中,原本离散、多义的符号便被逐步具体化、特殊化。语言的内涵系统和外延系统的根本差别在于**符码机制**的殊异。内涵语言系统的符码被艾柯称为亚级语码(subcode)[①],内涵系统的信息编码与解码不完全遵循(或不遵循)外延系统的符码规则,这也对信息接收者的接受能力提高了要求。苏曼殊身处晚清民初西学东渐的思潮与"诗界革命"方兴未艾的时代,一方面积极地引介西方文明与文苑英华,另一方面也未忽视身后博大精深的古典资源,始终思忖如何进入这个话语系统,自觉自愿地将翻译作品的内涵符码与标的语言系统的符码规则相接轨。

换言之,这种为了使翻译文本的内涵符码与目标语言文学系统的内涵符码规则相接轨,而在翻译过程中对外延层面的表达和内容所作的创造性改变,即以增加、删除、改写、转换的方式放弃与源文本的语义、句法、话语结构等方面的对应,这也是一种"**诗性功能**"的实践。这种实践倾力于将某种性质的对应符号从纵聚合轴——标的文本的后设系统中——选择性地投射到横组合轴上,它突出强调的是标的文本系统的语言特质,以标的文本系统的符码规则为先;此时的符号也弱化了其自身以交流沟通为目的的描述性,在关联外在事物的同时,更倾向于投射自身及其背后的符码与信息的典藏。

对于后世读者来说,他们对苏曼殊译诗的理解、欣赏必定不同于苏曼殊同时代的标的语言的读者。文学革命和国语运动百年后的今天,我们使用的口语和书面语言都以现代白话为初度模式系统和外延系统,以现代汉语普通话来读《去燕》,就无法领略和韵的诗美;习语"躞蹀"现在已很少使用;"尼南"如今写作"呢

---

① Eco, Umberto. *A Theory of Semiotics*. Bloomington: Indiana University Press, 1976. 56.

第一章　语际转换与语内互动的诗性实践：苏曼殊翻译研究

喃";"差池"一词的语义已变化，此二字按照古音为叠韵（上平·五支韵），按照现代汉语标准音读，恰为双声。因此，当代读者阅读《去燕》时，必须在头脑中对这首诗作**语内翻译**。

返观旧体诗的外延系统，它与现代白话诗外延系统的语音、字形、语义面向相比有不少变化，句法规则整体改变；相比之下，诗歌文本的内涵系统——韵律规范、结构形态变化显著，修辞辞格则大多保留。这种语内翻译所关涉的符号生产和互动机制，笔者还将在分析《哀希腊》百年汉语译介活动时做详细探讨。

二

对拜伦诗歌的译介无疑是苏曼殊翻译作品中最重要的华章。拜伦的精神气质与个人身世，都让生如飘鸿的曼殊找到共鸣。1908年2月至3月间，苏曼殊"几乎用所有时间专门读拜伦的诗"[1]，他曾在1910年12月出版的《南社》第三集上发表《题拜轮集》一诗来表达他与拜伦的惺惺相惜。在其《〈潮音〉自序》中，苏曼殊推赞拜伦的诗歌"在每个爱好学问的人，为着欣赏诗的美丽，评赏恋爱和自由的高尊思想，都有一读的价值"[2]。

在此必须指出的是，苏曼殊虽对拜伦诗歌推崇备至，但是他的理解具有很强的主观性。苏曼殊笔下的拜伦作品保留了爱国情怀、理想主义思想、恣肆的文学想象等成分，而削减了拜伦在《恰尔德·哈罗尔德游记》(*Childe Harold's Pilgrimage*)中塑造的忧郁、高傲、厌世的个人主义者形象——这种中国传统文学

---

[1] 柳无忌著，王晶垚译：《苏曼殊传》，北京：生活·读书·新知三联书店1992年版，第61页。
[2] 苏曼殊撰，柳无忌译：《〈潮音〉自序》，见于苏曼殊著，柳亚子编：《苏曼殊全集》第四册，北京：中国书店1985年版，第37页。

所缺失的形象。① 真正洞察拜伦诗中的"撒但"②精神之人是鲁迅,但是鲁迅《摩罗诗力说》中的拜伦形象同样是强烈主观性的诠释。

笔者必须在此说明本书对《赞大海》《去国行》《哀希腊》三诗译者争议问题的处理方式和态度。苏曼殊在《〈拜轮诗选〉序》中明言"比自秣陵遄归将母,病其匈鬲,擩笔译拜伦《去国行》《大海》《哀希腊》三篇"③,英领事佛莱蔗(W. J. B. Fletcher)在《拜轮诗选》英文序中同样称"曼殊先生为中国民众所译拜伦的名作《哀希腊》和《去国行》,可以说为中国的民众自由之文学作了有力补充,而且我们也确信这些译诗表达的理想必定能得到响应并激发思考"④;曾与曼殊在日本居于同所、交往甚深的友人黄侃则在《缥秋华室说诗》一文中称"余居东夷日,适与同寓舍,暇日辄翻拜轮诗以消遣。子谷之友汇刊为《潮音集》,兹录《哀希腊》及《赞大海》二篇,愧不能如原意"⑤,似言自己实为《哀希腊》《赞大海》的译者。对此,柳无忌的说法是"但我不能相信,大概是曼殊草稿而季刚为修饰罢了"⑥。柳亚子将黄文收入《苏曼殊全集》附录,大概同出于此认知。钱基博著《现代中国文学史》中指明曼殊尝从章太炎学为诗,后"与黄侃同译拜伦诗,而意趣所寄,尤在《去国行》、《大海》、《哀希腊》三篇,则玄瑛与黄侃草创之,而章炳麟润色以成篇者

---

① 这种形象也许与(曼殊所谓能与之相提并论的)李太白的部分诗歌的抒情主人公的性格有些许相似,但仍有本质不同。
② 参阅鲁迅撰:《摩罗诗力说》,见于《鲁迅杂文集:坟·热风·两地书》,杭州:浙江人民出版社 2002 年版。
③ 苏曼殊编译,朱少璋编:《曼殊外集:苏曼殊编译集四种》,北京:学苑出版社 2009 年版,第 69、192 页。
④ 苏曼殊著,柳亚子编:《苏曼殊全集》第四册,北京:中国书店 1985 年版,第 33 页。
⑤ 苏曼殊著,柳亚子编:《苏曼殊全集》第一册,北京:中国书店 1985 年版,第 237 页。
⑥ 柳无忌撰:《苏曼殊及其友人》,见于苏曼殊著,柳亚子编:《苏曼殊全集》第五册,北京:中国书店 1985 年版,第 24 页。

第一章　语际转换与语内互动的诗性实践：苏曼殊翻译研究

也"①。泪红生《记曼殊上人文》亦云："与章太炎氏居尤久，其文字常得太炎润色，故所译英文摆轮诗，中多奇字，人不识也。"②柳亚子、马以君等编辑的苏曼殊文集都将《赞大海》《去国行》《哀希腊》收入其中。施蛰存主编的《中国近代文学大系 1840—1919 翻译文学集三》亦将《哀希腊》等三译诗的作者归于苏曼殊。③

黄侃弟子潘重规于 1986 年发表的《蕲春黄季刚先生译拜伦诗稿读后记》一文，以黄侃手稿中《赞大海》题作《代苏玄瑛译拜轮赞大海诗六章》、《去国行》题作《代苏玄瑛译拜轮去国行诗十章》、《哀希腊》题作《代苏玄瑛译拜轮哀希腊诗十六章》及相关《识语》为据，证明拜伦三诗为黄季刚所译。该文多次收入黄侃纪念文集，后转载于 1999 年《南社研究》第 7 辑，紧随其后的是朱少璋撰写的一篇《黄（侃）译拜伦诗献疑——兼论〈潮音〉与〈拜伦诗选〉之关系》，针对潘文提出异议："曼殊素无掠美之习，正如《留别雅典女郎诗》四首，初刊于《文学因缘》中，曼殊在《自序》中即明注'故友译自 Byron 集中'……那么，《赞大海》、《去国行》及《哀希腊》三组译诗，何以会一改惯例而掠他人之美若此？ 更何况，《潮音》与《拜伦诗选》的出版，均在苏、黄二人同时在世之年，曼殊若有掠美，何以黄氏不提出抗议，表明真相？ 而竟一连错过两次澄清的机会。"④另外朱少璋据柳无忌致潘重规的信中所云："季刚先生为盛唐山民，当家父编曼殊全集时，已由黄先生亲自告知，故《留别雅典女郎》四诗，亦未采入全集内。"其中并未显出《赞大海》《去国行》和《哀希腊》存在争议。朱少璋还提出"代"应作"更改"之意

---

① 钱基博著：《现代中国文学史》，上海：上海书店出版社 2007 年版，第 88 页。
② 苏曼殊著，柳亚子编：《苏曼殊全集》第四册，北京：中国书店 1985 年版，第 140 页。
③ 可参阅施蛰存主编：《中国近代文学大系 1840—1919 翻译文学集三》，上海：上海书店出版社 1991 年版，第 125—130、132—135 页。
④ 马以君编：《南社研究》第 7 辑，香港：香港天马图书有限公司 1999 年版，第 386 页。

理解,"在《黄季刚先生遗书》中,黄氏曾在《说文解字》的'代'字上手批:'代,同改忒……'又在'改'字上手批:'同代忒'。可见'代'字的本意是'更改'而非'代替',黄氏对这个字的解释也表认同,是以手稿中的标题可理解为:'修改苏玄瑛译拜伦某某诗",似更觉合理。'"①在2009年出版的《曼殊外集:苏曼殊编译集四种》序言中,邝健行对"代"字、《缥秋华室说诗》和潘重规文中相关手稿的字义、语法、措辞等细致析释,提出可将"暇日辄翻拜轮诗以消遣"的主语归于曼殊,"'相绐'即'相欺''欺骗'意……季刚先生这么一说,倒像是他译诗时没有原文在手上。即使苏曼殊劝慰,还是拿不准是否真的译得还可以。'或'字传递的就是这番意思。'或'字同时还传递出一种可能性:季刚先生据现存的中译本改译,却一时未参照原文,所以有点不安"②。钟翔、苏晖称黄侃作为民主革命先驱者,以文学之笔抒写"革命激情和爱国热情"③,他对自由、解放、平等的追求向往,与三译诗的表达情志相吻合,但是这种思想情感同样也为曼殊所具。曼殊在《〈拜轮诗选〉序》中记录自己尝与法兰居士语"震旦万事蘦坠,岂复如昔时所称天国(Celestial Empire),亦将为印度巴比伦埃及希腊之继耳!"且"此语思之,常有余恫"④。两人堪称同声相应,同气相求。综上所述,笔者认为《赞大海》《去国行》和《哀希腊》三诗为曼殊所译,黄侃(及章太炎)很可能在相当程度上参与了三首译作的修改润饰。

笔者必须说明的是,作为本书立足点和理论视域的语言符号

---

① 马以君编:《南社研究》第7辑,香港:香港天马图书有限公司1999年版,第388页。
② 邝健行撰:《〈曼殊外集〉序》,见于苏曼殊编译,朱少璋编:《曼殊外集:苏曼殊编译集四种》,北京:学苑出版社2009年版,第vi-vii页。
③ 钟翔、苏晖撰:《读黄侃文〈缥秋华室说诗〉关于拜伦〈赞大海〉等三译诗的辨析》,见于《外国文学研究》,1994年第3期,第28页。
④ 苏曼殊著,柳亚子编:《苏曼殊全集》第一册,北京:中国书店1985年版,第125页。

学,恰是要打破作者的迷思(myth),将文学作品置于语言的社会性交际活动、文本互动的场域中考量;从雅各布森的"sociolect"(在此可译作社团公语)的视角来看,《本事诗》和诗作者、拜伦三诗与《惨世界》的译作者之存疑不会对本研究有实质性影响。正如苏联时期巴赫金、瓦罗西诺夫(Valentin Nikolaevich Voloshinov)、梅德韦杰夫(Pavel Nikolaevich Medvedev)等人的研究团体发表的不少出色论文的作者归属都曾存在争议,甚至一度有称瓦罗西诺夫是否有其人都值得怀疑,如今学者的历史考据使这些问题日益清晰,但是这些论文中的卓识创见可以说都是巴赫金小组(Bakhtin Circle)频繁密切地集体研讨的结晶。[①] 如下文将论的《本事诗》目次与《为调筝人绘像》二首的争议,它们印证了晚清民初文人团体的内部活动之鼎盛,陈独秀、柳亚子等人的不少和诗与苏曼殊诗的内容与表达形式十分近似,作者们的个人私语参与分享(文化圈内)文学语言(langue)系统的规约,彼此相互关联,就会显现为社团公语、社会公语的面相。更确切地说,本不存在一个绝对唯一、自生原生的作者。

尽管被封为浪漫主义诗人的代表之一,拜伦批评华兹华斯(William Wordsworth)的自由无韵诗,而钟情新古典主义诗风,推崇亚历山大·蒲柏(Alexander Pope)、斯威夫特(Jonathan Swift)、伏尔泰(Voltaire)。拜伦的《恰尔德·哈罗尔德游记》(*Childe Harold's Pilgrimage*)整体模仿斯宾塞(Edmund Spenser)《仙后》(*The Faerie Queene*)的文体形式,而《仙后》则是追随中世纪乔叟(Geoffrey Chaucer)的皇家诗(rime royal)形式。有趣的是,拜伦创作中这些不时流露的拟古、复古的表征,对

[①] 可参阅 Holquist, Michael. "Introduction." *The Dialogic Imagination: Four Essays by M. M. Bakhtin*. Ed. Michael Holquist. Trans. Caryl Emerson and Michael Holquist. Austin: University of Texas Press, 1981. xxii - xxvi.

求新的迟疑态度,与苏曼殊选择标的文类的偏好正相符合。在古与新交织的近代诗坛背景下,苏曼殊经过对源文本的把握考量选取四言古体、五言古体等特定的形式,采纳歌行、赞①等文类的特征翻译拜伦的诗作,这是他对本国文学传统的拟仿承继的躬亲实践,或许亦与他对拜伦诗歌创作的认知直接相关。《去国行》与《赞大海》取自拜伦的同一部诗体小说《恰尔德·哈罗尔德游记》,苏曼殊却以不同体制译之,并自觉地根据这些二度模式系统的先在范式来规约标的文本的表意体系,使标的文本的信息与代码具有脱离源文本的自治性,由此产生的新意义也参与了中国近代诗歌的发展。

如洛特曼在《心智宇宙》一书中所道,人工语言可以使用均一的符码转译完全一致的信息,而艺术性翻译活动的信息传递者与接收者使用的是互不相同的符码,它们之间有重叠的部分更有很多差异。因此,如果尝试把翻译文本(第二文本)转换回源文本,将不会得到原始文本(第一文本),而是一个新的第三种文本(第三文本)。"这种不对称的关系,这种对选择的恒常需要,让翻译成为一种生成新信息的行为,并例证语言与文本的创造性功能。"②这种创造性的意义变化是文化发展和新变的动力。苏曼殊对拜伦的赞赏已不必赘述,欣赏归欣赏,翻译则别是一家。如何对拜伦诗歌不拘一格的体制章法、随处涌现的天才灵感、起伏变幻的抒情讽刺进行转化,使之与标的语言系统的规范相接轨,

---

① 如前所述,赞是韵文体类的一种,与诗并行,诗歌题目写作"赞"并不一定代表这首作品是赞,而只是表示该诗是在赞扬某物或某人。单就形式而言,它和四言古诗很难区分,一般情况下以标题中的"赞"字作为赞文体的标识,"赞"字通常位于标题末尾。但是,古代有些作者自编文集时也会把"某某赞"编入诗集,苏曼殊自己把《赞大海》编入《潮音》和《拜伦诗选》,视其为四言古诗也无不妥。《去国行》则是典型的歌行体。

② Lotman, Juri M. *Universe of the Mind: A Semiotic Theory of Culture*. Trans. Ann Shukman. London: I. B. Tauris Publishers, 1990. 14–15.

第一章 语际转换与语内互动的诗性实践：苏曼殊翻译研究

是翻译者面临的重大问题。苏曼殊二度创作的五言古风《去国行》、四言古风《赞大海》较于原诗改编显著，以游子离乡这个中国文学的主题和意象传统，重塑欧洲海洋文明的探险征服主题与个人主义梦想家流浪者的文学形象。

《去国行》①采用的是五言歌行，属于广义的乐府，诗歌开篇如下：

> 行行去故国，濑远苍波来。
> 鸣湍激夕风，沙鸥声凄其。
> 落日照远海，游子行随之。
> 须臾与尔别，故国从此辞。
> 日出几刹那，明日瞬息间。
> 海天一清啸，旧乡长弃捐。
> 吾家已荒凉，炉灶无余烟。
> 墙壁生蒿藜，犬吠空门边。

对比原诗：

> Adieu, adieu! my native shore
> Fades o'ver the waters blue;
> The night-winds sigh, the breakers roar,
> And shrieks the wild sea-mew.
> Yon sun that sets upon the sea
> We follow in his flight;
> Farewell awhile to him and thee,

---

① 该诗汉语文本引自苏曼殊著，柳亚子编：《苏曼殊全集》第一册，北京：中国书店1985年版，第75—78页；英语文本引自第94—97页。

> My native Land-Good Night!
> A few short hours, and he will rise
> To give the morrow birth;
> And I shall hail the main and skies,
> But not my mother earth.
> Deserted is my own good hall,
> Its hearth is desolate;
> Wild weeds are gathering on the wall;
> My dog howls at the gate.

"the wild sea-mew"应为海鸥,苏曼殊译为中国诗常用的沙鸥这一形象。沙鸥指陆地淡水中栖息于沙滩、沙洲上的鸥鸟。孟浩然《夜泊宣城界》诗云:"离家复水宿,相伴赖沙鸥"①,杜甫《旅夜书怀》有"飘飘何所似,天地一沙鸥"②。苏曼殊改变原意的译法,使诗歌符合中国古诗的文化系统。"沙鸥声凄其"的"凄"字在原诗中并无对应词,属于增意,却给全诗奠定悲伤、萧索的基调。"蒿藜"令人想起杜甫《无家别》"寂寞天宝后,园庐但蒿藜"③,余怀《〈板桥杂记〉序》也有"蒿藜满眼,楼管劫灰,美人尘土"④。"空"作为增意,则突出了故居的荒无人烟。

接下来的章节,拜伦以对话场景、对比手法分别描写了两个不忍离别的同行者诉说痛苦与哈罗尔德的反驳:

> "Come hither, hither, my little page;

---

① 彭定求等编:《全唐诗》,北京:中华书局1960年版,第1665页。
② 同上书,第2489页。
③ 同上书,第2284页。
④ 黄清泉主编,曾祖荫等辑录:《中国历代小说序跋辑录》,武汉:华中师范大学出版社1989年版,第416页。

第一章 语际转换与语内互动的诗性实践：苏曼殊翻译研究

Why dost thou weep and wail? Wail
Or dost thou dread the billows' rage,
Or tremble at the gale?
But dash the tear-drop from thine eye;
Our ship is swift and strong,
Our fleetest falcon scarce can fly
More merrily along."

"Let winds be shrill, let waves roll high,
I fear not wave nor wind;
Yet marvel not, Sir Childe, that I
Am sorrowful in mind;
For I have from my father gone,
A mother whom I love,
And have no friend, save these alone,
But thee — and one above.

My father bless'd be fervently,
Yet did not much complain;
But sorely will my mother sigh
Till I come back again."—
"Enough, enough, my little lad!
Such tears become thine eye;
If I thy guileless bosom had,
Mine own would not be dry."

"Come hither, hither, my staunch yeoman,
Why dost thou look so pale?

Or dost thou dread a French foeman?
Or shiver at the gale?"—
"Deem'st thou I tremble for my life?
Sir Childe, I'm not so weak;
But thinking on an absent wife
Will blanch a faithful cheek,

My spouse and boys dwell near thy hall,
Along the bordering lake,
And when they on their father call,
What answer shall she make?"—
"Enough, enough, my yeoman good,
Thy grief let none gainsay;
But I, who am of lighter mood,
Will laugh to flee away."

译诗如下：

童仆尔善来，恫哭亦胡为。
岂惧怒涛怒，抑畏狂风危。
涕泗勿滂沱，坚船行若飞。
秋鹰宁为疾，此去乐无涯。
童仆前致辞，敷衽白丈人。
风波宁足惮，我心谅苦辛。
阿翁长别离，慈母平生亲。
茕茕谁复愿，苍天与丈人。
阿翁祝我健，殷勤尚少怨。
阿母沉哀恫，嗟犹来无远。

第一章 语际转换与语内互动的诗性实践：苏曼殊翻译研究

童子勿复道，泪注盈千万。
我若效童愚，流涕当无算。
火伴尔善来，尔颜胡惨白。
或惧法国仇，抑被劲风赫。
火伴前致辞，吾生岂惊迫。
独念闺中妇，颜容定枯瘠。
贱子有妻孥，随公居泽边。
儿啼索阿爹，阿母心熬煎。
火伴勿复道，悲苦定何言。
而我薄行人，狂笑去悠然。

"Why dost thou weep and wail"和"Our fleetest falcon scarce can fly"运用了头韵，它类似汉语词的双声，它是中英古典诗歌共同分享的一种诗艺法则，既是对音韵的设计，也是修辞方法。语形辞格作为强烈依附源语言系统的结构，无法在翻译过程中实现完好的传递，在无法兼顾语义面向与语音面向、语用面向的对等时，曼殊选择了语义优先的创造性转换。"Our fleetest falcon scarce can fly"中接连使用唇齿音/f/，发这个音时，气流从唇齿之间的窄缝中冲出而摩擦成声。这句诗使用了三个短促的唇齿音，制造迅捷的节奏感，与诗歌所描写的坚船疾驰的场景正相契合。可惜由于汉英两种语言系统的巨大差异性，符征和符旨不可能实现同时的匹配，源文本在翻译过程中损失了语音层面的语码和信息，也在所难免。

"page"一词作为"年幼、年轻的男性仆从"的含义源自盎格鲁-诺曼语和古法语，13世纪时已被广泛使用[①]；"yeoman"一词

[①] "page, n. 1."*OED Online*. Oxford University Press, March 2014. Web. 3 April 2014.

来自14世纪中古英语①,"foeman"始见于公元1000年的古英语②,这些词普遍通行的时代,都距离拜伦生活之时代有数百年之遥。这些词在语言深层结构中的价值于诗歌翻译过程中无可避免地被折损,但是拜伦所力图传达的"复古"韵味,被译者在其他语词的搭配中呈现出来。

苏曼殊遵循旧体诗再现对话场景的传统方式,添加了"童仆前致辞,敷衽白丈人",以此标识说话者的转换;屈原《离骚》有"跪敷衽以陈辞兮,耿吾既得此中正。"③《宋书·谢灵运传论》云"若夫敷衽论心,商榷前藻,工拙之数,如有可言。"④增意"敷衽"在此,更增添了童仆的坦诚恳切之情态。原诗"没有朋友"(have no friend)被译诗改为"失去妻子"(娄),在"鹰"前添加"秋"字,一方面补足音节,另一方面也是借用"秋鹰"这一文化掌故,"秋"易令人想起悲秋的传统主题,又侧面烘托哀伤的氛围。

原诗中"blanch"一词意思是"使发白、使苍白",曼殊却译为"枯瘠"。原诗中"guileless"本义为不狡诈、坦率的、正直的。曼殊则译为"我若效童愚"的"愚",由此反义衬托和呼应哈罗尔德的"薄行";"薄行"是一种贬义色彩很强的比喻形容,指品行不端,或男子薄情负心。《后汉书·靖王政传》:"政淫欲薄行。后中山简王薨,政诣中山会葬,私取简王姬徐妃,又盗迎掖。"⑤蒋防《霍小玉传》:"风流之士,共感玉之多情;豪侠之伦,皆怒生之薄行。"⑥曼殊将"But I, who am of lighter mood, will laugh to flee

---

① "yeoman, n." *OED Online*. Oxford University Press, March 2014. Web. 3 April 2014.
② "foeman, n." *OED Online*. Oxford University Press, March 2014. Web. 3 April 2014.
③ 洪兴祖注,白化文等点校:《楚辞补注》,北京:中华书局1983年版,第25页。
④ 沈约著:《宋书·卷六十七列传第二十七》,北京:中华书局1974年版,第1775页。
⑤ 范晔著,李贤等注:《后汉书》,北京:中华书局1965年版,第1425页。
⑥ 李昉等编:《太平广记》,北京:中华书局1961年版,第4009页。

away",译为"而我薄行人,狂笑去悠然",已将自己对诗歌主人公的批判讽刺昭示于读者。

以上诸多例证均表明译者曼殊改写了原诗的整体氛围、聚焦点、人物形象,接下来章节中的一句,则将主人公的心境情态作了整体扭转。原诗"My greatest grief is that I leave/No thing that claims a tear",意为我最大的悲伤是没有什么值得我流泪;译诗则反其道而行之:"我心绝凄怆,求泪反不得",意谓痛至极处反而无泪。"绝"在汉语里自古而今都具有双重的含义:极度、极端;断、消止。如果我们用格雷马斯符号学的观点对"绝凄怆"进行分析,它暗含了两种状态或时刻:主体的主观意识受到强烈刺激的状态,和主体自身原有感知发生质变的状态,也就是因为凄怆、痛楚的感情累积至一种强度和峰值而让肉体难以承受,进入感知麻木停滞的状态,"绝"证明了情感的强度,又标识出时间历史的维度。另一方面,"绝凄怆"的语用机制表现为一个连续的序列:情感主体的受挫状态在逻辑上预设了一个先前没有受挫的情感状态,在这个状态中主体反而是拥有希望和权利的。进而言之,"绝"的两重意思区别出的正是对于现状强烈不满转而内心酝酿着向他者发起行动(能否实施行动尚未可知)的状态主体和对于现状内心不平而否定批判自我的状态主体。这也恰恰照应译诗"谁复信同心,对人阳太息"一行中,原诗本没有、译者增添的"复"字,这个字成为主人公精神壁垒的一道裂痕。由此可以推断,在被改写的译诗中,译者以影射暗示的笔法描绘了一个曾经相信"同心"、情深至极处而情断的"伤心人"哈罗尔德的形象,他在诀别故土时所表现的达观、凛然的态度,似乎是一种勉强和假装。

原诗末节描绘了一个生动的图画场景:"Perchance my dog will whine in vain, /Till fed by stranger hands; /But long ere I come back again/He'd tear me where he stands."〔或许我的狗

会徒劳地哀鸣,直到被陌生人之手喂养;等我再度归来时,它若遇到我就会来咬我。]它与拜伦生前最后一部未完成的长篇诗体小说《唐璜》(*Don Juan*)第三章二十三节形成互文关系:"一个正直的绅士回家的时候,/可能没有攸利西斯的那种好运,/孤寂的主妇并不全是苦思丈夫,/也不全是那么讨厌求爱者的吻。/多半是:爱妻为他立了个骨灰瓶,/又为他的朋友生了两三位千金,/这朋友拥抱了他的太太和财富,/而他的家犬呢,倒咬——他的长裤。"①世道易变、人情凉薄,连狗也会忘却旧情,视其为敌。拜伦原作的哈罗尔德是一个自我膨胀、无所畏惧而不免偏执的落魄贵族与梦想家,他充满激情地追求唯美浪漫,怀抱着孤立凄凉的希望踽踽前行。他被苏曼殊保留了离群寡交、孤独愤世(如"悠悠仓浪天,举世无与忻。世既莫吾知,吾岂叹离群")与义无反顾、勇往直前(如"欣欣波涛起,波涛行尽时。欣欣荒野窟,故国从此辞")的面向的同时,亦被塑造成符合中国文化传统的愁肠百结的游子,他的心思更为辗转曲折,却无人诉说。因此,《去国行》的主人公/叙述者既不同于拜伦笔下的浪子哈罗尔德,亦不同于古道西风望断天涯的"断肠人",而是一个两种文化符号系统互动碰撞之中产生的新形象。

三

拜伦在所有作品中都进行了变化多样的文体实验,长篇诗体小说《恰尔德·哈罗尔德游记》既采用了常见的五步韵抑扬格,更有四步韵抑扬格、民谣(ballad)句式、斯宾塞节(Spencerian stanza)的穿插。苏曼殊或许注意到了这一点,对不同的章节亦

---

① 拜伦著,查良铮译,王佐良注:《唐璜》,北京:人民文学出版社1993年版,第242页。

第一章　语际转换与语内互动的诗性实践：苏曼殊翻译研究

采取不同的文体形式进行翻译。如果说《去国行》以较为口语化、通俗易懂的白描手法和叙事方式向乐府的文类特征靠拢，同样取自《恰尔德·哈罗尔德游记》的《赞大海》，则以风格相反的四言古诗面世。《赞大海》选自《恰尔德·哈罗尔德游记》第四章第一百七十九节至一百八十四节。首先录该选段第一节如下：

> Roll on, thou deep and dark blue Ocean — roll!
> Ten thousand fleets sweep over thee in vain;
> Man marks the earth with ruin — his control
> Stops with the shore; — upon the watery plain
> The wrecks are all thy deed, nor doth remain
> A shadow of man's ravage, save his own,
> When for a moment, like a drop of rain,
> He sinks into thy depths, with bubbling groan,
> Without a grave, unknell'd, uncoffin'd, and unknown.

译诗如下：

> 皇涛澜汗，灵海黝冥。万艘鼓楫，泛若轻萍。
> 芒芒九围，每有遗虚，旷哉天沼，匪人攸居。
> 大器自运，振荡粤夆，岂伊人力，赫彼神工。
> 罔象乍见，决舟没人，狂暴未几，遂为波臣。
> 掩体无棺，归骨无坟，丧钟声嘶，逖矣谁闻。①

原诗这一节的背后可以召唤出一个源远流长的文学传

---

① 该译诗汉语文本引自苏曼殊著，柳亚子编：《苏曼殊全集》第一册，北京：中国书店1985年版，第71—78页；英文引自，第92—93页。

统——向着大海扬帆起航、远征探险,"Roll on, thou deep and dark blue Ocean — roll!"的高呼起笔,历历可见于《奥德赛》(*Odyssey*)、《埃涅阿斯纪》(*Aeneid*)等古希腊罗马时代最为辉煌的篇章,直至庞德的《诗篇》(*Cantos*)。在译诗中,源文本开篇热情高亢的第二人称呼语与祈使语气隐而不显,被代之以庄重严肃的口吻的第三人称直陈。九行的诗节被扩展为二十句铺陈描写。苏曼殊显然借鉴了西晋木玄虚的名篇《海赋》"洪涛澜汗,万里无际","於廓灵海,长为委输","翔天沼,戏穷溟"①。中国古人以为海中多神怪灵异之物,《陈书·本纪第四废帝》言"闵余冲薄,王道未昭,荷兹神器,如涉灵海"②。"九围"即九州,《诗·商颂·长发》有"帝命式于九围"③。"粤夆",《尔雅·释训》曰"掣曳也"④。《诗·周颂·小毖》有"莫予荓蜂,自求辛螫"。正义曰:"《释训》文。孙炎曰:'谓相掣曳入于恶也。'彼作'粤夆',古今字耳。王肃云:'以言才薄,莫之藩援,则自得辛毒'。"⑤罔象亦作"罔像",是一种古代传说中的水怪,或谓木石之怪。《庄子·达生》:"水有罔象。"⑥

由以上注解不难看出,《赞大海》采取了与《去国行》迥然相异的符号系统。炼字措意大量从先秦典籍中古奥晦涩的部分汲取资源,因此对于两千多年后的读者而言不免佶屈聱牙。这可能与黄侃、章太炎的参与修改有关。神灵化的大海是原诗所不曾描绘

---

① 萧统编选,李善注:《文选》卷十二,上海:商务印书馆 1936 年版,第 249、250、254 页。
② 姚思廉撰:《陈书》卷四,北京:中华书局 1972 年版,第 66 页。
③ 毛亨、毛苌传,郑玄笺,孔颖达等正义:《毛诗正义》,见于阮元校刻:《十三经注疏》,北京:中华书局 2009 年版(清嘉庆刊本),第 1351 页。
④ 郭璞注,邢昺疏:《尔雅注疏》,见于阮元校刻:《十三经注疏》,北京:中华书局 2009 年版(清嘉庆刊本),第 5636 页。
⑤ 毛亨、毛苌传,郑玄笺,孔颖达等正义:《毛诗正义》,见于阮元校刻:《十三经注疏》,北京:中华书局 2009 年版(清嘉庆刊本),第 1295 页。
⑥ 王先谦注:《庄子集解》卷五,北京:中华书局 1987 年版,第 162 页。

第一章 语际转换与语内互动的诗性实践：苏曼殊翻译研究

的。"灵海""神工""罔象""波臣"无一不是中国诗赋散文、神话寓言故事所沿袭的称谓，它们是建构目标文本的大海这个符号体系的重要组成部分。接下来一节延续了这种文体：

> 谁能乘蹻，履涉狂波？藐诸苍生，其奈公何？
> 泱泱大风，立懦起罢，兹维公功，人力何衰？
> 亦有雄豪，中原陵厉，自公匈中，摛彼空际。
> 惊浪霆奔，慴魂慪神，转侧张皇，冀为公怜。
> 腾澜赴厓，载彼微体。拚溺含弘，公何岂弟。

增意"乘蹻"指道家的飞行之术。"蹻"是方士穿的鞋。曹植《升天行》之一有"乘蹻追术士，远之蓬莱山"①，葛洪《抱朴子·杂应》云"若能乘蹻者，可以周流天下，不拘山河"②。"earth"被译为"中原"。"含弘"指包容博厚。《易·坤》有"含弘光大，品物咸亨"，孔颖达疏："包含以厚，光著盛大，故品类之物皆得亨通。"③嵇康《幽愤诗》有"大人含弘，藏垢怀耻"④。"岂弟"常见于《诗经》："既见君子，孔燕岂弟"（《小雅·蓼萧》），传："岂，乐；弟，易也。"⑤《小雅·青蝇》有"岂弟君子，无信谗言"，笺云："岂，乐；弟，易也。"⑥《大雅·旱麓》有"鸢飞戾天，鱼跃于渊。岂弟君子，遐不作人？"⑦据《诗三家义集疏》："礼中庸引诗云，'鸢飞戾天，鱼跃于

---

① 郭茂倩编：《乐府诗集》，北京：中华书局1979年版，第919页。
② 葛洪著：《抱朴子》，见于《诸子集成》第八册，北京：中华书局2006年版，第70页。
③ 王弼、韩康伯注，孔颖达等正义：《周易正义》，见：阮元校刻.十三经注疏.北京：中华书局影印清嘉庆刊本，第31页。
④ 逯钦立辑校：《先秦汉魏晋南北朝诗》，北京：中华书局1983年版，第481页。
⑤ 毛亨、毛苌传，郑玄笺，孔颖达等正义：《毛诗正义》，见于阮元校刻：《十三经注疏》，北京：中华书局2009年版（清嘉庆刊本），第899页。
⑥ 同上，第1039页。
⑦ 同上，第1110页。

渊。'郑注:'言圣人之德。'"① 原诗中的大海把人类当作玩偶戏耍,时而把他抛上天际,逼得他嚎哭讨饶,又在他以为可怜的希望能够侥幸实现之时把他扔到地上,这样戏谑乖张的大海则被苏曼殊描绘成一个拯救行将溺水之人的宽宏厚德的仁君/君子。

自古希腊罗马文学至浪漫主义时代,从荷马史诗、贺拉斯(Quintus Horatius Flaccus)的抒情诗到柯勒律治(Samuel Taylor Coleridge)的名篇《古舟子咏》("The Rime of the Ancient Mariner")、拜伦的《恰尔德·哈罗尔德游记》,大海被赋予的是一个变化莫测、载舟覆舟的可怖形象,文人墨客对大海的主导情感是恐惧而非颂赞。虽然这两种情感都隶属于崇高这个美学范畴的审美体验,其背后的文化传统却截然不同。欧洲文明有着开拓大海、与其对抗搏击的悠久传统;而汉民族并非海的民族,海洋文化对"九州"的陆地文化影响非常有限,中国文化传统是将大海神灵化,将水、天、地人格化、道德化,以堪称描写大海之绝作的《海赋》为例,此赋写海是从陆地起笔,写禹凿龙门,江河既导,竭涸九州,铺陈海之浩瀚、伟力,将现实与神话寓理融合为一,最终归于"甄有形于无欲,永悠悠以长生"②。在如此多重符号系统规约下的"大海",便具有不同于源文化系统之大海的特征。此后两节源文本继续以浓墨重彩铺陈大海之倾天之势。"leviathan"出自圣经,指一种巨大的海怪、海兽。曼殊将其代以"军舰",又将"Armada""Trafalgar"赋予印度文化色彩的译名"阿摩陀""多罗缚迦"。

吴硕禹在其博士论文《翻译:一个符号系统的探讨》中借生物符号学的自体生成(autopoiesis),探讨了从根本上作为一种后设沟通的翻译活动,如何经由结构重组促成个别文本的系统内部

---

① 王先谦撰,吴格点校:《诗三家义集疏》,北京:中华书局1987年版,第847页。
② 萧统选,李善注:《文选》,上海:商务印书馆1936年版,第254页。

生成,以及个别语言活动之间的链接所引发的不断衍生的系统互动。①

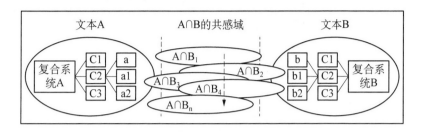

源语言符号系统在与标的语言符号系统的语际交流互动中,促使标的文本对自己的代码和信息进行结构重组、自体生长即语内交流。原本各自独立的文本,通过翻译过程的意义衍生活动,有可能建立一个由"共感域"(consensual domain)构成的混合系统。吴硕禹提出的"共感域"为翻译活动的历时性动力学提供了一种有力的阐释,然而源文本系统与标的文本系统不仅有相似的部分,更存在不相兼容的部分,尤其是对诗歌这种微言大义、符征系统深刻复杂,而且句法、结构等表达形式本身即具有意义效能的文类而言。

让我们在此引入认知语言学的概念空间理论,共感域这种说法在一定程度上近似于两个心智输入空间之间能够相通、分享的"共属空间"(generic space)。在标的语言的读者阅读翻译文本的时候,作为二度接收者,他所能被唤起的不仅是两个符号系统的共属空间,还有标的文本与源文本不相容、但是读者所熟知的认知域,它会阻碍读者对源符号系统的接收。借用福康涅的说法,读者面对的是一个除了涵括共属空间的普遍结构、两个输入

---

① 吴硕禹著:《翻译:一个符号系统的探讨》,台湾师范大学博士学位论文,2013年,第93—95页。

空间原本分别的特定表意机制,还包含通过系统组合互动建立起来的"新创结构"的合成空间。① 笔者希冀将认知语言学与生物符号学的方法相结合,绘制《赞大海》最终呈现于目标读者的认知域——"合成空间"的图谱:

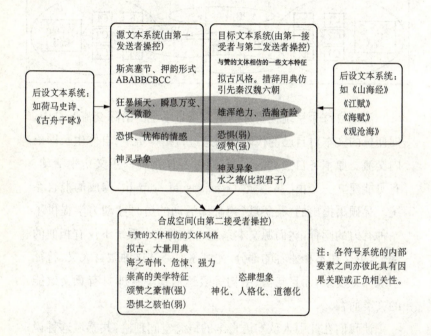

作为符号系统的标的文本,面对属于同一较大、较普遍范畴的符旨(如去燕、离乡、大海),外延层面的符征系统中往往依据译者所熟悉或倾向的后设话语系统选取相应的表达形式,这种表达形式本身是一个亚级符号系统,可以在标的文化系统中无限衍生,因为标的文化系统总是能够为其提供源源不断的符解符号

---

① 参阅 Fauconnier, Gilles. *Mappings in Thought and Language*. Cambridge: Cambridge University Press, 1997。

第一章 语际转换与语内互动的诗性实践：苏曼殊翻译研究

(interpretant sign)①。符解符号与被解释符号之间的互动构成对话性、异质性、多声部、多语性的表意与认知的宇宙。外延层面的符号系统中符征的调制，会致使其亚级符号系统的符征/表达发生改变，进而导致该符号系统的符旨的新变，从而使整个文学文本成为区别于源文本的新型创作。标的语言读者在阅读文本时面对的混合符号系统，既涵括两种语言符号系统的共同结构、它们各自分别的一部分表意机制，还包含通过系统互动所建立的"新创结构"和新信息。身处晚清民初译介热潮与诗界革命方兴未艾之际的苏曼殊，在积极引介西方文华的过程中，始终没有丢弃自己本土的古典资源，思忖着如何进入这个庞大复杂的**"公语"**系统，与黄侃、章太炎等人一道，自觉自愿地将翻译作品的内涵符征化入其中。

民国时期的著名文学史家张定璜如此回忆曼殊译诗对晚清民初文学译介热潮中成长起来的青年一代的启迪："我不记得那时候我是几岁，我只记得第一次我所受的感动，当时读《汉英文学因缘》我所受的感动。实在除开他自己的诗画，他的短寿的一生，除开这些是我们最近百年来无二的宝贵的艺术外，苏曼殊还遗下了一个不太容易认的，但确实不太小的功绩给中国文学。是他介绍了那位《留别雅典女郎》的诗人 Byron 给我们，是他开初引导了我们去进一个另外的新鲜生命的世界。在曼殊后不必说，在曼殊前尽管也有曾经谈欧洲文学的人。我要说的只是，唯有曼殊才真正教了我们不但知道并且会悟，第一次会悟，非此地原来有的，异乡

---

① 苏珊·帕特里(Susan Petrilli)承继普尔斯的观点把对语言符号的意义阐释作为将其进一步翻译成另一种符号的过程，并借鉴其符号三分法，提出源文本和标的文本之间的关系是被解释符号(interpreted sign)与符解符号(interpretant sign)之间的关系。符解符号就是译者从标的语言中筛选出的用于解释、替换并同时发展源文本符号的符号。参阅 Petrilli, Susan. "Interpretive Trajectories in Translation Semiotics." *Semiotica* 163-1/4(2007): 311-345。

的风味。晦涩也好,疏漏也好,《去国行》和《哀希腊》的香美永远在那里,因此我们感谢,我们满足。若谈晦涩,曼殊的时代是个晦涩的时代。可怪的是在那种晦涩的时代,居然有曼殊其人,有《汉英文学因缘》,今日有《燕子龛遗诗》。"[1]梁启超在1899年的《夏威夷游记》中呼吁:"欲为诗界之哥仑布、玛赛郎,不可不备三长:第一要新意境,第二要新语句,而又须以古人之风格入之,然后成其为诗,不然,如移木星金星之动物以实美洲,瑰伟则瑰伟矣,其如不类何?若三者具备,则可以为二十世纪支那之诗王矣。"[2]《赞大海》并不一定是曼殊为响应此号召的翻译实践,但是的确在某种程度上以"旧瓶盛新酒"的方式契合"旧风格含新意境"的主张。

翻译活动作为一种话语交际中的符号行为,在参与者的解码—编码—再解码中生成新的意义。不同语言成分在符号功能上所分享的一致性,是语言系统能够在语际与语内之间被"翻译"的真正前提。当翻译活动以标的文本系统的符码规则为先,此时的符号也弱化了其自身以交际为目的的指示性,更倾向于投射自身及其背后的符码与信息的典藏。比起一些西方汉学家直译加注的方法,或是将诠释性信息植入文本,苏曼殊采取的是诗性创译的方式,亦使他的翻译文本成为一种反思汉文学传统的素材。苏曼殊既是借翻译作品与他乡诗人在相异的时空中神交,诉其衷肠,也是以自己独具匠心的方式向中国古典文学致敬。

四

苏曼殊涉猎的另一首拜伦的长诗《哀希腊》("The Isles of

---

[1] 张定璜撰:《苏曼殊与Byron及Shelly》,见于苏曼殊著,柳亚子编:《苏曼殊全集》第四册,北京:中国书店1985年版,第226页。
[2] 梁启超著,易鑫鼎编:《梁启超选集》上卷,北京:中国文联出版社2006年版,第324页。

第一章　语际转换与语内互动的诗性实践：苏曼殊翻译研究

Greece"），在近现代汉语翻译界所受的青睐大概是其他英语文学作品难以匹敌的。这首"墙里开花墙外香"的诗作在与源语言文化地相隔遥远的中国被关注的程度和被传扬的广度，远甚于拜伦在英语评论界被首肯的其他作品，个中就里值得我们深思。截至2000年，该诗篇的不完全译本和足译本共计17种。[①] 纵观《哀希腊》诸多中文译本，形式上有散曲、五古、歌行、骚体、白话新诗等等，内容调度、风格、修辞手法各有千秋，异彩纷呈，无不体现了中国文学古今演变过程中，各种文学范式、体类所构建的不同符号系统之间的语内互译与诗性实践。肇始于1902年梁启超译作《端志安》的《哀希腊》百年翻译史，映射的是不同时代的译者把拜伦诗歌纳入历史语境、注入个体生命的诠释过程，也直接促成了《哀希腊》这篇诗作在华土的经典化，这部汉语语境下的文学经典亦成为透视中国近现代文学翻译的万花筒。因此，本节将把苏曼殊之译作《哀希腊》置于相同和相异时代及语言环境下的诸中文译本之中展开对观，考察这丰富纷纭的创译之举所历经的百年变迁。

1. 《哀希腊》百年译介史回顾

"The Isles of Greece"（直译为"希腊岛"）摘自诗体小说《唐璜》（Don Juan）——拜伦生前最后一部未完成的作品。西方学界一般认为这是一部对荷马史诗谐仿、变格的长篇讽刺史诗，亦继承流浪汉冒险旅行的叙事文学主题。拜伦以宏大的史诗"将塞维利亚隐秘的威尼斯式的颓废与希腊温暖的田园牧歌置于鲜明的对立面"，维持了浪漫主义对"温暖的南方"的性别重塑，以不列颠式的寓言接纳南方为一种男子汉的力量，取代意大利的诗人先

---

① 廖七一著：《中国近代翻译思想的嬗变——五四前后文学翻译规范研究》，天津：南开大学出版社2010年版，第302页。

辈们的神话。① 诗篇倾向于将战争的成败荣辱归诸象征性的雄者之名,亦与遗世独立的拜伦式英雄相映和。它倾注着诗人对意大利、希腊解放事业相认同的浪漫主义诉求,然而满溢的放纵激情,对狂欢化场景、人物主角内蕴的恶魔性、原罪与背德行为的铺写让英国与欧洲文坛哗然一片,这是一部包蕴万象、难以概述、千人千见的作品。

《哀希腊》选自《唐璜》第三章,拜伦有意采用不同的编号与韵律来创作这一段,在对希腊受奴役于奥斯曼土耳其帝国的境况的抒写中浸透了"哀其不幸,怒其不争"的情感。第三章讲述海蒂的父亲从海上归来,发现家中正在举行一个热闹盛大的宴会,海蒂和唐璜正高坐堂上听一个诗人吟唱《希腊岛》。曲终人散,第三章亦告结束。此后的十三章描写了唐璜被驱逐出岛,漫游土耳其、俄罗斯、英伦各岛的各种历险、交游、猎艳的奇遇。《唐璜》整体采用意大利八行诗体(ottava rima)的押韵规则,而《哀希腊》的韵律格式则有意与整部作品区分开来。正如《唐璜》故事的幕后评论者以话外音的形式介绍这位唱"The Isles of Greece"的诗人老于世故、善于见风使舵:"在法国,他就写法国的民谣,/在英国,写四开本的六章故事诗;/在西班牙,唱着有关上次战争的歌,/或罗曼史,——在葡萄牙大约也如此;/在德国,他多半要拍老歌德的马,/还可以搬用斯泰尔夫人的文辞;/在意大利,他会仿效'文艺复兴'诗人,/在希腊,或许有类似如下的歌吟"(第三章八十六节)。② 事实上,拜伦对这则诗篇的书写采用了转益多师、复杂诡谲的体类与格律,也是和该诗及整章故事参差错落的语境相

---

① 参阅 Schor, Esther. "The 'warm south'." *The Cambridge History of English Romantic Literature*. Ed. James Chandler. Cambridge: Cambridge University Press, 2009. 237 - 238.
② 拜伦著,查良铮译,王佐良注:《唐璜》,北京:人民文学出版社 1993 年版,第 273—274 页。

第一章　语际转换与语内互动的诗性实践：苏曼殊翻译研究

吻合。

这首诗以重复的悲叹"The isles of Greece! The isles of Greece!"①起头，这是英语诗歌的哀歌文体的典型写法；每节的最后两行押同一韵，类似于希腊哀歌双行体（elegiac couplet）又不尽然相同，哀歌双行体为古希腊抒情诗人，乃至奥维德等罗马诗人常用的形式，一行六音步加一行五音步；全诗语调严肃激昂，不同于《唐璜》其他篇章嘲讽式史诗的语体风格；采用抑扬格四步韵，与其他篇章的意大利八行诗体的抑扬格五步韵相异，则是仿照英国 16—17 世纪诗人本·琼生（Ben Jonson）继承希腊哀歌的特征而创造的"缅怀诗节"（in memoriam stanza），因此马君武、苏曼殊等人将其译为"哀希腊"是非常恰切的。② 同时，这首诗的每一节都是六行，押 ababcc 韵，富有"欺骗性"地将彼特拉克十四行诗中的六行诗节（Petrarchan sestet）、莎士比亚十四行诗中第三个四行诗节加总结性的双行的格律形式、乔叟式的皇家诗（rhyme royal，押 ababbcc 韵）以及抑扬格五步韵的意大利八行诗体（押 abababcc 韵）混合为一。

综上所述，《哀希腊》一诗在《唐璜》这部作品中无论内容还是

---

① 该诗篇英文本引自 Byron, George Gordon. *The Poetical Works of Lord Byron*. London: Humphrey Milford, Oxford University Press，1921. 625 - 840。
② 中国旧体诗没有"哀歌"这种独立的文体形式，表达寄吊、悼亡、哀惜、追怀等内容的形式多种多样，韵文如悼亡诗、哀辞等。诔是祭文的源头，明吴讷《文章辨体序说·诔辞哀辞》云："厥后韩退之之于欧阳詹，柳子厚之于吕温，则或曰诔辞，或曰哀辞，而名不同。迨宋南平、东坡诸老所作，则总谓之哀辞焉。"又曰："大抵诔则多叙世出，故今率仿魏晋，以四言为句；哀辞则寓伤悼之情，而有长短句及楚体不同。"（吴讷撰、于北山校点，徐师曾撰、罗根泽校点：《文章辨体序说·文体明辨序说》，北京：人民文学出版社，1998，第 53—54 页）徐师曾《文体明辨序说·祭文》有言："按祭文者，祭奠亲友之辞也。古之祭祀，止于告飨而已。中世以还，兼赞言行，以寓哀伤之意，盖祝文之变也。其辞有散文，有韵语，而韵语之中，又有散文、四言、六言、杂言、骚体、俪体之不同。"（同上书，第 154 页）可见表达哀悼的文体形式复杂多样又相互交织，并不断变化发展。

形式都是一个特立独行的存在,它与整个文本系统的兼容性、连贯性较弱,却与作者拜伦在文学文本之外的人生行旅之文本相契合——拜伦晚年身体力行地积极投身于希腊民族解放运动,《唐璜》第三章完成于1820年,现实中的诗人对希腊独立运动已萌生兴趣和热情,1824年1月拜伦抵达希腊米索朗基,帮助当地民众训练军队,为其慷慨解囊,三个月后拜伦因病逝世,希腊人民将其视为英雄,举国哀悼。可以说拜伦在其短暂的三十六年人生中,真正践行了诗一般的生活和让生命本身成为艺术品的"诗人本色"。《唐璜》第八章一百三十八节有云"我唱得草率大意"[1],这种漫不经心实则饱含了良苦用心。

从表层文本的语义层面来看,诗人饱含感情地追怀希腊往昔的文萃武功、英雄业绩,痛惜如今霄壤之别的国丧民颓、堕落不堪的境况,他反复使用对比与顿呼的修辞格,以尖锐的讽刺手法批判希腊人甘于奴役的心态,力图唤起其爱国情怀与奋斗精神。因为拜伦被介绍至中国的特殊时代社会语境,该诗篇仅在晚清民初就有梁启超、马君武、苏曼殊、胡适等多种译本。《哀希腊》所表达的国破家亡之痛、抚今追昔之感与身处清帝国大厦将倾、内外交困之际的梁启超力图唤醒民众、改良群治之主张一拍即合,也为马君武、苏曼殊等共同认可,这是《哀希腊》在晚清中国接受度高、广为传诵的主要原因。梁启超在1902年创作的、被称为新小说开山之作的《新中国未来记》中,以散曲的形式译出两节,为小说人物黄克强与李去病夜宿旅店听到隔壁房间唱的歌。此后梁启超又借人物之口点评:"摆伦最爱自由主义,兼以文学的精神,和希腊好象有夙缘一般。后来因为帮助希腊独立,竟自从军而死,真可称文界里头一位大豪杰。他这诗歌,正是用来激励希

---

[1] Byron, George Gordon. *The Poetical Works of Lord Byron*. London: Humphrey Milford, Oxford University Press, 1921. 754.

第一章 语际转换与语内互动的诗性实践：苏曼殊翻译研究

腊人而作，但我们今日听来，倒像有几分是为中国说法哩！"①梁任公的翻译实为借他人之酒杯，浇自己之块垒，纰漏讹误十分明显。

马君武与梁启超一样，欲以译介异邦新声作为开启民智、救国报国之工具，马君武于1903年3月27日《新民丛报》第28期上发表《欧学之片影》一文，在第三小节"十九世纪二大文豪"中极力赞赏拜伦支持并投身希腊独立战争的义侠行为。②马君武于1905年译《哀希腊歌》，为歌行体，基本上重新整合句意结构，平易晓畅，朗朗上口。苏曼殊在《文学因缘》自序中述："友人君武译摆轮'哀希腊'诗，亦宛转不离原意，惟稍逊《新小说》所载二章，盖稍失粗豪耳。"③散曲植根于民间文学，往往通俗晓畅，歌行的文类表达形式较为自由，易于抒情，这些特征都与苏曼殊所译《哀希腊》的庄严整饬、语多用典的五言古风迥然相异。散曲、歌行的选择，盖与梁任公、马君武广启民智、教化大众的初衷有关。基于救亡图存、激进革命的主张，马君武的《哀希腊歌》在原诗语义基础上进行增删，"达"而失"信"，他在译作中着重建构以爱国、民族、反抗、英雄等概念为核心的语义场，多处字句与原作不合。一方面，属于旧体诗文学系统的表达习语如"群珠乱落""琴荒瑟老豪华歇""名誉都随秋草枯"④等易令人联想起白居易《琵琶行》、陆游《军中杂歌》等作品，另一方面，该诗在旧体诗格局下露怯的地方也不少，诗意和炼字不足。

---

① 梁启超著：《新中国未来记》，《饮冰室合集·专集之十》，北京：中华书局1989年版，第44页。
② 张静著：《雪莱在中国(1905—1937)》，复旦大学博士论文，2012年，第55页。
③ 苏曼殊撰：《〈文学因缘〉自序》，见于苏曼殊著，柳亚子编：《苏曼殊全集》第一册，北京：中国书店1985年版，第122—123页。
④ 拜伦撰："哀希腊歌"，施蛰存编：《中国近代文学大系1840—1919翻译文学集三》，马君武译，上海：上海书店出版社1991年版，第135—137页。

苏曼殊自称以"直译"为宗旨,却又与同道一起将源文本充分地本土化。苏译《哀希腊》以五言古体译英诗的四音步,把六行一节的内容对译为八行中文诗,需要增添补足和巧妙衔接以保证文意流畅贴切。曼殊文辞古雅、用典的做法俨然是受到当时交识密切的章太炎、黄侃的影响;另一方面,他或许也意图弥补马君武的"粗豪"之失。

苏曼殊在《拜轮诗选》序言中假司马迁《屈原列传》之语评价拜伦,借屈子其人其文浇自己心中之块垒的还有其好友胡适。胡适所译的《哀希腊歌》直接采用骚体并大量借用楚辞典故向屈子致敬,乃至偏离原诗意脉。1913年,胡适阅及马君武、苏曼殊的译诗,"颇嫌君武失之讹,而曼殊失之晦,讹则失真,晦则不达,均非善译者也"[1]。胡适选择了骚体这种不拘行数字数韵律、适于抒发情感、自由发挥空间较大的形式。总体而言,这首拟骚体相当到位,音韵辞藻句法都与曼殊的译文各擅胜场。声调曼长、一咏三叹的骚体用于抒情甚为合适。原诗"and must thy Lyre so Long divine/Degenerate into hands like mine?"直译意思是"你向来庄严的竖琴,竟然都沦落到像我这样的人的手里?"胡适幻化为"古诗人兮,高且洁兮,琴荒瑟老,臣精竭兮"[2],仿佛横空架起一个屈原陈情楚怀王的幻想场景。英语专名多被简化甚至干脆不译,直接袭用、引用楚辞中的措辞成句与典故更是不胜枚举,由此引发的改写也在所难免。因此,胡适译本"讹"之处并不亚于马君武。"京观""名王""琴荒瑟老""马拉顿后""马拉顿前"[3]等多处字词表述是为借鉴梁启超、马君武、苏曼殊的译本,与其形成互文的网络。

---

[1] 胡适著:《尝试集》,上海:亚东图书馆1923年版,第135—136页。
[2] 拜伦撰:《哀希腊歌》,见于胡适著:《尝试集》,胡适译,上海:亚东图书馆1923年版,第141页。
[3] "马拉顿"的译法,马君武亦是承袭梁启超。

第一章 语际转换与语内互动的诗性实践：苏曼殊翻译研究

综上可见，源文本只有一个，但是因为语言符号本身的无限转译性，目标文本可以无穷衍生；每一种翻译文本在诠释源文本的同时，又在语内交流系统中构成相互诠释的关系；译者的存在论地位与影响的焦虑亦在此凸显，不同的翻译-诠释策略背后是译者的主体生命经验，及译者身后的时代社会与文学文化系统。目标文本成为译者生命与主体意识倾注的、隶属于本土文学系统的、具有独立自治性的新创文本。胡适已然认识到这一点。梁启超、马君武、苏曼殊、胡适乃至查良铮，无一不是20世纪中国文学史上才华横溢的作家，拜伦在中国的文名远播，不得不归功于他们的文思心血。同一语言系统内部的目标文本之间会相互对话，译者与译者之间、读者与译者能够相互直接和间接地影响，上文已经列举例证。《哀希腊》的百年译介史，映射的是不同时代作家、学者、革命志士把拜伦诗歌纳入历史语境、注入个体生命的诠释过程，每一位翻译者在进行翻译时，其个人目的、翻译主张、抒写偏好都在不同程度上受到先前译者的影响，其译本也成为前文本的响应和补充；读者亦不再是文本传递的终点，而是参与翻译的再创造、符号的再生产；读者的接受反应会触动后来译者的改编，也会影响后世读者的理解；从更广义的层面来说，所有晚近的译者都必须先是读者，其诠释活动都必须建立在对前文本的理解之基础上，他的翻译抒写必须与他面对的读者群背后庞大的文学文化系统相对话。正是这种多方向、多行动主体的翻译活动加速和扩展着语言的不断生长、变化、更新。

梁启超、马君武的译本把文学翻译视为变法救亡、启蒙大众的武器，这种为时局政教服务的认知取向，共同促使拜伦和诗歌主人公的形象成为结构于启蒙救亡意识形态的文化想象。马君武、苏曼殊、胡适、查良铮等人的译本彼此体现出目标语言系统内部的语内交流，我们可以通过对比细读这些不同形式的译本，探索东西文学审美的共同诉求,反思文学语言的共通语法。①

2. 各擅胜场的《哀希腊》诗性创译

拜伦原诗以重复的哀叹"The isles of Greece!"起笔,这是哀歌体的典型写法。哀歌诗体的一个重要特征,是必定有第一人称"我"的在场,构建一个第一人称对第二人称倾诉、呼告的对话场景。源文本中诗人所自拟的第一人称"我"召唤牵引出第二人称受话者——希腊群岛,向其哀诉衷肠,文本呈现为一个"话语"(discours)②的言说结构;在曼殊的译本中,言语行为的模式被改为第一人称说话者向读者所作的独角戏演出,希腊群岛成为不在场的第三人称("巍巍希腊都"③),是第一人称主人公描绘咏叹的对象,受话者是不定指的读者。胡适的骚体与查良铮的新诗体保留了原诗的话语结构。骚体的一个常有的文类特征便是第一人称抒情主体的凸显,楚辞中的"余""吾""朕"的使用频率远高于其他诗体;一个抒情自我呼召一个对话、询问、倾诉的第二人称受话主体同时在场,也是骚体的惯常书写模式,这一点和源文本正相契合。新诗相对于旧体诗,在表达形式的各方面都极少约束限制。马君武的歌行体《哀希腊歌》则较为复杂,既有话语主体"我"隐去、与叙述描写对象"希腊群岛"相疏离的故事维度——"战争

---

① 此处的"语法"是雅各布森意义上的"语法"(grammar),它区别于"句法"(syntax),指涉的是诗歌作为一种特殊编码的文学文类所具有的独特构形和组织方式。例如重复、复沓、渐重的表达形式,是修辞装置(rhetorical device),也是诗性(poetic)的话语实践。参阅 Jakobson, Roman. "Poetry of Grammar and Grammar of Poetry." 1960. *Language in Literature*. Eds. Krystyna Pomorska and Stephen Rudy. Cambridge: Belknap-Harvard University Press, 1987. 121-144。
② 本维尼斯特将没有出现第一人称说话者"我""你""此刻"这些词的言说(énonciation)方式称为故事(histoire),将表征第一人称发话者"我"和第二人称受话者"你"当下在场的言说系统称为"话语"(discours)。参阅 Benveniste, Émile. *Les Relations De Temps Dans Le Verbe Français. Problèmes de Linguistique Générale 1*. Paris: Gallimard, 1966. 237-250。
③ 此处翻译有误,原作谈论的并不是希腊的都城,而是希腊的群岛。

平和万千术,其术皆自希腊出"①,也有后设陈述的说话者出场的话语维度,向读者表明"我"的立场、提出问题、抒发情感和议论——"吁嗟乎!琴声摇曳向西去,昔年福岛今何处?"另有话语角色的转换——"希腊(人)"被直接呼召为对话场景中的受话者——"叩弦为君歌一曲,沙明之酒盈杯绿。万枪齐举向突厥,流血死耳休来复。吁嗟乎!愿君倾耳听我歌,君不应兮奈君何!"是为歌行体话语程序自由灵活之体现。

五言古体措辞与格调高古的传统在苏曼殊笔下得以承继,"荼辐"在柳亚子编《苏曼殊全集》中被作为外来语专有名词标出,当对应"Delos"一词。"灵保"指神巫,诗中对应阿波罗神。王国维《宋元戏曲考》云:"盖群巫之中,必有象神之衣服形貌动作者,而视为神之所冯依,故谓之曰灵,或谓之灵保。"②"和亲"为译者所增添的本土化母题,盖因为中国古代休战的和平常与和亲结合在一起之故。"滔滔"可以说是通感或移觉的修辞手法,又可以说是蕴含情感的隐喻。"滔滔"既照应下文"长终古",标刻出时间上的不休止,也开拓出空间上扩展延伸的移动性视野,对应后句"颓阳照空岛"。句意上用连词营造的对比与突转,也与原诗珠联璧合。因此该小节最后两句堪称妙笔,在音乐性、画面感方面都体现了译者遣词造句之功,又出色地实践了中国古典诗学所推崇的字词凝练而意境深远的美学追求。此后数节,曼殊的译本与他所译拜伦另一部诗体小说《恰尔德·哈罗尔德游记》之节选《去国行》《赞大海》一样,保持着高古③的诗风。

---

① 该译诗引文皆引自拜伦撰:"哀希腊歌",施蛰存编:《中国近代文学大系 1840—1919 翻译文学集三》,马君武译。上海:上海书店出版社 1991 年版,第 135—137 页。
② 王国维著:《宋元戏曲史》,上海:上海古籍出版社 2008 年版,第 2 页。
③ 古风诗歌未必典雅,其措辞造句可以粗拙质朴、口语化,如《去国行》,也可以典奥庄严,如《赞大海》,但总体上都是高古诗风。《哀希腊》的语体风格典奥凝重,抒情节制深沉,与马君武的直抒胸臆、胡适的一咏三叹的风格形成鲜明对比。

相比之下，马君武译文与原文语义有很大的偏差："诗人沙孚安在哉？爱国之诗传最早。"沙孚（Sappho，今译萨福）被认为是古希腊描写个人爱情悲欢的第一人，以咏叹爱情的抒情诗著名，而鲜有"爱国之诗"；"德娄飞布"并非"希腊族"的两个英雄，"Delos"是太阳神阿波罗所在的岛屿，"Phoebus"就是阿波罗。这些词意的严重讹误与诠释性义项的增添源自译者对符旨的意识形态方面的考虑。如果说胡适与苏曼殊同样着重于维持源文本咏古、怀古的内容，而取不同之形式经营，倾力于文本的外延层面的符征体系各有千秋的表达（二人均以八句译六行，势必要增加义项，为衔接贯通文意，还需调整陈述内容的顺序），那么梁启超和马君武则是着眼于内涵符旨的展现，让修辞为意识形态服务。

另外，拜伦原诗抑扬格四步韵的形式，在汉语译本中都未能得以保留，由于两种语言的根本性差异，这也情有可原。梁启超、马君武、苏曼殊、胡适均做到了韵律的因体制宜。查良铮的白话新诗，属最为自由无定制的形式，反倒依循了原诗六行诗节的形式与 ababcc 的韵脚，尽管没有做到全部统一（如第一节），还是可以看出译者的良苦用心：

> 算了，算了；试试别的调门：（韵母：en）
> 斟满一杯萨摩斯的美酒！（iou）
> 把战争留给土耳其野人，（en）
> 让开奥的葡萄的血汁倾流！（iou）
> 听呵，每一个酒鬼多么踊跃（ao）
> 响应这一个不荣誉的号召！（ao）（第九节）[①]

[①] 拜伦著：《唐璜》，查良铮译，王佐良注，北京：人民文学出版社 1993 年版，第 277 页。

第一章 语际转换与语内互动的诗性实践：苏曼殊翻译研究

查良铮译本采用的六行诗节的形式与 ababcc 的韵脚，本不是汉语新诗固有、特有的用韵方式，而是为了模拟源文本"戴着镣铐跳舞"的旨趣，刻意改编如此。这些形式特征带给标的语言的读者以新奇陌生化的感知体验，是译者施以标的文本系统的创新。白话新诗在字数、语音平仄方面的自由，便于在采用 ababcc 的韵脚格式的同时，也能较好地在语义层面与源文本对等。

苏曼殊舍弃了这个韵脚格式。苏译本全诗的韵脚多变不一，在此节采用的是两行押一韵，两行一换韵的形式："徒劳复徒劳，我且调别曲。注满杯中酒，我血胜鄽渌。不与突厥争，此胡本游牧。嗟尔俘虏余，酹酒颜何恶。"①曲、渌押二沃（仄）入声韵，牧、恶押一屋（仄）入声韵。因此，读者阅读苏曼殊译本的时候，接受到的不是源文本的符征形式，而是标的文本符征形式所创造的新的语音价值。但是对于当代读者而言，若以现代汉语普通话来诵读，就无法感受到苏曼殊译本中音节搭配的特殊价值；源文本在韵脚安排上的独具匠心，则通过查良铮的译本得以延续。

拜伦、苏曼殊、胡适、穆旦等写作和译作的这些诗歌文本，它们的内涵符号系统的符征形式相互冲突，每一种内涵系统都有特定的文类符码和结构规则，因此不同时代的译者在进行翻译时，也是在语音、语义、句法的各个面向不同表达形式之间选择和取舍。"羲和"和"太阳"都可对应"sun"，但是"羲和"在作为（雅各布森意义上的）文本信息的同时，已在中国古典文学创作的动态发展过程中成为和特定语境意义相关联的符码，这种编码功能是"太阳"一词不具备的。"Delos""Phoebus"在内涵层面的语义——阿波罗神所关涉的整个源远流长的希腊神话传说与文化信仰，是"德罗士""菲波士""德娄飞布""灵保""狄洛斯""阿波罗"

---

① 苏曼殊译本引自苏曼殊著，柳亚子编：《苏曼殊全集》第一册，北京：中国书店 1985 年版，第 79—84 页。

无法承担的,必须要靠译文下的附注来完成。太阳神信仰则是两种语言文化所共通的,胡适所用的取自神话传说的典故"羲和",便是以与源文本"Delos""Phoebus"的深层心智材料(purport)相对应的表达形式,力图弥补在转译过程中语义深层结构所缺失的符号功能。无论语际翻译还是语内转换,这些具体的表达形式仍旧可能凭借译者的用心,彼此对应共同的心智模式,只是显现的具体语言单位和结构体发生改变。类似地,苏译本中"斜阳""颓阳"实为译者修改的诠释性描写,没有胡适译本的"骄阳"准确,但是它们所构成的盛极而衰、日薄西山、今昔对比的隐喻义,既与原文吻合,也能够唤起汉语读者对中国文化传统中相似意象的联想。

拜伦原诗有一个尤为重要的母题"Samian wine",它在诗中重复出现五次:

> In vain — in vain: strike other chords;
> Fill high the cup of Samian wine!
> Leave battles to the Turkish hordes,
> And shed the blood of Scio's vine!
> Hark! Rising to the ignoble call —
> How answers each bold bacchanal!
>
> Fill high the bowl with Samian wine!
> We will not think of themes like these!
> It made Anacreon's song divine;
> He served — but served Polycrates —
> A tyrant; but our masters then
> Were still, at least, our countrymen.

第一章 语际转换与语内互动的诗性实践：苏曼殊翻译研究

Fill high the bowl with Samian wine!
On Suli's rock, and Parga's shore,
Exists the remnant of a line
Such as the Doric mothers bore;
And there, perhaps, some seed is sown,
The Heracleidan blood might own.

Fill high the bowl with Samian wine!
Our virgins dance beneath the shade —
I see their glorious black eyes shine;
But, gazing on each glowing maid,
My own the burning tear-drop laves,
To think such breasts must suckle slaves.

Place me on Sunium's marble steep —
Where nothing, save the waves and I,
May hear our mutual murmurs sweep；
There, swan-like, let me sing and die；
A land of slaves shall ne'er be mine —
Dash down yon cup of Samian wine! （下划线为笔者所加）

这种出产于萨摩斯岛的酒是拜伦生前的钟爱，在表层文本意义层，"Samian wine"是一个不断重复回旋的母题，推动语义的递进和情感的向前发展，它揭示作者的个人喜好，也召唤出古希腊文学的传统主题之———饮酒作乐、畅享欢愉的飨宴主题。与诗中同样描述的"Anacreon"（与萨福同时代的诗人，以飨宴诗闻名于世）、"bacchanal"［指饮酒狂欢（的人），源自酒神节狂欢传统］

相呼应。诗人还以反语、对比手法讽刺亡国之臣民的置酒虚度，将家国伤逝弃如敝屣，表达"哀其不幸，怒其不争"的愤慨，牵引出咏古、怀古的格调，令人联想起杜牧《泊秦淮》的"商女不知亡国恨，隔江犹唱后庭花"[1]。原诗的最后一节描写主人公"我"立于苏尼安海岬高耸的绝壁上俯视波涛，这个阿提卡南端的著名海角的最高点建有海神波塞冬的神庙，是一个庄严神圣的场所。主人公宁死不愿做亡国奴，他将酒杯打破，决意像天鹅一样吟唱着死去，全诗的情感与意境达到顶点，这个结尾使整首诗被赋予绝命辞的意味与壮烈崇高的情怀，"萨摩斯酒"自始至终发挥着推波助澜的功能，也最终成为"绝命酒"。重复作为诗歌的一种关键的文类标识与诗性装置，是为不同语言系统所共有的特性。除了表达语义维度的意义之外，这种重章复沓的表达形式既在语音上发挥诗歌的音乐效果，它屡次出现在诗节不同的位置，也成功实践了诗歌语言的复现渐重、同中有异的语法形式，堪称雅各布森所说的"语法性的诗"[2]，例如《哀希腊》原诗第十三节首行出现的"萨摩斯酒"，与其他五行的语义逻辑无甚关联，却以特殊的诗歌语法发挥语用维度的修辞功能。

当源文本符号转译至标的语言系统，这个作者有心设计的"冗余"并没有被译者忽视，它在语义与语用面向的双重转轨变得复杂而有趣。苏曼殊的译本用"注满杯中酒"对译"Fill high the cup/bowl with Samian wine"，放弃"Samian"这个汉语读者所不知悉的典故，唯有末节添以"娑明"，第九节使用古色古香的"酃渌"一词作拟仿的辅助说明，酃渌一说是酃、渌二地所产的美酒。张协《七命》述"乃有荆南乌程，豫北竹叶，浮蚁星沸，飞华蓱接。"

---

[1] 彭定求等编：《全唐诗》，北京：中华书局1960年版，第5980页。
[2] 参阅 Jakobson, Roman. "Poetry of Grammar and Grammar of Poetry." Eds. Krystyna Pomorska and Stephen Rudy. *Language in Literature*. Cambridge: Belknap-Harvard University Press, 1987. 121-144.

第一章　语际转换与语内互动的诗性实践：苏曼殊翻译研究

李善注："盛弘之《荆州记》曰：'渌水出豫章康乐县，其间乌程乡，有酒官，取水为酒。酒极甘美，与湘东酃湖酒，年常献之，世称酃渌酒。'"①马君武的译本取消了这个重复的句式，根据文脉的起承转合、译者自己的主观意志、韵脚的配合需要，将置酒畅饮、推杯换盏的情境自由赋形："沙明之酒盈杯绿""且酌沙明盈酒杯""劝君莫放酒杯干""沙明之酒千盅注""一掷碎汝沙明钟"。胡适亦没有音译"萨米安"或"萨摩斯"，而是改编为"注美酒兮盈尊""注美酒兮盈杯""碎此杯以自矢"，同样是出于将外来词本土化的考虑，正如他将原诗多音节专有名词都简化成双音节、三音节的汉语词汇。除却原意的割舍，胡适较好地兼顾了骚体诗一咏三叹的韵律节奏与重章复唱的音乐美，如果说马君武译本旨在"为教化的艺术"，那么胡适的翻译虽然没能补君武之"讹"，但仍不失为优美的再创作，可权且称为"为艺术的艺术"。查良铮所译现代白话新诗因形式束缚极少，故在模仿此句式时没有太大障碍。

"Fill high the cup/bowl with Samian wine!"在源文本与目标文本各自的话语层面的参差同样引人深思。这是一个祈使句，由第一人称发话者向第二人称受话者发出号召、鼓动，它与全诗的话语配置是一致的。在话语结构被改变的曼殊译本中，这个祈使句"注满杯中酒"显得突兀不合群。虽然旧体诗经常言简意赅，省略主语，甚至没有标点来表示语气，"注满杯中酒"可由读者补充不同的主语，理解为主人公"我"的行为或"我"在描述一个第三人称主体所在的场景，但笔者认为它更适合被看作是起兴手法，因为在这种条件下，冲突不和谐的话语结构是被允许的。胡适译本亦保留了这一修辞手法。马君武译本则取消了这个诗性装置，萨摩斯酒的母题与其他义项融合为一，在内容与形式上的特殊性

---

① 萧统选，李善注：《文选》，上海：商务印书馆1936年版，第777页。

荡然无存,盖出于追求文意晓畅为先。

由此我们可以返观和检视中国文学传统中的起兴手法。作为六艺之一,起兴的艺术手法在文学创作与文论研究的领域都是不可忽视的存在。刘勰《文心雕龙·比兴》曰:"兴者,起也。附理者切类以指事,起情者依微以拟议。"又言:"兴之讬谕,婉而成章,称名也小,取类也大。"[1]学者王梦鸥在明言"兴"是一种"离题"的情思想像的同时,强调它是一种"继起"的意象的呈现——"至于'兴',则为原意象引发的继起意象之传达,但所传达的继起意象与原意象之间可类似亦可不类似,甚至相反的,无不可据以表述。这也是文学的作品大不同于其他著述的特质。"[2]联系曼殊所译《哀希腊》,"注满杯中酒"大多出现在诗节的开头,是起兴意象最常出现的位置,它总是领起一段新的场景、动作、情境,又历时性地推进叙述与抒情的同步发展。在第十一节,"注满杯中酒"不甚参与该单元语义内容的连贯整一——"注满杯中酒,胜事日以堕",而是在诗歌语法的建构上着重发挥修辞的功能,它侧面揭示和印证了起兴手法的语言学特征——对于文本局部单元而言,它所承载的意象/母题或许与话语链条上彼此邻接的语义元素较为疏远,但是它具有重要的语用属性;该语词、语句所编织的语义网络与全诗整体意义系统相关联。起兴之笔不是简单随意地"先言他物"以引所咏之辞,我们需要揭示的是文学文本这种不连贯不统一的表层话语之下,深层话语结构的符号之间更为隐秘复杂的纽带,它们是诗歌的独特性质和诗人巧妙匠心之所在,这一点又是中西古典诗学所共享共通的。

3. 小结

兴起于18世纪的欧洲浪漫主义文学是一个枝叶繁多、源流

---

[1] 刘勰著:《文心雕龙》,北京:中华书局1985年版,第50页。
[2] 王梦鸥著:《文学概论》,台北:艺文印书馆1976年版,第127页。

第一章　语际转换与语内互动的诗性实践：苏曼殊翻译研究

复杂的庞大系统,常被视为英国浪漫主义文学代表者之一的拜伦及其诗歌塑造的主人公形象,曾长期以来被国内学界视为追求民主自由的革命英雄与反抗斗士。这种价值判断参与构建的形象,相当程度上源于梁启超、马君武等翻译《哀希腊》时的意识形态语境;把文学创作与翻译视为变法救亡、启蒙大众的工具,这种为时局政教服务的认知取向被许多翻译家和研究者延续。苏曼殊、胡适在力图"严谨"地把握翻译的语际交际的同时,亦倾力探索目标语言系统内部的语内交流,但是表达层面的语内转换又不可避免地改变了源文本的内容层面。如果说苏曼殊、胡适和梁启超、马君武的译作同样诉求一种"想象的共同体",那么这不一定是当下主流政治意识形态的共同体,而更侧重于一种东西文学审美的共同体和文学语言的共通法则。在苏曼殊、胡适们的笔下,亡国之殇与文明之丧背后的意境情境都获得创新性的融合。

由于篇幅所限,笔者无法将百年来所有《哀希腊》翻译文本一一展开对观,但是上述分析已足以证明：目标文本经过译者由表及里的再创造,成为隶属于本土文学系统的、具有独立自治性的新创文本;文本外延系统的表达／符征的延异作用于内容／符旨系统的接受,与读者建立起不同类型的关系网络。《哀希腊》这首诗作在华土的备受瞩目,源于一代代译者对其意识形态之认同、艺术审美的钟爱等多种缘由,这些译本各有千秋、溯古还今的诗性创译实践,直接促成了《哀希腊》与其作者在华语文坛与文学史的经典化。

五

苏曼殊另外译有拜伦两首较短的诗,分别收入《文学因缘》《潮音》和《拜轮诗选》。他翻译的第一首拜伦诗见于1908年8月在东京齐民社出版的《文学因缘》,题作《Byron 诗一截》,北新本

《苏曼殊全集》题作《星耶峰耶俱无生》。这首诗是为他与拜伦"短兵相接"的初次尝试。有趣的是，在1908年7月《民报》登载的、曼殊假托译自"南印度瞿沙（Ghōcha）"所著印度笔记小说而实为自创的文言小说《娑罗海滨遁迹记》①中，该诗作为故事开篇的一个引子（此处亦无标题），将听此歌诗的主人公引至另一洞天：

> 不慧坐石背少选，歌声自洞出，如鼓箜篌。听至：
> 星耶峰耶俱无生，浪撼沙滩岩滴泪。
> ……
> 不慧惊起曰："是得毋灵府耶？"策杖入洞，歌声亦止，黑暗不辨径路，足下柔草，如践鹅绒。心知其异，但不生畏怖。默计步数，恐不能返。行且三千五武，始辨五指，复行十武，光如白昼。既出洞，迎面空寂，似无所有；但奄兹落日，残照海滨，作黄金色。回顾有弄潮儿，衣芭蕉叶，偃卧滩旁。不慧心念小子必是超人。倚杖望洋，怃然若失。
> 俄而皎月东升，赤日西堕。不慧绕海滨行约百武，板桥垂柳，半露芦扉，风送莲芬，通人鼻观。远见一舟，纤小如芥，一男一女，均以碧蕉蔽体，微闻歌声。男云：
> 还有：

---

① 《娑罗海滨遁迹记》的作者之疑由来已久。柳亚子在其所编北新本《苏曼殊全集》第二册记曰："唯内有'星耶峰耶俱无生'一诗，据天义报上所登文学因缘广告目次，为拜轮所作。瞿沙以印度人著书，不应反引拜轮诗句，很觉矛盾。曼殊好弄玄虚，或者此书竟是自撰，而托名重译，也未可知。此事又成疑案了。"（苏曼殊著，柳亚子编：《苏曼殊全集》第二册，北京：中国书店1985年版，第307页）丁富生在《苏曼殊：〈娑罗海滨遁迹记〉的创作者》一文中，通过周密材料和富有说服力的分析，证实苏曼殊正是《娑罗海滨遁迹记》的作者，笔者采纳该观点。参阅丁富生撰：《苏曼殊：〈娑罗海滨遁迹记〉的创作者》，《南通大学学报（社会科学版）》2009年第4期。

第一章　语际转换与语内互动的诗性实践：苏曼殊翻译研究

男云：腕胜柔枝唇胜蕾，华光圆满斯予美。
女云：最好夜深潮水满，伴郎摇月到柴门。
Her ruddy lip vies with the opening bud;
Her graceful arms are as the twining stalks;
And her whole form is radiant with the glow;
Of youthful beauty, as the tree With bloom.①

《娑罗海滨遁迹记》摘取、仿拟、假托的前文本既有印度创世神话、婆罗门教经典《摩奴法典》(मनुस्मृति, Manusmṛti)、史诗《罗摩衍那》(रामायण, Rāmāyaṇa)，也有佛经。除这截拜伦诗之外，曼殊在此玩了另外两个文字游戏，上引英诗选自莫尼尔-威廉斯(Monier Monier-Williams)翻译的迦梨陀娑(Kālidāsa)名著《沙恭达罗》(शकुन्तला, Sakuntalā)第一幕②，对应"男云"两句，曼殊尝有愿念翻译这部印度文学的璀璨明珠，而终不得成行，此处别有心意地把《沙恭达罗》节选植入自己"翻译"的其他作品；"女云"二句取自两宋之交浙江奉化雪窦山僧希颜的诗作《普和寺》："朱楼绀殿半江村，石壁深藏佛影昏。最好夜深潮水满，橹声摇月到柴门。"③希颜平生精研佛戒，又擅长文藻。原句清朗幽静的情境与寄情山水的禅意被曼殊改写为艳而不妖、大胆直率，具有江南民歌色彩，与佛家戒律背道而驰的表白。

回到拜伦诗，这截诗选自拜伦长诗《岛屿，或基督徒与他的同

---

① 苏曼殊著，柳亚子编：《苏曼殊全集》第二册，北京：中国书店1985年版，第276—278页。
② 参阅许冬云撰：《苏曼殊汉英互译作品集与梵学的因缘》，《现代语文》2011年第3期。
③ 该诗见于陈起《圣宋高僧诗选》(《续修四库全书》集部第1621册，影印南京图书馆抄本)，参阅卞东波撰：《〈全宋诗〉重出、失收及误收举隅》，见于南京大学古典文献研究所编：《古典文献研究》总第9辑，南京：凤凰出版社2006年版，第85页。

095

伴》(The Island, Or Christian and His Comrades)第二章第十六节①,这六行是从该节二十七行中间部位摘出。源文本呈现的是说话者在发问:星辰、山峰、波涛等自然万物难道没有灵魂吗? 这塌陷的岩洞在他们沉默的眼泪中难道会没有一丝感觉吗? 接着他自己回答:不,它们以其所能取悦、拥抱我们,事先化解了这岩块、土块,好把我们的灵魂融入广袤的海岸边。在译诗中,"星耶峰耶俱无生"变成肯定陈述,"岩滴泪"将岩石拟人化,"围范茫茫宁有情"是以反问口吻说宇宙自有其规而无情,若将"有情"作佛教术语解,则指有心识、有感情、有见闻觉知,末句调转为想象的虚笔,想象肉体的陨灭和灵魂的升华。"溟海"本是神话传说中的海名,后泛指大海。末句"我"的出现十分突兀,当为照应小说中匿名歌者正在自抒己意的言语活动场景。"无生""有情"常见于佛家语,显然是源文本系统中所不存在的,但是整首译诗的语感与佛教中的韵文体并不相类,佛家偈子、变文的七言韵句通常比较通俗晓畅,不会如此绕口。苏曼殊断章取义地把拜伦的诗歌节选规整到四句七言里,致使意思晦涩不明,也因此给读者留下了充分的解读阐释空间。

有趣的是,收录这截诗的《文学因缘》与《娑罗海滨遁迹记》几乎于同时出版,很难判断曼殊最初翻译它的"因缘"所为之何,然而以断章取义的方式择取英国浪漫主义诗歌、本国僧人诗假借翻译之笔化入印度文学语境,置于印度文化语义场并予以南辕北辙之改装的做法,大概是苏曼殊的首创,其后亦鲜有来者。将本土的前文本、异域翻译文本自然嵌入自创作的作品似乎是曼殊的一个偏好。1912年5月至8月连载于《太平洋报》的《断鸿零雁记》中亦有引述曼殊所译的《赞大海》,只是小说中的译者变成第一人

---

① 参阅 Byron, George Gordon. *The Poetical Works of Lord Byron*. London: Humphrey Milford, Oxford University Press, 1921. 346。

第一章 语际转换与语内互动的诗性实践：苏曼殊翻译研究

称主人公。① 小说中"余"对中西诗人的评语,与《文学因缘》自序中的"顾欧人译李白诗不可多得,犹此土之于 Byron 也"②,以及曼殊 1910 年《与高天梅书(庚戌五月爪哇)》中"拜轮足以贯灵均太白,师梨足以合义山长吉;而沙士比,弥而顿,田尼孙,以及美之郎弗劳诸子,只可与杜甫争高下"③相互应和。由此我们再次可见苏曼殊文学话语系统的高度复杂性,他以作家、翻译家、文学评论家和研究者的多重身份对"纪实"与虚构之言自如挥洒,他在小说这个开放虚构的舞台上让欧洲、印度、中国各自博大精深的文学传统共同周演,相互对话。在《娑罗海滨遁迹记》与《断鸿零雁记》中,曼殊对作为小说中人物对白和独白的诗歌重新拼贴和改装,使其他文学世界、文化空间中的虚构文本成为内化于小说语境的二度虚构,使小说的意义具有延续不断的衍生性,不断指向更加纵深的索引踪迹和更久远的前文本,如同迷宫的多条岔路不断延展新的方向。从这个意义上讲,苏曼殊的创作已经具有朴拙的"后现代"色彩。有相关认知背景并有所体察的"理想读者",能够循着小说中的线索痕迹一探究竟,从而了解作者的"戏法"和用心。

苏曼殊翻译的另一首拜伦短诗《答美人赠束发毡带诗》,选自 1807 年,拜伦 19 岁读大学二年级时出版的第一本诗集《懒散时光》(*Hours of idleness*)。这本诗集里因缘际会而向特定寄语对象表示赠、答、倾诉等内容题材的抒情诗歌不胜枚举,尚且流露出不少天真烂漫的气息。据马以君笺注《苏曼殊诗集》所记,1909

---

① 苏曼殊撰:《断鸿零雁记》,见于苏曼殊著,柳亚子编:《苏曼殊全集》第三册,北京:中国书店 1985 年版,第 36—37 页。
② 苏曼殊撰:《〈文学因缘〉自序》,见于苏曼殊著,柳亚子编:《苏曼殊全集》第一册,北京:中国书店 1985 年版,第 123 页。
③ 苏曼殊撰:《与高天梅书(庚戌五月爪哇)》,见于苏曼殊著,柳亚子编:《苏曼殊全集》第一册,北京:中国书店 1985 年版,第 225 页。

年夏天,居于东京的曼殊收到相熟的调筝女百助所赠之礼物,爱不释手,熟识拜伦作品的他以译代作,翻译此诗以表谢意。①氍,赤玉也;氍带是色泽如赤玉的带子。《断鸿零雁记》曾正面描绘东瀛女子静子以氍带束发的美艳姿容:"静子此作魏代晓霞妆,馀发散垂右肩,束以氍带,迥绝时世之装,腼䩄与余为礼,益增其冷艳也。"②此处便是小说对现实的再次回眸。答谢诗是中国诗歌从古至今的一种题材,难得的是苏曼殊能从自己心向往之的浪漫主义大家的故纸堆中找到一篇如此情形相似的作品,曲折传情。还有一层原因,需要结合曼殊的真实经历考察。1909年春,苏曼殊在东京一个音乐演奏会上邂逅才色兼备的调筝女百助枫子,为其筝声感动,百助对他亦情深意重,可惜限于佛徒身份等原因曼殊不能与之长相厮守,因此他自作的诗歌表达的多是情理两难的矛盾挣扎、相思追忆的哀伤苦楚③,若想抒发爱意,这种译诗相赠的方式则不失为妙法。经过仔细对照我们发现,拜伦原诗被曼殊保留了第一人称抒情主体占主导地位,直抒胸臆的话语方式,而直白浅近的表达被替换以古雅典奥、远非口语化的辞令。首句"何以结绸缪"既是问"如何能束得紧",也是比喻"如何使你我情意缠绵",然后自答"文纰持作绳",原诗的直陈被曼殊改为设问,这是古诗常用的起笔,引起话题并使情感跌宕强烈。

苏曼殊以二十四句对译原诗六节四行诗,内容上基本为直

---

① 参阅苏曼殊著,马以君笺注:《苏曼殊诗集》,珠海:珠海市政协文史资料委员会1991年版,第225页。
② 苏曼殊著,柳亚子编:《苏曼殊全集》第三册,北京:中国书店1985年版,第104页。
③ 如"无限春愁无限恨,一时都向指间鸣。我已裂裟全湿透,那堪更听割鸡筝。"《题〈静女调筝图〉》"无量春愁无量恨,一时都向指尖鸣。我亦艰难多病日,那堪更听八云筝。"《本事诗》之一)"碧玉莫愁身世贱,同乡仙子独销魂。裂裟点点疑樱瓣,半是脂痕半泪痕。"《本事诗》之三)"九年面壁成空相,持锡归来悔晤卿。我本负人今已矣,任他人作乐中筝。"《本事诗》之十)。

第一章　语际转换与语内互动的诗性实践：苏曼殊翻译研究

译，也因此导致文意不够顺畅连贯，而古汉语诗词常省略连词虚词，以及主语等成分，更使承接转合显得露怯。旧体诗歌常常是先以写景、状物，介绍背景起笔，营造出相应的意境氛围，进而抒情、议论，曼殊这首译诗为了遵从原意，先描述"束发韬带"之珍贵，继而倾诉心中深情厚谊，然后被迫回转笔锋描绘爱人鬖发颙首，末两句"赤道暜无云，光景何鲜晫！"尤为生硬突兀。从文脉运思的角度来讲，源文本凌驾于标的文本之上的压力导致标的文本在目标文学系统中的异样，读者接受时也会感到隔膜陌生。

有趣的是，根据刘斯奋笺，"在原作的标题下面及每小节结束后本来均有一行希腊文"，拜伦自注："此为希腊情话。如果我把它译出来，恐怕绅士先生们不高兴，认为我小看他们连这都不会。倘若我不把它译出，窈窕淑女们又会埋怨我。为使后者不至产生误会，我硬着头皮把这句子译了出来，请名流学者多多包涵。此句意为：'我的心肝，我爱你。'在所有的语言中，这种话都是十分温柔甜蜜的。这句话现时在希腊也挺时兴，就象从前罗马的上流妇女也常用希腊文说'我的心肝'一样。她们在表达性爱时用的都是希腊文。"① 曼殊在这首意旨明确的赠答诗中刻意拟古，语多用典，似乎与拜伦原诗形成微妙的暗合。回顾中国文学传统，古乐府、南朝民歌、词和散曲等文体常以直白浅近甚至俗俚的言语正面表现情爱；词兴起之后的文坛，文人士大夫对不同文体形式表达相异的内容，以及吟诵场合的区分意识尤为自觉。曼殊采用五言古诗的体制又以典故习语结构诗句，以古雅的辞令表达热烈爱语，彰显了翻译活动对标的文本系统之于源文本系统的深层映照的另一种可能。

---

① 苏曼殊著，刘斯奋笺注：《苏曼殊诗笺注》，广州：广东人民出版社1981年版，第156页。

六

苏曼殊的诗歌译作并非总是爱掉书袋,他对诗歌翻译风格的选择取舍是灵活多样的。《颎颎赤蔷靡》《冬日》都是五言古体,虽有习语典故,但并不晦涩拗口。曼殊翻译的苏格兰农民诗人罗伯特·彭斯(Robert Burns)的著名民谣《A red, red rose》[①],在直译的同时维持与源文本一致的直率明快的风格、复沓回环的乐感和热烈激宕的情感,且仍能文意顺畅,置于中国五言古风系统中与其他诗歌浑然难分。曼殊在《燕子龛随笔》中写道:"印度古代诗人好以莲花喻所欢,犹苏格兰 Robert Burns 诗人之 Red, Red Rose,余译为颎颎赤墙靡五古一首,载潮音集。"[②]彭斯这首民谣诗是在民间采风的基础上创作而成的文学名篇,被谱曲传唱后更是家喻户晓。[③]

曼殊在直译的总旨基础上,被迫取消了原诗植根于源语言系统的一些文法修辞装置和苏格兰方言在语汇上的特殊性,却也保留了许多和原诗一致的平行结构、同类编码,与旧体诗语言系统的其他多种编码融合为一体,我们可以借此反思源文本与标的文本背后的两种文学系统的特征。原诗是典型的民谣体,通俗晓畅,没有长句,一句一行,开篇使用头韵、顿呼(apostrophe)的修辞格和重复的句式,召唤不在场的爱人,使后文全部转化为与爱人的对话倾诉,向其表达抒情主体强烈而个人性的情感。顿呼源

[①] 《A red, red rose》汉语译诗同样有苏曼殊、周宜乃、郭沫若、袁可嘉、王佐良等多个译本。因笔者已在《哀希腊》一节中探讨过多译本互文系统与语内交际的问题,在此不再详述。
[②] 苏曼殊著,柳亚子编:《苏曼殊全集》第二册,北京:中国书店 1985 年版,第 59 页。
[③] 该诗源文本和目标文本分别引自苏曼殊著,柳亚子编:《苏曼殊全集》第一册,北京:中国书店 1985 年版,第 104、87 页。

于古希腊的修辞术,古乐府亦常用这个话语结构,译诗对其予以保留。古风对格律要求不高,尤为适合自由自适地直抒胸臆和反复咏叹;对比、铺陈、夸张、重章叠唱的手法,都是两种文学系统共通的诗性装置,曼殊也一一进行了较为贴切的移植。尤其是末句"万里莫踟蹰"与"Tho' it were ten thousand mile!"完好对应,标出主体的强烈意志和行动,将抒情推向高潮,并将意境引向远方、未来,延伸出广袤的时间域、空间域与叙事的想象域,这是旧体诗行文结构的一种经典方式,也是中西诗歌所共同葆有的。

原诗的话语结构在中途有变,歌咏对象却是统一的——"my luve",再看译诗,五古的规格使曼殊在"按规填字"时不免要作出许多取舍,开头四句略去了明喻的本体只剩下喻体,赤蔷靡、清商曲成了歌咏的对象,却因此置换为旧体诗常用的比兴形式:"颎颎赤蔷靡,首夏初发苞。侧侧清商曲,眇音何远姚。"比兴的意象不一定与诗歌的中心歌咏对象有直接密切的语义关联,而是重在引出和烘托歌咏对象,要靠创作者把原本关联松散的符号变成强制的连结关系,如《古诗十九首》的佳句"青青陵上柏,磊磊涧中石""青青河畔草,郁郁园中柳"[①]等等。赤蔷靡、清商曲不仅可以用来修饰爱人,更可以侧面烘托整个情境,为下文的正面抒情作铺垫,与原诗构成两种不同的表达方式。

尽管曼殊以直译为宗,他仍旧根据标的文化语境的知识对源文本意象进行了置换和增补。"That's newly sprung in June"被译为"首夏初发苞",是因为在中国文学传统中,蔷薇正是入夏时节的季节性意象[②],白居易《蔷薇正开春酒初熟因招刘十九张大

[①] 逯钦立辑校:《先秦汉魏晋南北朝诗》,北京:中华书局1983年版,第329页。
[②] 从现代植物学意义上简而言之,玫瑰、蔷薇、月季同属丛蔷薇科(Rosaceae)蔷薇属(Rosa),生物形态十分相似,只有很小的差别。

夫崔二十四》有"瓮头竹叶经春熟,阶底蔷薇入夏开"①,中国立夏在阴历四月,阳历五月,与原诗的六月不同,在此苏曼殊取中国文化传统意象而改之以"首夏"。曼殊不说"蔷薇"而说"蔷蘼",大概出于音律(蘼为上声)和袭古的考虑,但是问题在于"蔷薇"和"蔷蘼"是不同的两种植物,被曼殊混淆。虋冬(蔷蘼)是百合科植物麦冬或者沿阶草的块根。虋:"《六书正讹》:'俗虋字'。"②虋:"《尔雅·释草》:'蔷蘼,虋冬'。注:'门冬,一名满冬。'《山海经》:'鲜山,其草多虋冬。'又《说文》:'虋,赤苗嘉谷也。'《尔雅·释草》:'虋,赤苗。'注:'今之赤粱粟,本音门。'"③唯一合理的解释恐怕是把"蔷""蘼"看作独立的两个单字词,"蘼"表示华丽、美好之意。"恻恻"和"清商"都是译者增添的对"曲"的限定修饰,"清商曲"又称"清曲",包括"清调曲""平调曲"和"瑟调曲"三类,作为文学意象,常用于烘托离愁别绪、感伤哀怨的抒情氛围。《古诗十九首·东城高且长》中有"被服罗裳衣,当户理清曲。音响一何悲,弦急知柱促"④,《西北有高楼》有"清商随风发,中曲正徘徊,一弹再三叹,慷慨有余哀"⑤。在译诗中,"清商曲"既照应语义上的逻辑——"离隔在须臾",作送别之音,又包含源自典故和后设文本系统的语用预设,也正是诗意之所在。

七

苏曼殊不仅借《哀希腊》与同时代仁人志士同声相应,他在译雪莱《冬日》一诗中描绘了一个独立于寒冷萧索世间的孤独者,也

---

① 《全唐诗》,北京:中华书局1960年版,第4905页。
② 张玉书等编:《康熙字典》,上海:上海书店1985年版,第1194页。
③ 同上书,第1195页。
④ 逯钦立辑校:《先秦汉魏晋南北朝诗》,北京:中华书局1983年版,第332页。
⑤ 同上书,第330页。

第一章 语际转换与语内互动的诗性实践：苏曼殊翻译研究

暗喻他对个体自我与外在世界之境况的思考。曼殊对拜伦和雪莱的欣赏礼赞几乎是可以等量观之的，他曾对这两位人生实践与文学实践都敢为时代之先的浪漫主义巨匠作出对比性的个人见解："拜轮和师梨是两个英国最伟大的诗家，二人都有创造同恋爱底崇高情感，当作它们诗情表现中的题目。是的，虽则他们大抵写着爱情，恋者，同着恋人底幸福，但是他们表述时的作法，有好像两极旷远地离异着……师梨和拜轮两人的著作，在每个爱好学问的人，为着欣赏诗的美丽，评赏恋爱和自由的高尊思想，都有一读的价值。"①曼殊在《燕子龛随笔》中自述"曩者英吉利莲华女士以《师梨诗选》媵英领事佛莱蔗于海上，佛子持贶蔡八，蔡八移赠于余"②，但是曼殊当时因个人原因难以成章，于是写下了《题〈师梨集〉》一诗以表歉疚。《冬日》这截诗取自雪莱创作的悲剧《查理一世》(Charles the First)第五幕，宫廷弄臣亚基(Archy)之唱词中，他摹拟夜莺的口吻所唱的歌。《查理一世》这部悲剧创作于1822年，止于1822年夏雪莱的意外罹难，成为永远的断章。该诗剧于1824年出版的玛丽·雪莱(Mary Wollstonecraft Shelley)所编《遗诗集》(Posthumous Poems)中首次刊行，但只是简短并有不少脱文的三幕残篇，到"Return to brood over the [ ] thoughts/That cannot die, and may not he repelled"两行为止，其中并没有《冬日》的源文本③，后来的文集都维持了这一节选。直到1870年威廉·罗塞蒂(William Michael Rossetti)所编的《雪莱诗作》(The Poetical Works of Percy Bysshe Shelley)，《查理一世》被重新编排修订，《冬日》作为第五幕的一

---

① 苏曼殊撰，柳无忌译：《〈潮音〉自序》，见于苏曼殊著，柳亚子编：《苏曼殊全集》第四册，北京：中国书店1985年版，第36—37页。
② 苏曼殊著，柳亚子编：《苏曼殊全集》第二册，北京：中国书店1985年版，第33页。
③ 参阅 Shelley, Percy Bysshe. *Posthumous Poems*. London: John and Henry L. Hunt, 1824. 237-248.

部分才初次登场。① 编者罗塞蒂在序言中说他自己有幸能够从雪莱之子那里获得雪莱的手稿并对其解码（decipher），《查理一世》的大量增补均来源于此，并成为我们今天看到的该剧的样貌。② 1914年牛津版《雪莱诗作全集》(The Complete Poetical Works of Percy Bysshe Shelley)的编者在第三卷末附注中言明《查理一世》这部戏剧残篇的重组要归功于罗塞蒂对雪莱手稿的复原："括号里的词汇大概是罗塞蒂填补的、原稿中确有的空缺，那些存疑之处表明书写的模糊难辨。"③并对照1824年《遗诗集》将其增补修订的内容标注在作品文本的脚注中。

中国读者想起雪莱，脑海中常浮现的是《西风颂》("Ode to the West Wind")、《被解放的普罗米修斯》("Prometheus Unbound")、《致云雀》("To a Skylark")等一百多年来最常被翻译、编选入集、引介入史的诗歌。而苏曼殊作为雪莱诗歌最早的汉语译者④，他选择的作品却是"名不见经传"，迄今鲜有人论及的一个片断，这不能不引人深思。《冬日》的源文本并不晦奥，而是以浅近的词语搭配出参差的韵律和动静对比相生的意境氛围。译作是高古清新、无甚华藻的五言古诗，完完全全承袭了《古诗十九首》及汉乐府以下的汉魏六朝五言诗风，摹拟之入神，即使置于六朝人作中也不容易分辨出来。

---

① Shelley, Percy Bysshe. *The Poetical Works of Percy Bysshe Shelley*. Ed. William Michael Rossetti. London: E. Moxon, son & Company, 1870.
② Ibid., 13.
③ Shelley, Percy Bysshe. *The Complete Poetical Works of Percy Bysshe Shelley*. Vol 3. (Oxford Edition. Including Materials Never before Printed in Any Edition of the Poems. An Electronic Classics Series Publication.) Ed. Thomas Hutchinson. 1914. www2.hn.psu.edu/faculty/jmanis/shelley/shelley-3.pdf. 313.
④ 参阅张静撰：《附录二 1905—1937 主要中文报纸杂志中翻译的雪莱作品篇目一览表》，见于张静著：《雪莱在中国（1905—1937）》，复旦大学博士论文，2012年，第163页。

第一章 语际转换与语内互动的诗性实践：苏曼殊翻译研究

《冬日》是一首描绘自然意象和图景的诗歌，一曲拟夜莺之口吻的哀唱。遗憾的是这部剧作到此为止，我们无法确定这首唱词会引领何种场景，也难以把握它的全部旨意。曼殊选择翻译这首诗并将其译为汉魏六朝风格的五古，或许一个重要原因是源文本的意象、意境在标的语言系统中有一个成熟、经典的文学系列，颇能唤起曼殊心中所爱重的本土文学传统。他在《〈拜伦诗选〉自序》中把《冬日》列为"情思幼眇,抑亦十方同感"①,符合他的审美理想的诗歌。首行"孤鸟栖寒枝,悲鸣为其曹"②与《古诗十九首·行行重行行》"胡马依北风,越鸟巢南枝"③,阮籍《咏怀八十二首·其一》"孤鸿号外野,翔鸟鸣北林"④如出一辙,后两者皆为名篇名句。结合后句"池水初结冰,冷风何萧萧",又呼应《古诗十九首·去者日以疏》之"白杨多悲风,萧萧愁杀人"⑤,以及汉乐府古辞"秋风萧萧愁杀人,出亦愁,入亦愁。座中何人谁不怀忧？令我白头"⑥,且令人想起苏子瞻的名词《卜算子》中"拣尽寒枝不肯栖,寂寞沙洲冷"⑦的孤高自况。同时,这样一截抛开《查理一世》整体背景的诗歌,为当世和后世读者提供了广阔而自由的诠释空间,我们可以说苏曼殊翻译该诗,既有对传统文学经典的追溯缅怀,也可能是因为这首诗所蕴含的诗人自我心境的悲观、失落、孤独及在广义上对应的时代声响,能够与译者苏曼殊相契合。

周作人曾评价"《南社丛刻》四集,有苏子谷译师梨 Shelley 诗

---

① 苏曼殊著,柳亚子编：《苏曼殊全集》第一册,北京：中国书店 1985 年版,第 125—126 页。
② 同上书,第 89 页。
③ 逯钦立辑校：《先秦汉魏晋南北朝诗》,北京：中华书局 1983 年版,第 329 页。
④ 沈德潜编：《古诗源》,北京：中华书局 1963 年版,第 136 页。
⑤ 逯钦立辑校：《先秦汉魏晋南北朝诗》,北京：中华书局 1983 年版,第 332 页。
⑥ 同上书,第 289 页。
⑦ 唐圭璋编：《全宋词》,北京：中华书局 1965 年版,第 295 页。

曰:'孤鸟栖寒枝,悲鸣为其曹。池水初结冰,冷风何萧萧。荒林无宿叶,瘠土无卉苗。万籁尽寥寂,唯闻喧桔槔。'甚达雅可赏。唯末桔槔本为风磨①,妙在静中有动,一字之差,意境迥殊,故译诗之难也。"②曼殊这里将"mill-wheel"译为中国古代汲水的工具"桔槔",即桔槔,可能是出于凑韵,亦是为了字面精省可以凑合五言。为了六朝五言的韵味到位,"唯闻"这种冗余之笔是不可少的,如此一来只剩三字可以发挥,因此这里可以算是为了形式牺牲了内容。更重要的是,曼殊这一翻译改变了源文本的话语构造。原诗是抒情诗歌较为少见的,第一人称"我"没有出场,抒情主体完全缺席的诗歌,各种事物景物仿佛自然而然呈现于读者/观众眼前,虽然实际仍为诗人之感官选择过滤后的景象,但是言说主体的主观抒情、议论的参与缩减至无几。原诗不仅"无我",也是"无人"的,"mill-wheel"是磨坊的水车,借助水的高低落差产生的势能转化为动能,可以免除人力,因此整首诗呈现为完全的空寂,然而唯有陈述者是全知全能的,对一切了然又以巧妙的方式暗示一切——"widow""mourning""frozen""freezing""bare""mill-wheel"。在译诗中,桔槔是需要人在旁操作的,"喧"字改变了诗的氛围;"何萧萧"体现出言说者的态度情感,"唯闻"更标识出洞察这一切的言说者的在场和干预,这些恰是汉魏古风的经典措辞,也印证了曼殊为了翻译文本在置入标的文学系统时的融洽如一,对源文本所做的取舍。

---

① 原诗中"mill-wheel"是磨坊的水轮,依靠水力,和中国的风磨也不是一种事物。王士禛《池北偶谈·谈异四·风磨风扇》云:"西域哈烈、撒马儿罕诸国,多风磨。其制:筑垣墙为屋,高处四面开门,门外设屏墙迎风。室中立木为表,木上用围置板乘风,下置磨石,风来随表旋动,不拘东南西北,俱能运转,风大而多故也。耶律文正诗:'冲风磨旧麦,悬杵捣新粳'。"参阅王士禛著:《池北偶谈》下册,北京:中华书局1982年版,第556页。
② 周作人撰:《艺文杂话》,见于周作人著,陈子善、张铁荣编:《周作人集外文》上集(1904—1925),海口:海南国际新闻出版中心1993年版,第154页。

第一章　语际转换与语内互动的诗性实践：苏曼殊翻译研究

这则雪莱生命末期的作品，不复雪莱此前许多诗歌名篇的昂扬激进的节奏，或对言说主体"我"不可抑制的思想情感的凸显，令读者视线随他的想象力上天入地应接不暇，而是让话语主体退到看似凄清，却动静相生的舞台布景之后，意象景物共同构成清寂、疏空而悠远的氛围，它们的置放组合不是无端随意的，而是充分调动读者的感官想象。对于这位英国浪漫主义文学主将，如果说鲁迅在《摩罗诗力说》中着重强调的是摩罗诗人阶段的雪莱①，那么苏曼殊在《冬日》这仅此一首的译作中向汉语读者管中窥豹地介绍的"偏颇片面"的雪莱，则展现了其沉郁含蓄的一面。

八

苏曼殊另外涉猎的两首译诗均与印度文学有关。一首是转译自英文的歌德古风诗歌(antique)《题〈沙恭达罗〉》，另一首是印度女诗人陀露哆的《乐苑》。对《沙恭达罗》爱不释手的曼殊曾希望能将其译为中文，可惜未能实现，唯有借一首四言古诗表达其盛情赞美。② 歌德的原诗以第二人称呼召的形式直接面向赞美对象深情倾诉，清新明快的意象共同结构出一个美的整体——迦梨陀娑诗剧的主角沙恭达罗。歌德和席勒(Johann Christoph Friedrich von Schiller)的文艺思想都经历过浪漫主义向古典主义的转变，浪漫主义的时代精神与古典主义主张的创造性结合，在歌德的思想与创作中留下不可磨灭的印迹。他反对的是浪漫主义后期"软弱的、感伤的、病态的"颓风，因而倡导"强壮的、新鲜

---

① 鲁迅撰：《摩罗诗力说》，见于《鲁迅杂文集：坟·热风·两地书》，杭州：浙江人民出版社 2002 年版，第 76—77 页。
② 原作和译作分别引自苏曼殊著，柳亚子编：《苏曼殊全集》第一册，北京：中国书店 1985 年版，第 107、89 页。

的、欢乐的、健康的"①古典主义。歌德认为艺术应当摹仿伟大丰富、万象纷呈的自然而又不是一味地摹仿，从自然中采撷意象精神塑造一种"第二自然"，"艺术要通过一种完整体向世界说话，但是这种完整体不是他在自然中所能找到的，而是他自己的心智的果实，或则说，它是由产生这果实的神灵气息吹成的"②。《沙恭达罗》里成长于淳朴自然，聚集天地之美好灵气的自然之女沙恭达罗，是歌德认同的理想女性象征，她所代表的自然理想生活，完完全全符合歌德通过想象力和认知构建而成的，"一种感觉过的，思考过的，按人的方式使其达到完美的自然"③。歌德在《题〈沙恭达罗〉》中所提到的春华秋实、天空大地都不是实写眼前之景物，而是诗人脑海中抽象而成、凝融为一的美，它让灵魂得以沉醉、浸润和滋养，言说者"我"将它命名为"沙恭达罗"，它是取自自然又超越自然的整体概念。从符号学的观点来看，诗中的"Namen""Nenn"（德语"命名"之义）点明整首诗所完成的一个历经隐喻和转喻的诗性运作，一个创造出符征与符旨之间从随意性到强制性的紧密联动的符号举措。④

关于中文《题〈沙恭达罗〉》的译者，周作人在1923年11月30日的《晨报副刊》曾发表《致〈苏曼殊传〉的作者》一文，称："据我所知，这（《题〈沙恭达罗〉》）乃系章太炎先生笔述，卷首的《阿轮迦王表彰佛诞生处碑》也是如此。这些事情本不足为曼殊病，现在不

---

① 朱光潜撰：《歌德的美学思想》，《哲学研究》1963年第2期。
② 歌德撰：《和爱克曼的谈话录·1827年4月18日》，转引自朱光潜撰：《歌德的美学思想》，《哲学研究》1963年第2期。
③ 歌德撰：《〈希腊神庙的门楼〉的发刊词》，转引自朱光潜撰：《歌德的美学思想》，《哲学研究》1963年第2期。
④ Edgar Alfred Bowring 遵照原始音步所译的《歌德诗集》(The Poems of Goethe)译本除了用"name"对译还使用了"designation"一词，更是突出强调这种语言符号学举措。参阅 Goethe, Johann Wolfgang von. The Poems of Goethe. Trans. Edgar Alfred Bowring. London: John W. Parker and Son, 1853. 349.

第一章　语际转换与语内互动的诗性实践：苏曼殊翻译研究

过连带说明,以明真相而已。"①然而这仅是周作人一家之言,曼殊自己在《文学因缘》序言中言之甚明,此诗由"Eastwick 译为英文,衲重迻译,感慨系之"②。文学史研究者③与苏曼殊文集的主要编辑者柳亚子、柳无忌、马以君等均未对该诗作者表示过疑虑。笔者暂且存此一说,仍认为《题〈沙恭达罗〉》是曼殊所译。

曼殊以四言古体所译的《题〈沙恭达罗〉》,比兴、对偶、复沓、铺陈的手法运用自如。其行文章法置于《诗经》四言至汉魏六朝时代的四言诗,四言之颂、铭,特别是大量汉代碑铭的传统中,都有迹可循。末句为韵律和谐将"沙恭达罗"改为"沙恭达纶","纶"虽与"轮"同音,但不是同一个字,则无妨,在古诗词里也是常见的。这首品评、鉴赏他人作品的四言诗,让具有古典文学背景的读者最容易联想起的当属诗论名著《二十四诗品》。可以说,《诗品》"既是一个文本系统内部不同组成部分相互作用的整体,又是文本中先前的与当时的话语运作机制的整合,它既是一种历时性的顺序推演,又是一种共时性的并列展开;它既可以作为四言诗来读,也可以作为作诗章法的诗论著作,甚至可以作为以文学论道、释的诗体哲学著作;它既是文学文本也是诗学文本,它以自身作为后设文本解释作者的诗歌理论,同时成为对象文本实践作者诗学理论的一个典例"④。《题〈沙恭达罗〉》源文本与《诗品》既可以

---

① 周作人著,陈子善、张铁荣编:《周作人集外文》上集,海口:海南国际新闻出版中心 1993 年版,第 545 页。
② 苏曼殊撰:《〈文学因缘〉自序》,见于苏曼殊著,柳亚子编:《苏曼殊全集》第一册,北京:中国书店 1985 年版,第 121 页。
③ 可参阅谢天振、查明建主编:《中国现代翻译文学史(1898—1949)》,上海:上海外语教育出版社 2004 年版,第 61 页。王光明编:《中国诗歌通史·现代卷》,北京:人民文学出版社 2012 年版,第 129 页。卓如、鲁湘元主编:《二十世纪中国文学编年(1900—1931)》,石家庄:河北教育出版社 2013 年版,第 81 页。
④ 唐珂撰:《试析〈二十四诗品〉作为互文性理论实践的一个典范》,《信阳师范学院学报(哲学社会科学版)》2013 年第 4 期。

看作是文学评论,也是微言大义的文学作品,更是作者美学思想的寄托。目标文本前四句以自然意象起兴,铺陈蓄势,对"春华""秋实"增以更细致的形象和价值——"芬""真",这是源文本所没有的,末两句卒章显志,辞藻秀丽,音韵婉转,取庄严典雅的风格。

　　汉语词形之灵活与四言诗的紧缩结构使《题〈沙恭达罗〉》源文本的句子主语和疑问词、感叹词、连词等多种句法成分被省去,呈现为与《诗品》相似的、多义性的意象累积——"春华""秋实""悠悠天隅,恢恢地轮";原诗中接连的问句与感叹句组成一个说话者主体显著参与的话语场景,这个第一人称说话者的主观参与度在译诗中大为削弱,它在目标文本中没有直接出场,只是借第二人称呼召对象而映现。这让我们再次反思,汉语没有屈折语的词形变化,只有靠固定实词体现人称,四言的简短结构使这些主体性的标记必须略去,而人称总是负责指称话语主体之间的关系并组织他们的言语行为。因此旧体诗总是擅长于语义层面的炼意斟酌而不是话语层面的曲折曼衍;微言大义、意在言外的美学观最受推重,刻画意象与营造意境始终是诗法最上策,意象、意境的背后总是有一个意涵丰富的后设文本系统。对经常用于庄重文体的四言诗而言,话语主体的弱化和隐藏,也正符合庄严文体消隐个体的要求。①

　　值得一提的是,歌德曾在一系列著述中高瞻远瞩地倡导"世界文学"(Weltliteratur)之概念并躬亲实践,他也由此被尊为比较文学研究的先驱之一。歌德希望通过多元文化、文学之间的相互了解和对话,使它们有可能"共享一个更大的体系而不丧失自己特有的个性,融合共性和特性,共享一个充满活力的共同体"②。

---

① 笔者在此还想引出发话者/受话者的"公"和"私"的两种身份立场。当说话者代表一个"公"的群体发声,他往往力求消隐个体自身,当说话者意欲抒发自己个人之情志并且言说对象明确,便多半免不了话语主体"我"的显现。
② 简·布朗撰,刘宁译:《歌德与世界文学》,《学术月刊》2007年6月号。

第一章 语际转换与语内互动的诗性实践：苏曼殊翻译研究

歌德与苏曼殊都是推动世界文学事业的理论家与实践者。

九

苏曼殊翻译的印度文学作品唯一现存的是印度女诗人陀露哆的《乐苑》。陀露哆出生于英属印度的基督徒家庭，少时随家人迁到法国并接受良好的欧式教育。二十岁回到家乡时，她出版了一册英译法文诗集，她的诗歌、小说创作在其生前均未能发表。和雪莱一样，陀露哆去世后她的诗歌闻名欧洲，所受之赞誉，诗人本人永远无法知晓。《乐苑》的原诗没有标题，这首写于 1876 年的十四行诗押抑扬格五步韵，韵脚形式为 abba abba cdcd ee，由三个四行诗节和一个双行诗节组成，格式是英国诗人怀亚特（Thomas Wyatt）在彼特拉克十四行诗基础上创造的变体。诗歌描写的是诗人自己家位于加尔各答市郊保各马里的花园别舍，它是陀露哆的保各马里十四行诗系列中的一首，《潮音》中的题目"A Primeval Eden"为苏曼殊所拟。原诗以全景、移动递进和聚焦相结合的视角描绘了颇具热带风情的花园盛景，罗望子树、芒果、棕榈树、木棉，以及竹林、月光、莲花池，这一系列流光溢彩、琳琅满目的自然景象或许相当程度上是实写，它们的搭配组合错落有致，令读者目不暇接而不觉枯燥，最终共同构成一个跳突而并不生硬的隐喻——远古的伊甸园。

十四行诗的状物传统使之成为陀露哆塑造"东方伊甸园"的完美载体，身处维多利亚时代的她以独特文化背景的混合意象表达，实现了传统诗体的革新。形式与内容都追求内在整一均衡的彼特拉克十四行诗，是维多利亚时代被推崇的理想文体之一，陀露哆这首诗前八行诗节是彼特拉克式的韵律 abbaabba，然而内容却颠覆了维多利亚商籁体和彼特拉克的观念，让说话者置身于一个与整饬统一的传统英式花园截然不同的印度花园，以"丰富多样的前拉斐尔式的比喻"描绘其华丽绚烂与盎然生机,轰炸读者的感官,这是对维多利亚批评家对商籁体"根本性的纯净"的要求的鲜明反叛。① 彼特拉克商籁体总是在八行诗节的末尾设置转折,陀露哆则在此把感官的盛宴推向高潮——热烈如火的木棉花如号角般震撼人心。后六行诗节返归莎士比亚商籁体的形式——四行加双行,"先前的十四行诗人怀亚特、锡德尼(Philip Sidney)和唐恩(John Donne)所青睐的即是意大利八行诗节加以莎士比亚六行诗节,在宗奉彼特拉克的维多利亚商籁体的语境下,陀露哆暗示这两种形式都不足以完美呈现言说者的欲望。她对混合形式的运用是对所有维多利亚商籁体要求规整纯一的规条的嘲讽"②。最终,这个使人目眩神迷的印度花园即是人类始祖的"伊甸园",一个对于西方文学同侪而言同时具有源初性和超越性的隐喻。总而论之,陀露哆这首十四行诗在维多利亚商籁体中绽放异彩。

1849年印度全境被英占领,1876年,维多利亚女王正式加冕为"印度女皇",标志着英国对印度的全面统治。成长于基督徒家庭,求学于英法,又热爱故土的陀露哆,或许始终怀着无法解脱的矛盾心态。陀露哆将对英国本土读者而言十分新奇的东方热带风物作为生机盎然的美好自然呈现为诗语,并与《圣经》里淳朴无邪、尚未沾染罪恶的伊甸园关联在一起,既满足欧洲人对异域他者的幻想又使之共鸣和感动,这大概是陀露哆去世后诗名远播欧洲的重要原因之一,正如泰戈尔的散文诗带给欧洲人东方森林般的慰安,还有劳伦斯等几多作家向欧洲以外的"前现代"世界寻求生命力和精神养料。也有学者认为红色号角象征着殖民和军事

---

① 参阅 Cronin, Ciaran. *A Companion to Victorian Poetry*. Eds. Richard Cronin, Antony Harrison and Alison Chapman. Oxford: John Wiley & Sons, 2008. 112.
② Ibid., 112-113.

第一章 语际转换与语内互动的诗性实践：苏曼殊翻译研究

战争，实际上标识陀露哆所幻想的印度式乐土的破裂，她把这个乐园称为伊甸园，鲜明强烈地提示帝国的扩张侵略和诗人自己的臣服地位。① 鉴赏和译介异域文学总是一个以自己之棱镜视角过滤重塑他者的过程，欧人如此，国人亦如此。正如曼殊在译诗前案语所解读的那样："梵土女诗人陀露哆为其宗国告哀，成此一首，词旨华深，正言若反。嗟乎此才，不幸短命，译为五言，以示诸友，且赠其妹氏于蓝巴干。蓝巴干者，其家族之园也。"② 周瘦鹃在随笔《紫兰花片》中亦谈到这位英年早逝的诗人和《乐苑》一诗，言其"以诗鸣恒河南北。固以国运所关，每一著笔，辄恻恻做亡国之音。有《乐苑》一章，即为祖国告哀而作，盖盛言印度之为黄金乐土，而今乃非自有也"③。陀露哆对自家花园的描绘或许相当程度上是实写或真诚的正面赞美，"伊甸园"的提出，或许亦出于她对自然的热爱和对基督教的信仰，但是这个印度伊甸园无疑是一个交织着多重文化语境、超越传统文类限制的开放意义场，被置于"异乡"与"原乡"的碰撞之中。

苏曼殊于1909年从《陀露哆诗集》中译出这首十四行诗，他在1909年5月28日致刘三书信中说："今寄去佗露哆诗一截，望兄更为点铁。佗露哆，梵土近代才女也，其诗名已遍播欧美。去岁年甫十九④，怨此瑶华，忽焉凋悴，乃译是篇，寄其妹氏。"⑤ 据马以君笺注，诗稿曾经章太炎润饰，后收入《潮音》。

---

① Phillips, Natalie A. "Claiming Her Own Context（s）: Strategic Singularity in the Poetry of Toru Dutt." *Nineteenth-Century Gender Studies* 3.3(2007). http://ncgsjournal.com/issue33/phillips.htm.
② 参阅苏曼殊著，柳亚子编:《苏曼殊全集》第一册，北京: 中国书店1985年版，第90页。
③ 苏曼殊著，柳亚子编:《苏曼殊全集》第五册，北京: 中国书店1985年版，第273页。
④ 此处为曼殊误识，陀露哆去世时年二十一岁(1856—1877)。
⑤ 苏曼殊撰:《与刘三书(己酉四月日本)》，见于《苏曼殊全集》第一册，北京: 中国书店1985年版，第223页。

在中国古代,处于文化中心的中原诗人到了南方,首先感兴趣的事物就是异地风物,棕榈、木棉等中原稀见之物,一旦进入诗人眼底,就会不断被写进诗文以求新意,比如苏轼被贬岭南,荔枝是必写题材。曼殊是广东人,对热带风物必不陌生。但是曼殊为了迁就五古诗体仍不得不改写原作:对于源文本琳琅满目的热带植物,曼殊重组它们的描写顺序,大概有出于音韵调配方便之考量。罗望子(酸子)未译出,"曼臯"这个译名盖为适配译诗的古雅格调,需要靠曼殊的注才能理解。"唪喻"是原作没有(当然也不会)出现的生僻词语,且此曲出于淮南,和原诗所述的地理空间相隔甚远,大约是为了要和柱字押韵。"木绵扬朱唇,临池歌唪喻","佳人劝醇醪,令吾精魂夺"都改变了原意。更重要的是,伊甸园这个关键性隐喻被取消。但是抛开原诗,整首译诗的意境浑然一体,铺陈意象而叠进文意,颇有赋之特征,结尾议论卒章显志,横空一笔"乐都"令人联想起扬雄《蜀都赋》等名篇,也是目标文本对源文本的异化。因此,对于不通英语的汉语读者而言,曼殊的译诗和附案便体现出决定性的引导功能。

郁达夫曾说:"苏曼殊自是绝顶聪明人,他做诗工底并不很深,但能吸收众长,善于融会贯通,也就是善于化。"[①]这段评语不仅适用于曼殊的自作,同样适用于曼殊的每一篇译诗。也许正是因为他少时所受的正统国学训练不够扎实,作诗功底不牢,以及他天真浪漫的真性情与杂采众长的才情,才使他成为晚清民初诗坛的异类,行无定法,涉猎甚广又变化多姿,从不刻意遵从某种创作主张也难以归入某个文学流派,堪称文学界与翻译界的独特一家。另外,我们不能忽视章太炎、黄侃等人的润饰辅助之功,他们的主观能动性究竟在苏曼殊的译诗中占何等比重盖莫能知,但是

---

① 孙席珍撰:《怀念郁达夫——纪念郁达夫被害四十周年》,《社会科学战线》1985年第2期。

曼殊的译诗无疑体现了这个文人学人集体的公语。

第二节 伪译实作的"他者"叙事：奇文《娑罗海滨遁迹记》解析

文言小说《娑罗海滨遁迹记》是曼殊译著中一个独特的存在。它始载于1908年7月东京《民报》，原署南印度瞿沙著，南国行人译。这篇未完成的小说被收入1927年4月出版的《曼殊逸著两种》①，后又与《岭海幽光录》《燕子龛随笔》《惨世界》一齐收入柳亚子编北新版《苏曼殊全集》第二册。柳亚子在将其编入北新本《苏曼殊全集》时附记曰："曼殊好弄玄虚，或者此书竟是自撰，而托名重译，也未可知。此事又成疑案了。"②时希圣将《遁迹记》与《岭海幽光录》《燕子龛随笔》一起编为《曼殊笔记》，于1929年由广益书局出版，似乎已有意将《遁迹记》与《惨世界》的译/著属性区分开。柳无忌亦指出："（苏曼殊的）另一部译作《娑罗海滨遁迹记》，其作者'南印度瞿沙（Ghōcha）'，不载印度文学史，原文亦未能查得，究竟为曼殊所译或自作，尚待考证，为曼殊者研究课题之一。"③

曼殊在"译者记"中说："此印度人笔记，自英文重译者。其人盖怀亡国之悲，托诸神话；所谓盗戴赤帽，怒发巨铳者，指白种人言之。"④将《遁迹记》与《乐苑》予以相似态度的读解。当代学者丁富生在论文《苏曼殊：〈娑罗海滨遁迹记〉的创作者》中证实苏曼殊正是《遁迹记》的作者，并提供周密的材料和富有说服力的分

---

① 参阅苏曼殊著，柳无忌编：《曼殊逸著两种》，上海：北新书局1927年版。
② 苏曼殊著，柳亚子编：《苏曼殊全集》第二册，北京：中国书店1985年版，第307页。
③ 柳亚子著，柳无忌编：《苏曼殊研究》，上海：上海人民出版社1987年版，第534—535页。
④ 苏曼殊著，柳亚子编：《苏曼殊全集》第二册，北京：中国书店1985年版，第275页。

析。小说对《摩奴法典》、印度创世神话、史诗《罗摩衍那》进行篡改、重造,并大量摘录《大唐西域记》卷九"摩伽陀国下"和《长阿含经卷二十二·世记经·世本缘品》的经文,丁富生认为:"《娑罗海滨遁迹记》如果是所谓'南印度'作者'瞿沙'所作,'瞿沙'不可能如此大段照抄佛经。"[①]拜伦《星耶峰耶俱无生》、中国诗僧希颜《普和寺》的混合介入,几乎不可能是一个印度作家所为。将他人与自己的前文本融入自己的新文本则是曼殊偏好和擅长的技法。如丁富生所指出,"一些相同或相近的字词、句子乃至段落往往在日记、随笔和小说等不同文学作品中交互重复出现"[②]是曼殊写作的一个显著特点。

《遁迹记》乃曼殊自创之论断,还可以从另一条线索考竟源流,即它在语义结构和话语机制方面与苏曼殊自作小说的统一性,以及与苏曼殊翻译小说的不一致性。文言书写、笔记小说的体制、第一人称叙述者(兼任行动主体)、投射作家人生经历的"在路上"的行旅主题、乱世-桃源的空间建构与主体的迁徙轨迹,均是《遁迹记》与《断鸿零雁记》等苏曼殊自创小说共同分享的内在特征。已证实为苏曼殊翻译(或者说承担大多部分翻译)的小说《惨世界》,采用的是与《遁迹记》迥异的文类模式——白话章回小说的体制,第三人称局外人的叙述角度,沿用话本、说书与听众(读者)对话的话语结构和台词套语。因此,《遁迹记》无疑是一个译介文本多有掺杂的创作文本,和对外部现实的多重虚构,一个伪译实作的"他者"叙事,它借异域文化之敷衍寄托对古老文明的当代反思,借他乡"历史"抒己家国情怀。

《娑罗海滨遁迹记》首先是一个文言笔记小说体制之下的话

---

① 丁富生撰:《苏曼殊:〈娑罗海滨遁迹记〉的创作者》,《南通大学学报(社会科学版)》2009年第4期。
② 同上。

第一章 语际转换与语内互动的诗性实践：苏曼殊翻译研究

语类型与陈述模式的集合，它遵循文言笔记的文类特征。有意挪用拜伦诗歌、《沙恭达罗》《普和寺》《大唐西域记》是互文本性的直接体现，也反映了当时版权意识尚且淡薄的实际情况。曼殊借取《摩奴法典》却予以改写——"一切耕地，悉属开垦者自耕之。纳赋国王，但以谷米酬保护之劳耳；固非田地税，国王虽悍，无得滥征。"①原文则旨在宣告"世间所有一切，可以说全为婆罗门所有；由于他出生嫡长和出身卓越，他有权享有一切存在物"(《摩奴法典》第一卷第 100 节)②，"婆罗门穷困时，可完全问心无愧地将其奴隶首陀罗的财产据为己有，而国王不应加以处罚；因为奴隶没有任何属于自己所有的东西。"(《摩奴法典》第八卷第 417 节)③《遁迹记》对初级文本《摩奴法典》的假托立言，是一段针对明确的高级文本。诚如热奈特所言，搜索每一个关于前文本的线索并不是最重要的，也不可能穷尽。互文理论的意义在于揭示文本系统的开放性，倡导书写与阅读的多种可能性。小说中婆罗乡人向"不慧"("我")讲述的创世神话是一段瑰丽奇特的描写，意义也难以捉摸，它实由纷繁复杂的前文本汇聚而成。

《遁迹记》神话是一神崇拜与多神神话的奇妙混合。"神众造宇宙已，地面黑暗，因曰'吾侪需光'"令人想起圣经《创世记》("Genesis")开篇："起初，神创造天地。(1：1)地是空虚混沌。渊面黑暗。神的灵运行在水面上。(1：2)神说，要有光，就有了光。(1：3)"④至后来神首颁布约法，"以告草木、昆虫、禽兽、男女、婴儿等众，戒勿忘失"，都与《旧约》神创造世界并令摩西制定十诫之事相仿。"毒蛇害肉身，女人害法身"更是与《创世记》蛇诱使人类始祖犯下原罪、夏娃使亚当偷食禁果的情节相似。不同的是《遁

---

① 苏曼殊著，柳亚子编：《苏曼殊全集》第二册，北京：中国书店 1985 年版，第 294 页。
② 迭朗善译，马香雪转译：《摩奴法典》，北京：商务印书馆 1982 年版，第 22 页。
③ 同上书，第 210 页。
④ 《和合本新旧约全书》，南京：中国基督教协会印 1989 年版，第 1 页。

迹记》的神话世界中,要求有光、治水造陆的是神众,此外,《圣经》中的上帝通过声音、使者、神迹传递信息。《遁迹记》中神首的实体化(拟人化)——"左足踏左岭,右足踏右岭""俯身倒拔巨树,鞭诸恶兽",更像是中国上古神话中开天辟地的盘古,以及其他一些民族创世神话中的英雄形象。

这一系列神话叙事都与印度本土创世神话大相径庭:公元前10世纪的吠陀时代是多神崇拜并多是自然神,《吠陀》(वेद,Veda)颂歌集记载了"宇宙法则的守护神和宇宙之王"伐楼拿"站在空中运用他的创造意志以太阳作仪器测量并开辟了三界:天界、地界与天地之间的空界",后又演化出掌管日、月、水、火、风、谷物等万物的诸神①。因此,桑塔亚纳(George Santayana)说《吠陀》圣歌在精神上"非常类似于希腊神话"②。公元前800年左右,多神教崇拜逐渐向一神信仰发展,创造之神梵天是宇宙之本体——"梵"的人格化,他从混沌汪洋中漂浮的金卵孵化而来,或说是诞生于毗湿奴肚脐长出的莲花,或说是自我诞生的,婆罗门教仍有三位主神——梵天、毗湿奴和湿婆;《长阿含经》《大楼炭经》《摩诃僧祇律》《根本说一切有部毗奈耶破僧事》等记载的佛教创世神话,内容主体都是起初天下皆水,光音天众来生下界,天地初成的世界美好祥和,无阶级贵贱分别,有情者品尝地味,导致世界的剧变。佛教否认创世主,"神众造宇宙"的观念,佛陀乃是人间的觉悟者。"神首"一词罕见于汉译佛经。

《遁迹记》中的四生"性殊残暴""众生不道",直到神首以约法约束之。四生之说俨然与佛教有关:"所有一切众生之类,若卵生、若胎生、若湿生、若化生,若有色、若无色,若有想、若无想、若

---

① 艾恩斯著,孙士海、王镛译:《印度神话》,北京:经济日报出版社2001年版,第15页。
② 乔治·桑塔亚纳著,犹家仲译:《宗教中的理性》,北京:北京大学出版社2008年版,第56页。

非有想非无想,我皆令入无余涅槃而灭度之。"①佛教四生的生物属性与伦理属性也被中国注经各家赋予不同的诠释,如六祖曰:"卵生者,迷性也。胎生者,习性也。湿生者,随邪性也。化生者,见趣性也。迷故造诸业,习故常流转,随邪心不定,见趣堕阿鼻。"王日休曰:"若卵生者,如大而金翅鸟,细而虮虱是也。若胎生者,如大而狮象,中而人,小而猫鼠是也。若湿生者,如鱼鳖鼋鼍,以至水中极细虫是也。若化生者,如上而天人,下而地狱,中而人间米麦果实等,所生之虫皆是也。"李文会曰:"若卵生者,贪著无明,迷暗包覆也。若胎生者,因境来触,遂起邪心也。若湿生者,纔起恶念,即堕三途,谓贪嗔痴因此而得也。若化生者,一切烦恼,本自无根,起妄想心,忽然而有也。"又《教中经》云:"一切众生,本自具足,随业受报,故无明为卵生,烦恼包裹为胎生,爱水浸淫为湿生,欻起烦恼为化生也。又云,眼耳鼻舌,回光内烛,有所贪漏,即堕四生,谓胎卵湿化是也。"②这些归属于四生的外貌与品性是小说中未尝见之的。神首角色的介入也与佛教殊异。在佛教的观念里,佛并不惩治恶人,恶人遭恶报是他们自己的业力所至,而菩萨为了度化众生有时反倒会以恶魔形象出现。

婆罗门教认为世界会经历无数劫(kalpa),"一说一劫相当于大梵天之一白昼,或一千时,即人间之四十三亿二千万年,劫末有劫火出现,烧毁一切后,再重新创造世界"③。佛教继承了这一理念,认为一大劫的时间里分为成、住、坏、空四个中劫,在坏劫之末有大火焚烧,即佛教所谓三大劫灾中的劫火,还有风劫水劫,世界

---

① 鸠摩罗什译:《金刚般若波罗蜜经》,见于《大正新修大藏经》第八册,台北:佛陀教育基金会1990年版,第749页。
② 鸠摩罗什译,朱棣集注:《金刚经集注》,上海:上海古籍出版社1984年版(据明永乐内府刻本影印),第11—12页。
③ 庭野日敬著,释真定译:《法华经新释》,上海:上海古籍出版社2013年版,第300页。

毁灭,即空劫,其后万物又循环重生。如丁富生所指出,"火灾过已。此世天地,还欲成时,有余众生,福尽行尽命尽,从光音天命终……时此众生,身体粗涩,光明转灭,无复神足,不能飞行"与《佛说长阿含第四分世记经世本缘品》大段重合。

> 佛告比丘:"火灾过已,此世天地还欲成时,有余众生,福尽行尽命尽,于光音天命终生空梵处,于彼生染着心,爱乐彼处,愿余众生共生彼处。发此念已,有余众生,福行命尽,于光音天身坏命终生空梵处。……众生多有生光音天者,自然化生,欢喜为食,身光自照,神足飞空,安乐无碍,寿命长久。其后此世变成大水,周遍弥满。当于尔时,天下大闇,无有日月星辰昼夜,亦无岁月四时之数。其后此世还欲变时,有余众生福尽行尽命尽,从光音天命终来生此间,皆悉化生,欢喜为食,身光自照,神足飞空,安乐无碍,久住此间。尔时,无有男女尊卑上下,亦无异名。众共生世,故名众生。是时,此地有自然地味出,凝停于地,犹如醍醐,地味出时,亦复如是,犹如生酥,味甜如蜜。其后众生以手试尝,知为何味,初尝觉好,遂生味著。如是展转尝之不已,遂生贪著,便以手掬,渐成抟食,抟食不已,余众生见,复效食之,食之不已。时,此众生身体粗涩,光明转灭,无复神足,不能飞行。尔时,未有日月,众生光灭,是时,天地大闇,如前无异。其后久久,有大暴风吹大海水,深八万四千由旬,使令两披飘,取日宫殿,着须弥山半,安日道中,东出西没,周旋天下。"①

---

① 佛陀耶舍、竺佛念译:《佛说长阿含经》,见于《大正新修大藏经》第一册,台北:佛陀教育基金会1990年版,第145页。

第一章　语际转换与语内互动的诗性实践：苏曼殊翻译研究

这一段经文与《根本说一切有部毘奈耶破僧事》《起世经》《起世因本经》等记载的基本意旨相对应——世界每过一个周期会有火、水、风之劫灾，然后重新创造；天地初成的世界是一个安乐祥和、无有尊卑之别的世界，直到众生品尝地味，又因贪欲食之不已，不能飞行。曼殊深研佛法，其引用佛典的可能性更高，可操作性更强。他在引述完这段删削的佛经之后便展开自己的议论阐发。"怀彼我念，生不善心"是佛家之言，但"人类之初，固胜妙也"则难说是佛教的观念，因为佛教所谓十二缘起，起于无明，就是对实相的无法辨别，这并不是胜妙之所在。曼殊这里也许是糅合了来自其他源头的思想，例如孟子主张"人之初，性本善"，人类由纯真到堕落的演变过程倒是与《旧约》失乐园的主题相同。男体和女体在轮回转生中相互转化是佛经中常见的话题。女害法身也是《楞严经》《法句譬喻经》，尤其是大乘《梵网经》等论及淫戒时标举的观点，大乘经典《圆觉经》云"若诸世界一切种性，卵生胎生湿生化生，皆因婬欲而正性命"[①]。相比之下，中国始祖神话以女娲造人之说歌颂女人的母性，《娑罗海滨遁迹记》中，"不慧"得知自己为女子所救便要投水自尽，他听闻娑罗乡人一番"女人害法身"的议论后深表赞同："诚哉！一切江河必委曲，一切女人必妖冶。"[②]苏曼殊的小说鲜有真正的"祸水"恶女形象，然而女性常体现为宗教伦理之下的矛盾感知。这种矛盾思想淋漓尽致地体现在苏曼殊的《断鸿零雁记》《碎簪记》《绛纱记》等小说中，下文另述。《遁迹记》未完成的末尾处，"我"与壮者妻于落难中再次"短兵相接"，可惜小说中止于此，曼殊的更多构想我们无法得知。

小说中还有一段有趣的文本，为作家拟佛经语体所写："如是

[①] 佛陀多罗译：《大方广圆觉修多罗了义经》，见于《大正新修大藏经》第十七册，台北：佛陀教育基金会1990年版，第916页。
[②] 苏曼殊著，柳亚子编：《苏曼殊全集》第二册，北京：中国书店1985年版，第282页。

我闻:一时阿沙伐瞿舍(Acvaghosha 马鸣菩萨)巡游波吒鳌子城(Patariputra),哀愍众生,作赖吒和逻(Rastavara)曲调,以是因缘,摄化顽愚,尽超冥界。哀哀不慧,后生小子,躬逢忧患;一经义举,失迹飘零,遗老壮者,两不相知。梵天有灵,尚其诏我,爰握管为纪过去事。伏愿一切有情,同下血泪,斯吾笔记发凡也。"①"如是我闻"是一个重要的文体标识,《佛地经论》卷一云:"如是我闻者,谓总显己闻,传佛教者,言如是事我昔曾闻。如是总言依四义转:一、依譬喻;二、依教诲;三、依问答;四、依许可。……应知说此如是我闻,意避增减异分过失,谓如是法我从佛闻,非他展转显示闻者,有所堪能,诸有所闻皆离增减异分过失,非如愚夫无所堪能,诸有所闻或不能离增减异分。结集法时传佛教者,依如来教初说此言,为令众生恭敬信受,言如是法我从佛闻,文义决定无所增减。是故闻者应正闻已,如理思惟当勤修学。"②注释家称这四个字为"证信序",表明以下经文都是佛陀亲自宣讲,他的弟子亲耳听到,而不是外道人伪造而说的,佛陀入灭以后,以这四字作为佛法开首,也表明讲经者的传道者身份。③ 在《遁迹记》中,这一

---

① 苏曼殊著,柳亚子编:《苏曼殊全集》第二册,北京:中国书店 1985 年版,第 305—306 页。
② 玄奘译:《佛地经论》,见于《大正新修大藏经》第二十六册,台北:佛陀教育基金会 1990 年版,第 291 页。
③ 丁福保《佛学大词典》释云:"(杂语)如是者,指经中所说之佛语,我闻者阿难自言也,佛经为佛入灭后多闻第一之阿难所编集,故诸经之开卷,皆置此四字。又,如是者,信顺之辞也。以信则言如是,不信则言不如是故也。佛法以信为第一,故诸经之首举阿难之能信而云如是。又外道之经典,开卷有阿(无之义)、伛(有之义)二字为吉祥之表,是诤论之本也,故佛教为避诤论列如是等之六成就。如是二字为信成就,我闻二字为闻成就。凡诸经之首有通别二序,通序称为证信序,中列六事。是佛入灭时告阿难使置于诸经之冠首者。出于集法藏经。佛地论一曰:'如是我闻者,谓总显己闻,传佛教者言,如是事我昔曾闻如是。'探玄记三曰:'如是总举一部文义,谓指己所闻之法故云如是。'理趣释曰:'如是者所谓结集之时所指是经也,我闻者盖表亲从佛闻也。'智度论一曰:'问曰:诸佛经何以故初称如是语?答曰:佛法大海信为能入,智为能度,如是者即是信也。(中略)不信者言(转下页)

第一章 语际转换与语内互动的诗性实践：苏曼殊翻译研究

段话并非佛经引文，而是小说叙述者面向读者讲述创作之因，发表议论，宣告"伏愿一切有情，同下血泪，斯吾笔记发凡"。这一段话若是依佛经体类，应当作为说话者最先讲述的序，在《遁迹记》中却被苏曼殊插在小说中间，内容上和小说之前的"译者序"主旨相似，也侧面印证了曼殊对整个文本的敷陈曼演；另一方面，这段"证信序"兼具两种文类符码——神圣宗教言说和人借取权威所书写的世俗文本，这种世俗文本又是一种对神圣经典的个人解释，叙述者以虔诚的态度力图赋予笔记文本以真实性。这两种语言规则的背后是唯一权威、毋庸置疑的作者身份和断裂、衍生、多元的复数作者身份之间的张力。

这段"证信序"也是热奈特意义上的"副文本"。副文本辅助和引导文本被解读阐释的方式，它"不仅标识一个文本与非文本的转化空间，也是一种事务处理（transaction）"[①]。热奈特对作者/出版者权重的强调与解构主义宣告"作者死了"之言截然对立，也超越了传统结构主义的文本系统优先论。副文本最重要的功能之一就是确保文本以与作者意图相一致的存在形态流传下去，作者和出版者的修改是"含蓄的规范和无意识的意识形态"[②]。《娑罗海滨遁迹记》中这一段"证信序"正如《断鸿零雁记》第一章的功能，刻意引导（抑或误导）读者与评论者的理解判断。柳无忌

（接上页）是事不如是，信者言是事如是。'注维摩经一：'肇曰：如是信顺辞，经无丰约非信不传，故建言如是。'法华文句一曰：'对破外道阿伛二字不如不是对治悉檀也。'法华义疏一曰：'立此六事为简外道，外道经初皆标阿伛二字，如来教首六事贯。'"（丁福保编纂：《佛学大辞典》，北京：文物出版社1984年版，第549页）

清代纪昀的文言志怪笔记集《阅微草堂笔记》有《如是我闻》四卷（卷七至卷十），只是空取其四字作为标题，无关其文体意义。可参阅纪昀著，汪贤度点校：《阅微草堂笔记》，上海：上海古籍出版社1998年版。

[①] Genette, Gérard. "The Proustian Paratexte." Trans. Amy G. McIntosh. *SubStance*. 17.2, n°56(1988). 63.

[②] Genette, Gérard. *Paratexts: Thresholds of Interpretation*. Trans. Jane E. Lewin. Cambridge: Cambridge University Press, 1997. 408.

以为:《娑罗海滨遁迹记》"暗示人们,既然印度英雄的罗摩王能为他的妃子被劫报仇,那么,对现代的印度人来说,就更有理由为他们的祖国受英国人的玷污而报仇";苏曼殊"从英国对印度的征服看到了满族征服中国的同样情况"①,鼓动民众反抗满清,这样的认知很可能是受到小说"证信序"的影响。

第三节　改译重写型的"新小说"创作:《惨世界》译作的跨文本衍生

苏曼殊"翻译"的唯一一部小说是雨果的《惨世界》(今名《悲惨世界》)。《惨世界》原名《惨社会》,连载于1903年10月8日至12月1日上海出版的《国民日日报》,译者署名是苏子谷。后因报馆被封,刊登至第十一回中止。1904年上海镜今书局刊印其未完成的十四回单行本,改名为《惨世界》,因译作曾经陈独秀润饰,署名为苏子谷、陈由已同译。② 该单行本的内容和回目较连载时有所更改。1921年,上海泰东图书局将曼殊友人胡寄尘提供的镜今本翻印出版,只是题目改为《悲惨世界》,署名为"苏曼殊大师遗著"③,后收入柳亚子北新本《苏曼殊全集》。《惨世界》可以说是曼殊为人生、社会与革命之艺术的最佳代表,是一部倾注

---

① 柳无忌著,王晶垚译:《苏曼殊传》,北京:生活·读书·新知三联书店1992年版,第58—59页。
② 柳亚子在《记陈仲甫先生关于苏曼殊的谈话》记录了陈独秀关于《惨世界》翻译的说法,"《惨世界》是曼殊译的,取材于嚣俄的《哀史》,而加以穿插,我曾经润饰过一下。曼殊此书的译笔,乱添乱造,对原著者很不忠实,而我的润饰,更是妈虎到一塌糊涂。"参阅柳亚子著,柳无忌编:《苏曼殊研究》,上海:上海人民出版社1987年版,第280页。关于《惨世界》译者的问题下文将另行详述。
③ 柳亚子撰:《〈惨社会〉与〈惨世界〉》,见于柳亚子著,柳无忌编:《苏曼殊研究》,上海:上海人民出版社1987年版,第378页。

译者人生履历和理想情志的应时、应事、应景之作,是以翻译之笔实践"立意在反抗,指归在动作"的摩罗精神,同时呼应着当时方兴未艾的"小说界革命"之浪潮。

就源文本于异域他者文化圈的接受而言,《惨世界》参与了雨果的小说《悲惨世界》在中国的经典化过程;就标的文本于本土文化圈的接受而言,《惨世界》所尝试的"新小说"创制推动了原本处于文坛边缘地带、难登大雅的白话小说的"正名",参与了中国小说的现代转型。在下文中,笔者首先将详细追溯《惨世界》产生的历史背景与文学场域,阐明该译作源文本的特殊性与其在中国颇受青睐并被经典化的缘由;接着笔者将以符号学的眼光,借助热奈特的互文性理论看待在跨文本系统中作为重写的翻译,把《惨世界》看作一个针对异域文本 Les Misérables 的(热奈特意义上的)跨文本衍生,探讨《惨世界》作为"新小说"——旧瓶装新酒的白话"政治小说"①的整体结构与细部特征。

一、观念的小说:原作者的救世热情与译作者的家国情怀

1903 年,苏曼殊赴日留学,参加拒俄义勇队和军国民教育会,遭表兄林紫垣反对,愤而辍学归国。他写下《以诗并画留别汤国顿》二首,"捐躯赴国难,视死忽如归"②的义气壮怀昭然于纸。旧历八月,苏曼殊于上海任《国民日日报》翻译,翻译《惨社会》。1904 年他在香港欲以手枪袭击"保皇派"康有为,1907 年他在日本与章太炎、陈独秀、刘师培等人筹划组织亚洲和亲会。如前所述,曼殊的革命热情与入世情怀在此后的翻译作品《哀希

---

① 或者可称为"类政治小说",笔者将在下文另行详述。
② 逯钦立辑校:《先秦汉魏晋南北朝诗》,北京:中华书局 1983 年版,第 433 页。

腊》《乐苑》、伪译小说《娑罗海滨遁迹记》以及自创小说中多有体现。

　　为什么曼殊选择翻译《悲惨世界》而不是其他小说,个中包含了特定的时代缘由与文学背景。这部在中国家喻户晓的名著的作者维克多·雨果,他在欧洲文坛获得的崇高地位首先是源于他的诗歌和戏剧创作,而不是小说。作为一本畅销书,《悲惨世界》最初是一个流行读物,却不是文艺批评家的宠儿。小说自初版发行便成为轰动的媒体事件,一时洛阳纸贵,交口相传。作家在1862年1月给《悲惨世界》写下的序言中开宗明义地抛出三大时代问题,将其置于小说的核心——"贫穷导致的男人潦倒,饥饿致使的妇女沦落,以及肉体精神双重黑暗给孩童带来的畸小童年"①。《悲惨世界》淋漓尽致地展现了作家通过文学之笔解救世道人心的渴望,而小说诉求的解决方案,归根究底是道德与宗教。怀着一种热烈的宗教理想的雨果坚信过去的宗教将神之事实传诸人心的努力都已失败,雨果在未出版的《悲惨世界》的一则序言里写道:"这是一本宗教之书。"②雨果还在给意大利出版商的信中申明:"《悲惨世界》正是为普世之受众而写的,……社会问题没有疆界。人类的创伤,那些散布世间的深重苦难,不会在地图上划的蓝红线处停止。无论哪里有男人在无知或绝望中闯荡,女人为面包卖身,孩童没有书本可读或没有暖炉可依,《悲惨世界》都会叩门而语:'开门吧,你有我在。'"③充斥太多的宗教论说与道德训诫是《悲惨世界》被批评的主要原因之一。但这并不影响《悲

---

① Hugo, Victor. *Les Misérables*. Trans. Charles Edwin Wilbour. New York: Carleton, 1863. 7.
② Behr, Edward. *The Complete Book of Les Misérables*. New York: Arcade Publishing, 1993. 38.
③ Hugo, Victor. *Les Misérables*. Trans. Isabel F. Hapgood. New York: Thomas Y. Crowell & Co. 1887. http://www.gutenberg.org/files/135/135-h/135-h.htm#link2H_4_0423.

第一章　语际转换与语内互动的诗性实践：苏曼殊翻译研究

惨世界》一经出版就受到欧洲各国民众的欢迎。"最初销售的那几日,坐落在塞纳街上的帕涅尔出版社书店被前来购买的人群围得水泄不通:'那种场面让人想到过去面包店的门口……翻阅书店的编年录,这种场景实属首次……帕涅尔书店使用了一个诱饵:整个书店的位置都腾出来用于销售《悲惨世界》。书堆积成山,占据了整个书店,漫过了横梁抵达了屋顶。此次展出的图书销售了 48 000 册。'(1862 年,5 月 15 日,J. 克莱伊致雨果的信)。尽管价格有些昂贵,书的销量却没有降下来。"[①]雨果还特意要求出版商印刷便宜的版本以飨平民。因此,《悲惨世界》的定位可以说是一本面向民众、力求普及的通俗文学作品,而不是躲进小楼成一统、孤芳自赏的私人呢喃。《悲惨世界》是一部生成于观念的小说,作者强有力的观念统摄着所有人物、情节与环境。插一句题外话,雨果和拜伦一样,都写过支持希腊革命的诗,而苏曼殊翻译了拜伦的长诗选篇《哀希腊》。远大理想和普世关怀是雨果、拜伦与苏曼殊所共同葆有的。

雨果借这部小说传达政治、哲学、宗教思想是批评界的一致论断。波德莱尔(Charles Baudelaire)在 1862 年刊于《大道》(*Le Boulevard*)报纸上的评论中称这部作品笼罩和流淌着"明显属于作者自身性情的道德气氛",贯穿着对强者与弱者同等的来自同一根源的正义与仁爱之心,"道德是作为目的直接进入《悲惨世界》之中的"[②]。雨果把自己的概念与主张倾注于小说中的人物形象,例如一心一意侍奉上帝与自我牺牲的主教如同一个尽善尽美的天使,他不遗余力地以他绝对无私的仁慈博爱感化冉·阿让等在困厄中行恶的苦命人。波德莱尔认为,雨果以这个人物

[①] Leuilloit, B. "L'Accueil des «Misérables»." *Les Misérables Tome* Ⅲ. Victor Hugo. Paris: Le Livre de Poche, 1972. 553 - 554.

[②] Baudelaire, Charles. "Un Livre de Charité." *Les Misérables Tome* Ⅰ. Paris: Le Livre de Poche, 1972. vii, viii.

形象宣告仁慈博爱对于世道人心的胜利,希望以这种面向法国乃至整个欧洲、世界的对道德-宗教振聋发聩的呼唤来医治社会的弊端,为悲惨世界里饱受苦难和耻辱的人们立言。小说中的主要人物都代表着雨果为了展开其理念所必需的各种基本类型,从而将小说提升到一种史诗的高度,所以波德莱尔称《悲惨世界》是一部"以诗的方式构建而成的小说,其中每个人物都无一例外地以一种夸张方式代表了某种普遍性"①。波德莱尔在肯定了这些过度的夸张、有意的虚假、被刻意忽略的偏颇绝不是无用之功的同时,明示对作为艺术家的雨果和作为道德宣讲人的雨果的区分判识,暗示自己对这种过于功利的文学艺术的怀疑和保留态度。②

如此不难推断,《悲惨世界》中的道德宣讲与对社会进步的出谋划策,对晚清小说界革命的志士们来说无疑是恰逢知音。据现有资料考证,雨果最早被译作"嚣俄"出现于1902年12月《新小说》的第2号,"在这一期的'图画'栏目中,刊出了'英国大文豪摆伦'和'法国大文豪嚣俄'两幅照片,并在背面刊载了无署名的简短介绍。这是目前所见国人最早概括介绍雨果的文字"③。《新

---

① Baudelaire, Charles. "Un Livre de Charité." *Les Misérables Tome* Ⅰ. Paris: Le Livre de Poche, 1972. x.
② 事实上,《悲惨世界》所代表的作为宣传武器的文学,是与波德莱尔所主张的"伟大的艺术"截然对立的,所以波德莱尔所写的这篇后来收为《悲惨世界》序言的评论文章就格外引人深思。《悲惨世界》刚出版时,波德莱尔给雨果写了一封赞同的信,而后又向他的母亲撒谎自己的假意和"说谎的艺术"(Baudelaire, Charles. *Correspondance Générale IV.* Ed. M. Jacques Crépet. Paris: L. Conard, 1948. 100),称此书是"糟糕拙劣之作",以尖酸刻薄的口气称相信并感谢他的雨果是个傻瓜。诚然,波德莱尔的批评带着强烈的主观倾向,也许还有很大成分的酸葡萄心理。另一方面,在《大道》这一家向来对雨果青睐溢美的报纸上登载评论,波德莱尔以巧妙的含蓄迂回的方式维护了自己的文学立场。(参阅 Behr, Edward. *The Complete Book of Les Misérables.* New York: Arcade Publishing, 1993. 39.)
③ 参阅韩一宇著:《清末民初汉译法国文学研究(1897—1916)》,北京:中国社会科学出版社 2008 年版,第 68 页。

第一章　语际转换与语内互动的诗性实践：苏曼殊翻译研究

小说》是创办于日本的杂志，内容资料多来源于日本。黑岩泪香翻译的《噫无情》（即《悲惨世界》）曾连载于《万朝报》1902 年 10 月 8 日至 1902 年 8 月 22 日，共一百五十回。1903 年 6 月，在日留学的鲁迅节译雨果之《随见录》(Choses vues)，题为《哀尘》，发表于和新小说同样发行于日本的《浙江潮》杂志第五期，并在"译序"中提及芳悌为"《哀史》"（即《悲惨世界》）中的人物。① 马以君编《苏曼殊年谱》称苏曼殊从英文本译出《惨世界》②，但是《悲惨世界》在日的译介活动对当时曾身在日本的曼殊很可能亦有所触动。另外，苏曼殊当年有感于林译《巴黎茶花女遗事》之删削过多而"曾发愤自学法语，说是仅仅为了能够充分欣赏小仲马的《茶花女》"，并立志重译之③，曼殊对法国文学的兴趣可见一斑。

《悲惨世界》在 20 世纪初持续受到汉语翻译界的青睐，除了鲁迅、苏曼殊的译介，还有商务印书馆出版的上下两卷本《孤星泪》。开篇即述："读者志之。是书篇帙至繁多者。情事亦至离奇至惨变者。凡世事之弱肉强食。人情之畸善偏恶。皆刻画尽致矣。嗟乎。鷦巢蜗角登铁血之舞台。尘网魔淫败金轮之法相。金银世界中果有此狞恶惨痛晦塞酷毒之一境耶。请述法国大文豪嚣俄之言矣。"④此外《悲惨世界》还有多个选段以短篇小说的形式翻译登载于《时报》《小说时报》等报纸杂志。《悲惨世界》在晚清民初的译介之热，除了与《哀希腊》相同的社会政治背景，也是乘晚清启蒙救亡思潮下的小说界革命之势。而曼殊所译的《惨世界》，恰逢其会地呼应与实践了"小说界革命"的政治立场和文

---

① 参阅韩一宇著：《清末民初汉译法国文学研究(1897—1916)》，北京：中国社会科学出版社 2008 年版，第 71 页。
② 参阅马以君撰：《苏曼殊年谱》，见于苏曼殊著，马以君编注，柳无忌校订：《苏曼殊文集》下册，广州：花城出版社 1991 年版，第 794 页。
③ 邵盈午撰：《不"作"一字亦风流——记钱仲联先生》，见于邵盈午著：《编辑卮言》，北京：作家出版社 2006 年版，第 216 页。
④ 嚣俄著，商务印书馆编译所译：《孤星泪》，北京：商务印书馆 1907 年版。

学主张。

1897年10月16日至11月18日的《国闻报》登载了严复、夏曾佑撰写的《本馆附印说部缘起》,是为兴"新小说"之先声。[1] 发表于《新小说》创刊号的《论小说与群治之关系》是"小说界革命"的著名宣言,梁启超将"文以载道"的观念发展至小说领域,把文体之末流的小说家推至大雅之堂的首席,将小说视为改良社会的重要工具,小说是"文学之最上乘",有"不可思议之力支配人道故",然而充斥着状元宰相、佳人才子、妖巫狐鬼之思想的旧小说荼毒民心,致使国人奴颜婢膝、追名逐利、沉溺声色、寡廉鲜耻,乃"中国群治腐败的总根源"[2]。在此檄文之前,小说是兴国大业当务之急的主张已形成燎原之势,小说在文坛的地位正在提升。"小说界革命"的水到渠成不仅是梁启超一人的登高一呼,也是一代仁人志士共同探索的思想结晶。

轰轰烈烈的晚清"三界革命"之"小说界革命"是以翻译小说与创作"新小说"之相辅相成共同推进的。《时务报》创刊伊始即刊载《英国包探访喀迭医生案》等一批侦探小说,这些翻译小说的叙事视角、叙事程式对于中国读者是新奇的,"中国读者在欣赏紧张的侦探故事时,逐渐接受了这种陌生的叙事技巧,长期以来的审美趣味开始显示出多元化。"[3]梁启超逃亡日本后办的《清议报》《新民丛报》与《新小说》等刊物,都登载过翻译小说。《惨世界》的诞生,也是顺应了以翻译和改制的新小说探索政治变革的历史时势。

---

[1] 陈平原、夏晓虹编:《二十世纪中国小说理论资料·第一卷 1897—1916》,北京:北京大学出版社1989年版,第1—12页。
[2] 梁启超撰:《论小说与群治之关系》,见于梁启超著《饮冰室文集全编》卷二,上海:广益书局1948年版,第148—152页。
[3] 参阅陈大康撰:《近代小说面临转折的关键八年》,《华东师范大学学报(哲学社会科学版)》,2008年第6期。

第一章 语际转换与语内互动的诗性实践：苏曼殊翻译研究

《惨世界》的异本问题，柳亚子在《〈惨社会〉与〈惨世界〉》一文中已有考述。撇开一些无关宏旨的细节不说，《惨世界》里的孟主教在起初连载时并不姓孟，且不称主教，只叫作和尚罢了。《惨世界》第五回回目"孟主教慷慨留客，金华贱委婉陈情"、第六回回目"孟主教多财贾祸，宝姑娘实意怜人"，原为"贪和尚慷慨留客，苦华贱委婉陈情"和"宝姑娘多情待客，富和尚假意怜人"，人物性格品质发生剧变，因此柳亚子认为《惨世界》和《惨社会》的结局一定有所不同，"因为曼殊是反对耶教徒的，所以他在译此书时，便硬把孟主教改做贪和尚，照此理想推阐下去，此书的结局，一定是和嚣俄原书大相反背的"①。柳亚子质疑《惨世界》十一回的下半回至十四回并非曼殊自己的手笔，而是陈仲甫所续，将贪和尚复归为孟主教的是仲甫。

照理说，此时期陈独秀的思想主张仍是积极反帝反清、拥护激进民主革命的②，不应该作如此修改，正如柳亚子所言，"仲甫的所以要推翻曼殊，恢复嚣俄，却并不因为思想的关系；我相信曼殊的根本见解：还是受着仲甫的影响，所以他俩的思想，是决不

---

① 参阅柳亚子撰：《〈惨社会〉与〈惨世界〉》，见于柳亚子著，柳无忌编：《苏曼殊研究》，上海：上海人民出版社1987年版，第381页。
② 据李帆群编《陈独秀年表补正》记载："1903年（光绪二十九年）陈独秀二十四岁，在日本参加拒俄义勇队，后为日本政府禁止，被迫回安庆，利用'青年励志学社'，仿效东京拒俄义勇队，进行军事训练，并于五月十七日在三百人的集会上演说，号召大家团结奋斗，齐雪国耻。会上决定成立'安徽爱国会'，陈被推为该会章程起草委员会主席。事为清廷查觉，拘捕首要分子，陈潜往上海，佐章士钊主编《国民日日报》。1904年（光绪三十年）陈独秀二十五岁，《国民日日报》停刊，陈独秀回安庆，旋去芜湖，创办《安徽俗话报》。1905年（光绪三十一年）陈独秀二十六岁，在芜湖安徽公学教国文，同年暑假，与柏文蔚等开始淮北之行，交结淮上革命志士。秋天，组成反清革命组织'岳王会'，自任总会长。同年，孙中山在日本组织'同盟会'。同年，在芜湖科学社，与吴樾、赵伯先策划炸死清廷官吏，以唤醒国人，反对君主立宪。十月二十四日，吴樾在北京车站炸五大臣，身殉。"（安庆市历史学会、安庆市图书馆编印：《陈独秀研究参考资料》第1辑，安庆：安庆市历史学会、安庆市图书馆1981年版，第226页）

会背道而驰的。我以为仲甫在《惨世界》中,所以要构成如此的结局,实在是由于他的贪懒,也可以说是由于他的才尽。大概仲甫续成此书时,写到十三回明男德自杀以后,已是筋疲力尽,下面倘然要继续曼殊的暗示写去,一定还要另起炉灶,十分麻烦,并且一时找不到收束。那末不如顺着嚣俄的本意,把原书钞译一些,就可以完功大吉。这虽然是我的猜想,但大概和事实总相去不远吧。……卢冀野给柳无忌的信上讲:'惟《悲惨世界》一种,予闻后半部系独秀续撰。'"①《惨世界》的合译之说由来已久。亦有学者认为:"《惨世界》译作中或许曾有过苏曼殊的劳动,但其从文字到根本见解,都取决于陈独秀","当初连载时只署苏曼殊之名,自是陈独秀提携他的意思;镜今本苏、陈同署,是作为友谊的纪念;苏曼殊逝世后,去陈名只作苏之遗作处理则是友人怀念曼殊所致。"②与之针锋相对的观点是"《惨世界》是苏曼殊译作的,而陈独秀只是在词句上对译作作了润饰工作",第一回至十四回均为苏曼殊译作。③丁富生列举十一回前后不少相同、相近的文笔措辞,以证译者之统一。此外,据陈独秀回答柳亚子的疑问所言,"当时有甘肃同志陈竞全在办镜今书局,就对我讲:你们的小说,没有登完,是很可惜的,倘然你们愿意出单行本,我可以担任印行。我答应了他,于是《惨世界》就在镜今书局出版。并且因为我在原书上曾经润饰过一下,所以陈君又添上了我的名字"④,所以在《国民日日报》被封之前,曼殊应当已经译出十一回后面的部分成稿。笔者通过综合借鉴前人著述,认为《惨世界》全为陈独秀所

---

① 柳亚子撰:《〈惨社会〉与〈惨世界〉》,见于柳亚子著,柳无忌编:《苏曼殊研究》,上海:上海人民出版社1987年版,第382—383页。
② 石钟扬著:《文人陈独秀》,陕西:陕西人民出版社2005年版,第92页。
③ 参阅丁富生撰:《苏曼殊:〈惨世界〉的译作者》,《南通大学学报(社会科学版)》,2006年第3期。
④ 柳亚子撰:《记陈仲甫先生关于苏曼殊的谈话》,见于柳亚子著,柳无忌编:《苏曼殊研究》,上海:上海人民出版社1987年版,第280页。

第一章 语际转换与语内互动的诗性实践：苏曼殊翻译研究

译的观点没有充分理据，《国民日日报》连载的《惨社会》是曼殊原著，其中有陈独秀参与润饰的成分，镜今书局单行本是陈仲甫在《惨社会》译稿基础上的修订之作，但是其中相当多内容是曼殊已经译出的，因此十一回的部分至十四回的翻译是苏曼殊和陈独秀两人共同完成的。

《惨世界》割舍第一部《芳汀》的第一卷《正直的人》，直接从冉·阿让登场的第二卷《堕落》起笔，小说采用章回小说的体裁，明白晓畅的书写语体和大量说书人的套语。如果说苏曼殊后来的文学翻译在文体制式上因地制宜的同时，仍注重内容的"直译"，那么《惨世界》的汉语文本则是内容、形式双方面复杂嫁接的成果。小说中昭然凌厉的针砭时弊、宣讲呼告，堪称"小说界革命"要旨的出色实践，载道与言志的同时，保持叙述情节紧凑曲折，多条线索齐头并进，也成就了《惨世界》这部苏曼殊唯一流传后世的"新小说"与"政治小说"。

1903年，时代环境迅猛变迁，苏曼殊改译而作的《惨世界》是一个丰富复杂的政治寓言，其中甚至包含了政治预言——小说中作者塑造的理想英雄明男德企图刺杀拿破仑一世。当他得知拿破仑要称帝，愤怒的他便决心在拿破仑加冕前杀死他："我法兰西国民，乃是义侠不服压制的好汉子，不像那做惯了奴隶的支那人，怎么就好听这鸟大总统来做个生杀予夺、独断独行的大皇帝呢！"[①]1915年中华民国大总统袁世凯欲恢复帝制，数月后以失败告终。学界前辈已指出《惨世界》"是苏曼殊借翻译之名，取材于雨果的《悲惨世界》和晚清社会的一部创作小说"，认为它是"以翻译小说面目出现的革命宣传品"，是译者排满革命思想的强烈抒

---

① 苏曼殊著，柳亚子编：《苏曼殊全集》第二册，北京：中国书店1985年版，第254页。

写,并且也包含了译者的早期社会主义思想①,或是从译者归属的角度作文献考证,或是把《惨世界》看作"'借体寄生'式的译作杂糅"②。在下文中,笔者意图以符号学的眼光,借助热奈特的互文性理论看待跨文本系统中的改译行为,把《惨世界》看作是一个针对法国小说 Les Misérables 的(热奈特意义上的)跨文本衍生;经过译者新的动机之下的扩充、删削、改装、拼贴等各种手术,《惨世界》成为一个摹拟同一文类模式系统的原型文本,同时是一个多文类、跨文类的高级文本;它有一个确定的初级文本(雨果原著),也有无数无法确定的前文本,最终成为中国小说古今演变中的一个创新性的存在。

二、"新小说"的成功实践:为启蒙服务的"表演"书写

周作人曾说晚清时期提倡白话是"出自政治方面的需求,只是戊戌政变的余波之一"③。在前现代中国,文言和白话虽同样是汉语的初度模式系统,却具有不同的成分、构形规则和语用功能。它们在社会语言环境中的分居其位,取决于语言使用者对语用体系的约定俗成。文言和白话本身并无所谓进步性或落后性。中国的白话小说发源于宋元"说话"这种民间文学,至明代才臻于成熟,真正从说书底本变为案头文学,内容题材则从历史演义扩展为英雄传奇、世情、侠义、公案小说等世俗日常生活的写照,叙

---

① 参阅裴效维撰:《苏曼殊研究中的几个问题》,见于《中国近代文学研究集》,北京:中国文联出版社 1986 年版,第 171—219 页。杨天石撰:《苏、陈译本〈惨世界〉与近代中国早期的社会主义思潮》,《中国社会科学院研究生院学报》1995 年第 6 期。转引自韩一宇著:《清末民初汉译法国文学研究(1897—1916)》,北京:中国社会科学出版社 2008 年版,第 218 页。
② 韩一宇著:《清末民初汉译法国文学研究(1897—1916)》,北京:中国社会科学出版社 2008 年版,第 218 页。
③ 周作人著:《中国新文学的源流》,上海:华东师范大学出版社 1995 年版,第 56 页。

第一章　语际转换与语内互动的诗性实践：苏曼殊翻译研究

述视角、叙述策略都趋向多元化、复杂化。①《惨世界》保留了白话章回小说的一系列经典文体特征：摹拟说书人口吻扮演叙述者的角色，以全知叙事的视角洞观全局，每回标题对仗句言明主要情节，"看官""话说""且说""却说""你道""闲话休提""这话休絮""欲知后事如何，且听下回分解"等说书行话套语俯拾即是，每一回集中讲述一两个事件，亦有"隔年下种，先时伏著"②，以诗歌韵语穿插其中或者置于回末，点评议论前述故事或抒发情志感慨③，以花开两朵各表一枝的分叙策略，用"此处暂按下不表，且说那……"等俗成表述和话题标记语在线性叙述中进行时间空间的切换。因此，可以说《惨世界》是摹拟同一文类模式系统——白话章回小说的原型文本，它有无数前文本作为参照系，译者的摹仿是认真严肃的。

被书写于案头的白话文学"发端于戏台和说书场"，落实于宋元话本小说与拟话本小说，"成为一千多年来初识汉字民众的广泛读物"④。直到新文化运动时期，白话"不怎么接触高深的学理，依然显得过于粗糙和简单"，"当时出现的新名词几乎都不为白话所有"⑤，所以才会有胡适 1920 年谈"国语的进化"时的说法："此外文言里的字，除了一些完全死了的字之外，都可尽量收入。复音的文言字，如法律，国民，方法，科学，教育……等字，自

---

① 参阅董乃斌主编：《中国文学叙事传统研究》，北京：中华书局 2012 年版。
② 古典小说技法之埋伏笔的形象之说，伏在前应在后，使通篇叙述浑然一体，入情入理，气势贯通，又能一波三折，引人入胜。出自毛宗岗《读三国志法》。金圣叹在《水浒传》第三回亦写过："老远先放此一句，可谓隔年下种，来年收粮，岂小笔所能。"类似说法还有"草蛇灰线，伏脉千里"。参阅王先霈主编：《小说大辞典》，武汉：长江文艺出版社 1991 年版，第 78—79 页。
③ 董乃斌等认为这也许是受史书评赞的影响。参阅董乃斌主编：《中国文学叙事传统研究》，北京：中华书局 2012 年版，第 447 页。
④ 王风撰：《晚清拼音化与白话文催发的国语思潮》，见于夏晓虹等著，《文学语言与文章体式：从晚清到五四》，合肥：安徽教育出版社 2006 年版，第 24 页。
⑤ 王风撰：《文学革命与国语运动之关系》，见于上书，第 59 页。

不消说了。"①《惨世界》中,明男德高呼的"革命""民主""共和政治",如今都是无可非议的现代白话词汇,在一个世纪前却只实践于文言系统,普遍被视为文言词汇。旨在启蒙民众的晚清新小说倡导者主动采用俗白口语书写小说,到国语运动的时期,则是以言文一致为目标,力图确立正式的新白话书写语言来规范整个语言系统。由此反观,小说界革命之际梁启超、苏曼殊们以新语言写新内容,以小说作为政治变革和社会改良之工具,也是一种以小说之二度模式系统的自觉改造对当时初度模式系统的积极干预。

《惨世界》对书信、公文等"应用文体"的语言取向展现了其对文言、白话的灵活操演,暗含译作者对文言、白话的语用功能的考量。《惨世界》中的私人书信采用传统惯行的简洁文言,而对法国大革命中雅各伯党(今译雅各宾派)的政治纲领则以白话译出:

> 第一条　取来富户的财产,当分给尽力自由之人,以及穷苦的同胞。
> 第二条　凡是能做工的人,都到那背叛自由人的家里居住和占夺他财产的权利。……
> 第五条　法国的土地,应当为法国的人民的公产,无论何人,都可以随意占有,不准一人多占土地。②

直至民国时期,政府、党派、社会团体的法令条文、纲领规约,一般均为文言书写。蒙人、满人的汉语不好,故元代、清代有部分的皇帝诏书、批示及官府文书是以口语的语言系统运诸笔端。曼

---

① 胡适撰:《国语的进化》,见于《新青年》第7卷第3号,1920年2月。转引自上书。
② 苏曼殊著,柳亚子编:《苏曼殊全集》第二册,北京:中国书店1985年版,第239—240页。

第一章 语际转换与语内互动的诗性实践：苏曼殊翻译研究

殊以白话文转换雅各宾派宣扬自由、平等、平分财产的政治号召，许是出于俗语更便于启蒙民众之考量。在此影响译者翻译策略的不仅是小说中的受话者，也有译者期待的小说读者，即文本整体作为话语展开言说的受话对象。

梁启超在《论小说与群治之关系》中鞭挞痛斥当今国民迷信堪舆、轻弃信义、勾心斗角、苛刻凉薄、沉溺声色等诸多劣根性，将其原因归于旧小说的儿女情多，英雄气少，伤风败俗，荼毒人心。新小说正是要将广为流行的稗官野史扭转为针砭时弊、教化国民的武器，变成事关正教、兴观群怨、可登大雅之堂的严肃文学。《惨世界》很好地实践了这一宏旨。如前所述，雨果原著着力塑造了一些寄托作者理想和观念的人物形象，《惨世界》也有一个寄托作者理想的新时代英雄。小说在第七回忽然将话题调转至19年前，苏曼殊着力塑造的理想人物明男德登场，取汉语语音"明白难得"，他是接受西方民主进步思想又将其与中国传统为国为民之侠义精神相结合的革命思想家和行动家，一个中西文明共同浸润下成长起来的"新人"，是国家前途命运的希望之所在。他拒绝了美人在怀的个人幸福，以拯救天下苍生为己任。译者借他之口宣讲其政治理念，针砭时弊浇己之块垒。更为关键的是，《惨世界》始终把说教议论与生动曲折的叙事发展紧密结合，避免连篇累牍的政教宣传。《惨世界》中男德和华贱的故事呈现为章回小说中常有的"花开两朵各表一枝"的结构，且彼此故事互有引线关联，交叉错落展开。让白话文学的体制为新时代服务，并依然能够引人入胜从而感动人心，便要靠译作者的苦心造诣。

《惨世界》译本与原作对照之下有迹可循的内容十分有限，一是由于未能译完，篇幅只有原书的一小部分，再则曼殊的转制有意与原作区分。曼殊大幅增加和杜撰源文本没有的人物与情节，主要角色的名字大都被改成其人物形象品性的缩影——"华贱""男德""满周苟""范桶"等。文中提到的"古语道得好：'杀人放火金腰带,修桥补路有尸骸'"①是化用俗语"杀人放火金腰带,修桥补路无尸骸",还有孔夫子言"君子固穷,小人穷斯滥矣"②,这都是对原文的增添和异文化的嫁接。这样一部采其可用之处自由增删杜撰的《惨世界》,又可以说是以雨果原著为初级文本的高级文本,它有一个特定的初级文本。在风雨如晦、民不聊生的"悲惨世界"的整体语境下,曼殊借"翻译"之笔鞭挞本国的"无耻小人"、"无知饭桶"、伪善的贪和尚和投机者,抒发自己的忧世之思、启蒙理想和革命抱负,以"平民文学"之载体负荷"精英文学"之旨趣。

另外值得一提的是,除了传统的"话说孟主教一家主客,都悄悄睡去,没有了人声。这事随后再表。却说法国从前有一个村庄……"③如此花开两朵各表一枝的叙述策略来转移时空;在时空调度方面,译作者引入男德和华贱的第一次"邂逅"时采用了另外巧妙的方式,男德通过阅读报纸第一次知道华贱这个人的存在,此后读者又多次通过《难兴乃尔报》《巴黎日日报》的新闻获得新知,报纸变成一种新式信息流通的隐喻。④

曼殊所处的晚清时期,作为大众媒体的报刊在大城市的发展使文学的创作与传播方式都发生了巨大的变革。文学作品的连载形式为长篇小说的成型提供了更为便利的平台,文学作品的普及反过来也使文人作家愈加关注广大读者的阅读旨趣。《惨世界》中侠骨义胆的明男德通过报纸阅读到华贱的悲惨遭遇,为其打抱不平,而舍身前去相救,这是近代以前的小说中不曾出现的情节。这是隐藏的叙述者使不同的时空穿梭交集的一种方式——一种叙述者以疏离的策略引领读者认同信息的方式,它打破线性的时间观,同时辅证叙事的可靠,它在向读者传递叙述者

---

① 苏曼殊著,柳亚子编:《苏曼殊全集》第二册,北京:中国书店1985年版,第99页。
② 同上书,第130页。
③ 同上书,第120页。
④ 同上书,第129页。

第一章　语际转换与语内互动的诗性实践：苏曼殊翻译研究

态度、意识形态和道德立场的同时为叙述者卸除责任。进而言之，报纸的出现提升和扩大了社会信息流通的速度与广度，报纸信息促使男德和华贱之间的纽带迅速建立，这是"新媒体"对社会生活的影响作用在小说虚构中的文本化呈现。从这一角度来说，苏曼殊改译的《惨世界》又具有佐"史"的面向。①

在叙事格局上，《惨世界》所寄托的白话章回小说之二度模式系统，决定译作采用全知叙事策略、和对人物世界统一调度的全能叙述者。每一事件场景化、情景剧式地逐一呈现，又彼此关联，共同组成由全能叙述者之主体认知、情感和意志统辖的整体意义系统。中国古代白话小说的源头是口头表演艺术的润色台本。情节、人物的筛选编排由说书人-表演者主导，经由他们的视角梳理整合后呈现于众，这些文本在浸透着说书人的感知的同时，常使用为表演服务的修辞策略，且始终与戏曲说唱艺术关联密切。与之相应的是，《悲惨世界》的作者始终葆有引领人物依此登台表演的自觉意识，各种独具匠心的情节"凸现了雨果作为戏剧导演的才能"："作为德纳第的儿子，加夫罗契属于那种可以成就一批演员也可以使他们一败涂地的人：他建议他的弟兄们把他们'带到弗雷德里克·勒迈特面前'，他懂得何处以及如何搜刮钱财。……尚韦尔日大街上设置的路障也让人联想到剧院背景：一出戏一旦演完，'一切似乎都消失殆尽，像剧院的帷幕一样。'雨果如是说。"②作家使小说的一个个事件、场景、情境成为对一个整体世界的转喻。情节发展虽似也有"命运"作祟、人心欲望的驱使使然，但是悉由作者-"导演"指挥安排。以探索救国救民之路、教化民众为目的的目标文本，选择由白话通俗小说的体制演绎新

---

① 小说中对于革命党人活动的描写也反映了这一点。
② Leuilloit, B. "L'Accueil des «Misérables»." Les Misérables Tome Ⅲ. Victor Hugo. Paris: Le Livre de Poche, 1972. 557.

说,也正好适于仿照源文本以统领一切的幕后叙述主体结构全篇,由此对社会革新的真谛要旨展开思辨求索。

三、"现实主义"抑或"浪漫主义"?

作为文学史上一个传统而重要的术语,现实主义小说(realist novel)究竟是特定历史现象还是一种持续至今的小说类型,在法国文学研究界争议不断。迈克尔·卢西(Michael Lucey)认为,作为一种写作实践和一个批评术语,现实主义小说"通过其描绘世界的方式来提供对世界的某种可理解性的承诺,现实主义作品的批判性讨论使这个术语本身与众不同"。① 同样地,文学领域的"浪漫主义"(romanticism)与其说是一个概念,不如说是一束多义概念集合的系统,在每一历史时期、不同地域的文学现象中都有其特定指涉。雨果研究专家让-贝特朗·巴雷尔(Jean-Bertrand Barrere)称《悲惨世界》的"现实主义","是以巴尔扎克的方式使人相信一个浪漫的故事"②。"现实主义"是否可以用来概括《悲惨世界》这样具有"浪漫"风格的作品,仍是一个众说不一的问题。晚清民初之际,黄人所编的《普通百科新大词典》对"罗马第昔斯姆(Romanticism)"(即"浪漫主义")这一词条如是定义:

> 18世纪末至19世纪初,风行于全欧洲精神之文艺上新风潮。18世纪盛行拟古文学,恪守希腊罗马典籍之规律,拘挛天才,感情与知识,皆不能发达。于是但撷拾而无意想。久而反动,排斥一切传习之陈言,而大奋

---

① 参阅 Lucey, Michael. "Realism." *The Cambridge History of French Literature*. Eds. William Burgwinkle, Nicholas Hammond and Emma Wilson. New York: Cambridge University Press, 2011. 462.
② 雨果著,郑克鲁译:《悲惨世界》上,上海:上海译文出版社2010年版,第9页。

第一章 语际转换与语内互动的诗性实践:苏曼殊翻译研究

其天然高远之理想,破成格而求实际,以形式操纵自由,及释放个人感情为根本主义,遂成一种前无古人之新文艺(如索克司比亚之喜剧,向所奉为金科玉律者,亦为积薪)。此对于常识文艺,称为情感文艺。又对于执实文艺,谓之灵空文艺。①

这一定义把握了"浪漫主义"的一些精髓特征,但仍是简化的概括。《普通百科新大词典》还收入"理想主义"的词条,定义为"与写实主义对立。虽在客观上,亦惟从自然与人事,切实模写,而能以作者蓄于胸中之某标准,加以去取安排,而为题材,盖表出醇化之理想形象为重之文艺上一主义也。又泛称之,则寓作者意见抱负之著作"②。可见在20世纪初的中国文学语境下,被置于"写实主义"对立面的是"理想主义",《普通百科新大词典》对"理想主义"的定义比"罗马第昔斯姆"的定义更为准确地对应《悲惨世界》源文本的创作取向。

因此,我们在使用"现实主义"和"浪漫主义"这两个外延具有不确定性和多样性且内涵复杂的术语时,必须对在何种范式框架及方法论的何种层面上讨论它们保持清楚的认知。笔者在本书不想给《悲惨世界》贴上"浪漫主义"或"现实主义"的标签,而是希望通过"浪漫主义""现实主义"背后反映的文学特征和创作态度,考察《悲惨世界》这样一部"平民文学"在中国被译介、接受,最终经典化的效果历史。

《悲惨世界》原著故事保留了《巴黎圣母院》(*Notre-Dame de Paris*)等雨果小说的传奇性特征,主要人物都是概念性、功能性

---

① 黄人编:《普通百科新大词典》亥集,上海:国学扶轮社宣统三年(1911)版,第18页。
② 黄人编:《普通百科新大词典》未集,上海:国学扶轮社宣统三年(1911)版,第48页。

的角色,是作者主观理想的文本化。作家借助对超越现实的人物情节的牵引调度,施展自己的理想抱负。巴尔扎克等人的传统现实主义小说经常以完整再现现实的客观逼真性为旨归,呈现生活场景,让读者经由小说中的人物进入他们的世界,叙述者或作者所托的话外音在故事之中不大主动跳至前台切断叙事,对故事点评判断。所以在阅读这样的小说时,读者仿佛身临其境,也能成为故事中的一员。但是在《悲惨世界》原著中,叙述者不时跳出来现身说法,提示情节并不断加之点评议论,在戏里戏外进进出出。旨在教化的晚清政治小说同样如此,为了教化民众就不能让他们入戏太深,而是要适时加以点拨引导,这是与构造传奇性、理想型的人物事迹并行互助的,这也和德国布莱希特(Bertolt Brecht)倡导的戏剧美学之"陌生化""间离"效果同一旨归。

《悲惨世界》不仅具有波德莱尔所说的史诗性,也同时具有政论文、演说辞的组成部分,甚至因为大量"搬引"历史文书而具有佐史的价值。第二部《柯赛特》第六卷讲到"永敬修会",便专辟一节溯其起源[1],这些本可留给实证主义、考据学者来做的工作,雨果却在小说中巨细靡遗地交待清楚。在第四部《普吕梅街的牧歌和圣德尼斯的史诗》第一卷中,他以数十页的篇幅为路易·菲力普(Louis Philippe)立传,并梳理和再现了1830年代法国革命的风起云涌。在分别分析评述各党派的革命与政治主张之时,雨果也将目光投向"社会主义者向自身提出的所有问题"——"撇开宇宙起源的幻想、梦想和神秘主义,可以概括为两个主要问题":

  第一个问题:
  生产财富。

---

[1] 雨果著,郑克鲁译:《悲惨世界》上,上海:上海译文出版社2010年版,第464—465页。

第一章 语际转换与语内互动的诗性实践：苏曼殊翻译研究

第二个问题：
分配财富。
第一个问题包括劳动问题。
第二个问题包括工资问题。
第一个问题涉及劳力的使用。
第二个问题涉及享受的分配……①

雨果还特意在小说第二部中插入整卷被称之为《题外话》的论说文，它包括八节——《从抽象观念看修道院》《从历史事实看修道院》《什么情况可以尊重往昔》《从本质看修道院》《祈祷》《祈祷的绝对善》《责备要谨慎》《信仰、法则》，以严肃正经的口吻引经据典地论述宗教、历史、哲学的重要问题。例如第六节中：

虚无主义是没有意义的。
没有什么虚无。零并不存在。一切就是某样东西。无，即什么也不是。
人生存有赖于肯定，超过有赖于面包。
观察和指出，这还不够。哲学应该是一种力量；它应以改善人为努力方向和结果。……②

因此，这一部小说是由不同成分组合而成的跨文类与跨文本的复合文本系统。不少属于作者的"题外话"原本可放在"序言""后记"等围绕文本中，雨果却故意将其置于小说之中，破坏小说虚构的完整性。再看翻译文本《惨世界》，尽管晚清新小说和雨果小说共同分享教化民众的目的，但是比起雨果总是不遗余力地以

---

① 雨果著，郑克鲁译：《悲惨世界》下，上海：上海译文出版社2010年版，第774页。
② 同上书，第475—476页。

整章整节与故事叙述相分隔的议论说理、历史考据,来实现后设叙述者的强势介入,苏曼殊则尽力把政治宣讲说教化入人物对话之中,将传道论理和现实关怀纳入小说叙事的总轨道,前边所引《悲惨世界》的引文在《惨世界》中均未出现。与之形成对比的是梁启超的政治小说名作《新中国未来记》,作者在绪言中自嘲"似说部非说部,似稗史非稗史,似论著非论著,不知成何种文体,自顾良自失笑",然而创作之衷固与取悦读者的寻常说部相异,"欲发表政见,商榷国计","连篇累牍,毫无趣味,知无以餍读者之望矣,愿以报中他种之有滋味者偿之。其有不喜政谈者乎,则以兹覆瓿焉可也",这部未完成的小说"编中往往多载法律、章程①、演说、论文"等②,可见做古今历史的书记官,也是梁启超们努力臻至的思想境界与文学目标。第三回"求新学三大洲环游 论时局两名士舌战"在介绍完黄克强、李去病的生平学识后,便展开两人洋洋洒洒的万言论辩。如回末总批,中国此前唯有西汉桓宽的《盐铁论》略具此种体类,"此篇论题,虽仅在革命论、非革命论两大端,但所征引者,皆属政治上、生计上、历史上最新最确之学理"③。苏曼殊为启蒙服务的"新小说",或可权且称为"类政治小说",则仍旧相当程度上保留了旧小说的文体标识、话语结构,以及故事性和趣味性。

在《惨世界》这一改编译本里,作者寄托理想的人物明男德是一个心怀大济天下苍生之宏愿的青年志士,他的性格品质尽善尽美。明男德英雄救美,这是旧小说才子佳人主题的保留,而男德面对红颜倾情忍痛割爱,宁为胸中道义出生入死,当中剧烈的戏剧冲突,必令读者兴味十足,为之扼腕;男德同时肩负着启迪民众

---

① 第二回有录入《立宪期成同盟党治事条略》等诸多党章条文。参阅梁启超撰:《新中国未来记》,见于梁启超著:《小说传奇五种》,北京:中华书局1936年版。
② 同上书,第2页。
③ 同上书,第41页。

第一章　语际转换与语内互动的诗性实践：苏曼殊翻译研究

的职责,他对奴颜婢膝的国人哀其不幸,怒其不争,他看不惯尚海(即上海)那些伪善的"仁人志士","不觉怒发冲冠,露出英雄本色,低头寻思道":

> 那布尔奔朝廷的虐政,至今想起,犹令人心惊肉跳。我法兰西志士,送了多少头颅,流了多少热血,才能够去了那野蛮的朝廷,杀了那暴虐的皇帝,改了民主共和制度,众人们方才有些儿生机,不料拿破仑这厮,又想作威作福,我法兰西国民,乃是义侠不服压的好汉子。不像做惯了奴隶的支那人,怎么就好听这乌大总统来做个生死予夺独断独行的大皇帝呢?①

此后译者便设计让明男德将理论付诸实践,借同志克德之辅助得到火药,在拿破仑乘车看戏的路上埋下炸弹,可惜炸弹没有炸中,功亏一篑的男德开枪自杀了。这个杀身成仁、舍生取义的结局也为男德的一生画上完整的终点(或是中点)。男德对海内外时局的观察批判,都是在他与其他人物角色的互动对话中表达的。白话通俗小说讲故事的规则不允许连篇累牍的主观论理或史料堆积。原著的这些成分在目标文本中均被删去,即使这些内容的表达以旧小说中"说书人"叙述者的职能可以完全胜任,它们也被精简为点到为止的评议。

源文本中无私忘我的主教变成自私虚伪的贪和尚,是译作所有大刀阔斧的改编中最引人注目的改写之一。雨果认为宗教之信望爱是拯救世间罪恶和堕落人性的终极力量,希望回到基督教沦落之前的时代,重寻返璞归真的信仰。这一点则被译者舍弃。

---

① 苏曼殊著,柳亚子编:《苏曼殊全集》第二册,北京:中国书店1985年版,第253—254页。

苏曼殊不相信基督教能够毕其功于一役地大化天下苍生,所以《惨社会》会有"贪和尚慷慨留客,苦华贱委婉陈情"和"宝姑娘多情待客,富和尚假意怜人"的情节,会有叙述者的声音介入,提醒读者"你看孟主教口口声声只叫华贱做先生,那种声音,又严厉又慈爱。你想他把先生二字,称呼罪人,好像行海的时候,把一杯冷水送给要渴死的人,不过是不花本钱的假人情罢了"①。译者还借明男德之口正面鞭挞信上帝者和中国迷信与裹脚风俗同等愚昧。苏曼殊对基督教的看法带着为图唤醒民众而矫枉过正的愤激。雨果最终回归宗教信仰的救赎之路,苏曼殊则(在我们已知的篇章中)以暴力革命之路与雨果的选择分道扬镳。泰东图书局版的《惨世界》便呈现为两个自相矛盾的语义建构:华贱忽然大彻大悟皈依孟主教门下,与叙述者已向读者表明的孟主教这个拯救者的虚假。如前文所述,苏曼殊、陈独秀的《惨世界》是波颇维奇所说的"虚构翻译"(ficticititious translation)和"虚假翻译"(pseudotranslation)②无疑,译者借翻译文本实现自己独创性的文学蓝图。曼殊在译《惨世界》这一时期创作的杂文《女杰郭耳缦》同样提及图谋暗杀的故事。小说中还有多处对现实的影射与批判。因此,就它对源文本/初级文本的承袭、摹仿而言,《惨世界》可以说是源文本 Les Misérables 的高级文本,在雨果的"现实主义"与"理想主义"宏图之外走出一条岔路。

综上所述,《惨世界》是一部倾注译者个人理想与社会抱负的应时、应事、应景之作,是以翻译之笔实践"立意在反抗,指归在动作"的摩罗精神。小说始终把说理议论与曲折叙事紧密结合,而非连篇累牍地宣传政教。这一部在翻译的基础上大规模重写的

---

① 苏曼殊著,柳亚子编:《苏曼殊全集》第二册,北京:中国书店1985年版,第108页。
② Baker, Mona. *Routledge Encyclopedia of Translation Studies*. London & New York: Routledge, 1998. 183.

小说是苏曼殊为启蒙服务的新小说,是观念先行的小说,但仍旧相当程度上保留了白话通俗小说之二度模式系统的文类特征与话语结构。经过译者在目标语言规制之下的改造,《惨世界》成为一个摹拟同一文类系统的原型文本,同时是一个多文类、跨文类的高级文本,是作家苏曼殊在文言小说创作之外,于白话通俗小说园地的一种别样的探索,也秉承了苏曼殊所有文学创作一致享有的溯古还今的特征。

第二章

内涵表意系统的跨文化意识形态与跨文类修辞：苏曼殊诗歌研究

苏曼殊是中国古典文学传统最后的继承者与代表者之一。他的旧体诗自中国文学传统之中采众菁华又自成一家，极大程度地体现出兼收并蓄而各竞妍芳的形貌。曼殊未必每首诗都至精工，却能凝聚传统诗歌之纷纭诸端。与此同时，作为新文学发轫之初的重要作家，他的作品凝聚了中国文学转型时代的诸多新变。总体而言，苏曼殊的诗歌是具有新变的旧体诗，既有对中国古典审美范式、文学传统的继承和彰显，又对"新诗"的话语程序颇有吸纳并影响其后续发展。苏曼殊本人亦是一个文本，作为一个晚清古今更迭、西学东渐背景下的文人学人，他的个人身世、生活世界、思想情感连同整个时代社会与文化历史都被编织在他的文学话语系统之中。

由于身世与经历的特殊，青年苏曼殊的中国语言文化功底并不深厚，知识也不系统，章太炎、陈独秀等人都曾断续地对他学作诗文和文学翻译多有指点。尽管起步甚晚，勤勉的曼殊凭借后天琢磨很快升堂入室，以"凄绝南朝第一僧"[1]闻名后世，"海内才智

---

[1] 柳亚子撰：《戊午五月哭曼殊》，见于苏曼殊著，柳亚子编：《苏曼殊全集》第五册，北京：中国书店1985年版（据1928年北新版影印），第324页。

第二章　内涵表意系统的跨文化意识形态与跨文类修辞：苏曼殊诗歌研究

之士,鳞萃辐凑,人人愿从玄瑛游,自以为相见晚"①。从另一个角度来看,正是因为受旧学框架的束缚较少,接受外来新事物时的抵触也较弱,以及晚清多语言文化交流的热潮中所受的多方面濡染,曼殊才能够在杂取众英的同时创造出一种强烈个性化、兼具古典和现代特征的独特话语体系。"苏曼殊以后,很少有专攻七绝,大量写作七绝诗并取得显著成就的诗人。'五四'运动后,不少人转向白话新诗,七绝在历史旅程上已经风尘仆仆。因此,苏曼殊的《燕子龛诗集》就象座回音壁,从那些作品里,我们分明可以看到虽已金粉剥落、香火飘零,却仍显露的当年繁华鼎盛的余韵;听见虽已微弱,却仍清晰可辨的急管繁弦的晚唐遗响。"②曼殊诗对五四一代新文学社团创造社、新月派、湖畔诗社、沉钟社的不少青年诗人都有春风化雨的影响。对曼殊小说批评不留情面的郁达夫,在《杂评曼殊的作品》一文中却对曼殊诗作甚为称道:"他的诗是出于定庵的《己亥杂诗》,而又加上一脉清新的近代味的。所以用词很纤巧,择韵很清谐,使人读下去就能感到一种快味。"③被鲁迅称许为"中国最为杰出的抒情诗人"④的冯至,将曼殊引为惺惺相惜的神交知己。⑤

新诗研究领域德高望重的前辈学者、北大教授谢冕称苏曼殊是"为本世纪初中国诗画上一个有力的充满期待的冒号的诗人。

---

① 柳亚子撰:《苏玄瑛传》,见于柳亚子著,柳无忌编:《苏曼殊研究》,上海:上海人民出版社1987年版,第20页。
② 曹旭撰:《苏曼殊诗歌简论》,《上海师范学院学报(社会科学版)》1981年第4期。
③ 郁达夫著,吴秀明主编:《郁达夫全集第十卷·文论上》,杭州:浙江大学出版社2007年版,第281页。
④ 鲁迅撰:《中国新文学大系　第4集　小说二集·导言》,见于赵家璧主编,鲁迅编选:《中国新文学大系　第4集　小说二集》,上海:上海文艺出版社2003年版(据1935年上海良友图书公司版影印),第5页。
⑤ 参阅冯至撰:《沾泥残絮》,见于苏曼殊著,柳亚子编:《苏曼殊全集》第四册,北京:中国书店1985年版,第264—265页。

而且综观整个的20世纪,用旧体写诗的所有的人,其成绩没有一个人堪与这位英年早逝的诗人相比","他是古典诗一座最后的山峰"①。因此通过考察苏曼殊的诗歌语言系统,以及曼殊的诗与画、创作与翻译的瓜葛,我们可以见微知著,重新检视中国古代文学与艺术传统的特征及其嬗变。本章将运用符号学、认知语言学及语言哲学的方法,细读苏曼殊的诗作,探讨在文学系统的对外交往与内部互动中,作家对文类符码的创造性改制如何渐疏于文学传统的常规,体现出特殊的面向;还将举隅古汉语语词如何作用于旧体诗的诗歌句法与修辞机制,进而参与多元概念空间的映射与整合,从语言学汇通诗学的视角展开比较文学研究的一种创新性的尝试。

第一节 文学系统的对外交往与内部互动

苏曼殊诗歌的一个重要特点是广熔前人诗句片语和意象于己之炉,客观原因在于苏曼殊国学根底本不深厚,且其英年早逝,他的不少诗歌作于年纪尚轻之时、现学现用的阶段。在新文学革命的前夕,苏曼殊对前辈耕耘之文苑英华的广泛采纳,勤学不辍,也使他的作品格外适合用作返观追思文学传统的棱石。曼殊的跨文本运作既有确定前在作者的借取引用,也有转益多师的化用重组,还有集句诗、联句诗等亚文类。也因此复杂情况,曼殊诗的渊源传承,论者历来众说纷纭,亦有被指摘如同"百衲衣"。② 要探析苏诗,就不得不首先考察苏曼殊与他心中所有中外文学文化典藏的关联。本节将运用第一章已述及的波颇维奇和韦斯坦因

---

① 谢冕著:《1898:百年忧患》,济南:山东教育出版社1998年版,第150—151页。
② 王广西著:《佛学与中国近代诗坛》,开封:河南大学出版社1995年版,第343页。

第二章　内涵表意系统的跨文化意识形态与跨文类修辞：苏曼殊诗歌研究

的类型学主张并加以深化，对苏诗与其他文本和文化大文本互动交往的动力学进行系统的考察。

一、借取关系

它分为以下几类：

其一是只借词之形符：外来语入诗。

"白妙轻罗薄几重"（《游不忍池示仲兄》）①中的"白妙"源自日文汉字，在此作为外来词使用，浑然无迹。《广辞苑》记载了它的两个意思：（1）构树皮的纤维织成的白布；（2）白色。② 这两种用法均见于日本最早的和歌总集《万叶集》所收录之诗歌。"白妙の"是和歌的一个惯用枕词。枕词（枕詞、枕言葉）是和歌等韵文的一种修辞法，是冠于某词之前起导入作用的固定表达，还可以调节音调，而不必参与诗歌的主题意旨，五音节的词最为常见。学者中西进指出，枕词并不仅是单纯形式上的修辞，它表现的是具体的"映象"，依凭后续的词语而被赋予意义，从而完成象和意的联合表现。如和歌常用的枕词"春花の"，它是"映象"而非观念，"虽然它本身表现的只是映象，但由于下面的词语赋予它如易迁、俊逸、丰茂、鲜荣等意义，眼前看到春花的感觉和下面的观念便结为一体，于是这种表现得以完成"③。曼殊的"白妙轻罗薄几重"，"白妙"令人联想至"洁白""曼妙""美妙"，与"轻罗"结合为一，给中文读者带来新鲜感。

其二是借词的形义，且该词承袭其在原文本中的关联语境，能够在新语境中保持语义本身的独立自主，在此种类型的文本互

---

① 苏曼殊著，马以君编注，柳无忌校订：《苏曼殊文集》上册，广州：花城出版社1991年版，第25页。
② 新村出编：《广辞苑》（第六版），上海：上海教育出版社2012年版，第1432页。
③ 王晓平、中西进撰：《枕词与比兴》，《天津师大学报》1992年第6期。

动中，后设文本受原文本的语义场牵制。

《东居杂诗》组诗颇多学古人言之痕迹。例如"碧栏干外夜沉沉，斜倚云屏烛影深"(《东居杂诗》之六)①借用李商隐的"云母屏风烛影深，长河渐落晓星沉"②，"朱弦休为佳人绝，孤愤酸情欲语谁？"(《本事诗》之三)③借由黄山谷《登快阁》"朱弦已为佳人绝，青眼聊因美酒横"④，不一而足。《过若松町有感示仲兄》之二是一首极具苏曼殊个人风格的作品："契阔死生君莫问，行云流水一孤僧。无端狂笑无端哭，纵有欢肠已似冰。"⑤如此痴人梦语的言情方式在僧人诗中绝为罕见。马以君认为该诗是思忆一位曾让曼殊倾情却终究未与之成眷属的调筝女百助枫子而作。⑥这首诗的写作缘由亦可能与和苏曼殊相知相许却终究阴阳两隔的另一位女子静子有关。苏曼殊1907年赴日本探望母亲时曾与一女子相识并互生情愫，即《断鸿零雁记》中的静子原型。"契阔死生君莫问"借自《诗经·邶风·击鼓》，这是流传千古的誓约之词，原是用来表达战友之情，后亦常指别离。《后汉书·独行传·范冉》："冉曰：'行路仓卒，非陈〔契〕阔之所，可共到前亭宿息，以叙分隔。'"⑦曼殊在创作中很可能将与这些红颜知己的伤情往事共同交织成文，这位女子是谁，并不影响本书的语言符号学分析。"无端狂笑无端哭，纵有欢肠已似冰"，以悖谬之笔写心之极痛，无

---

① 苏曼殊著，柳亚子编：《苏曼殊全集》第一册，北京：中国书店1985年版，第61页。
② 李商隐撰：《常娥》，见于彭定求等编：《全唐诗》，北京：中华书局1960年版，第6197页。
③ 苏曼殊著，柳亚子编：《苏曼殊全集》第一册，北京：中国书店1985年版，第45页。
④ 黄庭坚著，任渊、史容、史季温注，刘尚荣校点：《黄庭坚诗集注》，北京：中华书局2003年版，第1144页。
⑤ 苏曼殊著，柳亚子编：《苏曼殊全集》第一册，北京：中国书店1985年版，第51页。
⑥ 参阅苏曼殊著，马以君编注，柳无忌校订：《苏曼殊文集》上册，广州：花城出版社1991年版，第27页。
⑦ 范晔著，李贤等注：《后汉书》，北京：中华书局1965年版，第2689页。

第二章　内涵表意系统的跨文化意识形态与跨文类修辞：苏曼殊诗歌研究

端正是因为"端"之无力承受。

从文学关系系统的立场来说，典故作为文本的一个语义成分、一个微缩文本，它的使用可以是一种严肃认真的借用[①]，对原文本的主干语义和使用语境悉以沿用。因此典故常常作为一种疏离于新文本语义场、令读者感到陌生的符号，甚至阻碍读者对语篇的理解，李商隐的诗歌就是典型的例子。当典故被反复多次、功能一致地使用，它本身就汇入了文学的传统，按照波颇维奇的说法，传统是"互文关系的语言（langue）"[②]。典故和传统起初都产生于文本的互现互动，当文学性的习语被广泛熟知、使用而经典化，长久地保留在文化记忆之中，它们的语义也逐渐固定，从信息转变为特殊的语码，它们之于读者是陌生还是熟悉，不仅与语义相关，也和使用策略即语用意义相关；当作家从以往的文学工具箱中取用资源，他所创作的文本既被原初文本所牵制，也同时是对先前文本的再度塑形。

苏曼殊诗歌大量采用的两种典故是文学典故和佛典，例如《步韵答云山人》之一中的"诸天花雨隔红尘，绝岛飘流一病身"[③]，"诸天"指三界（欲界、色界、无色界）二十八天，"花雨"作为佛典，来自"天女散花"的典故[④]，常喻佛法在世间之弘扬。在文学作品中，"花雨"常指花季之雨或落花如雨，如贯休《春山行》"重

[①] 反讽、谐仿的改编用法在下文另作讨论。
[②] Popovič, Anton. "Aspects of Metatext." *Canadian Review of Comparative Literature/Revue Canadienne de Littérature Comparée* 3.3(1976). 234.
[③] 该组诗未收入北新版《苏曼殊全集》，在此引自柳亚子编：《曼殊余集》第一册，未出版手稿，现藏于国家图书馆。一些版本题为《步元韵敬答云上人》，可参阅苏曼殊著，马以君编注，柳无忌校订：《苏曼殊文集》上册，广州：花城出版社1991年版，第38页。
[④] 《维摩所说经·观众生品第七》记载天女以散花试菩萨与弟子的道行："是华无所分别，仁者自生分别想耳！若于佛法出家，有所分别，为不如法；若无所分别，是则如法。观诸菩萨华不著者，已断一切分别想故。譬如人畏时，非人得其（转下页）

叠太古色,蒙蒙花雨时"①。在《步韵答云山人》诗中,"花雨"用以标识与"红尘"世俗的对立,作为典故,它被摒除多义和歧义。又如《东居杂诗》之十二有"扁舟容与知无计,兵火头陀泪满樽"②。兵火是指战火,"头陀"是梵文धुत(dhūta)的音译,又作杜多、杜荼、投多、头陁、尘吼多,意译为抖擞、修治、弃除、浣洗、纷弹。"按俗称僧人之行脚乞食者为头陀。"③《法苑珠林卷第八十四·头陀部》言:"夫五欲盖缠并是禅障。既能除弃。其心寂静。堪能修道。故此章内。具明十二头陀之行。少欲知足无过此等。西云头陀。此云抖拣(同'擞')。能行此法即能抖拣烦恼去离贪著。如衣抖拣能去尘垢。是故从喻为名。故名头陀。"④兵火头陀即指逃难于战火的僧人,在此是诗人的自况。《以胭脂为某君题扇》中的"为君昔作伤心画,妙迹何劳劫火焚?"⑤借取佛教的"劫火"之说。《吴门依易生韵》之五有"万户千门尽劫灰,吴姬含笑踏青来"⑥,劫灰正是劫火焚烧过后的余烬。身为三宝佛徒的苏曼殊以佛教的世界观体察和阐述他的文学世界,也是理所当然。"劫火""劫灰""兵火头陀"等都是疏离日常语言的专属用语,它们作为典故替换语义链上的惯常语言,也是建构新语境不可缺少的规约,它们既是重要的诗性(poetic)装置,也发挥雅各布森意义上的

(接上页)便;如是弟子畏生死故,色、声、香、味、触得其便也。已离畏者,一切五欲无能为也;结习未尽,华著身耳! 结习尽者,华不著也。"(鸠摩罗什译:《维摩诘所说经》,见于《大正新修大藏经》第十四册,台北:佛陀教育基金会1990年版,第547页)

① 彭定求等编:《全唐诗》,北京:中华书局1960年版,第9338页。
② 苏曼殊著,柳亚子编:《苏曼殊全集》第一册,北京:中国书店1985年版,第63页。
③ 丁福保编:《佛学大辞典》,上海:上海佛学书局1994年版,第2711页。
④《大正新修大藏经》第五十三册,台北:佛陀教育基金会1990年版,第903页。
⑤ 苏曼殊著,马以君编注,柳无忌校订:《苏曼殊文集》上册,广州:花城出版社1991年版,第44页。
⑥ 苏曼殊著,柳亚子编:《苏曼殊全集》第一册,北京:中国书店1985年版,第55页。

第二章　内涵表意系统的跨文化意识形态与跨文类修辞：苏曼殊诗歌研究

指示功能(referential function)①。

《题〈拜轮集〉》有"词客飘蓬君与我，可能异域为招魂"②。招魂一指招死者之魂，《仪礼·士丧礼》有言："复者一人"，郑玄注："复者，有司招魂复魄也。"③亦指招生者之魂，杜甫《乾元中寓居同谷县作歌》之五："呜呼五歌兮歌正长，魂不来归故乡。"朱注："古人招魂之礼，不专施于死者。公诗如'剪纸招我魂'、'老魂招不得'、'南方实有未招魂'，与此诗'魂招不来归故乡'，皆招生时之魂也。"④招魂之说显然与佛教相悖，曼殊思想的驳杂也可见一斑。

"箫"是苏曼殊钟情的一个意象，如"春雨楼头尺八箫"（《本事诗》之九），"深院何人弄碧箫"（《东居杂诗》之八）⑤，"猛忆玉人明月下，悄无人处学吹箫"（《吴门依易生韵》之七）⑥。吹箫自西汉刘向《列仙传·萧史》记述萧史弄玉的故事以来，已成为一个经久不衰的文学典故，杜牧传唱千古的名句"二十四桥明月夜，玉人何处教吹箫"⑦尤使吹箫玉人的形象定格人心。如此文化内涵，成为后世的作者编排诗歌与读者解读诗歌的一个必要编码。传统语文学把用典看作一种修辞手法，从语言符号学的视角来看，担当典故的词语，在文本中的功能由信息转变为特殊的语码。因此，中国旧体诗中的"箫"是一个已被建构完善的传统意象，它也

---

① 可参阅 Jakobson, Roman. "Linguistics and Poetics." 1958. *Language in Literature*. Eds. Krystyna Pomorska and Stephen Rudy, Cambridge: Belknap-Harvard University Press, 1987.
② 苏曼殊著，柳亚子编：《苏曼殊全集》第一册，北京：中国书店1985年版，第53页。
③ 郑玄注，贾公彦疏：《仪礼注疏》，见于阮元校刻：《十三经注疏》，北京：中华书局2009年版（清嘉庆刊本），第2443页。
④ 杜甫著，仇兆鳌注：《杜诗详注》，北京：中华书局1979年版，第698页。
⑤ 苏曼殊著，柳亚子编：《苏曼殊全集》第一册，北京：中国书店1985年版，第62页。
⑥ 同上书，第55页。
⑦ 《全唐诗》，北京：中华书局1960年版，第5982页。

塑造着新的文学文本。笼统地说"吹箫"这般旧体诗经典母题是对先前文学作品的借用,并不能触及问题的实质并使论述失焦。更确切地说,"吹箫"是互文系统的**语言**的组成部分,它们能够规约文学文本的语义和语境生成。同样另如诗语"采莲"。苏曼殊《失题》有"此后不知魂与梦,涉江同泛采莲船"①。古乐府《西洲曲》中巧妙运用谐音双关的"采莲南塘秋,莲花过人头。低头弄莲子,莲子清如水"②,已将"采莲"的语用动机定格为女子对情郎的怨慕倾诉。"采莲"的典故已经进入中国文学曲目单的保留目次,这种文化特殊性使得"采莲"不受文本中其他信息的制约,反而制约其他信息。

其三是集句诗。

《集义山句怀金凤》一诗从李商隐《碧城·其三》《游灵伽寺》《莫愁》三诗集出的字句组合而成,这是苏曼殊唯一一首集句诗,是诗人对前文本剪辑、拼接,重新组合成的一首新的作品。集句诗虽是字面的全然借取,但是需受制于新文本的内容与形式系统的组织规则。就《集义山句怀金凤》而言,被借取的片断必须合诗律,它们构成的语义场和语义逻辑整体上互不相斥,它们的全新组合蕴含着借者的个人心思,尤其考虑到该诗全篇借自同一作者。金凤是曼殊故交、秦淮歌妓,1906年曼殊还曾绘《寄怀金凤图》并题词寄意。曼殊钟情于金凤,而作此诗时"金凤经已他适,难以重拾旧欢,惟有暗地相思,终日怅望了"③。义山是写哀情的圣手,他曾学仙求法,情路多困,情法两难的曼殊与之颇多惺惺相惜,乃是当然。莫愁的典故不仅聚集丰富的历史文化语义,人物所处的金陵也照应金凤生活的地理位置,难怪柳无忌言"此莫愁

---

① 苏曼殊著,柳亚子编:《苏曼殊全集》第一册,北京:中国书店1985年版,第52页。
② 徐陵编,吴兆宜注:《玉台新咏笺注》,北京:中华书局1985年版,第223页。
③ 苏曼殊著,马以君编注,柳无忌校订:《苏曼殊文集》上册,广州:花城出版社1991年版,第17页。

第二章　内涵表意系统的跨文化意识形态与跨文类修辞：苏曼殊诗歌研究

当然也是金凤的代名词了"①。因此《集义山句怀金凤》既是李商隐的生活世界的文本化，又是李诗的历时语言系统的筛选重组，也是苏曼殊在新的历史时空的个性表达。

二、严肃的模仿

在波颇维奇的图表中，肯定性的典故可分为两种——直接、显见、易辨认的引用和间接、隐藏、不易察觉的影射。② 一个或一些词的文学意义、语境，或它们组合的诗歌语法（grammar）对于读者似曾相识，又非完全照搬。它们与其说是借取，不如说是严肃的模仿。

且看《吴门依易生韵》之十："碧城烟树小彤楼，杨柳东风系客舟。故国已随春日尽，鹧鸪声急使人愁。"③其中部分措词似乎给人以模仿和转化崔颢名篇《黄鹤楼》的印象，但是苏曼殊并没有生搬硬套，在相似的情境中聚焦不同的意象。"碧城"影射李商隐的《碧城三首》，与"小彤楼"照应，暗示女子清幽美丽的居所；"柳"与"留"双关，也参与情景交融，"鹧鸪声"是愁绪的特别索引，又搭建出动静结合的时空场域。怀念已故情人的《樱花落》颇拟《葬花词》，又借李义山等。后设文本与先前文本的交往互动不仅可以是一对一的交流，更多的是一对多、多对一的接触方式，后设文本经常是多个原初文本的重新剪裁和编排，同一个原初文本也可以波及无数多个后设文本，这些一对多、多对一、多对多的交流往往以文本片断的模仿呈现出来，它们同时唤醒作者与读者对以往文

---

① 柳无忌撰：《苏曼殊及其友人》，见于苏曼殊著，柳亚子编：《苏曼殊全集》第五册，北京：中国书店1985年版，第68页。
② 争议性的"用典"待下文再论。
③ 苏曼殊著，柳亚子编：《苏曼殊全集》第一册，北京：中国书店1985年版，第56页。

学阅读的回忆,故而暗示更为复杂的时间性和历史维度。

中国古代文学史上以骑驴而著称的诗人不胜枚举,因此传世的骑驴故事、语录、文学作品也使诗人骑驴成为一个具有独特文化意涵的形象。张伯伟在《再论骑驴与骑牛——汉文化圈中文人观念比较一例》一文中将诗人骑驴形象概括为两点:"其一,驴是诗人特有的坐骑;其二,驴是诗人清高心志的象征。这两方面意蕴的完成,大致在12世纪,可以李纯甫为代表。"①骑驴也是一种社会政治身份的选择,"春风得意马蹄疾,一日看尽长安花"②的孟郊,登科前尚且"骑驴到京国,欲和熏风琴"③。如张伯伟所言:"在诗人的眼中,蹇驴往往和骏马相对,它象征着在野与在朝、布衣与缙绅、贫困与富贵的对立。"④1913年苏曼殊与友人漫游江南时所作的《吴门依易生韵》也有描绘骑驴的旅人:"独有伤心驴背客,暮烟疏雨过阊门。"曼殊对陆游仰重已久,他在《燕子龛随笔》写道:"读《放翁集》,泪痕满纸,令人心恻,最爱其'衣上征尘杂酒痕,远行无处不销魂,此身合是诗人未?细雨骑驴入剑门'一绝。尝作《剑门图》悬壁间,翌日被香客窃去。"⑤"暮烟疏雨过阊门"一句,也是仿拟"细雨骑驴入剑门",不过将地点由四川移至苏州。曼殊在1913年1月自上海写给柳亚子的信中说:"昨日从吴门驴背上跌下,几作跛足仙人矣。一笑。"⑥柳亚子《苏和尚杂谈》记

---

① 张伯伟撰:《再论骑驴与骑牛——汉文化圈中文人观念比较一例》,《清华大学学报(哲学社会科学版)》2007年第1期。
② 同上,第4205页。
③ 韩愈撰:《孟生诗(孟郊下第,送之谒徐州张建封也)》,见于《全唐诗》,北京:中华书局1960年版,第3819页。
④ 张伯伟撰:《再论骑驴与骑牛——汉文化圈中文人观念比较一例》,见于《清华大学学报(哲学社会科学版)》2007年第1期。
⑤ 苏曼殊著,柳亚子编:《苏曼殊全集》第二册,北京:中国书店1985年版,第41页。
⑥ 苏曼殊撰:《与柳亚子书(壬子十二月上海)》,见于苏曼殊著,柳亚子编:《苏曼殊全集》第一册,北京:中国书店1985年版,第263页。

第二章　内涵表意系统的跨文化意识形态与跨文类修辞：苏曼殊诗歌研究

载：曼殊于1912年冬从嘉兴到盛泽时，"坐的是民船，碰着大逆风，船夫上岸拉纤，他也要去拉，一个不小心，扑通一声，丢到水里去了。好容易救起来，西装皮大衣已全湿，到盛泽后，在火炉上烘干。后来从盛泽还上海，经过苏州时，又从驴背上跌下来。拉纤下水，骑驴坠地，倒是一个巧对"①。证明吴门骑驴确有此事，且曼殊骑驴盖不是出于辗转路途所必需，也许是兴致所起，作为后来者为了仿效古人特意为之，是"为骑驴而骑驴"；被写进诗的也不是"跛足仙人"之场面，而是将现实筛选、改装后的话语虚构。"暮烟疏雨过阊门"不仅是仿照前文本的再度建模，也是对原初文本作者所经历现实的再现，同时它虚构的又是属于新的时空的作者苏曼殊的独特经历。对于"理想读者"来说，"驴背客"令人想起的是不仅是陆游，还有贾岛、孟浩然、杜甫等千百年来辗转羁旅的诗人群像，他们或许穷困潦倒，或许壮志未酬，或许寄情山野、徜徉天地。他们的后辈苏曼殊以一句"独有伤心驴背客"表达自己与古人的同气相求，向前辈致敬。

三、改编

曼殊诗歌有时只是借取词的形符，却改变其隐喻义、寓言义，改变语境，所以并不是真正地借用典故，而是对典故进行改编。《无题》八首中有一句"寄语麻姑要珍重，凤楼迢递燕应迷"。曼殊钟爱的李商隐有"今日寄来春已老，凤楼迢递忆秋千"(《评事翁寄赐饧粥走笔为答》)②。但是曼殊此处的"凤楼"并无政治隐喻。据马以君笺注，该组诗写于1912—1913年，此时曼殊常和柳亚

---

① 柳亚子撰：《苏和尚杂谈》，见于苏曼殊著，柳亚子编：《苏曼殊全集》第五册，北京：中国书店1985年版，第198页。
② 《全唐诗》，北京：中华书局1960年版，第6183页。

子、叶楚伧等好友一起到上海的歌楼吃花酒。"凤楼"在此显然借自李义山的"凤楼迢递忆秋千"之表,但是深层旨向无甚关联,苏曼殊甚至将话语场合从庙堂贵所挪到歌台曲院。李商隐的"凤楼迢递",是写庙堂之森远难亲近,曼殊之"凤楼迢递",则寓指爱情之幻丽绵邈,正如他大胆地把情人比作道教神话中的仙女"麻姑"。麻姑同样是被改编的典故,初见于东晋葛洪《神仙传》,是长生不老、屡见沧海桑田的美丽仙姑,"寄语麻姑"的情节源自《神仙传》中王方平令使者传语约其相见,麻姑也隔空传话:"而先受命当按行蓬莱,今便暂往。如是当还,还便亲觐。"①对麻姑颇有钟爱的李义山有诗云:"欲就麻姑买沧海,一杯春露冷如冰"(《谒山》)②,"好为麻姑到东海,劝栽黄竹莫栽桑"(《华山题王母祠》)③。苏曼殊将红颜知己比作仙姑,虽已曲折原意,然而加上"无题"之题,"燕应迷"之衬托,倒是仿佛李商隐的名篇《无题》写爱情之朦胧飘渺、隐约迷离,形式上也是同样的典丽哀艳。所以说,此种情况的"用典"绝不仅仅是原初文本的复现,却是由当下语境中的言说者心思所左右,后设文本被关涉的不仅仅是语义上的先前文本,还有存在论意义上的后设作者自身经历的现实语境。

除了改编典故,曼殊还时常嫁接并改装前人的诗句植入自己的诗境。"还卿一钵无情泪,恨不相逢未鬓时"(《本事诗》之六)④化自张籍《节妇吟寄东平李司空师道》的名句"还君明珠双泪垂,何不相逢未嫁时"⑤,同是写错失姻缘。《本事诗》之五有"华严瀑布高千尺,未及卿卿爱我情"拟李白《赠汪伦》之"桃花潭水深千

---

① 《全唐诗》,北京:中华书局1960年版,第6183页。
② 同上书,第6208页。
③ 同上书,第6147页。
④ 苏曼殊著,柳亚子编:《苏曼殊全集》第一册,北京:中国书店1985年版,第46页。
⑤ 《全唐诗》,北京:中华书局1960年版,第4282页。

第二章　内涵表意系统的跨文化意识形态与跨文类修辞：苏曼殊诗歌研究

尺,不及汪伦送我情"①。"华严瀑布"是日本枥木县日光山上的瀑布(日文：華厳の滝),发源于中禅寺湖,是日本三大名瀑之一,曼殊原注："华严瀑在日光山,蓬瀛最胜处也。"②知交陈独秀有五古《华严瀑布》,盖曼殊亦曾游此胜景。不了解华严瀑布为现实中确有地点的读者,很可能正巧因曼殊的僧人身份而把"华严瀑布"当作虚指的宗教隐喻来领会,把它看做言说者内心所承受的无形精神枷锁。华严经义也必是曼殊所熟稔的。每个读者读到的诗意,是其各自知识储备和文化涵养所能召集的意义,对诗歌的解读是一个丰富多样的效果历史(Wirkungsgeschichte)③。一个理想读者,应是能够积极体味和主动联想这些动态意义的着眼点与衍生力的接受者。

另外值得一提的是,苏曼殊诗歌还有一种言在此而意在彼的模仿。这种"词不达意"的模仿,笔者在此将其归入改编一类。《寄调筝人》之二中的"雨笠烟蓑归去也,与人无爱亦无嗔",让人想到苏轼《定风波·莫听穿林打叶声》"一蓑烟雨任平生""回首向来萧瑟处,归去,也无风雨也无晴"④。这首名作表达了苏轼纵身大化的意愿,言下自己已参透人世间的纷扰,决意践行道家的无

---

① 《全唐诗》,北京：中华书局1960年版,第1765页。
② 参阅苏曼殊著,马以君编注,柳无忌校订：《苏曼殊文集》上册,广州：花城出版社1991年版,第22页。
③ 此处"效果历史"主要借鉴伽达默尔(Hans-Georg Gadamer)诠释学意义上的概念术语。伽达默尔以"效果历史"定义理解的本质,以此取代古典诠释学对客观历史之真实的追求,它是哲学诠释学的精髓：我们的理解被包含所有关于我们自己和他人的过去的历史意识所制约和影响,我们在这样的视域中意识到自身；对历史/传统的研究不仅仅是对过去的追溯考证,我们对历史文本的理解是历史文本与历史性的诠释者之间互动生成与实现的过程,在这个过去和现在融合的过程中可见出历史的效果性,这种效果历史亦包含我们自身的历史性理解在内。可参阅 Gadamer, Hans-Georg. *Truth and Method*. 1960. 2nd Rev. Edition. Trans. Joel Weinsheimer and Donald G. Marshall. London：Continuum, 2004；及洪汉鼎编：《理解与解释——诠释学经典文选》,北京：东方出版社2001年版。
④ 唐圭璋编：《全宋词》,北京：中华书局1965年版,第288页。

为之义,这也与佛教有所共通。不同的是,苏子瞻"断舍离"的真诚程度远甚于苏子谷,后者的"雨笠烟蓑归去也,与人无爱亦无嗔"虽说把"无爱""无嗔"挂在嘴边,实为对其牵挂难舍。法国符号学家格雷马斯由分析主体言语行为的各种功能性模态入手,探究言说者的深层陈述观,研究语词表层意义之下更深刻和抽象的概念句法层,从而把握语篇表达的核心价值体系,关于他的理论笔者将在苏曼殊小说一章作更详尽的阐述和应用。如借取格雷马斯符号学的意义矩阵来分析,我们可以看到,隐而不显的深层意义是话语主体所表达的真实意义,理性认知所拒斥之物正是潜意识所彰显之物。《定风波》的"人"已化入自然,"人"在整首词中的踪迹是逐渐消弥的,"雨笠烟蓑归去也"表明向苏子瞻的致敬和效仿,但是"与人"的"人"标识苏曼殊的诗歌始终是有"人"的,更何况这首诗的诉说对象正是红颜知己。该诗表层句法显现的主体行为和隐而不显的深层意旨如下图所示:

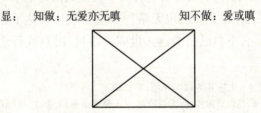

显: 知做:无爱亦无嗔　　　知不做:爱或嗔

隐: 欲做:爱与嗔　　　　不欲做:无爱或无嗔

因此,苏曼殊的不以物喜不以己悲只是其心境表面暂时的平息,甚至是自欺欺人,诗人的自我告解和自我说服也许暂时是成功的,然而"爱"和"嗔"始终潜伏于意义的深层结构中。苏曼殊并没有让自然风物真正主宰内心,而只是用以平息暗潮汹涌的主体欲望和情绪。这种"借词而换境"也许并非诗人本来追求的语义效果。它在传达给读者的过程中所凸显的语用意义,仍是一个情根深种的诗人形象。

第二章　内涵表意系统的跨文化意识形态与跨文类修辞：苏曼殊诗歌研究

四、借取且影响

苏曼殊受授于龚自珍、李商隐、杜牧、陆游之作的印迹都十分明显。如曼殊自陈，"猛忆定盦哀怨句，三生花草梦苏州"（《东居杂诗》之十）①。龚自珍与名妓灵箫相知相契，曾在《己亥杂诗·二五五》中记述叹惋其身世"凤泊鸾飘别有愁，三生花草梦苏州"②。苏曼殊的"猛忆定盦哀怨句"，不仅仅是对原文本的借取，更有周折复杂的多重含义。曼殊在引用的同时加入了具有个人性的评语"哀怨"，并突出"猛忆"这个动作行为。"我突然想起"是"外在于"言说内容的后设行为，用于引起话题，引起受话者的注意力，它还标记说话者强烈的言说欲望，并召唤出原先文本作者龚自珍加入对话。

《东居杂诗》十九首大都是写佳人缱绻诉幽绪，睹物怀人伤离别，未必每一首都与诗人当下现实生活对应，而是诗人所拟的言说者自陈心曲。曼殊与他倾情诗笔的百助枫子相识于1909年，这一年他为其写下不少"半是脂痕半泪痕"的诗篇。对于四年后再访日本的曼殊来说，这已是前尘往事。虽然《东居杂诗》作于1914—1915年，曼殊已与百助分离多时，几曲"玉筝"入耳，仍能拨动心弦。同样身世不幸的调筝眉史和寄世飘零的曼殊惺惺相惜，但曼殊终究和定盦一样忍情拒绝了红颜知己。曼殊在向前辈诗人的诗歌致敬的时候，也是将作者文本置于与前人互动的系统

---

① 苏曼殊著，柳亚子编：《苏曼殊全集》第一册，北京：中国书店1985年版，第62页。
② 龚自珍著，刘逸生注：《龚自珍己亥杂诗注》，北京：中华书局1980年版，第321页。另可参阅陈引驰《劝君惜取眼前人：近代诗人的女性叙写及姿态》，见于杨乃乔、伍晓明主编：《比较文学与世界文学第1辑》，北京：商务印书馆2004年版，第167页。另一说该诗是吊咏苏州名妓真娘，参阅杨晓东著：《历史的回声——吴地古代妇女研究》，北京：北京燕山出版社1994年版，第217页。

之中。柳亚子《和曼殊本事诗十章次韵》诗中即有"新诗谱出销魂史,不为灵箫却为筝"①,是了然曼殊之于调筝女和定庵之于灵箫的对位。曼殊虽拒绝百助的情深意重,在其心底却无法释怀。因此,1914年的诗人于东京②听到玉筝几曲,观赏亭台水榭,猛忆起定庵哀怨句,乍看上去话语主体是回想起江南的相似场景,想起定庵对苏州的描绘,以此诉思乡之情,文脉也贴切,但事实上,诗中的言说主体所营造的文学想象空间不是苏州或不只是苏州,这必须通过"三生花草梦苏州"的原文本系统才能理解。龚自珍写苏州是哀叹佳人身世——灵箫是苏州人,二人结缘于清江浦(今江苏淮安)。苏曼殊多年后再听筝曲,想起东京的昔时昔人,便借用定庵"哀怨"句来曲笔传达自己的幽怨,用龚自珍笔下的苏州借指自己曾经倾情和倾洒诗笔的地点。文本空间的转化是依靠文学文本之间的互动来完成的。

因此,该诗的表达层面显现的"苏州"并不是诗人的真正意图,诗人在吟咏江南花草时,在潜意识的自我交流中通过"苏州"这个索引符号召唤更深的记忆,他在面向读者发话的同时不仅保持着和后设文本的沟通,也在对着自己交流,在自我交流的时候发生语境的移动置换,生成潜藏的新信息。这种自我交流不是随随便便发生的,它总是在能够与原有文本信息中处于同一纵聚合轴的结构段(syntagm)上才能实现,唯有与"东京"对应、可等量齐观的"苏州"才能引发作者的自我交流,此时的"苏州"在自我交流中发挥语码(code)的功能。借用洛特曼的自我交流(auto-

---

① 苏曼殊著,柳亚子编:《苏曼殊全集》第五册,北京:中国书店1985年版,第316页。
② 据马以君《燕子龛诗笺注》:"一九一三年底,曼殊患肠炎,遵医嘱东渡日本西京养病,很快就转到东京闲居。一九一四年经常与国香、阿可、湘痕、真荼、棠姬、阿蕉等日本女子来往。这组诗大体写于这段时间,反映的疑是与这些女子交游的生活。但孙湜对此持异议。"(苏曼殊著,马以君笺注:《燕子龛诗笺注》,成都:四川人民出版社1983年版,第74页)

第二章　内涵表意系统的跨文化意识形态与跨文类修辞：苏曼殊诗歌研究

communication)模型所示：

```
              语境              语境移位
我 ------→    信息 1 ------→           ----- 信息 2 ------→ 我①
              语码 1             信息 1
```

诗人创作的过程也是内在交流、自我对话的过程，文本的互动使诗人能够在创作时与他者对话，与不同时空作为他者的自我对话，也成为新意义的生长点。诗人在其牵动的后设文本中隐含的意图，唯有目光敏锐的理想读者通过还原创作的语境才能发现，这种精心安排也是诗人塑造个人文体风格的手段。

五、交往接触与平行类似的协作共生

众所周知，苏曼殊交游广泛，章太炎、柳亚子、陈独秀、黄侃等被后人顶礼为学界大师、文坛领袖的人物皆与他交往甚密。因为与好友陈独秀、柳亚子及一些南社同人长期处于同时代的同一个文化圈内，不仅曼殊学诗颇得师友指点，他的翻译有友人参与合译和修改，而且他们彼此赋诗唱和，互相既是作者也是读者，同声相应，形成共同对话的场域。如柳亚子于《对于曼殊研究草稿的我见》中所记的当时文学交往的活动："曼殊《本事诗》脱稿后即分寄给朋友，我和高天梅、蔡哲夫都有和作，现在还留存在我的旧诗集中，这的确是一九〇九年上半年的事情。"②

在此笔者需向读者说明《本事诗》的创作过程和学界曾经对其作者问题的讨论。本事诗组诗作于 1909 年上半年，发表在

---

① 参阅 Lotman, Juri M. "Two Models of Communication." *Soviet Semiotics*: *An Anthology*. Ed. Daniel P. Lucid. Baltimore: Johns Hopkins University Press, 1977. 99 - 101.

② 苏曼殊著，柳亚子编：《苏曼殊全集》第四册，北京：中国书店 1985 年版，第 420 页。

1910年12月的《南社》第三集。① 前文提及的《为调筝人绘像》之二，马以君的《燕子龛诗笺注》称这是陈独秀对《本事诗》第三首（丹顿斐伦是我师，才如江海命如丝。朱弦休为佳人绝，孤愤酸情欲语谁？）的和诗②，然又注明1910年12月的《南社》第三集是最早出处，笔者翻阅该集影印本发现，"淡扫蛾眉朝画师"作为《为调筝人绘像》之二同刊于该集，马以君在《为调筝人绘像》的题解也写明发表出处是《南社》第三集，实为自相矛盾。据柳亚子推断，《为调筝人绘像》与《本事诗》十章都是述曼殊在日本事，为1910年上半年的作品。其广为流传的《苏曼殊全集》也将《本事诗》与《为调筝人绘像》二首同时收录。

1981年出版的施蛰存辑录的《燕子龛诗》，把"淡扫蛾眉朝画师"置于《本事诗》第三首，然而该集将"丹顿斐伦是我师"列为陈仲甫《和雪蝶本事诗十首》的第四首③。《南社》第三集的《本事诗》三、四首被删去，其他次序有所变动，并另外增加了之前各本均未出现的一首列为第五："愧向尊前说报恩，香残玦黛浅含颦。卿自无言侬已会，湘兰天女是前身。"④施老引言中讲道："一九七二年，我在很孤寂无聊的时候，忽然得到一本柳亚子印的苏曼殊诗集《燕子龛遗诗》。重读一遍，好象遇到了青年时代的老朋友，竟使得我恢复了青春。于是开始搜觅并抄录集外的诗，编为一卷。又从《南社集》及其他文献中汇抄了当时许多诗人所作的有关曼殊

---

① 柳亚子《曼殊诗年月考》云，《本事诗》十首"发表在一九一〇年庚戌十二月出版的《南社》第三集上，曼殊是年在爪哇，而各诗所述仍为日本事，应仍是一九〇九年上半年的作品。内《本事诗》第九首别见《南社》第一集，又见《民国杂志》第一期及《燕子龛随笔》。"参阅柳亚子著，柳无忌编：《苏曼殊研究》，上海：上海人民出版社1987年版，第82页。
② 苏曼殊著，马以君笺注：《燕子龛诗笺注》，成都：四川人民出版社1983年版，第35页。
③ 苏曼殊著，施蛰存辑录：《燕子龛诗》，南昌：江西人民出版社1981年版，第76页。
④ 同上书，第17页。

第二章　内涵表意系统的跨文化意识形态与跨文类修辞：苏曼殊诗歌研究

的诗,也编为一卷,作为附录,标题仍为《燕子龛诗》……"①施蛰存在《燕子龛诗·跋一》中明言此辑来自柳亚子印《燕子龛遗诗》、沈尹默写本及"旧时录存佚诗增补之"②,但他并未说明《本事诗》十首与《为调筝人绘像》面目全非的改变。施蛰存于《燕子龛诗·跋二》中写道:"昨岁成此编后,得中央书店刊本《苏曼殊诗文集》,有柳亚子撰《曼殊新传》及《燕子龛遗诗序》,复有曼殊诗数首,皆余所未尝见,因补入之,遗诗序即所以序王大觉辑本,而此本又亚子以仿宋大字刊行者,乃卷端无此文,是可异也。近日又有友人抄示海外所传曼殊本事诗十章,并陈仲甫和作,曼殊诗下自注暨仲甫诗,皆未尝有刊本……"③据林辰《评新编两种苏曼殊诗集》所称,施蛰存所说的"海外所传曼殊本事诗",可能是香港文芷之《曼殊上人诗册》,文芷称其"前年偶然得到曼殊上人诗稿十叶,装裱成册,计自作诗二十三首,译诗四首,另附仲甫诗十首,……这十叶诗稿除一叶译诗《乐苑》是毛笔写的外,其余九叶都是钢笔小字,娟秀如女子所书;而且都是写在信笺上,寄与友人'叱正'的"④。其中有二十首唱和诗,"丹顿裴伦是我师"和"慵妆高阁鸣筝坐"两首之后,都注了一个"仲"字,即陈仲甫。⑤

林辰认为:"如果'丹顿拜伦'、'慵妆高阁'二首确为他人之作,曼殊何至攘为己有并毫无惭怍地抄寄友朋呢?这一组诗最早载于一九一〇年十二月出版的《南社丛刻》第三集,这一集由柳亚子主编,可见是柳亚子亲自将它编入这一集发表的。当时曼殊所寄和他的朋友们所见的《本事诗》十首,都包含有这两首在内,我

---

① 苏曼殊著,施蛰存辑录:《燕子龛诗》,南昌:江西人民出版社1981年版,第1—2页。
② 同上书,第96页。
③ 同上书,第97页。
④ 文芷撰:《曼殊上人诗册》,见于《艺林丛录》第五编,香港:商务印书馆1964年版,第73页。
⑤ 林辰著:《林辰文集》三,济南:山东教育出版社2010年版,第170页。

们自应以此十首为准,保存原来的章目和编次。"①林辰还考证推断"愧向尊前说报恩"一诗也是曼殊佚作,"即使文芷所藏《诗册》上存在着两首署名问题,但目前还没有明确结论,不能遽然改动曼殊本人的最后定稿,不能用一个孤证否定传世的各种版本"②。综上所述,《曼殊上人诗册》为中华人民共和国成立后文芷从海外获得之曼殊手写诗稿所辑,可信度尚不能确定。本书作者不取"淡扫蛾眉朝画师"为陈独秀和诗一说,《本事诗》目次与《为调筝人绘像》二首仍依《南社》第三集。

《本事诗》第十首本是和诗:"九年面壁成空相,持锡归来悔晤卿。我本负人今已矣,任他人作乐中筝。"③这一首原是为和陈仲甫之原作:"昭王已死燕台废,珠玉无端尽属卿,黄鹤孤飞千里志,不须悲愤托秦筝。"随后柳亚子和诗:"割慈忍爱无情甚,我有狂言一问卿;是色是空无二相,何须抵死谢调筝?"高天梅:"文君白首诗何怨,薄俸人争笑长卿,如许才华谁赏识,为君青眼奏银筝。"蔡哲夫:"底事相逢还避面,画图早已识卿卿,漫嗔游婿来狂客,斜倚银屏索弄筝。"④如果细加分辨,陈诗后的四首和诗均为步韵,这是有事实联系的接触互动。同时,"卿"和"筝"的形象也被沿用,但是用法不同。陈独秀原诗以昭王求贤的典故、孤鸿高志的意象表达家国情怀和个人抱负,情感基调是先抑后扬,苏子谷的和诗则换成对自己亲身经历的书写,表达的情感是深重的悔恨和痛苦。这两首诗写作的题材、表达的情感、话语主体的主客关系是各具个性、不可置换的,但是两首诗始终因为和诗步韵的形式及外在写作背景而发生关联。柳亚子和诗则全然面向苏曼殊一人

---

① 林辰著:《林辰文集》三,济南:山东教育出版社2010年版,第170页。
② 同上书,第171页。
③ 苏曼殊著,柳亚子编:《苏曼殊全集》第一册,北京:中国书店1985年版,第47页。
④ 几首诗同见于苏曼殊著,马以君笺注:《燕子龛诗笺注》,成都:四川人民出版社1983年版,第46页。

诚意劝言:"卿"正是用来召唤言说对象苏曼殊的出场。诗歌内容也是针对苏曼殊的和诗所写对伊人的忍心拒绝造成的两厢痛苦,柳亚子在诠释友人诗歌的时候也在生产新的作品。高、蔡的诗歌并不是刻意旨在对原初文本的模仿或改编,而是在尊崇诗歌韵律、意象、话语结构的一些不变量的同时,发挥自己独特的变量成分,避免呆板趋同。

在内容层面上,以上五首诗无疑都是具有个人见解的"私语",从文学语言系统的结构和编码来说,以第一人称抒情主体向特定的说话对象告白倾诉,是形构苏曼殊诗歌个人私语的一个重要设计,柳亚子的和诗作为后设文本,整体袭用了这个设计。这些个人私语一旦经历并参与(文化圈内)诗歌语言的语码系统的制约和关联,又显现为社会公语的面相。南社社员众多,不可一概而论,仅就苏曼殊、柳亚子、高天梅等人而言,他们分享共同的文类符码,他们也逐渐地影响和作用于范围更大的社群、社会,由个人私语走向社会公语,这一点也可以从苏曼殊对身后青年一代的影响得到印证。回到前文探讨的《本事诗》目次与《为调筝人绘像》二首的争议,它可以侧面印证晚清民初文人团体的内部活动之鼎盛。即使是确有陈独秀所作,也是其摹拟友人心境、情境、诗风所作的"代言体",更确切地说,本不存在一个绝对唯一、自生原生的作者。

六、借取+影响("事实联系")+平行类似(可能存在影响成分)

苏曼殊的作品系统内部互动、对话也是在所难免的,它们主要表现为借取、影响("事实联系")及平行类似(可能存在影响成分)。若有似无的踪迹无穷无尽,笔者在此仅简要列举一些显性的文本标记。《题〈静女调筝图〉》作于1909年春:"无量春愁无量恨,一时都向指间鸣。我已袈裟全湿透,那堪重听割鸡筝。"①稍晚面世的《本事诗》第一首则为"无量春愁无量恨,一时都向指间鸣。我亦艰难多病日,那堪重听八云筝"②。据罗建业《曼殊研究草稿》,该诗"其末两句,'我已袈裟全湿透,那堪重听割鸡筝'。只因'袈裟'二字和下首重复,才改为'我亦艰难多病日,那堪重听八云筝'罢了"③,遂成两首并蒂之诗。

　　苏曼殊的其他作品也时常呈现为字句的历时性联系和重复,使苏诗的一些核心主题在回旋反复中强化。如《东来与慈亲相会忽感刘三天梅去我万里不知涕泗之横流也》有"九年面壁成空相,万里归来一病身"④,《本事诗》第十首也有意思相近的"九年面壁成空相,持锡归来悔晤卿"⑤。发表于1909年12月《南社》第一集的《过若松町有感》有二句"我再来时人已去,涉江谁为采芙蓉?"⑥收于1912年4月19日《太平洋报》附张《太平洋文艺集》中的高旭《愿无尽庐诗话》内的《失题》也有"此后不知魂与梦,涉江同泛采莲船"⑦。这两首诗的写作时间与背景大体相同,皆是怀念红颜知己。《何处》一诗"西泠终古即天涯"⑧,《吴门依易生韵》之四有"一自美人和泪去,河山终古是天涯"⑨,两则作品的创作时间也十分接近。⑩

---

① 苏曼殊著,马以君编注,柳无忌校订:《苏曼殊文集》上册,广州:花城出版社1991年版,第18—19页。
② 苏曼殊著,柳亚子编:《苏曼殊全集》第一册,北京:中国书店1985年版,第45页。
③ 苏曼殊著,马以君笺注:《燕子龛诗笺注》,成都:四川人民出版社1983年版,第27页。
④ 苏曼殊著,柳亚子编:《苏曼殊全集》第一册,北京:中国书店1985年版,第67页。
⑤ 同上书,第47页。
⑥ 同上书,第44页。
⑦ 同上书,第52页。
⑧ 同上书,第42页。
⑨ 同上书,第55页。
⑩ 参阅柳亚子撰:《曼殊诗年月考》,见于苏曼殊著,柳亚子编:《苏曼殊全集》第一册,北京:中国书店1985年版,第31页。

第二章　内涵表意系统的跨文化意识形态与跨文类修辞：苏曼殊诗歌研究

以上便是笔者借助韦斯坦因、杜瑞辛与波颇维奇的理论解析得出的苏曼殊诗歌接触联系的总架构。从大量突出的借取、模仿、改编行为可以看出，两千多年的文学遗产是苏曼殊汲取灵感和资源的宝藏，他的"声音"里有无数先前作者的协奏；但是曼殊的创作并不是无章法的随意拼接，他创造性地在其文学系统中掌握和转化它们为自己的声音，他与同时代知交的互相唱和，使他的诗歌既是一种特征鲜明的个人私语，同时又成为社团公语的组成部分，要使这种社团公语得以可能，文学文本之间的影响联系与平行类似缺一不可。

第二节　苏曼殊诗歌的初度模式系统与二度模式系统

如绪论所述，塔图学派符号学家尤里·洛特曼把文学语言视作一种较日常自然语言经过更多程序编码与解码的"二度模式系统"[①]。文学语言在一定程度上遵循自然语言的规则，又分化出特殊的意义单位以及组合/聚合的规则，从自然语言的建制中脱轨。洛特曼的"二度模式系统"与叶姆斯列夫-罗兰·巴特的"内涵符号学"同气相求。在本节中，笔者意图在二度模式系统与内涵符号学的理论视域下细致分析在旧体诗向现代新诗过渡的驳杂洪流中，苏曼殊如何在旧的诗歌语言系统内部酝酿新的话语建构。

---

① 参阅 Lotman, Juri M. *The Structure of the Artistic Text*. Trans. Gail Lenhoff and Ronald Vroon. Ann Arbor: University of Michigan, 1977; Lotman, Juri M. "Primary and Secondary Communication Modeling Systems." *Soviet Semiotics: An Anthology*. Ed. Daniel P. Lucid. Baltimore: Johns Hopkins University Press, 1977. 95 – 98.

苏曼殊的诗歌语言早已为同时代文人和后人所赞许。柳亚子在《苏曼殊之我观》一文中评价："他的诗个个人知道是好，却不能说出他好在什么地方。就我想来，他的诗好在思想的轻灵，文辞的自然，音节的和谐。总之，是好在他自然的流露。"①这个概括恰当地形容了苏曼殊一部分诗歌的特征，苏诗总体上隽永而晓畅，用典也全无佶屈聱牙，和苏曼殊的翻译诗作形成鲜明的对比。对曼殊小说批评不留情面的郁达夫，在《杂评曼殊的作品》一文中对曼殊诗作甚为称道："他的诗是出于定庵的《己亥杂诗》，而又加上一脉清新的近代味的。所以用词很纤巧，择韵很清谐，使人读下去就能感到一种快味。"②李庆、骆玉明认为，"此所谓'近代味'，主要表现为抒写感情的大胆坦然，和与此相应的语言的亲切自然"，苏曼殊的作品"不用新异的名词概念，而在传统形式中透出新鲜的气息。在当时那种陈旧的思想压迫开始被冲破却又仍然很沉重的年代，渴望感情得到自由解放的青年，从他的热烈、艳丽而又哀伤的诗歌情调中，感受到了心灵的共鸣"③。

1868 年，苏曼殊的广东同乡、20 多岁的黄遵宪写下"俗儒好尊古，日日故纸研，六经字所无，不敢入诗篇。我手写我口，古岂能拘牵。即今流俗语，我若登简编，五千年后人，惊为古斓斑"（《杂感》)④。此后黄遵宪、夏曾佑、谭嗣同均在自己的创作实践中探索与社会政治历史共同更新的诗歌变革。1899 年梁启超在

---

① 柳亚子著，柳无忌编：《苏曼殊研究》，上海：上海人民出版社 1987 年版，第 344 页。
② 郁达夫著，吴秀明主编：《郁达夫全集第十卷·文论上》，杭州：浙江大学出版社 2007 年版，第 281 页。
③ 参阅章培恒、骆玉明主编：《中国文学史》下册，上海：复旦大学出版社 2004 年版，第 592 页。该书还特别指出，"南社""在宣传反清革命方面做了许多工作，与政治上保守的'同光体'诗人处于对立地位。他们的诗歌艺术成就不高，但其中的苏曼殊情况较为特别。"参阅上书，第 591 页。
④ 黄遵宪著，钱仲联笺注：《人境庐诗草笺注》，上海：古典文学出版社 1957 年版，第 15 页。

第二章　内涵表意系统的跨文化意识形态与跨文类修辞：苏曼殊诗歌研究

《夏威夷游记》中正式提出"诗界革命"的口号，要求作诗"第一要新意境，第二要新语句，而又须以古人之风入之，然后成其为诗"①，极力推崇黄遵宪为"诗坛之哥伦布"。后来他在《饮冰室诗话》中对"诗界革命"作出理论总结："能以旧风格含新意境，斯可以举革命之实矣。"②不少学者认为"诗界革命"是"'五四'新文学运动的预演"③，"为'五四'新诗的出现奠定了理论基础和创作基础，成为'五四'诗歌革命的先声"④。处于"诗界革命"与五四新文学运动之间的苏曼殊是不可忽视的一个"中间人物"，却并非促成范式转换的啮合之人，不如说他误打误撞、别出机杼地与"诗界革命"若即若离，又自成一家。

苏曼殊的诗歌对古典文学的尊崇与维护是与五四白话新诗大相径庭的，却于现代文学史上的许多后辈作家心中留下深深烙印。海派著名作家、中国"新感觉派"小说代表人物之一施蛰存在《重印〈燕子龛诗〉引言》中回忆："苏曼殊是辛亥革命（1911）前后最为青年热爱的诗人。他是南社社员，他的诗大多发表在《南社集》上，为数不多，但每一篇都有高度的情韵，当时我也是他的崇拜者之一，他的诗，我几乎每一首都能背诵。……一直到三十年代，苏曼殊的诗始终为青年人所热爱。"⑤这种亦新亦旧的语言究竟如何界定？到底何为"新"？何为"旧"？历史的转折、思想的革新、文学的范式转换从来不是一蹴而就或毕其功于一役的，其中复杂曲折的脱轨、过渡、反复、嬗变，要求我们以开放的视野结合缜密的方法深入探析。总体而言，苏曼殊的诗歌创作是一种自觉

---

① 梁启超著，易鑫鼎编：《梁启超选集》上卷，北京：中国文联出版社2006年版，第324页。
② 梁启超著：《饮冰室诗话》，北京：人民文学出版社1982年版，第328页。
③ 周晓平撰：《理想与目标的契合——黄遵宪与"诗界革命"》，《中国文学研究》2012年第3期。
④ 郭延礼撰：《"诗界革命"的起点、发展及其评价》，《文史哲》2000年第2期。
⑤ 施蛰存著：《文艺百话》，上海：华东师范大学出版社1994年版，第220页。

的文学创作,他的诗歌文本首先是一个被书写中介的初度模式系统,更是一个偏离于自然语言范式的二度模式系统;这个系统与历史和当时的其他文学系统互动互涉,同时,系统内部的语形(morphological)、语义、句法、逻辑各个层级都与日常语言相殊异,受到特定的文类符码制约。作为一种在符码规范上承前启后的诗歌语言,苏诗丰富的意象周演、多样的典故穿插总是伴随着口语言谈的话语标识,与"散文化"的句法结构相结合,语形和句法都是重要的修辞操作——共同参与诗性效果和情感力量的传达。多样的文化素与作者的幽绵心绪通过不同修辞装置的配合结构于文本,使苏曼殊的诗歌成为具有不断衍生的表意能力的内涵符号系统。

一、被书写介中的初度模式系统

首先,汉语作为一种初度模式系统可以依索绪尔共时语言学的观点划分为言语(parole)与语言(langue)的二元辩证关系,言语在"第二代的符号学"阶段被本维尼斯特等学者发展为话语理论。拙作的研究对象是苏曼殊的文本话语,是言说主体将语言的规则应用于特定时刻、特定语境的表达,这种话语的显现有时从语言的常规中脱轨,但又常在语言的规约下展开;在苏曼殊所生活的晚清民初及其之前的中国社会,汉语的书面语和口语的使用规则与条件,又存在文言与白话的分野,这种二元辩证的背后是语言演变的历时-历史维度。

文言是传统的书面语,进而在二度模式系统中成为雅文学的载体,白话则属于日常生活的口语世界,后来成为通俗文学、民间文学的土壤。1917年"国语研究会"的同仁在终于立志以"国语"(即白话)作为日常通行的书写语言规范来实践的时候,谁也不曾见过国语书写的范本,只能"从唐宋禅宗和宋明儒家底语录,明清

第二章 内涵表意系统的跨文化意识形态与跨文类修辞：苏曼殊诗歌研究

各大家底白话长篇小说,以及近年来各种通俗讲演稿和白话文告之中,搜求好文章来作模范"①。事实上,即使是面向大众的通俗文学,"元代杂剧与明代小说都使用的是一种文言成语仍然占重要成分的白话。元杂剧的宾白固然大都采用白话记录下来,但其唱词尽管加入了大量的口语词汇,却依然保留着鲜明的文言特色。一个研究元剧的人,如不深谙唐、宋诗词,就无法分辨无数借来的或加以改编的成语。甚至在宾白里,元剧作家也会毫无愧色地套用文言的陈词滥词（如在描写气候或风景时）。……唯有在描写下层社会匹夫匹妇的话语时,才显出作者是在努力运用生动的口语"②。到了清代,白话小说继续发展,但文言始终是五四文学革命前占主导地位的用以书面写作与雅文学创作的语言系统。

在苏曼殊的文学创作中,文言和白话是两个共时并存的语言境况,虽然不是截然分隔的,但仍是两种并行的词汇、语法、语用系统,其使用对象、使用语境的差异背后是社会文化意识形态的分野。进而言之,所谓"语体"的白话文和文言文一样,已经不再是口语,如张汉良所言,都是具有"介中"(mediate)作用,但本身也被介中的体制;文言到白话的话语程序的转变并非一蹴而就,白话书写与文言真正的不同在于语言系统内部成分与结构的不同。③ 在约定俗成的语用规则被质疑和挑战的晚清时代,被介中的口语词汇、句法形式进入苏曼殊的书面创作,成为苏曼殊语言自然晓畅的一个重要原因。他也着实实践了黄遵宪在诗界革命

---

① 黎锦熙著:《国语运动史纲》卷二,上海:商务印书馆1935年版。转引自王风撰:《文学革命与国语运动之关系》,见于夏晓虹等著:《文学语言与文章体式:从晚清到五四》,合肥:安徽教育出版社2006年版,第54—55页。
② 夏志清著:《中国古典小说导论》,合肥:安徽文艺出版社1988年版,第11页。
③ 参阅张汉良撰:《白话文与白话文学》,见于张汉良著:《比较文学理论与实践》,台北:东大图书公司1986年版。

中提出的"我手写我口",但是这种自然晓畅的语言受到书写过程的中介,进而受到诗歌文类的二度模式系统的规约,已与日常口语颇相疏离。另外,现今中国大陆读者阅读的文字著述基本都是简体中文印刷本,而最初苏曼殊的原作均是以繁体中文的形式发表,初度模式系统的符号因子的性质已经发生重大改变,也影响到文学文本的表意系统。

二、二度模式系统的"诗性"与"散文性"之辨

1. 内涵符号系统与意象、意境的生成

苏曼殊的诗作符合旧体诗音韵格律的要求,具有抑扬顿挫的音乐美,但这不足以使诗成为诗。苏曼殊的诗歌意象丰富,寄情于景,我们可假以认知语言学的方法分析其诗歌文本的概念空间的映射与整合。《本事诗》第九首是苏曼殊的一首名作:"春雨楼头尺八箫,何时归看浙江潮?芒鞋破钵无人识,踏过樱花第几桥。"如果我们用认知语言学的方法来绘制该诗在读者脑海中建立起的认知图式,第一句中,"楼头"是地标(landmark)[1],"春雨"和"尺八箫"[2]

---

[1] 可参阅 Langacker, Ronald Wayne. *Foundations of Cognitive Grammar.* (2 vols.) *vol. 1. Theoretical Prerequisites.* Stanford: Stanford University Press, 1987.

[2] 尺八是中日音乐文化交流史上一个重要的课题,关于尺八的源流、尺八和洞箫的关系学界没有统一定论。大体的共识是,尺八是中国最古老的民族吹管乐器之一,由汉以来的"竖笛"或"长笛"发展而来,唐代时由宫廷乐官吕才根据其管长一尺八寸而定名为"尺八"。洞箫是由尺八演变而来的。尺八是汉、唐文化的遗韵,洞箫是宋、明文化的遗存。尺八随着佛教文化的东渡而大量传入日本,成为雅乐的一种,备受宫廷贵族青睐。尺八与洞箫在日本与中国各自的演变各有差异。可参阅傅湘仙撰:《中日尺八考》,《艺术探索》1994年第1期;任敬军撰:《尺八文化在日本的传承与发展》,《外国问题研究》2011年第2期;孙以诚撰:《中日尺八交流研讨会综述》,《音乐研究》1999年第4期。

第二章　内涵表意系统的跨文化意识形态与跨文类修辞：苏曼殊诗歌研究

是射体(trajector)[①]1 和射体 2，表现出时间的场景（下雨的春天）和时间的绵延（乐声）；春雨在此诗中本不是指春季的雨，实为乐曲名，但是一旦被置于语词的关联系统中，便成为超越时间空间的母题，获得多样的阐释可能；樱花同样暗示春天，和"春雨"正相照应。将一二句整体来看，"春雨楼头尺八箫"是地标 1，"浙江潮"是地标 2，遥想"何时归看浙江潮"的话语主体"我"是射体，触发由当下此处至未来彼方的移动过程，以及对于时间的自我意识与表达。在三四句中，芒鞋破钵的"我"是射体，路人、樱花和桥是地标。这一系列地标和射体属于不同类型的心智空间：时间空间(time space)，表征为"春"（季节）、"尺八箫"（暗示声音的绵延）、"何时"、"第几桥"（暗示行动的过程）；空间空间（space space)，表征为"雨"（营造出天地的空间格局）、"尺八箫"（暗示声音的传播）、"楼头"、"浙江"、"人"、"第几桥"（标识行踪）；领属空间(domain space)[②]，表征为"归看""识""踏过"；以及假想空间(hypothetical space)，表征为"何时""无人""第几"。诗歌文本呈现出的空间经由时间的绵延而展现出无限的延伸性。苏曼殊十分擅长用表征声音的意象作为射体，来建构渺远广阔、无限延展的动态空间，使时间、空间的概念空间相融合；更重要的是，虚数词和疑问代词发挥出时间空间、空间空间与假想空间之间的枢纽的功能，它们能够召唤出假想空间，并成为"时间空间""空间空间""领属空间"等多种概念空间的纽结和机关，使这些空间在读者的阅读体验中融合。

"箫""雨""楼""桥"这些携带文化基因的符号虽然是表示一

[①] 可参阅 Langacker, Ronald Wayne. *Foundations of Cognitive Grammar*. (2 vols.) vol. 1. *Theoretical Prerequisites*. Stanford: Stanford University Press, 1987.

[②] 这四种心智空间划分参阅 Stockwell, Peter. *Cognitive Poetics: An Introduction*. London: Routledge, 2002. 96.

般性范畴类属的象征符号,即使春雨在此诗中并不是春季的雨,实为乐曲名,但是一旦被置于语词的关联系统中,便成为超越时间空间的母题,能够召唤不在场的联想意义。它们在中国古典诗歌中的频繁复现使其成为不被意识到的"文化素",激发出显著的诗性效果,如张汉良所言,在领属空间的非时间性空间中,存在着一个时间空间,"它同时是一个假想空间,属于超越现实的诗歌领域"①;"箫""雨""楼""桥"不仅在自然语言层面上具有语义价值,亦经由二度建模被赋予纵聚合轴上的联想特征,进而从文本信息变成新的结构性符码。《本事诗》第九首描写的生活事件的现实层面发生在日本,却因为春雨、箫、桥等符号而使诗人脑海中的视野抵达江南。诗歌内涵层面的深层旨向是中日文化共同具有的对山水田园春景、僧侣生活与音乐文化的记忆、认知与经验。

乔纳森·卡勒(Jonathan Culler)在《符号的追寻》(*The Pursuit of Signs: Semiotics, Literature, Deconstruction*)中曾指出,逻辑预设(logical presupposition)可以是一种营造演绎性文本空间的操作装置,阐释诗歌便要解码诗歌所指涉的作为预设的先在话语;逻辑预设与修辞、文学预设之间的张力恰是文本阅读的核心所在②,正如"芒鞋破钵无人识"从逻辑上预设了行动者是一个简朴出世的僧人,"樱花"这个缺乏逻辑预设的词却从日本文化背景中积攒了丰富的文学与语用预设,连同"春雨""箫""桥"等词共同营造出浪漫感伤的氤氲氛围。即使读者不了解《本事诗》十首对旧情的追忆遗憾的整体语境和诗人的痛苦两难心境,

---

① 参阅 Chang, Han-liang. "Mental Space Mapping in Classical Chinese Poetry: A Cognitive Approach". *Semblance and Signification*. Eds. Pascal Michelucci, Olga Fischer and Christina Ljungberg. Amsterdam: John Benjamins Publishing Company, 2011. 251 – 268.
② 参阅 Culler, Jonathan. *The Pursuit of Signs: Semiotics, Literature, Deconstruction*. Ithaca: Cornell University Press, 1981. 100 – 118.

第二章　内涵表意系统的跨文化意识形态与跨文类修辞：苏曼殊诗歌研究

也能感受到这首诗暗含的情韵。

　　樱花自古为日本无数诗人骚客竞相歌咏，又以其突出的季节性成为春天的象征和季语中"春"的代表。编于平安初期的日本第一本敕撰和歌集《古今和歌集》的《第一卷·春歌上》《第二卷·春歌下》中，半数以上是以樱花为主题的和歌，有的描写折花赠佳人，有的借落花沾衣表达相思恋苦，有的斥责疾风摧残，有的感慨花落匆匆红颜易逝，有的托陈孤芳自赏的惆怅。① 苏曼殊的诗歌《樱花落》据马以君推断是写苏曼殊的姨表姐静子的，疑作于1909年。② 该诗描写了对落花的感悟与对往事的追忆，又因融入日本文化的符号素而呈现为一种复合机理：

　　　　十日樱花作意开，绕花岂惜日千回？
　　　　昨来风雨偏相厄，谁向人天诉此哀？
　　　　忍见胡沙埋艳骨，休将清泪滴深杯。
　　　　多情漫向他年忆，一寸春心早已灰。③

　　首先，樱花的主题意象奠定了诗歌内容的异域情调。从表面上看，诗歌内容是叹惜樱花凋零和往事不堪回首，与《古今和歌集》等经典中所录作品十分相似，但是从形式上明显可辨出对李商隐的《无题》、《红楼梦》中的《葬花词》等章句的化用，体现出中国古典诗歌感物兴发的传统诗法。诗人在描写眼前樱花伤逝时对中国旧体诗典故和成句的大量化用，与前文本的符号系统连起

---

① 可参阅纪贯之等编著，佐伯梅友校注：《古今和歌集》，东京：岩波书店1958年版。藤原定家等编著，久松潜一、山崎敏夫、后藤重郎校注：《新古今和歌集》，东京：岩波书店1958年版。
② 马以君撰：《关于苏曼殊生平的几个问题》，《华南师院学报（社会科学版）》1982年第1期。
③ 苏曼殊著，马以君编注，柳无忌校订：《苏曼殊文集》上册，广州：花城出版社1991年版，第27页。

纽带,所谓"与古人同悲",文本的内涵层因此获得更为广阔丰富的内容,既有中日文学的共通主题——咏叹真情之深切,表达对美好事物的喜爱和对美好易逝、红颜薄命的惋惜哀伤,也有日本文化中"物哀"(物の哀れ)的审美取向和精神传统,亦符合中国古典美学中物我合一的审美路径。诗歌内涵系统语义层面的符解来自李商隐《无题》的"春心莫共花争发,一寸相思一寸灰"①,曹雪芹《葬花词》的"花谢花飞飞满天,红消香断有谁怜","未若锦囊收艳骨,一抔净土掩风流"②,李太白《王昭君二首》之一中的"燕支长寒雪作花,蛾眉憔悴没胡沙"③,甚至陆游《钗头凤》"东风恶,欢情薄"④,也有《源氏物语》等日本古典文学对才貌如花命如朝露的女性的描绘,以及"诚"(まこと)的伦理观与爱欲思想。中国传统文学典藏塑造了"落红""葬花""风雨""胡沙""春心"的文学语义,使"落樱"以"故乡草木"的面貌呈现于中国读者,这个意象也与日本文学的传统审美旨趣相契合,投射于诗歌的联想空间——诗性空间,使曼殊笔下的樱花和紫式部、和歌诗人、李义山、芹溪先生笔下的落红在相异的时空取得联系,互动于诗性空间,而不局限于指涉诗歌外部的现实世界。樱花意象通过在文本的横组合轴上被观察和思忆的现时性行为与纵聚合轴上的被联想复现,获得全新多样的动态意义,也使诗歌中异域性与本土化的文化意识表达交融在一起。

旧体诗的意象构建,常常是对情境的呼应,以及与不同文化素配合产生具有文化独特性的"语义",它向作者和读者的生活世界敞开。"意境""情韵""氛围",归根结底源自旧体诗所用语词在

---

① 《全唐诗》,北京:中华书局1960年版,第6164页。
② 曹雪芹著:《红楼梦》上册,上海:上海辞书出版社2001年版,第138页。
③ 郭茂倩编撰,聂世美、仓阳卿校点:《乐府诗集》,上海:上海古籍出版社,1998年版,第348页。
④ 唐圭璋编:《全宋词》,北京:中华书局1965年版,第1585页。

第二章 内涵表意系统的跨文化意识形态与跨文类修辞：苏曼殊诗歌研究

千百年传统积淀中形成的诸多文化索引，也就是词典义背后的深层复义及语用意。

2. 参与二度建模机制的"口语"/"散文化"句法

苏诗丰富的意象周演、多样的典故穿插总是伴随着口语言谈的话语标识，与"散文化"的句法结构相结合。一方面，这表明苏曼殊切身实践"我手写我口"的创作方式，以诗歌的体制模拟即情即景的言说活动；另一方面，这些看似"非诗性"的词汇、句法结构并没有破坏苏诗的诗美，在苏曼殊的诗歌中，词的句法范畴和句法功能得到多样的应用实践，它们同样是重要的诗性装置。

被柳无忌称为"可能被公认为此类集子中最完备的定型本"[①]的1991年版马以君编注《苏曼殊文集》，共收入诗103首（小说、杂文中的诗作暂略不计），其中，表疑问义的代词、副词"何"字16个，"谁"字14个。"何"是一个使诗歌话语语境与某一时间、地点或人物产生直接关联的前指代词，也是普尔斯意义上的索引符号；它没有确定的词汇意思，它的意义依赖于每一个具体的、特定的话语时刻，因此它的功能是语用性的。指称词（deixis）"何"多用于召唤和标注物的出场活动，"谁"主要用于提示人，文言系统还常用"几"引出对时间刻度、事物数量、程度的发问，使假想空间融进空间空间与时间空间，帮助读者在阅读体验中构建出古与今、眼前与天际、现实与幻想之间空前寥廓而充满张力的认知域，如"踏遍北邙三十里，不知何处葬卿卿？"[②]"我再来时人已去，涉江谁为采芙蓉？"（《过若松町有感》）"碧海云峰百万重，中原何处托孤踪？"（《吴门依易生韵》之二）[③]都是例证。

---

① 马以君编注，柳无忌校订：《苏曼殊文集》上册，广州：花城出版社1991年版，第13页。
② 苏曼殊撰：《断鸿零雁记》，见于苏曼殊著，柳亚子编：《苏曼殊全集》第三册，北京：中国书店1985年版，第168页。
③ 苏曼殊著，柳亚子编：《苏曼殊全集》第一册，北京：中国书店1985年版，第54页。

苏曼殊使用这些指称词所引出的,有些是没有确切对话对象的询问、感叹或修辞问句,如"宝镜有尘难见面,妆台红粉画谁眉?"(《代柯子简少侯》)①,"一杯颜色和双泪,写就梨花付与谁?"(《为调筝人绘像》之二)②;有些是自问自答。"何""谁""几"在以第一人称书写的诗歌文本中提示一种言说者的"自我交流"③,文本中或隐或现的"我"同时担任发话者和受话者的角色。也就是说,诗人在独白的同时假设自身作为对象性的他者,从而认识、描述、质询作为他者的自身,并投射情感欲望于其之上,制造出心理剧式的移置效果。这也从侧面反映出语言是一种影响、说服、质询于人的行为方式。从语用学的角度来看,在日常言语行为中,说话者总是通过第一人称代词来指涉正在说话的自己,把主体的在场引入到话语中,通过它来测量质料与其功能之间的距离,这是"一种本质体验的现实化"④,它也构建着话语中的人。不少学者认为苏曼殊文学创作的一个突出特征是"自叙性"强,其中一个表征便是苏曼殊作品中大量出现的第一人称主词"我""余"⑤。诗歌中的"我"的功能地位主要是营造言语活动场景中的主体,"我"的言语行为与心理情感不一定等同于现实生活中的苏曼殊

---

① 苏曼殊著,柳亚子编:《苏曼殊全集》第一册,北京:中国书店1985年版,第47页。
② 同上书,第49页。
③ 参阅 Lotman, Juri M. *Universe of the Mind: A Semiotic Theory of Culture*. Trans. Ann Shukman. London: I. B. Tauris Publishers, 1990. 29.
④ 埃米尔·本维尼斯特著,王东亮等译:《普通语言学问题》,北京:生活·读书·新知三联书店2008年版,第143页。
⑤ 如黄轶《苏曼殊文学论》:"'自叙性'更是苏曼殊诗的显著特征","频繁使用'吾'、'我'、'余'、'予'等第一人称词语,达到了突出叙事者主体的功用,凸显了主体的情绪流动,使整个诗篇具有强烈的抒情性,也使读者的情绪深深融入作家的情绪之流。"参阅黄轶著:《现代启蒙语境下的审美开创:苏曼殊文学论》,上海:上海人民出版社2008年版,第101—102页。又如黄永健言:"'孤独者'苏曼殊和'零余者'郁达夫有一共同点:即热衷于'抒情自传体'的文体形式,相对于不同表现风格的艺术家和作家来说,他们能更坦诚更直接地表现内心世界。"参阅黄永健著:《苏曼殊诗画论》,北京:中国社会科学出版社2001年版,第45页。

第二章 内涵表意系统的跨文化意识形态与跨文类修辞：苏曼殊诗歌研究

本人，而是他在文学创作中力图塑造的自我。定指"我""吾""卿""余"和不定指"谁"所表征的强烈主体性干预与对话性场景，是苏诗的一个重要特征，它们在设问、反问、感叹句式之间的调配，创造出现实与联想、现时与历史并置交融的场域，形成复杂多元的自我-他者关系，召唤读者通过阅读与诗中的"我"对话，或制造出令读者观看诗人自导自演的情景剧的效果。

苏曼殊不少诗句的语法结构都和散文句法颇为相似："春色总怜歌舞地，万花缭乱为谁开"（《吴门依易生韵》之六）①，"丹顿裴伦是我师，才如江海命如丝"（《本事诗》之三）②，"多谢刘三问消息，尚留微命作诗僧"（《有怀》之二）③。大量的第一、第二人称代词入诗以制造说话的现场和交谈的情境。曼殊诗歌的主体部分是七言绝句。七言的字数十分有利于在创造抑扬顿挫的音韵美的同时展开句法完整的简单句、复杂句乃至省略部分成分的复合句，并使连词、助词、叹词等传统语法意义上的虚词入诗，结合第一与第二人称代词、疑问代词造句，进一步激发抒情性和情感轨迹的复杂性。事实上，旧体诗普遍被认为是经常省略和模糊语法成分、语法功能的文类，复杂句、复合句是四言、五言诗歌在单行无法承载的句法形式。可将苏曼殊翻译的四言古体《赞大海》、五言古体《去燕》与其自创七绝对比观之：

> 皇涛澜汗，灵海黝冥。万艘鼓楫，泛若轻萍。芒芒九围，每有遗虚，旷哉天沼，匪人攸居。（《赞大海》）④
> 燕子归何处，无人与别离。女行蘐谁见，谁为感差

---

① 苏曼殊著，马以君编注，柳无忌校订：《苏曼殊文集》上册，广州：花城出版社1991年版，第55页。
② 苏曼殊著，柳亚子编：《苏曼殊全集》第一册，北京：中国书店1985年版，第45页。
③ 同上书，第45页。
④ 同上书，第71页。

池。女行未分明,躞蹀复何为。春声无与和,尼南欲语谁。(《去燕》)[①]

契阔死生君莫问,行云流水一孤僧。无端狂笑无端哭,纵有欢肠已似冰。《过若松町有感示仲兄》

禅心一任蛾眉妒,佛说原来怨是亲。雨笠烟蓑归去也,与人无爱亦无嗔。(《寄调筝人》之二)

九年面壁成空相,持锡归来悔晤卿。我本负人今已矣,任他人作乐中筝。(《本事诗》之十)

由上可见,四言诗常将带定语、状语的句子拆为两行——"万艘鼓楫,泛若轻萍",或是摒弃散文句法——"皇涛澜汗,灵海黝冥"。五言诗已经可以承载完整主谓句于一行——"燕子归何处""女行未分明",七言诗的长度则能够附加形容词、副词、连词于主谓宾句,容纳让步关系结构("纵有欢肠已似冰")和并列结构("无端狂笑无端哭")的复杂句、宾语从句("佛说原来怨是亲"),同时用助词、语气词增强主观抒情性,表明情感态度("雨笠烟蓑归去也""我本负人今已矣")。总而言之,七言的句法形式远较四言、五言自由灵活。

完整的复杂句、复合句式在旧体诗中虽然存在,但不是主流诗艺所宗,古典诗歌最传统和最为推崇的是实词意象叠加式诗法,词类的功能和语序颇为灵活。林庚先生曾指出去除虚词为语言由"散文化"走向"诗化"的一个重要标志:"语言的诗化,具体地表现在诗歌从一般语言的基础上,形成了它自己的特殊语言;这突出地表现在散文中必不可缺的虚字上。如'之''乎''者''也''矣''焉''哉'等,在齐梁以来的五言诗中已经可以一律省略。这绝不是一件简单的事情。我们只要试想想在今天的白话诗中如

[①] 苏曼殊著,柳亚子编:《苏曼殊全集》第一册,北京:中国书店1985年版,第88页。

第二章　内涵表意系统的跨文化意识形态与跨文类修辞：苏曼殊诗歌研究

果一律省掉相当于其中一个'之'字的'的'字，就将会感到如何的困难和不自然，便可知了。这纯粹是一个诗歌语言的问题，在散文之中从来并没有发生过这样的现象。……而诗中能省掉的也不至于就是虚字，像'妖童宝马铁连钱，娼妇盘龙金屈膝'这类诗中常见的句法，就一律的都没有了动词，像'一洗万古凡马空'这样的名句，也只能是诗中的语法。"① 苏曼殊所作旧体诗与先贤的差异正在于此。苏诗总是倾向以语法词、虚词来串联意象和张罗意脉的承转，大量使用完整的主谓句、带修饰成分的述宾结构与复合句，很大程度上削弱了词类活用的语法现象，并很少使用倒装、错序结构，消除了诗句的语义模糊和复义性。七言诗的格局也对诗人缩短作为书面语之诗歌语言和口语的距离发挥了积极的作用，正符合"诗界革命"的要求，也就具有"一脉清新的近代味"：

　　琅玕欲报从何报？梦里依稀认眼波。(《题〈师梨集〉》)②

　　知否去年人去后，枕函红泪至今留。(《东居杂诗》之四)③

　　明珠欲赠还惆怅，来岁双星怕引愁。(《东居杂诗》之五)④

3. "诗语言"的修辞"筋骨"

那么究竟何为"诗语言"？何为"非诗的语言"？作为语言的一种特殊实践运用，诗歌以及其他任何文类的创作和阅读没有一成不变的规条，诗性/非诗性之间没有绝对的畛域，而是始终处于

---

① 林庚著：《唐诗综论》，北京：商务印书馆2011年版，第90—91页。
② 苏曼殊著，柳亚子编：《苏曼殊全集》第一册，北京：中国书店1985年版，第48页。
③ 同上书，第61页。
④ 同上。

互动对话和斗争的辩证关系之中。但是，如此前提意识并非让我们安然回避问题实质或堕入相对主义迷潭。从语言符号学的视角，可以说诗性的语言除了因为经常被限制在固定的形态之中而为人所识，从根本上说是言说（enunciation）本身的行为方式重于言说的信息而成为作者和读者关注的焦点，指涉外部现实世界成为诗的次要功能。修辞研究无疑成为诗学的重要话题。

在西方古典修辞学已衰落一个多世纪的 20 世纪 60 年代，语言学家、符号学家、哲学家在各自的理论视野下掀起复兴修辞学的运动。比利时列日大学诗学研究中心的六位学者所组成的学术小组是"新修辞学"的中坚力量，他们于 1970 年出版的《普通修辞学》，将索绪尔普通语言学的思想引入修辞学，同时援引叶姆斯列夫、本维尼斯特、热奈特等人研究成果，从语形变换、义素变换、句法变换和逻辑变换四个面向探讨辞格的内在机制；修辞的终点是情感力量传递于读者的情感效果，读者据此情感现象（phenomenon of ethos）的生成作出价值判断。[①] 列日学派继承雅各布森语言学的观点，把诗学界定为关涉诗歌基本原则的全部知识，诗歌代表文学的典型范式。他们把与语言常规（语言零度）的偏离称为修辞，正是这种偏离导致雅各布森在《语言学与诗学》中提出的"诗性功能"，列日学派把这个诗性功能称为"修辞功能"。偏离可有四种操作模式：损抑、增添、增损、更序。

借由列日学派的研究方法观照苏曼殊诗歌的"诗性"与"散文性"的问题，我们可以看到：诗歌尤其是旧体诗对声调格律有特殊的要求，这是语形层面最明显的成规，也是较日常语言的系统性偏离，即便是使用日常口语语法的句子如"何时归看浙江潮""谁向人天诉此哀""何妨伴我听啼鹃"，也必须规限于七言、四行

[①] 可参阅 Group μ. *A General Rhetoric*. Trans. Paul B. Burrell and Edgar M. Slotkin. Baltimore: Johns Hopkins University Press, 1981. 152 - 163.

第二章　内涵表意系统的跨文化意识形态与跨文类修辞：苏曼殊诗歌研究

的体制并通过音韵格律要求的筛选，已与自然语言疏离；隐喻、提喻、用典、复义双关、矛盾形容法（oxymoron）都是苏曼殊常使用的语义修辞装置；苏诗大量使用人称代词"我""吾""卿""余"与疑问词"谁""几""何"参与构成的设问、反问等句法辞格，凸显强烈的主体性干预和对话性场景；苏诗另外擅长的是重复、对比、夸张、反讽等语义兼逻辑辞格以构造字面意义与潜藏意义之间的沟壑："无端狂笑无端哭，纵有欢肠已似冰。"（《过若松町有感示仲兄》）"袈裟点点疑樱瓣，半是脂痕半泪痕。"（《本事诗》之七）再以《本事诗》第一首为例："无量春愁无量恨，一时都向指间鸣。我亦艰难多病日，哪堪重听八云筝。"这首晓畅流丽的诗歌运用了以下辞格：

1. 语形辞格：双声。"春愁"（依《中原音韵》）。
2. 语义辞格：复义。"无量"常见于佛教语境，指"多大而不可计量也。又数目之名"①。相关佛教术语还有"无量觉""无量慧""无量义""无量无碍"。《仁王经·序品第一》载："时无色界雨无量变大香华香，如车轮华，如须弥山王，如云而下；十八梵天王雨百变异色华；六欲诸天雨无量色华。"②曼殊却用"无量"来描述与佛教顿悟相反的世俗愁肠怨绪。
3. 句法辞格：反问。与陈述式"不堪"相比，"哪堪"更加突出主观情感的张力。

---

① 丁福保编：《佛学大辞典》，上海：上海佛学书局1994年版，第2176页。
② 鸠摩罗什译：《仁王护国般若波罗蜜多经》卷上，《大正新修大藏经》第八册，台北：佛陀教育基金会1990年版，第825页。

4. 逻辑辞格：通感。通感兼有语义辞格和逻辑辞格的性质。绵延不止、萦绕于心的"春愁"和"恨"与婉转弦乐在逻辑上产生关联，情感震荡胸中对应于音乐击于弦上，抽象无形的情感鸣于指间，这种转化还需要读者对不同概念空间的整合联想才能完成。

并列重复、相反对比（antithesis）。"无量……无量……"的复沓强调情感累积之浓烈，上句的张力与下句"一时"之迸发形成心理时间与物理时间的鲜明反差，致使"无量"情感的力量愈显强烈，指间乐音愈加不堪忍受。

此外，副词"都"标识情感的瞬时强度并划定概念空间的面积，"重"则在语义上标识时间历史的维度，这个逻辑预设词召唤想象的空间构成文本语境的今昔对比，也是诗性效果的体现。这个蕴含记忆的指涉也参与构成作者苏曼殊的创作风格。文学修辞的终点是情感力量传递于读者的情感效果，读者据此情感现象的生成做出价值判断。诗歌的特征在于它能够同时将多种多样的辞格浓缩会聚于一体，诗语言必须以修辞的"筋骨"让情感力量最强烈而丰富地瞬时展现并感动读者，苏曼殊的诗歌即是这样一种成功的实践。即使如"九年面壁成空相，持锡归来悔晤卿""多谢刘三问消息，尚留微命作诗僧"等诗句确有一定的指涉外在真实生活的功能，它们也绝非透明的话语，更不消说其中包含的对比、反讽等语义辞格和逻辑辞格。这样看似"散文化"的表达形式实际由多种修辞装置协作完成，彰显出强烈的语用意义和抒情效果。

在现代符号学奠基人之一、美国逻辑学家普尔斯创立的诸种

第二章　内涵表意系统的跨文化意识形态与跨文类修辞：苏曼殊诗歌研究

多维度的符号三分法之中，普尔斯基于亚里士多德对主位（thema）和述位（rheme）的辨别，提出了一组述位符号（rheme）、命题符号（dicisign）、论证符号（argument）的三元逻辑关系。[①] 尽管普尔斯的这组三元符号原本关涉的是传统逻辑符号的领域，但它亦可以帮助我们辨识旧体诗表意机制的语义逻辑构形，尤其是苏曼殊的诗歌——因为其中不仅有摹景状物，更有包含思想态度的抒情咏叹。在普尔斯看来，述位符号相对于主位而言，总是提供一些新信息，就其表意机制而言，它是一种表示可能存在的性质的符号。命题符号是指涉一种实际存在的符号，它由述位符号构成。论证符号则是一种表示推理的符号，它必定是一个象征符号。论证符号必须包含一个命题符号作为它的前提，它的另一部分——结论代表的是它的符解。苏曼殊的诗歌不仅有对事物性质、特征、境况的描述，还有大量的论点表达和自我说服，它们共同参与了作者建立个性化文学世界的表意规则的尝试。

例如，"我已袈裟全湿透，那堪重听割鸡筝"（《题〈静女调筝图〉》），"我已袈裟全湿透"可以看作命题符号，在语义上它指涉一种实存境况，是下句结论"那堪重听割鸡筝"的前提。反问句"那堪重听割鸡筝"的意思是"不堪重听割鸡筝"，是附着着强烈情感的主观判断。虽然"不堪"和"那堪"指涉的境况相同，"那堪"却是强调论证符号的结论是出自主观情感与现实处境的互相干预。这种论证符号的符解关涉一个以说话者相信的意义真值为目标的话语时刻，如果说文学文本中的述位符号常作为表达事物某种属性的符号被理解，命题符号的主要功能是指涉言说者所处的现实境况，论证符号则引导受话者/读者把语言符号的表达方式作

[①] 参阅 Peirce, Charles Sanders. "Nomenclature and Divisions of Triadic Relations as Far as They Are Determined." *The Essential Peirce: Selected Philosophical Writings. Vol. 2* (1893–1913). Ed. The Peirce Edition Project. Gen. ed. Nathan Houser. Bloomington: Indiana University Press, 1998.

为理解对象本身来关注。说服术的谋划、感染效果的精心营造正是修辞的本行。

苏曼殊的诗歌经常运用夸张、对比、设问、反问等语义辞格和逻辑辞格辅助展开表意的层次和波折。他一方面利用论证符号的推理过程推进文脉,有力地说服读者和自我说服:"近日诗肠饶几许,何妨伴我听啼鹃。"(《西湖韬光庵夜闻鹃声简刘三》)①"词客飘蓬君与我,可能异域为招魂。"(《题〈拜轮集〉》)②"日日思卿令人老,孤窗无那正黄昏。"(《寄调筝人三首》之三)③"莫道碧桃花独艳,淀山湖外夕阳红。"(《吴门依易生韵》之八)④又时而将矛盾的前提和结论并置,以取消自然逻辑的方式制造修辞(诗性)效果:"九年面壁成空相,持锡归来悔晤卿"(《本事诗》之十),一个"悔"字推翻漫长修行后的"空"悟;"还卿一钵无情泪,恨不相逢未鬓时"(《本事诗》之六),"无情"泪向读者揭示的是多情难愈的心;"空山流水无人迹,何处蛾眉有怨词"(《东居杂诗》之十八)⑤,上句是写自然的自洽"无我",对句则在该山水画卷上突然划过"哀怨"一笔。

综上所述,在苏曼殊的诗歌里,汉语的句法单位和语法功能极为显著地得到多样的应用实践,成为不可或缺的修辞装置,它们所构建的句法辞格、逻辑辞格与其他辞格一起发挥出色的诗性效果。"诗"与"非诗"之别归根结底是文类符码和语用环境的差异。苏曼殊的诗歌是带着旧体诗特制的"镣铐"的个性书写——这种规约是旧体诗百读不厌、流芳千载的主要原因之一;苏诗将多种多样的辞格浓缩于一体,让诗性效果和情感力量强烈而丰富地瞬时展现,使他的诗歌既有真率晓畅的一面,又有很强的可读

---

① 苏曼殊著,柳亚子编:《苏曼殊全集》第一册,北京:中国书店1985年版,第52页。
② 同上书,第53页。
③ 同上书,第50页。
④ 同上书,第56页。
⑤ 同上书,第64页。

第二章　内涵表意系统的跨文化意识形态与跨文类修辞：苏曼殊诗歌研究

性和感染力。

第三节　诗语言的"新旧"与"公私"

学界通常认为"近代'诗界革命'为'五四'新诗的出现奠定了理论基础和创作基础，成为'五四'诗歌革命的先声"①。处于"诗界革命"与五四新诗运动之间的苏曼殊，并非促成范式转换的旗手。苏曼殊的立场和历史贡献与其说是桥梁性的，不如说他别出机杼地与"诗界革命"若即若离，又自成一家。

除了形式层面的融故纳新，在内容层面上，苏曼殊的诗作所展现的对国族命运的入世关怀与近代佛教革新的积极入世思想相契合，悲悯众生与捐躯赴国的情怀亦展现在他的杂文和翻译小说中。占据苏曼殊诗歌主要目次的，是以"我手写我心"的态度书写个人身世与爱情经历。男女情爱自古是僧人文学的"雷区"，苏曼殊对情的抒写彰显出强烈的个我主体性，以"旧风格"诗歌作为真挚情感的自然流露，在侧面记述历史风云的同时浓墨重彩地书写"个人历史"和个人私语。"不知者谓其诗哀艳淫冶，放荡不羁，岂贫衲所宜有；其知者以为寄托绵邈，情致纡廻，纯祖香草美人遗意，疑屈子后身也。"②

苏曼殊的诗歌遵循传统形式又避免陈陈相因，使用浅近"口语"却又对其作诗性的改造；即使使用新语词或描写外来意象，也是将其化入整体语境（如"白妙""琵琶湖"）。那么笔者不禁顿笔思考，究竟何为新？何为旧？二者之间本没有清晰的界限和绝对

---

① 郭延礼撰：《"诗界革命"的起点、发展及其评价》，《文史哲》2000年第2期。
② 黄沛功撰：《〈燕子龛诗〉序》，见于苏曼殊著，柳亚子编：《苏曼殊全集》第四册，北京：中国书店1985年版，第90页。

的划分标准。"诗界革命"的诗歌语言对于清末宋诗派来说是崭新的,但是这种旧瓶装新酒的尝试未能持久,而且其意义更多在于文学史的"过渡"意义,也就是说,学界评判白话新诗之前的诗歌的普遍标准仍旧是诗界革命以前的批评法则。南社声势浩大而内部复杂,源流众多,有的宗唐复古,有的则走向革命诗歌创作,五四文学革命以前所未有的规模破旧立新,但是这种"新"又是从此前的诗歌发展历程中汲取基因和养分,也就是本书绪论亦提及的"没有晚清,何来五四"之说。王德威在提出这一观点时分析的对象是小说,但是这一说法对于近代诗歌也同样适用。苏曼殊在历史转折中的特殊地位,正在于他并不是促成范式转换的摆渡之人,而是另辟蹊径地于革新中守旧,又在袭古的同时维新。

苏曼殊如今存世的诗歌几乎都发表于新文化运动之前[①],就大的文类而言,语言属于旧时代的社会公语,但是他对文学的传统"剧目"有选择地传承、提炼和转化,诗歌中新鲜的语码(如话语主体的凸显)和信息(如僧人情诗的题材)成为他的个人私语的重要部分。追求新语词、"散文化"、用"流俗语"、"言文一致"并非晚清诗坛共同认可的表达方式;对于五四新诗的社会公语而言,黄遵宪、苏曼殊都已显陈旧,不再符合新读者的阅读期待,但是这种新社会公语的许多规约都是从先前的个人私语中转化而来。此外,旧的语言模式并没有销声匿迹,而是以各个作家个人私语的方式进入不同的文本,在现代文学文坛沿袭传承并延续至今。当人们对社会公语习以为常甚至感觉麻木时,被边缘化的旧语言范式就会脱颖而出,正如大半个世纪后施蛰存重拾青年时代阅读的曼殊旧诗时所获的感动。

"个人私语"与"社会公语"的吊诡之间暗含着时代历史的维

---

① 最后一首发表于 1916 年 9 月,参阅柳亚子撰:《曼殊诗年月考》,见于苏曼殊著,柳亚子编:《苏曼殊全集》第一册,北京:中国书店 1985 年版,第 33 页。

第二章 内涵表意系统的跨文化意识形态与跨文类修辞：苏曼殊诗歌研究

度，它们总是相互交错倾轧，又不可能一分为二。诗歌以及任何文类的创作和阅读没有固定的成规，文类语码、使用语境和语用功能总是处于规约和被规约的历史时空中，是因时、因地、因人而异的。如张汉良所言，没有什么语言是比较进步或落后的，其有效与否完全取决于语用团体的约定俗成①。当一种个性化私语的影响逐渐扩大，进入诗坛的中心地带，就会逐渐成为社会公语的组成部分。

苏曼殊的诗歌反映了历史转型期的文人学人在东西文化思想交汇的洪流中对现世人生的思考，描写僧人身份与世俗情感的两难痛苦，在追求精神自由时遭遇的困境。可以说，苏曼殊实实在在地贯彻了"以旧风格含新意境"的文学主张。苏曼殊的诗歌对于受过旧学教育的读者而言是熟悉而亲切的，他又以其出色的创作回馈旧时代社会公语；他的诗歌建构对于较早的诗界革命派而言是若即若离、亦新亦旧的，所援用的参考坐标不同，就会得出相异的判断。苏曼殊在诗歌内容题材和话语建构方面的实验，同时朕兆新的社会公语正逐渐形成，这种"我手写我口"的真挚私语，直接启迪了五四青年一代的文学创作。

第四节　两种文类的符码冲突与意义重构

僧人曼殊在《燕子龛随笔》中曾记录他所读的寒山诗——"闲步访高僧，烟山万万层。师亲指归路，月挂一轮灯"②，并且据以

---

① 参阅张汉良撰：《白话文与白话文学》，见于张汉良著：《比较文学理论与实践》，台北：东大图书公司1986年版。亦可参张汉良撰：《〈碧果人生〉中的个人私语》，《文艺月刊》1988年6月号。
② 苏曼殊著，柳亚子编：《苏曼殊全集》第二册，北京：中国书店1985年版，第33—34页。

作画。这首诗书写禅子在师长指引下得悟真谛,圆月为灯的隐喻是对自然风物的生动描绘,也是寓指禅宗"万世禅灯"之意象。回顾传统诗论,从严羽的名言"诗有别趣,非关理也"(《沧浪诗话·诗辨》)①,到沈德潜《〈息影斋诗钞〉序》云"诗贵有禅理禅趣,不贵有禅语"②,至纪昀批《瀛奎律髓》卷四十七《释梵类》卢纶、郑谷二作:"诗宜参禅味,不宜作禅语"③,都是强调将诗与哲学、宗教本位的文类区分开,诗语言系统与论理著述、禅语偈颂的生成机制、表意规则、接受方式都各不相同。在苏曼殊的诗歌中,文学语言和宗教、哲学语言的模式系统交织层迭,同样的字词以不同文类符码传递参差的信息。

苏曼殊诗画中的禅佛名相俯拾皆是,既可以看作传统诗僧借诗喻禅、以诗证禅的示法诗、悟道语,也可以说其中海天、月、松、潭、白云等代表自然的符号,本就为诗歌与禅佛的表意系统所共有。但值得注意的是,自然意象及斋、庵、雷峰(塔)、钟声、镜台、沾泥残絮对于诗歌而言是具有文化特殊性的象征符号(symbolic sign)④,对其符解(interpretant)而言,它总是指涉符物的一种(可能存在的)性质特征,就其作为参与文学系统内涵层面的符号来说,符解-符表-符物的三元关系是在漫长的文学发展历程中逐渐积累产生的。而对于宗教文本而言,它们是参禅悟道时作"接引"功能的意象,是"'筏渡'之筏""'指月'之指"⑤,也就是普尔斯意

---

① 严羽著:《沧浪诗话》,北京:中华书局2014年版,第23页。
② 转引自钱钟书著:《谈艺录》(补订本),北京:中华书局1993年版,第223页。
③ 同上书,第223页。
④ 此处"象征符号"从普尔斯的用法,参阅 Peirce, Charles Sanders. "Nomenclature and Divisions of Triadic Relations as Far as They Are Determined." *The Essential Peirce: Selected Philosophical Writings*. Vol. 2(1893 – 1913). Ed. The Peirce Edition Project. Gen. ed. Nathan Houser. Bloomington: Indiana University Press, 1998.
⑤ 黄永健著:《苏曼殊诗画论》,北京:中国社会科学出版社2001年版,第133页。

第二章　内涵表意系统的跨文化意识形态与跨文类修辞：苏曼殊诗歌研究

义上的索引符号(indexical sign)；它们同时作为一种广泛约定性的律则符号(legisign)被接受，指向更深入抽象的概念信条。如此跨文类、复合编码的诗歌，成为同时具有实指意象、意义中介与概念隐喻的语言系统。

参禅悟道对苏曼殊诗歌创作还有另外的影响。对于禅宗而言，禅诗、禅画都是修行者禅心的外化，它强调直指本心，它"实质上不是事物，而是行动"①。就禅诗而言，它是一种对自然语言加以后设规制的言语行为。僧人之诗常见人称代词"我""吾""侬"和对话体，因为言说主体的出场也是禅宗"依我自悟"的重要表征。苏曼殊的《简法忍》堪称一篇亦诗亦偈的佳作："来醉金茎露，胭脂画牡丹。落花深一尺，不用带蒲团。"②诗人以诗作柬，邀约友人前来聚会，在信笔丹青，把酒临风之中领受大化，徜徉天地，这首诗看似笔墨浓艳，却被评为"非深谙禅机者断不可为"③，可谓发简古于纤浓。"来醉金茎露"是盛情邀请，"不用带蒲团"是好意劝告：只要心中有佛，饮酒赏花无一不可，落花之上亦可参禅，无需蒲团之类的形式之器。曼殊诗中言说主体与对话结构的强烈凸显，一个重要原因来自于禅语对诗语的改造。

苏曼殊对近代佛教革新的贡献不是本书论述的重点，但是苏曼殊的诗作内容渗透着悲天悯人的救世之心和献身国族的家国情怀，此时的文学语码和宗教语码是兼容的。如"极目神州余子尽，袈裟和泪落碑前"(《过平户延平诞生处》)④、"一代遗民痛劫灰，闻师陡听笑声哀"(《题〈担当山水册〉》)。"袈裟""劫灰"这些

---

① 迈珂·苏立文著，洪再新译：《山川悠远——中国山水画艺术》，广州：岭南美术出版社1989年版，第7页。
② 苏曼殊著，柳亚子编：《苏曼殊全集》第一册，北京：中国书店1985年版，第40页。
③ 黄永健撰：《苏曼殊诗画的禅佛色彩》，《深圳大学学报(人文社会科学版)》2003年第6期。
④ 苏曼殊著，柳亚子编：《苏曼殊全集》第一册，北京：中国书店1985年版，第43页。

佛教意象、典故被充分归化入文学语境。但是纵观苏曼殊的全部诗作,更多情况是文学语码与宗教语码的矛盾冲突。

从字面上看,"九年面壁成空相,持锡归来悔晤卿"的前半句是诀别红尘的证道之语。"面壁"指艰苦修行,《五灯会元·卷三》载,菩提达摩大师"寓止于嵩山少林寺,面壁而坐,终日默然,人莫之测,谓之壁观婆罗门"①。"空"是大乘佛教对世间万物之本质的认识。《维摩诘所说经·弟子品第三》云:"诸法究竟无所有,是空义。"②一切法、一切相的本质是"空"。此之"空"并不是一般日常语言意义上的空无之义,而是佛教意义上的"有","色不异空,空不异色;色即是空,空即是色。"③"身相"即"非身相","无法相"亦"无非法相",空即是非空,"凡所有相,皆是虚妄。若见诸相非相,则见如来"④。"悔晤卿"的"悔"字即刻推翻了前半句的佛徒心境。由指示代词所体现的明确针对性,反衬话语主体的强烈主动性,诗人以你我二人的对话场域激宕起强烈的情感张力,悔之深亦是情之深。

同样地,"忏尽情禅空色相,琵琶湖畔枕经眠"(《寄调筝人》之一)、"禅心一任蛾眉妒,佛说原来怨是亲。雨笠烟蓑归去也,与人无爱亦无嗔"(《寄调筝人》之二)这些充沛着禅悟、禅典的诗作,却因其宗教语码与文学语码的互动而具有更加复杂的表意机制,也因此与以往僧人诗分道扬镳。同样描绘自然风物,在寒山笔下:"登陟寒山道,寒山路不穷。溪长石磊磊,涧阔草蒙蒙。苔滑非关

---

① 《五灯会元》(清藏本),见于《中华大藏经》(汉文部分)第七五册,上海:中华书局1994年版,第329页。
② 《大正新修大藏经》第十四册,台北:佛陀教育基金会1990年版,第541页。
③ 玄奘译:《般若波罗蜜多心经》,见于《大正新修大藏经》第八册,台北:佛陀教育基金会1990年版,第848页。
④ 鸠摩罗什译:《金刚般若波罗蜜经》,见于《大正新修大藏经》第八册,台北:佛陀教育基金会1990年版,第749页。

第二章 内涵表意系统的跨文化意识形态与跨文类修辞：苏曼殊诗歌研究

雨，松鸣不假风。谁能超世累，共坐白云中。"①主体与自然仿佛互相无甚侵扰，以示诸色相皆空。苏曼殊笔下的自然，则是物皆着我色彩。

梦是古今中外文学的一个共通母题，是改变时空、连结生死两界的纽带。在佛教中，梦则是用来寓指自体与世界的虚妄不实。著名的箴言如《金刚经》中的"一切有为法，如梦幻泡影"②，《心经》"心无罣碍；无罣碍故，无有恐怖，远离颠倒梦想，究竟涅盘"③。苏曼殊的不少诗歌都描绘了梦的意象。例如《题〈师梨集〉》："琅玕欲报从何报？梦里依稀认眼波。"此处的梦是诗人与念想之人在相异时空得以神交的桥梁，是典型的中国文学传统母题，梦境是浸透主观情感和欲望的空间建构。作于1910年的《步韵答云上人三首》之二，则体现出鲜明的佛教背景："旧游如梦劫前尘，寂寞南洲负此身。多谢素书珍重意，恰侬憔悴不如人！"④这首诗是写给僧人友朋的作品，第一句"如梦""劫""前尘"是典型的佛家语，似乎是表明勘破世事、放下我执的觉悟意识，紧接着出现的"寂寞"二字则使愁绪百结的抒情主体跃然纸上，立刻推翻了前一句中的宗教语义预设。"负此身"的"负"更是与"如梦"大为矛盾，辜负意味着心中执念难消，表明说话者从未放下"前尘"，"旧游如梦"更接近于"此情可待成追忆，只是当时已惘然"。两种语码相互干扰和倾轧，恰是激发诗性效果之所在。

同样还有苏曼殊生年所作的最后一首诗《芳草》："芳草天涯人是梦，碧桃花下月如烟，可怜罗带秋光薄，珍重萧郎解玉钿。"⑤对良辰美景的缅怀将诗人的红尘之心表露无遗，但是佛经关于

---

① 《全唐诗》，北京：中华书局1960年版，第9066—9067页。
② 《大正新修大藏经》第八册，台北：佛陀教育基金会1990年版，第752页。
③ 同上书，第848页。
④ 引自柳亚子编：《曼殊余集》第一册，未出版手稿，现藏于国家图书馆。
⑤ 苏曼殊著，柳亚子编：《苏曼殊全集》第一册，北京：中国书店1985年版，第64页。

"梦"的隐喻也同样萦绕于作者创作之思,"梦"之虚幻不可靠的意象间接地参与文本意识形态构成。诗人在面对拥有不同符解和符物的同一符表时,也在对着自己交流,他是自己的第一个读者。对于苏曼殊而言,宗教语言和文学语言的矛盾到最后也没能和解,他的诗歌呈现于读者的是失败的自我说服和自我解脱。

"心"这一词在佛教尤其是禅宗话语系统中亦有特定的指涉。禅宗主张"心自无心,亦无无心者","此心即无心之心。离一切相。众生诸佛更无差别。但能无心。便是究竟"①,"心生种种法,心灭种种法"②。尽管苏曼殊诗歌充斥着芒鞋破钵、袈裟经卷、浮图疏钟等禅僧借以"接引""筏渡"之媒,但是他的诗歌最出彩的文学形象就是"此情无计可消除"的"伤心人"形象:"逢君别有伤心在,且看寒梅未落花"(《憩平原别邸赠玄玄》)③,"为君昔作伤心画,妙迹何劳劫火焚"(《以胭脂为某君题扇》),"伤心独向妆台照,瘦尽朱颜只自嗟"(《何处》)④,"独有伤心驴背客,暮烟疏雨过阊门"(《吴门依易生韵》之一),不一而足。"心"的宗教语码几乎被完全摒弃,文学语码占据完全的上风,这是和以往僧人文学的迥异之处。

综上所述,苏曼殊的诗歌是跨文类的话语建构,是文学表意系统与宗教表意系统的结合;两种不兼容符码之间的短兵相接,促使诗人在创作时面对双重版本的信息展开自我交流,由此产生新意义。僧人诗绝不是苏曼殊的首创,但是他对个体生命体验的创造性抒写,使旧的文学传统呈现出新的面向,他的诗歌文本既

---

① 裴休集:《黄檗山断际禅师传心法要》,见于《大正新修大藏经》第四十八册,台北:佛陀教育基金会1990年版,第380页。
② 《五灯会元》,见于《中华大藏经(汉文部分)》第七十五册,北京:中华书局1994年版,第335页。
③ 苏曼殊著,柳亚子编:《苏曼殊全集》第一册,北京:中国书店1985年版,第59页。
④ 同上书,第42页。

第二章 内涵表意系统的跨文化意识形态与跨文类修辞：苏曼殊诗歌研究

不是单纯的宗教载体，也不是整一的文学建制，而是一种复合型的质的重构。

第五节 语言系统与非语言系统的互动共生

探讨曼殊的诗不能忽视的另一个问题是曼殊的画。曼殊是当时闻名的诗人，也是才华横溢的画家。诗与画的创作在曼殊笔下得以会通，也体现了他对中国诗画同源之传统的承继。陈小蝶《近代六十名家画传》记载曼殊"喜画衰柳孤僧，有万水千山，行脚打包之意，真乃诗人妙品"。1918年5月3日上海《民国日报》所登载《曼殊上人怛化》称其"工文词，长绘事，能举中外文学美术而沟通之"。国画大师黄宾虹曾道："曼殊一生，只留下几十幅画，可惜他早死了，但就是那几十幅画，其分量也够抵得过我一辈子的多少幅画！"[1]也许是过于自谦的褒奖，却也显出曼殊之画的成就斐然。在立足文学文本的拙作中，笔者重点关注苏曼殊的"诗中有画"和题画诗。

中国文学艺术的诗画一律、诗画同源之说源远流长，这是中国古典艺术的一个鲜明传统。在批评领域，有受《二十四诗品》启发而产生的《二十四画品》。诗与画都和宗教修行关系密切，曼殊敬重的龚自珍有云："论诗论画复论禅，三绝门风海内传。"（《己亥杂诗》三〇九）[2]题画诗、借诗作画，也是古代僧人、居士以及文人参禅证禅的重要途径。画家的敏锐眼光和审美旨趣与诗人从周围世界中筛选物象、取景造境的感知力可相得益彰，但若仔细审

---

[1] 转引自黄永健著：《苏曼殊诗画论》，北京：中国社会科学出版社2001年版，第1—2页。
[2] 龚自珍著，刘逸生注：《龚自珍己亥杂诗注》，北京：中华书局1980年版，第369页。

视,诗与画是两种不同的符号系统。诗与画的同一性主要体现在信息发送者、接收者和信息的内容层面的同一性(而不在于它们迥异的符码规则):

- 共同的审美交流群体:诗与画的创作者可以为同一人,接收者也可以是同一个人或相同的社会文化群体。
- 道释思想浇灌下的共同创作目的:以诗证禅、道法自然。
- 共同的描绘对象:例如山川河湖、木月岩泉、花鸟虫鱼、琴棋雅集等常见题材。
- 共同的审美理想和运思心态:天人合一,情景交融,意在言外,言有尽而意无穷,注重意象与意境的传神与传情。

要而言之,中国古代诗画一律说的实质依据,是诗画的审美诉求、主体创作心态、抒写对象的一致性,而不在于它们殊异的符号结构系统。以题画诗为例,诗与画是内容-符旨相近似,表达-符征不同的两种符号系统,即使假设诗语言能够准确全面地描述绘画图像的内容,经过其内涵层面的表意周演,也会衍生出新的内涵符旨;所有诗歌都无一例外地依靠横组合轴的历时展开,绘画都必须在瞬间完成全部内容。①

曼殊擅于运用色彩语词强化对读者感知的视觉冲击,这是使"画境"入诗的一个显性技法。苏曼殊尤其喜爱白、碧、红之物与

---

① 可参阅莱辛(Gotthold Ephraim Lessing)的名著《拉奥孔》(*Laokoon oder Über die Grenzen der Malerei und Poesie*)对诗与画之界限的论述。莱辛著,朱光潜译:《拉奥孔》,北京:人民文学出版社 1979 年版。

第二章　内涵表意系统的跨文化意识形态与跨文类修辞：苏曼殊诗歌研究

景的搭配：

> 白妙轻罗薄几重，石栏桥畔小池东。胡姬善解离人意，笑指芙蕖寂寞红。(《游不忍池示仲兄》)①
> 白云深处拥雷峰，几树寒梅带雪红。斋罢垂垂浑入定，庵前潭影落疏钟。(《住西湖白云禅院作此》)
> 柳阴深处马蹄骄，无际银沙逐退潮。茅店冰旗知市近，满山红叶女郎樵(《过蒲田》)。②

但是画意画境一旦成诗，便受到诗歌文类符码的规制，诗歌语言与绘画这种视觉艺术的结构符码不同，作用于人的感觉、知觉的机制也不同。即使象形字本身具有图像因子，也只是最初步、表层的视觉素材。诗意、画境及至禅思的统一，必须借助读者在脑海中对概念空间进行关联和整合才能实现。从谋篇布局的角度来说，旧体诗的意象枚举和中国画的广角全景视野、散点透视达成共识。诗歌可以直抒胸臆，记事说理，这是绘画较难传达的语义，故而题画诗常用于交待作画的目的事由，也是补绘画之缺憾。

无论作画还是作诗，苏曼殊都爱托以自然风物抒情咏怀。以《代河合母氏题〈曼殊画谱〉》为例："月离中天云逐风，雁影凄凉落照中。我望东海寄归信，儿到灵山第几重？"③前两句在横组合轴上依此出现的物象是月、天、云、风、雁影、落照。从认知诗学的角

---

① 苏曼殊著，马以君编注，柳无忌校订：《苏曼殊文集》上册，广州：花城出版社1991年版，第25页。
② 苏曼殊著，柳亚子编：《苏曼殊全集》第一册，北京：中国书店1985年版，第44页。
③ 据马以君注解，"1907年夏末，刘师培的妻子何震提出向曼殊学画，并拟辑印《曼殊画谱》，请河合仙作序。河合仙无此文化程度，就由曼殊代笔。曼殊写出汉文后，再请人译成日文。故此诗当为曼殊所作。"参阅苏曼殊著，马以君编注，柳无忌校订：《苏曼殊文集》上册，广州：花城出版社1991年版，第13—14页。

度来讲,第一句中,无形的风因云的持续移动而成为空间中的一个视觉可感对象,它亦标识时间的维度,同时关涉空间空间和领属空间,这种空间的联动要依靠作者和读者脑海中对概念空间的整合才能实现。从自然科学角度而言,是风吹云动,苏曼殊的诗笔改变了观察的视角和视线移动的根据。在第二句中,落照即落日余晖,它是地标,雁影是射体,也可以说,天空是整个地标,说话者的视线历经月—云—风—雁影的移动。"离"和"逐"辅助确定(概念的)视觉图景的边界和内部运动轨迹。就表层话语程序而言,除了"凄凉"提示情感的渗透和照应下文语境,前两句诗消隐话语主体的存在,仿佛描述对象自然地呈现于读者,也就是视觉画面自然地呈现于观众,事实上,说话者的视觉焦点始终在动态迁移中主导着整个语境与读者视野的历时性变换,这是诗歌文本与绘画文本的根本区别。

经过薛道衡的"人归落雁后,思发在花前"(《人日思归》)[1],杜甫的"戍鼓断人行,秋边一雁声"(《月夜忆舍弟》)[2],范仲淹的"塞下秋来风景异,衡阳雁去无留意"(《渔家傲》)[3],李清照《一剪梅》的"云中谁寄锦书来,雁字回时,月满西楼"[4],以及《声声慢》"雁过也,正伤心,却是旧时相识"[5]等历代名家文本积淀,雁作为候鸟迁徙往返的图景已经和游子征人思归怀人的主题固定地连结在一起。"雁"这个符号已具有"诗性索引"(poetic indexicality)[6]的

---

[1] 逯钦立辑校:《先秦汉魏晋南北朝诗》,北京:中华书局1983年版,第2686页。
[2] 《全唐诗》,北京:中华书局1960年版,第2419页。
[3] 唐圭璋编:《全宋词》,北京:中华书局1965年版,第11页。
[4] 同上书,第928页。
[5] 同上书,第932页。
[6] Chang, Han-liang. "Mental Space Mapping in Classical Chinese Poetry: A Cognitive Approach". *Semblance and Signification*. Eds. Pascal Michelucci, Olga Fischer and Christina Ljungberg. Amsterdam: John Benjamins Publishing Company, 2011. 253.

第二章　内涵表意系统的跨文化意识形态与跨文类修辞：苏曼殊诗歌研究

功能，它所关涉的不仅有诗歌话语当下的时间空间、空间空间，还有超出当前文本世界的想象域。苏曼殊的诗歌时常赋予自然世界的客观事物以人的主观情感，不单纯是描摹事物，而是以己度"物"地对描写对象展开二度诠释。例如"雁影凄凉落照中"，"雁影"加"凄凉"这个毫无任何逻辑预设的陈述，唯有依靠在作者与读者的心智中运作的语用预设才能被顺利整合于文学文本。

另如《游不忍池示仲兄》"笑指芙蕖寂寞红"中的"寂寞红"。这是旧体诗典型的移情和情景交融的艺术手法，红是芙蕖的颜色，寂寞是言说者和（或）胡姬的情绪感受。不同于英语中以蓝色标识寂寞，"寂寞红"是一个具有文化特殊性的符号。"红"常用来代指和形容佳人（如"红粉"），在苏诗中对应"胡姬"，因为分别在即，红也变成寂寞的提示。春红寂寞开的主题，王维有名篇《辛夷坞》"木末芙蓉花，山中发红萼。涧户寂无人，纷纷开且落"[1]。司马光据此生发"涧花从寂寞，亦向草堂开"（《山中早春》）[2]，语篇的重心尚且是自然草木，元稹《行宫》"寥落古行宫，宫花寂寞红。白头宫女在，闲坐说玄宗"[3]，则把篇章语义的重心转移到观景人。和雁去思归的意象不同，红这种色彩在旧体诗中也不单单只用以表达寂寞之情，它的隐喻义随着语境的变化而更改。在《游》后两句中，诗歌语言构筑的图景是善解离人意（叙述前因和交待语境）的胡姬笑指芙蕖，胡姬和芙蕖既有特征属性的类比，也有现实行动的关联，读者脑海中便可生成一个具有类属意义和新创意义的想象空间：

---

[1]《全唐诗》，北京：中华书局1960年版，第1301—1302页。
[2] 司马光著，李之亮笺注：《司马温公集编年笺注》第一册，成都：巴蜀书社2009年版，第485页。
[3]（一作王建诗）《全唐诗》，北京：中华书局1960年版，第4552页。

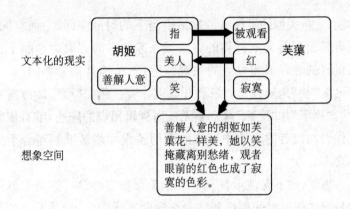

不是因为"红"或者芙蕖是寂寞的,而是因为红是诗人面前所见的芙蕖的颜色,写芙蕖寂寞实际是写美人寂寞和言说者与伊人分别的惆怅,所以红色也变成寂寞的色彩。情感效应是欢乐、适意的单字词"笑"和情感效应是悲伤、失意的"寂寞"在同一句中构成相反对比,使离别感伤的情感效应更加强烈。这一切必须借助读者在脑海中对概念空间进行关联和整合才能实现。

再如"斋罢垂垂浑入定,庵前潭影落疏钟"(《住西湖白云禅院作此》)。前半句叙事,也是揭示时间和事因,后半句写景,且是一幅只有诗歌语言能够营造的景象。首先,"庵"是地标1,"潭影"是射体1;紧接着,"潭影"是地标2,"疏钟"是射体2。疏是描述声音的形容词,是无法落映潭影的。钟又照应了"庵","庵"帮助定位"钟声"的场所;"钟"被固定于有限的地点,"疏钟"却能够创造出广阔的时间和空间,钟声还暗示与之心灵共鸣的听者,禅意之假想空间也由此嵌合,时间空间也分化为物理时间和物理时间之外的宗教时间。因此,苏曼殊颇有画意画境的诗歌语言除了描绘视觉性图像,还以表征听觉、触觉、味觉、感觉的词语参与认知的机制,建立起一个有声有色、动静结合、情景交融的意义世界。

第三章

另出机杼的叙事句法与文化舆图：
苏曼殊小说研究

苏曼殊的小说为数不多，但却构成中国叙事文学现代转型之际继往开来的重要一章。几乎发表于同时的苏曼殊的《断鸿零雁记》与徐枕亚的《玉梨魂》同被认为是将晚清写情小说推向"哀情小说"①的代表作；李欧梵把苏曼殊与林纾并列为中国现代文学的"浪漫一代"的先驱者，苏曼殊"透过其风格及技巧，不但将'传统古老的中国传统，以西方清新而振奋的浪漫主义，幻化成一个全新的组合'，同时包含着这一过渡时期的一种普遍的情绪，也就是倦怠、骚乱和迷惑"②。苏曼殊的多篇小说都有对其现实境遇和心路历程的影射，混血儿的身份、长年的羁旅阅历、西学与佛教思想的双重洗礼，让苏曼殊的小说呈现出复杂且矛盾的主题和思想情绪，小说的叙述方式亦别出机杼，对五四一代作家影响深远。

苏曼殊创作的小说皆使用文言，文言的书写体例使小说中所有人物的口语性对白成为叙述者个人的书面化复述。苏曼殊的

---

① 许廑父对"哀情"的界定是"这一种是专指言情小说中男女两方不能圆满完聚者而言，内中的情节要以能够使人读而下泪的，算是此中圣手。"参阅许廑父撰：《言情小说谈》，见于《小说日报》，1923年2月16日，转引自黄轶著：《苏曼殊文学论》，山东大学博士学位论文，2005年，第128页。
② 李欧梵著，王宏志等译：《中国现代作家的浪漫一代》，北京：新星出版社2005年版，第76页。

小说基本传承文人创作的传奇、笔记小说之体,在其规约下,苏曼殊创造性地发展出与以往不同的叙事模式,同时又多有传承古典文言游记、日记等非旨在虚构的文学性写作的第一人称叙述方式;精心的写景造境、情的泼墨抒写和多元文化舆图的建构相辅相成。

就二度模式系统的各个细部而言,苏曼殊小说多采用第一人称限知叙事的手法,很可能是受到西学东渐背景下舶来的西方小说①的影响,也与当时日本文坛新兴的私小说同声相应。更确切地说,苏曼殊擅长通过多重叙述视角营建作者与叙述者、叙述者与其他人物、叙述者与读者之间交迭并存的复杂关系,穿梭往来

---

① 如1902年11月《大陆报》第1卷第1号开始连载的《鲁宾孙漂流记》,篇首"识语"声明:"原书全为鲁宾孙自叙之语,盖日记体例也,与中国小说体例全然不同。若改为中国小说体例,则费事而且无味。中国事事物物皆当革新,小说何独不然!故仍原书日记体例译之。"(邓伟著:《分裂与建构:清末民初文学语言新变研究1898—1917》,北京:中国社会科学出版社2009年版,第301页)由此可见,外国小说的译介积极地改变着中国人对传统小说的审美习惯。
中国传统文学语境下的"小说"一词的符旨完全不同于西方"novel"或"fiction"的符旨——当代学术界谈论作为一种文类的"小说"时普遍所指涉的概念。现代意义上的小说以虚构(fictional)为根本特征,这与中国传统小说之追求"实录"精神、补正史之阙的理念大相径庭(这种理念显然不能统贯中国古代小说之全貌,却能代表其中相当一部分作品的创作宗旨)。在中国文学史上,"小说"这个概念的外延和内涵十分复杂模糊,且历经古今演变,如明代胡应麟《少室山房笔丛·九流绪论》所言:"小说,子书流也。然谈说理道或近于经,又有类注疏者。纪述事迹或通于史,又有类志传者。他如孟棨《本事》、卢瑰《抒情》,例以诗话文评,附见集类,究其体制,实小说者流也。至于子类杂家,尤相出入。郑氏谓古今书家所不能分有九,而不知最易混淆者小说也。必备见简编,穷究底里,庶几得之。而冗碎迂诞,读者往往涉猎,优伶遇之,故不能精。"(参阅胡应麟著:《少室山房笔丛》卷二九,上海:上海书店2001年第1版,第283页)袁行霈、侯忠义在编辑《中国文言小说书目》时特地申明:"此所谓文言小说,区别于宋元以后之白话通俗小说,专指以文言撰写之旧小说而言,实即史官与传统目录学家于子部小说家类所列各书。"(袁行霈、侯忠义:《中国文言小说书目》,北京:北京大学出版社1981年版,凡例第1页)该书也因此收入许多诗话、随笔、杂谈纪行,它们不少属于当代文体学意义上的散文和学术随笔。

第三章　另出机杼的叙事句法与文化舆图：苏曼殊小说研究

于独白、对白、旁白等不同形式的话语场域。在语符叙事学的透镜下，我们会发现叙述者和叙述对象之间自始至终都存在着动态的复杂关系。苏曼殊小说富有张力的情感轨迹和多维面向的语义空间，映射出作家在寻找自我与精神归宿的过程中遭遇的与时代历史、多元文化环境之间的悖论冲突，他的"抒情小说"、抒情叙事风格是中国文学的现代转型之际独具特色的重要组成部分。作家终其一生挣扎在找寻自我和找寻终极归宿的矛盾之中。细致化、情境化的写景状物，亦是作家有意构筑自己独特的文化地图，这在当时是颇具先锋性的。苏曼殊的小说总是隐含着三重地理空间结构，其中注入了作家的亲身经历，体现出作家对历史家国的忧患情怀与个人命运的当下反思。苏曼殊的生活世界连同整个时代社会与文化历史都被编织在他的文学话语系统之中，初度模式系统与二度模式系统的构建都服从于共时性和历时性的辩证关系，这两极在巴赫金意义上的时空（chronotope）[①]中聚拢成型。这些内容，笔者将在以下三节展开分析阐述。

第一节　苏曼殊小说的叙述者

一、话语符号学视域下的作者与叙述者

就小说叙述者的构架而言，苏曼殊是中国小说现代转型当之无愧的先驱者。《碎簪记》《断鸿零雁记》和《绛纱记》打破第一人称叙述者的旧传统，实践了二度模式系统下第一人称叙述程序的

[①] 可参阅 Bakhtin, Mikhail M. "Forms of Time and of the Chronotope in the Novel." *The Dialogic Imagination: Four Essays by M. M. Bakhtin*. Ed. Michael Holquist. Trans. Caryl Emerson and Michael Holquist. Austin: University of Texas Press，1981. 84-258.

丰富多样性。同样作为"文学进化"①的先声——合情合理地打破小说的大团圆结局，在"书的结尾，如日记之引用、叙述者之爱莫能助、苍凉景象之描述等等"，"预告着鲁迅小说的来临"②，苏曼殊小说的第一人称叙述者已不再止于《玉梨魂》中在场证人的身份和目睹转述的功能。另外，晚清域外小说翻译的热潮很可能是苏曼殊小说叙述者和叙述策略的创新的主要源泉之一。本节力图透过话语符号学的视域对文学文本的陈述规则进行语用学的考察，深入探析苏曼殊小说中第一人称代词所牵引的话语机制。

　　文言书写体例之下以"记"拟题的文类，自古以来不仅有文人创作的志怪小说、传奇故事，也有以实录传真为目的的记事、记人散文，该文类本就有记述实事与虚构"第二真实"的双重功能。苏曼殊的代表作《断鸿零雁记》是一部具有强烈自传性的小说，这一点已经苏曼殊亲友回忆和后人考证，毋庸置疑。苏曼殊主动地将自传文学等同于对现实的均质再现，忽略语言符号与现实的界分。作为自传性的小说，《断鸿零雁记》中作家本人的现实经历与小说叙事情节具有高度的重合性。但更确切地说，小说中的代词"余"的功能地位是一般言语活动中的主体在二度模式系统中被重新建构的对应者，也是作者的观照对象，是作家在文学创作中力图塑造的自我，或者说"三郎"这个人物。这个"我"是一个假面，如张汉良所言："'自我-生命'不断被'自我-书写'干扰和中介"，从读者角度而言，"我们受诱去寻找作者所营建出的历史自我，一个不受时间和语言中介的'真实'，最后才发现，找到的是陷于反讽中的

---

① 参阅胡适撰：《文学进化观念与戏剧改良》，见于胡适著，俞吾金编选：《疑古与开新——胡适文选》，上海：上海远东出版社1995年版，第26页。
② 郭延礼著：《20世纪中国近代文学研究学术史》，南昌：江西高校出版社2004年版，第435页。

第三章　另出机杼的叙事句法与文化舆图：苏曼殊小说研究

自传性的自我。"①因此，自传从来不是作家生平的透明再现，而是自始至终有语言的规约，读者永远不可能脱离和超越文本而直接把握文本书写符号之外的符旨，所有"实情"和"实事"都产生和立足于"言说的时刻"(the moment of enounciation)②。

除《断鸿零雁记》外，苏曼殊其他小说的情节模式的编排、人物性格的设置也均在一定程度上呼应《断鸿零雁记》与苏曼殊本人的人生经历。直抒胸臆、自陈心曲也被视为近代以来追求自我个性解放的文学思潮的重要特征之一。我们在面对自传性文学与叙述策略时，必须厘清叙述者与作者之间、叙述者与人物之间、叙述者与读者之间的多重关系。苏曼殊的自传性小说，连同苏曼殊的诗歌、笔记、书信、序跋乃至断章片语，共同构成交互指涉的互文本，结构于作家的文学语言系统中。就苏曼殊的小说创作而言，《断鸿零雁记》《碎簪记》《非梦记》等各篇小说各不相同的叙述者和叙述构架需要我们审慎辨别。小说中所有人物的对话和独白都是文言写就的叙述者个人的书面化复述，例如在《断鸿零雁记》中，"余"的家人、友人与所遇各色人物的言谈和"余"的说话风格甚似，二度模式系统的编码降低了语言摹写现实的传真性。

文学作品作为一种作者-发话者向读者-受话者的特殊陈述，主格位置的人称代词"我"的功能地位是实际言语交际活动中的主体在二度模式系统中的对应者。同时，小说中的"我"所标识的人物形象又是作者凝视和言说的对象，其言语行为与心理情感并不必然等同于现实生活中的作者本人。在话语符号学的视域下，任何说话者总是通过作为与"你"和"他"相对的指示词"我"来指涉正在说话的自己。这一看似"本能"的行为实际上反映了话语

---

① 参阅张汉良撰：《匿名的自传：〈浮生六记〉与〈罗朗巴特〉》，见于张汉良著：《比较文学理论与实践》，台北：东大图书公司1986年版，第280页。
② 同上书，第277页。

所固有的一种自我参照性的语言对应结构,如本维尼斯特指出,第三人称是一个在功能和性质上都与第一、第二人称迥然不同的"非人称",只作为省略的替代性成分存在,而第一、第二人称代词则只在具体的话语时刻中实现,并通过每一个属于它们的话语时刻来标识被说话者归为己用的过程。①

本维尼斯特将没有出现第一人称说话者"我""你""此刻"这些词的言说(énonciation)形式称为故事(histoire),而将表征第一人称叙述者"我"和第二人称受话者"你"当下在场的言说形式称为话语(discours)②。故事性言说只存在于书写文本,话语性言说则可存在于口语与书写文本——后者通过借取和摹拟口语的表达方式来呈现。这一观点在中国古代小说的语境下应当因地制宜地深化拓展。中国小说孕育于子、史书之中,经长期发展而成为独立的文体③,从神话传说、寓言故事、史传文学、志人志怪小说等小说的雏形开始,小说的主要内容特征是叙述事件、描写行动,第三人称叙事是最普遍的陈述方式。近子书系统的"世说体"小说与杂史系统、志怪系统的小说没有严格的界限,亦相互渗透和共同发展。④ 史官在记录史事时虽主要在第三人称代词系统之下以再现现实经过的方式进行陈述,却也有时以第一人称说话者的身份议论褒贬,抒己之介怀,展现出口述历史的言谈性质,这样的文体范式也对小说影响深远。古代小说中,出现第一人称代词的篇章并不少见,例如笔记小说集《西京杂记》(学界多认为是东晋葛洪假托西汉刘歆的作品)中多次出现自称为"余"的叙述

---

① 参阅 Benveniste, Emile. "La nature des pronoms." *Problèmes de Linguistique Générale*. Vol. 1. Paris: Gallimard, 1966. 251–257.
② Benveniste, Émile. "Les Relations de Temps dans le Verbe Français." *Problèmes de Linguistique Générale*. 1. Paris: Gallimard, 1966. 237–250.
③ 参阅董乃斌著:《中国古典小说的文体独立》,北京:中国社会科学出版社1994年版。
④ 参阅杨义撰:《汉魏六朝"世说体"小说的流变》,《中国社会科学》1991年第4期。

者,记述评议西汉的轶事轶闻。苏曼殊小说最突出的叙述策略之一是第一人称叙述者主导叙述过程,这并不是苏曼殊的首创,但是如果从当代语言学、话语符号学的角度来分析,曼殊诸小说第一人称代词的语用机制实为殊异。"余""吾"作为古汉语中指明叙述者、叙述视角的前指代词,它们所标记的是作者的声音、作品中人物的声音还是其他结构性成分,我们需要进一步分析辨别。

二、近代小说第一人称代词的语用功能嬗变

近代之前的第一人称讲述故事的文本大抵都是叙述者以局外人的身份角色旁观、记录、讲述故事,如陈平原所言:"中国古代小说缺的是由'我'讲述'我'自己的故事,而这正是第一人称叙事的关键及魅力所在。"[①]第一人称"我"向读者讲述有"我"参与的故事的代表性文类之一是自传。自传起初并不被看作小说的一种,而是多受史传传统影响的自叙性记人记事散文,它们被阅读时也往往以仿真的面目展现于读者,其虚构性的特征长久以来都被遮蔽和忽略。至明清时代的归有光散文、《影梅庵忆语》与《浮生六记》,其为记事散文与自传体小说的文类特征已浑然难分。不少研究者认为沈复在自传体小说方面具有开创之功,捷克学者普实克(Jaroslav Průšek)即提出,《浮生六记》的结构原则与以往历史著作、各类笔记并无二致,但是作者在摹写现实的同时,坦率地抒发个体隐秘的思想情感,毫无保留地自白,是为"创立一种新的文学形式"[②]。自传性小说在新文学革命的背景下作为表达作

[①] 陈平原著:《中国小说叙事模式的转变》,上海:上海人民出版社1988年版,第77页。

[②] 雅罗斯拉夫·普实克撰:《中国现代文学中的主观主义和个人主义》,见于雅罗斯拉夫·普实克著,李燕乔等译:《普实克中国现代文学论文集》,长沙:湖南文艺出版社1987年版,第25—26页。

者的个性思想与强烈情感的绝佳文体,如雨后春笋般蓬勃发展,则是后话。

回顾古代文言小说史,叙述者兼具故事人物之功能的小说,只有沈亚之的《谢小娥传》等寥寥可数的篇目。在《谢小娥传》中,"余"作传以旌美谢小娥之事,是为行《春秋》之义也,"余"也是谢小娥实现复仇大计的辅助者,参与故事其中。在小说结尾处作家也依循传记传统让"余"跳出故事发表言谈,是为所述故事的后设话语。《谢小娥传》的叙述构架尚且较为简单,苏曼殊所作的《碎簪记》《断鸿零雁记》和《绛纱记》则打破和重新整合文言小说、白话小说第一人称叙述功能的旧传统[①],出色地实践了二度模式系统下第一人称叙述程序的丰富多样性。

苏曼殊的小说作为文言书写的文人创作,必定首先与文言文类的符码规则保持接近,但是身处白话通俗小说大行于世的晚清,苏曼殊不可能不受到通俗小说文类范式的影响。在明清通俗小说中,出现在读者面前的叙述者时而介绍故事背景、情节人物,时而发表关于世道人心、因果报应的劝谏议论和对酒色财气的警告批判,但叙述者并不参与故事的发展,也不对其他角色造成影响,此时的叙述者相当于说书人的功能。到了晚清,许多小说不再是承袭前代、根据说唱文学底本累积而成的集体创作,而是文

---

① 陈平原在《中国小说叙事模式的转变》写道:"第一人称叙事仅仅依靠'讲述'这一动作就很容易使主人公故事具有整体感,这无疑是一种容易取巧的结构方法。'他的经历也许并非显得合乎逻辑地艺术地联结在一起,但起码由于所有部分都属于同一个人这种一致性,而使这一部分跟其他部分连结起来。……第一人称将把一个不连贯的、框架的故事聚合在一起,勉强使它成为一个整体。'这就难怪后期'新小说'家热衷于用第一人称讲故事,或托身弃妇(徐枕亚《弃妇断肠史》),或伪称孀妻(周瘦鹃《此恨绵绵无绝期》),连'现身说法'以造成真实感都不大考虑,只着眼于故事的哀艳与叙述的方便。从便于抒发自我感情的角度来采用第一人称叙事方式的,我们能举出来的大概只有苏曼殊的《断鸿零雁记》等寥寥几篇。"(陈平原著:《中国小说叙事模式的转变》,上海:上海人民出版社1988年版,第78—79页)

第三章　另出机杼的叙事句法与文化舆图：苏曼殊小说研究

人对行走世间见闻经历的独立抒写，这也促进了小说叙事模式的新变。关于"小说界革命"之前的创新浪潮，韩南（Patrick Hanan）在《中国近代小说的兴起》中谈到一个"虚拟作者"的概念。"'虚拟作者'这个词适用的对象是声称植根于个人的体验与观察的小说，那首先意味着小说出自作者本人的手笔，其次意味着作者隐退一旁，而将写作之功归于他人。"①例如《风月梦》和《品花宝鉴》这两部最早的狭邪小说（韩南称之为烟粉小说），前者的故事是关于一个名为"过来仁"的人物的所见所闻，第一人称叙述者受其所托将他所撰写之书"风月梦"传于后人，叙述者提到自己时用的是"在下"，他在第一回集中阐述对年轻人的劝诫警示。《品花宝鉴》的叙述者则"似乎在声称自己就是作者之后就从作者身份中抽身而去"："声明这本书乃基于自己所见所闻而作之后，叙事者又委婉地告诉我们，他不知道作者的身份，甚至也不知道这本书的写作时间（第一回，第 2 页）。这是一种引人好奇的姿态，因为作者的序言恰好是对于一部中国小说的成书过程最详尽的书面记载。这种宣称自己即作者、最终却没有承认的姿态，是一种惯例。"②另外一部"叙事者的模仿作用更为复杂"的小说是《玉蟾记》，"它最突出的特点是作者以笔名在作品中现身为一名左右结局的人物，惩罚一桩历史上臭名昭著的冤案中的罪犯。此后，他写下了自己的奇遇，与后来编辑出版他手稿的那个人交上了朋友。作者和编者都完全是剧中人，作者从头至尾都出场，编者在开始和最后出场。然而，作者和编者都没有被写成是叙述这本书的人。叙述的任务由另一名富有个人色彩的说书人来完成，凭借的是他买来的一部脚本，还有他记得的关于这个故事的道听

---

① 韩南著，徐侠译：《中国近代小说的兴起》（增订本），上海：上海教育出版社 2010 年版，第 12 页。
② 同上书，第 14 页。

途说"①。这些小说仍无一例外地注意保持叙事者和故事参与者的区分。为什么塑造两个不同人物来担当"作者"与"叙事者",并非因为作者不敢坦然承认自己的放纵过去,韩南的说法是"用第一人称写作,除了**过分标新立异**以致欠于深思之外,无疑还会给他的认知加上不堪忍受的约束。这里可能有某种约定俗成的因素在起作用,如《玉蟾记》这部小说,就必须假某个得道成仙者之名而作,还得再有一个人来刊印它"②。这表明传统通俗小说仍无法脱离全知叙事的成规,也印证了通俗小说的叙述者不会同时出现小说的故事层面和话语层面。在《品花宝鉴》与随后的《海上花列传》《花柳深情传》等小说中,叙述者的声音(连同其套语)明显弱化,情节背景、人物对话都不再借由叙述者之口传达,这是晚清白话小说脱离说书传统而向文人叙事靠拢的表征。韩南将《花柳深情传》《海上尘天影》因"亲身介入的作者"而列举为全新小说的代表。《花柳深情传》是作者詹熙讲述邻居魏家败落又最终成功的经历,但是作者在小说中却以"绿意轩主人"来指称他自己,并不曾使用第一人称代词。另一部小说《海上尘天影》虽在小说第二章为读者描绘了作者的画像,却也是以对待其他出场人物同样的第三人称他者化态度:"如今且述一穷途失志之人,平生小有才名,因以质胜长,不知矜饰、检束,遂为世人所轻侮。且命宫偃蹇,文字无灵,两鬓秋霜,催人老大,此人何姓何名,姑且慢考。惟酷好《红楼梦》一书,倾心林颦卿,至甘为潇湘馆服役而不辞,甚至设位以祀之。其性情乖僻,可以想见。他的别号甚多,性嗜酒,不能长得。每觅几个知己友人索饮,遂号酒丐。又喜渔色,爱美人如性命,故既号潇湘馆侍者,又号司

---

① 韩南著,徐侠译:《中国近代小说的兴起》(增订本),上海:上海教育出版社 2010年版,第10页。
② 同上书,第13页。粗体为笔者所加。

第三章 另出机杼的叙事句法与文化舆图：苏曼殊小说研究

香旧尉。"①可见在第一人称叙述者的功能和配置上，积极寻求新变的晚清小说仍旧不得不受到某些习俗的制约。

林译小说的深广影响很可能是苏曼殊小说叙述者和叙述策略创新的源泉之一。苏曼殊喜欢并决心重译《茶花女》之事广为友人知悉，并见于《太平洋报》"文艺消息"一栏的报道："林译《巴黎茶花女遗事》为我国译人译本小说之异祖，久已名重一时。顷曼殊携小仲马原书见示，并云：'林译删节过多，殊非完璧。得暇拟复译一过，以饷国人。'必当为当时文学界所欢迎也。"②南社同人高燮有诗《闻曼殊将重译〈茶花女遗事〉，集定庵句成两绝寄之》传世。"林纾和他的合作者们实际上为中国小说创造了一种新的形式——具有新的结构和新的叙事者角色的文言小说。在二十世纪的起初十年里，这种新的形式在很大程度上为文言小说所采用。"③1895年林纾（与他人合作）的第一部译著《巴黎茶花女遗事》（*La Dame aux camélias*）一问世就洛阳纸贵，广为流传，严复诗曰"可怜一卷《茶花女》，断尽支那荡子肠"④。被视为鸳鸯蝴蝶派小说鼻祖的《玉梨魂》便显然受其影响，作者徐枕亚自称为"东方仲马"。《巴黎茶花女遗事》开篇以小仲马（Alexandre Dumas fils）的口吻作为"余"展开第一人称叙述，而后转为男主人公亚猛自述其经历。此后，叙述者又转换为小仲马："小仲马曰：亚猛语既竟，以马克日记授余，或掩泪，或凝思，意态悲凉，倦而欲睡。已而闻亚猛微鼾，知亚猛沈睡矣，乃展马克日记读之，日记曰：今日

---

① 司香旧尉著：《海上尘天影》，上海：上海古籍出版社1992年版，第13页。"司香旧尉"即作者邹弢的笔名之一。
② 李蔚著：《苏曼殊评传》，北京：社会科学文献出版社1990年版，第306页。
③ 韩南著，徐侠译：《中国近代小说的兴起》（增订本），上海：上海教育出版社2010年版，第127页。
④ 严复撰：《甲辰出都呈同里诸公》，见于严复著，周振甫选注：《严复诗文选》，北京：人民文学出版社1959年版，第202页。

为十二月十五日。余已病三四日矣,侵晨不能起坐。昨天气阴惨,余又不适,四顾无一人在侧,余甚思亚猛也。……"①于是小说以日记的形式将叙述者转派于女主人公马克,继而转为马克女友于舒里著巴。小说末端,"余"指代的人物回到故事的记录者小仲马:"小仲马曰:余读日记讫,亚猛谓余读竟乎? ……余住其家数日,观其家人调护亚猛,已渐忘其悲梗之心,乃归。因书其颠末如右,均纪实也。"②《茶花女》原著的第一人称叙述者即经历了不同人物之间的转换:故事记录者—阿尔芒—玛格丽特(的日记)—朱利·迪普拉(因玛格丽特病重已无法动笔)—故事记录者。保留此形式的中文直译对中国小说叙事的发展具有划时代的意义。与源文本叙述策略相异的一个细节是,林纾在《巴黎茶花女遗事》开篇和结尾都标明"小仲马曰",它的功能是明确地将旁观、记录故事的叙述者与文学文本之外的现实作者对等,使叙事如传统的小说一样将街谈巷语、所见所闻呈现于读者眼前。《茶花女》原著的故事记录者则是一个有意匿名的"为他人做嫁衣者",是作家于小说内塑造的一个人物。

1908年出版的另一部林译小说《块肉余生述》(*The Personal History of David Copperfield*,今译《大卫·科波菲尔》)更是一部完整的第一人称文言"自传体"之恢宏巨制。林纾在译作中取消了原著各章提示情节的小标题,仅标序号。第一章开篇即道:

> 大卫考伯菲而曰:余在此一部书中,是否为主人翁者,诸君但逐节下观,当自得之。余欲自述余之生事,不

---

① 小仲马著,林纾、王寿昌译:《巴黎茶花女遗事》,北京:商务印书馆1981年版,第72—73页。
② 同上书,第84页。

第三章　另出机杼的叙事句法与文化舆图：苏曼殊小说研究

能不溯源而笔诸吾书。

余诞时在礼拜五夜半十二句钟,闻人言,钟声丁丁时,正吾开口作呱呱之声。似此礼拜五日,又值十二点时,凡邻媪乳母之有高识者,皆言时日非良,不为此子之福,后此且白昼见鬼,具鬼眼也。盖在礼拜五夜中生儿,初不能免此二事。至第一事,但观吾书所叙述,诸君足知吾艰,无复待辨。若云见鬼,则少时愚昧,或且见之;若既长成,实无所见。①

这是一部大卫考伯菲而自叙己事的长篇小说,以该人物作为第一人称叙述者统贯全篇。《块肉余生述》与1913年问世的《断鸿零雁记》的叙述者功能配置几近相同。相比之下,与《断鸿零雁记》几乎同时发表的文白混合书写的《玉梨魂》则仍采用全知视角叙述整个故事,第一人称叙述者"余"以旁观者身份记述来龙去脉,在最后的篇章交待记述缘由并抒发感慨:"余与梦霞,无半面之识,此事盖得之于一友人之传述。此人与梦霞有交谊,固无待言,且可决其为与是书大有关系之人。盖梦霞之历史,知之者曾无几人,而此人能悉举其隐以告余,其必为局中人无疑也。"②这是符合传统小说创作和读者阅读习惯的叙述策略与篇章布局。继轰动一时的《玉梨魂》之后,徐枕亚以同一题材创作了第一人称日记体小说《雪鸿泪史》,内容是何梦霞的日记,既是对《巴黎茶花女遗事》的部分传承,又下接五四新文学的日记体小说。

回到苏曼殊的小说,苏曼殊的第一人称小说都是叙述者"我"直接面向读者娓娓道来,以言语(parole)表达"即时而含混的主

---

① 迭更司著,林纾、魏易译:《块肉余生述》,见于林纾译:《林纾译著经典》第四册,上海:上海辞书出版社2013年版,第5页。
② 徐枕亚著,《玉梨魂》,上海:清华书局1929年版,第156页。

体性"①。更为重要的是,苏曼殊小说擅长通过多重叙述视角营建作者与叙述者、叙述者与其他人物、叙述者与读者之间交叠并存的复杂关系,穿梭往来于独白、对白、旁白等不同形式的言谈场域。小说中的"我"同时是一个叙述者、经历者以及与受话者和读者展开双重对话的言说者,作者亦总是在与内心复杂矛盾的自我对弈。我们在面对自传性文学与其他第一人称小说的叙述策略时,必须厘清叙述者与作者、叙述者与其他人物角色、叙述者与读者之间的多重关系。

如前所述,第一人称代词在一般言语活动中的语用意义是指示在具体时刻实施言语行为的说话者主体,但是在小说文本这种秉承特定文类特征的书面"话语"中,经过再度编码和规约之后,第一人称代词所指示的说话者与受话者、陈述对象之间的关系变得复杂得多。"叙述者"在传统叙事学界并非一个未被涉猎的话题,但是如何判断同一人称代词在话语陈述中的主格位置上所发挥的不同功能,以及在看似相同的表象之下考察迥异的叙述句法和意义生成机制,我们需要更新的方法论武器来寻求深入的解答。

三、苏曼殊第一人称小说的动元角色与叙事句法

法国语言学家、符号学家格雷马斯以其独树一帜的语义模态理论和叙事句法理论,开创了符号学的巴黎学派。和本维尼斯特同样,格雷马斯把语言活动(langage)区分为内在系统和被显现的过程。在早期成名作《结构语义学》中,格雷马斯把叶姆斯列夫研究语言学的演绎推论方法应用于叙事文本的结构分析,致力于

---

① Benveniste, Emile. "Remarques sur la fonction du langage dans la découverte freudienne." *Problèmes de Linguistique Générale. Vol. 1.* Paris: Gallimard, 1966. 77-78.

第三章　另出机杼的叙事句法与文化舆图：苏曼殊小说研究

探索义素到语篇的意义构形，从词汇至文本的语义逻辑中发掘叙事句法的系统规则。格雷马斯的结构语言学与索绪尔"语言是形式"、语言分合（articulation）与价值等基本概念的界定一脉相承，与雅各布森的功能语言学一派遥相呼应。格雷马斯的语符叙事理论致力于以新的符号学配置和新的观念对象组织一套叙述程序的演算方法。

在《结构语义学》的框架下，表达（expression）是意义彰显的先决条件。义素（seme）是最小的意义单位，它只有在参与一个意义结构的接合时才能显现和被感知。① 核心义素与类义素（classeme）可组合生成义子（sememe），"语义的宇宙在义子的形式下显现，因而它呈现为一个内在的句法宇宙，从中能够生成更大的句法单位体"②。"一个语料库中的句法活动，就是由从关于世界中的事件或状态的话语来建构对象的活动构成。"③句法的显现过程组成固定的图式（scheme），这些图式中倾入了我们"关于动元（actant）即'象征对象'的行为和存在的知识"④。格雷马斯在语符叙事学的视野下区分出动元和行动者（actor）这两个独立的层面。"在一个给定的叙述程序中，主体动元可以呈现为多个动元角色，定义这些角色的是动元在叙述活动的逻辑链接中的位置（其句法定义），以及它们的模态赋值（其形态定义）。"⑤对主

---

① 这一观点作为格雷马斯语义学的核心理念之一，自《结构语义学》延续至《激情符号学》。
② Greimas, Algirdas Julien. *Structural Semantics: An Attempt at a Method*. Trans. Daniele McDowell, Ronald Schleifer and Alan Velie. Lincoln: University of Nebraska Press, 1983. 138.
③ Ibid., 138.
④ Ibid., 140.
⑤ Greimas, Algirdas Julien. *On Meaning: Selected Writings in Semiotic Theory*. Trans. Paul J. Perron and Frank H. Collins. Minneapolis: University of Minnesota Press, 1987. 110.

体进行语义赋值的,正是存在于客体之中的它所欲求的价值,客体在不同主体之间离合与流通,当主客体相合时,主体是静态的状态主体,当主客体连结中断时,我们以另一个句法操作符号——补充状态主体的行为主体来说明这种流通。这两类通过模态能力和行为进行转化的主体可以外显为同一人,也可以为不同的人物。这种价值论过程使叙述句法的操演直达叙述话语表层。根据格雷马斯对"行动"与"事件"的区分,行动基于主体,事件则是一个外在于行动的动元对主体的"言中行为"(performance)的描述①,因此该动元首先是一个叙述者;这个动元可能参与其他主体的行动,也可能是一个独立的旁观者,伴随着话语的展开,提出或更改着自己的观点认识,并把各种差异性的言中行为"体化"(aspectualization)②,从而转化为时间性进程。

---

① 言中行为(performance)和言中能力(competence)是格雷马斯在《论意义》(*On Meaning: Selected Writings in Semiotic Theory*)等著作中广泛而深入探讨的概念。本书从吴泓缈、冯学俊的译法(A. J. 格雷马斯著,吴泓缈、冯学俊译:《论意义——符号学论文集》,天津:百花文艺出版社 2011 年版)。格氏认为语义内在的分合关系规定主体(相对于)价值客体的状态,正是这些规定而不是所谓的"本质"让我们了解主体,把主体看作一个"此在"。主体可以被表述为两种状态陈述:S1(主体)∩O1(客体)或 S1∪O1。从一个状态过渡到另一状态的转化构成行为陈述,它的句法对象是一个状态陈述。所以每一个转化产生一次分合,每一个行为陈述支配一个状态陈述。格雷马斯将两种基本陈述之间的这种从属关系称作言中行为(在自然语言中对应的表述是"使之如是"),更确切来说是发出致使行为的施事,这个施动者的存在,可以构成一个新的层级更高的状态陈述,格氏称其为言中能力,它与言中行为共同参与意义的模态结构。参阅 Greimas, Algirdas Julien. *On Meaning: Selected Writings in Semiotic Theory*. Trans. Paul J. Perron and Frank H. Collins. Minneapolis: University of Minnesota Press, 1987. 123 – 124.
② "aspectualization"是格雷马斯符号学架构的重要组成部分,他在《论意义》《激情符号学》中多有阐发。模态在话语外显层表现为(动词)体化。同样地,在意义的情感领域,另外存在一个独立于叙述方案自身的主体的规划,它具有特殊的体的形式。可参阅 Greimas, Algirdas Julien. *On Meaning: Selected Writings in Semiotic Theory*. Trans. Paul J. Perron and Frank H. Collins. Minneapolis: University of Minnesota Press, 1987; Greimas, Algirdas Julien and Jacques Fontanille. (转下页)

第三章 另出机杼的叙事句法与文化舆图：苏曼殊小说研究

这一认识所导致的结果使我们得以把主体的言中行为和叙述者的叙述/观察从不同的层面区分开来，并把行动界定为言中行为的程序。

格雷马斯对文本表意系统的研究一以贯之地从语言成分、层次的分析入手。他把模态定义为"主体对述谓的改造"，模态决定行为动词的表达功能；格雷马斯提出关于主体言语行为的四种模态，包括两个潜在化模态——应做（devoir faire）和欲做（vouloir faire），与两个现实化模态——能做（pouvoir faire）和会做（savoir faire，或译"知做"），"行为序列（操纵、行动、惩罚）被浓缩为叙事的典范模式，并被看作是所有类型话语的基础。不但社会的结构可以由此得到阐明，该模型也能够用于探寻生活的意义。"①分析主体行动的各种功能性述谓，有助于我们把握文本的叙事模式，进而研究其更深刻和抽象的概念句法层，把握语篇的表意结构与核心价值体系。

苏曼殊的《碎簪记》采用的是一种迥然不同于传统古典小说的陈述方式：如张汉良在《苏曼殊的〈碎簪记〉：爱的故事/言谈》一文中指出，"如果我们根据被陈述的指涉来阅读苏曼殊的《碎簪记》，便会产生一个'Dedicated Lover'（真挚恋人）的故事，这个英文标签是英译本编者所拟定的。这种主题式的标签，反映出编者对书写及物性的信仰，以及他们对摹拟论的信念。"②然而，作为小说前景的陈述却是叙述者曼殊的言谈，庄湜的故事已经内化于

（接上页）*The Semiotics of Passion*: *From States of Affairs to States of Feeling*. Trans. Paul Perron and Frank Collins. Minneapolis: University of Minnesota Press, 1993; Greimas, Algirdas Julien and Joseph Courtés. *Semiotics and Language*: *An Analytical Dictionary*. Trans. Larry Crist et al. Bloomington: Indiana University Press, 1982. 18-19. 下文另将多次阐述格雷马斯的相关见解。

① 参阅 Greimas, Algirdas Julien. "Pour une Théorie des Modalités."*Langages*, 10e année, n°43(1976): 90-107.
② 张汉良著：《比较文学理论与实践》，台北：东大图书公司1986年版，第257页。

曼殊的话语陈述中,"在孤立的被陈述世界中,曼殊在追忆从前的一个事件;但另有一个曼殊在陈述中追忆曼殊(他从前的自己或'他')'过去'在被陈述的世界中追忆一个更早的事件。"[①]进而我们发现,《碎簪记》的叙述者在表层话语中体现为第一人称的话语主体"余",他在向读者讲述的同时也在向庄湜讲述和隐瞒,他介入和干扰庄湜、灵芳和莲佩之间的事件进展,这个人物在叙述句法的层面同时对应多个动元及动元角色;对这些不同的动元而言,它们所关联的掌控着事件的真相与表象的真伪模态的状态主体也是不同的。"曼殊"和"庄湜"是作家心中运思的不同价值观结构的外现,苏曼殊在小说文本中通过动元与行动者的不同模态和主体的转化,操演不同价值系统的交涉互动。

如果我们把《碎簪记》首先看作一个"认知故事"[②],纵览小说全篇,始终是叙述者"余"作为发话者向受话者(读者)陈述其见闻遭际。这篇故事的人物和情节母题很少,而大量使用感知谓词,如"思""望""见",它们与"余"的功能性结合,使叙述者始终呈现为一个拥有丰富强烈的知做模态和欲做模态的主体,这个主体把他和其他动元共同参与的事件作为对象客体来观察、理解和追忆,认知判断与情节叙述是互相依存的两个共时性嵌套结构。叙述者"余"向读者陈述这个故事,在叙述句法层面,这个主体在认知其他动元角色的同时,也把自己作为认知的对象而他者化。他同时是一个故事中的接收者,接收来自庄湜等人的各种信息,并不断被牵涉入具体的话语时刻,参与其他行动者的行动。更为重要的是,虽然叙事布局是追忆已经发生的过去的事件,但是小说基本采取固定式"内聚焦"[③]的限知型视角,"余"的眼光跟随着事

---

① 张汉良著:《比较文学理论与实践》,台北:东大图书公司1986年版,第267页。
② 同上书,第266页。
③ 可参阅 Genette, Gérard. *Narrative Discourse: An Essay in Method*. Trans. Jane E. Lewin. Ithaca: Cornell University Press, 1980. 189.

第三章 另出机杼的叙事句法与文化舆图:苏曼殊小说研究

件的叙述时间同步地审视、判断、揣测其他行动者的举动。读者了解的人物故事是不停变换的此时此刻的"余"所认知的人物事件,同样地,他们的言中行为亦都会通过这个话语主体对陈述谓词的改造而被模态化。譬如,我们可以通过在句法框架中引入"真相"与"表象"这对概念,揭示它们如何使叙述章法逐步复杂化并使动元角色的数量增加。《碎簪记》开篇便采用"抛出谜团"的叙述环节,"余"在西湖初识寻庄湜不遇的杜灵芳,对她的忽然造访充满疑惑:

> 余此际神经,颇为此女所扰,此何故哉? 一者,吾友庄湜恭慎笃学,向未闻与女子交游,此女胡为乎来? 二者,吾与此女无一面之雅,何由知吾名姓? 又知庄湜同来? 三者,此女正当妙龄,而私约庄湜于逆旅,此何等事? 若谓平康挟瑟者流,则其人仪态万方,非也;若谓庄湜世交,何以独来访问,不畏多言耶? 余静坐沉思,久乃耸然曰:"天下女子,皆祸水也!"余立意既定,抵暮,庄湜归,吾暂不提此事。①

在认知故事结构中,叙述者向读者申明的真相是他帮助友人摆脱情障,表象是他隐瞒此事,这个具有应做模态的潜在主体在情节结构中是一个拥有能做的模态能力的行动主体,这个行动者在叙述句法层面除了担当信息发送者的动元角色之外,也是干涉者和阻碍者;他对另一主体灵芳的负面认知("天下女子,皆祸水也")预设了他在情节进程中的言中行为。而对于人物庄湜而言,真相是灵芳为庄湜真心所属,它作为一个秘密向叙述者与读者隐

---

① 苏曼殊撰:《碎簪记》,见于苏曼殊著,柳亚子编:《苏曼殊全集》第三册,北京:中国书店1985年版,第254—255页。

瞒。"余"一方面作为叙述者向读者透露自己的秘密,另一方面相对于其他主体和事件,该主体作为行动的能力主体同时在某种程度上也左右着其他主体,面对他们分别担负着揭秘者和保密者的角色。上述主客关系的图谱尚且统一于被叙述者陈述的完整封闭的时空语境中,下段亦然:

> 余既别庄湜、灵芳二人而归,辗转思维,终不得二子真相。庄湜接其叔书,谓灵芳将结缡他姓,则心神骤变,吾亲证之,是庄湜爱灵芳真也。余复思灵芳与庄湜晋接时,虽寥寥数语,然吾窥视此女有无限情波,实在此寥寥数语之外……然则所谓莲佩女士者,余亦省识春风之面矣。第未审庄湜亦爱莲佩如爱灵芳否?莲佩亦爱庄湜如灵芳否?[1]

此刻的"余"是三人关系发展的观察者和解密者,他判断出庄湜、灵芳互有真情,但他不知晓三人心之所属究竟孰轻孰重,却渴望知道,于是"辗转思维"。"余"时而又以叙述者的身份站在外在于事件的位置向读者讲述:"嗟乎! 此吾友庄湜与灵芳会晤之始,亦即会晤之终也。"[2]这样的状态陈述是处于情节中具体话语时刻的行动主体无法预知的,而是故事情节的后设话语,它突出地表明陈述主体与言中主体的分离,两个叙述程序的线性话语时间表存在着错位。

随着故事的进展,作为旁观者的"余"已经逐渐弄清楚庄湜在家长之命与个人心愿之间挣扎的处境,叙述者也将其所察境况告

---

[1] 苏曼殊撰:《碎簪记》,见于苏曼殊著,柳亚子编:《苏曼殊全集》第三册,北京:中国书店1985年版,第267页。
[2] 同上书,第266页。

第三章 另出机杼的叙事句法与文化舆图：苏曼殊小说研究

知读者：

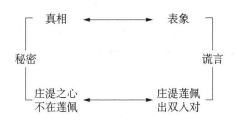

此时的"余"一方面是庄湜、灵芳之间相会的阻碍者或不赞同者，他劝庄湜将灵芳所授之簪"好自藏之"，见庄湜不愿又亲为"出其巾裹之，置枕下"①，是为"簪"这个价值客体所承载之价值的反对者。以"簪"这个价值客体为中心，两套相关联的叙述程序并立而行。另一方面，"余"又是对庄湜莲佩交往的默许者与辅助者，他与庄湜莲佩一起外出游玩观戏，目睹莲佩依偎庄湜身侧泪水沾巾，并最终推动和促使"簪"（爱情信物）这个价值客体的彻底毁灭。

此番陈述后，叙述者转而向读者告白其内心曲折："须知对此倾国弗动其怜爱之心者，必非无因，顾莲佩芳心不能谅之，读者或亦有以恕莲佩之处。在庄湜受如许温存腻态，中心亦何尝不碎？……余中心甚为莲佩凄恻，此盖人生至无可如何之事也。"②从表面上看，这个撇开故事中的人物而面向读者发出言中行为的叙述者不会对故事中其他主体造成结构性的影响。但事实上，这个以读者为听众的自陈心声的叙述者对应着一个拥有潜在的欲做模态和应做模态的状态主体，"亦有以恕莲佩之处"的"亦"字预设"余"自己对莲佩之恕，表征的是在叙述句法层面这

---

① 苏曼殊撰：《碎簪记》，见于苏曼殊著，柳亚子编：《苏曼殊全集》第三册，北京：中国书店1985年版，第269页。
② 同上书，第288—289页。

个状态主体对欲做和应做的态度,一旦他具有言中能力就随时可以实施言中行为。对于庄湜与二女而言,表象和真相背后不同价值的激烈冲突正是导致状态主体转化为行动主体的原因,投射在表层话语,最终庄湜灵芳被拆散,灵芳碎簪,进而三人相继殒命。

综上所述,在小说《碎簪记》中,第一人称代词"余"一方面指称叙述者动元的行动者曼殊,所有关于碎簪事件的人物言行都是通过他来观察揣度而以陈述为中介呈现于读者;另一方面,"余"亦指代事件的一个参与者,即同时指代叙述主体和他所谈论的对象。在大部分篇幅中,叙述者"余"采取的是当时当下线性地叙述故事的方式,他的感知言行只面向故事中其他人物,并与故事发展保持同步;但是小说并非只有一种讲述方式和一种言中行为的时刻表,"余"有时在某个特定时刻跳出故事的当下,站在大幅度向后推进的、结局已知的时间点预告故事的线索,或把故事外的读者作为受话和交流的对象,向其陈述故事中其他人物所不知的内心所感,把故事中的人物包括自身他者化。这个已通晓全局的叙述主体在认知层面上潜在地预设了行动主体的言中行为,可以被表述为一个后设的状态主体,通过它把行动主体模态化。叙述成为两种知识/记忆的对抗,目睹悲剧酿成的"余"对曾经之事有着难言的悔憾,却仍在以追忆为时间表的叙述中得以为当时的自己辩解。所有叙事因素都被纳入认知的向度,叙述者的认知本身成为叙事话语的后设部件之一。同时我们可以说,在小说这样一种经过二度规约的特殊语言结构中,第一人称代词在指称话语主体的功能方面,所能操演的话语程式较一般言语活动更具复杂性和多元性。

对比苏曼殊的其他小说,《断鸿零雁记》和《绛纱记》都采用第一人称叙述者述"己"之事。《绛纱记》虽言及其他行动者的活动较多,但主体部分仍是"余"(昙鸾)讲述自己的遭际,友人梦珠的

第三章　另出机杼的叙事句法与文化舆图：苏曼殊小说研究

故事作为相对于此明线的暗线进行交待，叙述基本统一于被叙述者陈述的完整封闭的时空语境中，所有人物事件经由叙述者的限知陈述被文本化。小说以第一人称叙述者为中心形成一个认知系统，叙述者的言语行为也引导着读者的认知。同《碎簪记》一样，《断鸿零雁记》和《绛纱记》的叙述者同时担任多个动元角色并在其中不断转换，凸显出个体意义世界的强烈主观性和自反性。然而同样是采用第一人称叙述者的《非梦记》，叙述者自始至终不曾担任其他任何动元角色，不干涉其他主体的状态和行为。在《焚剑记》与未完成的《天涯红泪记》中，叙述声音来自一个隐而不显的叙述者，这个隐藏叙述者有时又会显现为内化于文本的作者声音："读吾书者思之：夫人遭逢世变，岂无江湖山薮之思？况复深于患忧如生者。"[①]这是中国古代小说的一种惯用笔法。

回顾中国古代小说史，从唐宋传奇、宋元话本直至明清小说，无论文言白话语体，由已通晓事件全部过程的叙述者追记和传诵的叙述方式占绝对主导地位，或是在故事中避免第一人称代词的出现，使故事仿佛自然呈现，或是第一人称陈述主体在表层话语显现，作者通过这个说话者构建价值观的目的由此更加直接地得以实现（伦理观念的认同、教训规诫的宣扬等），但是叙述者不担任其他任何动元角色，他只发挥在作者与读者之间传递信息的功能。即使是与苏曼殊同时代的轰动一时的小说《玉梨魂》，仍是以超脱于事件之外的第一人称叙述者讲述故事，他的认知、议论与故事中其他行动者的言行互不干涉。《碎簪记》《断鸿零雁记》和《绛纱记》的叙述方式在晚清民初的文坛为凤毛麟角：第一人称代词所指称的陈述主体可筛选的句法途径和布局更加复杂，他与

---

① 苏曼殊撰：《天涯红泪记》，见于苏曼殊著，柳亚子编：《苏曼殊全集》第三册，北京：中国书店1985年版，第174页。

言中主体完全可能设定不同的行为参照系,各自对价值客体的认知进行定性归类,发展出叙述子程序的多样性。在话语符号学的透镜下,我们可以重新深入考察小说第一人称叙述的表层话语之下的深层句法和意义生成机制。

另外值得一提的是,作为"中国现代作家的浪漫一代"之旗帜人物,郁达夫是将前辈苏曼殊的"现代浪漫抒情小说"[①]传承发展的主要作家之一,他在人生履历、创作题材、文体风格等诸方面与苏曼殊颇为惺惺相惜。虽然也有若干第一人称小说传世,郁达夫早年轰动文坛的三篇"自传性"小说《沉沦》《银灰色的死》《南迁》以及其他早期作品《茫茫夜》《怀乡病者》《空虚》等均以主人公"他"(或名"质夫")的视角探索自己身处的世界。这些小说以一个特殊、固定的人物"他"作为故事从头至尾的主要行动者,以"他看见""他说""他心里想""他问""他心里骂他们"等等来结构故事。这个"他"的眼界和声音所及的界限是作者向读者呈现的全部视野,这是郁达夫小说叙事的一个突出特征。从这一点着眼,郁达夫小说第三人称代词"他"的功能与《断鸿零雁记》的第一人称代词"余"相仿。陈平原曾指出:"《断鸿零雁记》正是郁达夫自叙传式小说的先驱。……这绝不只是一个哀艳的故事,而是一个在东西文化、俗圣生活的矛盾中苦苦挣扎的心灵的自白。"[②]从小说的语言系统的维度来看,郁达夫虽然秉承五四文学革命之精神以白话写作小说,却仍然无法完全摆脱第三人称叙事之陈规,在小说叙述者的设置上,反而不如前辈苏曼殊的改造之"超前"。

[①] 陈国恩著:《中国现代文学的历史与文化透视》,武汉:武汉大学出版社2005年版,第57页。
[②] 陈平原著:《中国小说叙事模式的转变》,上海:上海人民出版社1988年版,第79页。

第三章 另出机杼的叙事句法与文化舆图：苏曼殊小说研究

第二节 苏曼殊小说的抒情向度

一、"抒情小说"的概念悖论

五四时期蓬勃发展的"抒情小说"被现代文学研究界视作一种极富变革性的小说体式。鲁迅的《伤逝》、郭沫若的《残春》、冯沅君的《隔绝》、郁达夫的《沉沦》、王以仁的《孤雁》"直指叙述者在环境与心灵、感性与理性、灵与肉激烈冲突下骚动不安、痛苦挣扎的心理世界，倾诉着生命的绝叫。这些小说的叙述视角都完全内化为叙述者的个人独白。小说中所表现的现实生活及其人物关系都是通过叙述者的自我感受、回忆、幻想和感情活动而折射出来。"①这种小说体式在当时曾引起颇多非议，被认为是一种"不像小说的小说"，"甚至有人曾认为'中国哪有这样一种体裁？'"周作人将其称之为"抒情诗的小说"②。如果说在现代文学史的初期，郭沫若、郁达夫等创造社作家标举"主情主义""自叙传"的小说乃至五四一代小说创作者以个体自我内心情感宣泄为表征的集体公语是中国现代小说史上一种"全新的样式，也是对传统小说观念的一个新的发展"——"作者不着意于通过人物的性格刻画，以某种思想意识教化读者，而是直接抒发主人公的强烈感情，去打动读者"③，那么苏曼殊正是这种亚文类名副其实的先驱者。苏曼殊的小说文本中比比皆是第一人称代词"余"作主语并连结

---

① 冯光廉主编：《中国近百年文学体式流变史》上册，北京：人民文学出版社1999年版，第112页。
② 同上书，第109—110页。
③ 钱理群、温儒敏、吴福辉著：《中国现代文学三十年》（修订本），北京：北京大学出版社1998年版，第72—73页。

229

表达心理情感的谓词,大量出现表征情感的名词、形容词、副词与语气词所结构的自叙性抒情表达,强烈的"抒情性"是苏曼殊的小说一个无法忽视的特征。

"抒情"这个概念是古今中外诗学研究的一个永恒话题。"中国自有史来以抒情诗为主所形成"的传统是"无往不入、浸润深广"的传统①,抒情诗的美学"确曾被普遍视为文学的最高价值所在"②,以诗骚为典范的抒情体类是与西方戏剧、史诗传统相互对观的中国文学正统和主流,自陈世骧、高友工等先生的名文传世至今的四十余年间,已成为在海内外学界颇具共识的观点,后辈学者对其有借鉴、发展,也有部分赞同、补充和新拓。有的倡导诗骚抒情传统在与史传叙事传统的和鸣对话中参与中国文学现代性的生发③,有的将"抒情"的概念旧瓶装新酒,将"抒情美典"④拓展为"一个生活实践的层面"、一种政治表白方式和生活风格,从思想史、文学史的角度探讨"抒情"更为广阔的语境。⑤ 可以说,他们都不约而同地洞见到作为文类的抒情文学与叙事之间的鲜明对立,以及作为文学表现风格的抒情在叙事文学中绽放的异彩。

---

① 高友工撰:《中国文化史中的抒情传统》,见于高友工著:《美典:中国文学研究论集》,北京:生活·读书·新知三联书店 2008 年版,第 91 页。
② 高友工撰:《中国叙述传统中的抒情境界——〈红楼梦〉与〈儒林外史〉读法》,见于高友工著:《美典:中国文学研究论集》,北京:生活·读书·新知三联书店 2008 年版,第 295 页。
③ 陈平原在《中国小说叙事模式的转变》中指出:"影响中国小说形式发展的决不只是某一具体的史书文体或诗歌体裁,而是作为整体的历史编纂形式与抒情诗传统。……影响中国小说发展的不是'史传'或'诗骚',而是'史传'与'诗骚'。"陈平原著:《中国小说叙事模式的转变》,上海:上海人民出版社 1988 年版,第 220 页。
④ 高友工撰:《文学研究的美学问题(下):经验材料的意义与解释》,见于高友工著:《中国美典与文学研究论集》,台北:台湾大学出版中心 2004 年版。
⑤ 王德威、季进撰:《抒情传统与中国现代性——王德威访谈录之四》,见于季进编著:《另一种声音——海外汉学访谈录》,上海:复旦大学出版社 2011 年版,第 107 页。

第三章 另出机杼的叙事句法与文化舆图：苏曼殊小说研究

这也是为何拉夫·弗里德曼（Ralph Freedman）在《抒情小说》（*The Lyrical Novel: Studies in Hermann Hesse, André Gide, and Virginia Woolf*）一书中称"抒情小说"的概念本身是一种悖论。抒情式的小说取消了经历中的主体与经历发生的世界相分隔的框架，而诉求"主人公的经历与对象事物的融合"①；它强调作者以类似诗人的眼光把世界作为一种设计来重新构想，即使是动作行为的描写也是一种想象、象征的形式；世界不再是作者与读者之外的孤立存在，而是一种"抒情的视角"②，成为抒情自我的内心世界的投影。弗里德曼把抒情小说看作叙事文类的一种"进化发展"③，他的研究是主题学与文体学的视域和方法，如果以更新的棱镜来透视"抒情"之于"小说"的关系，深入"抒情小说"的话语机制本身，又会得出怎样的结论呢？

二、巴黎符号学学派的情感学说

在本节中，笔者意借助格雷马斯符号学的方法，从叙事学和话语研究的双重层面重新考察"抒情小说"，将普通语言学、价值论和美学的不同维度共同纳入研究视野。在早期成名作《结构语义学》中，格雷马斯批判了普罗普（Vladimir Propp）的主题叙事学研究的局限性，提倡研究动元角色的句法功能。在其符号学思想日益成熟的中后期，格雷马斯着力分析主体行动的各种功能性述谓，进而研究其更深刻和抽象的概念句法层。在晚近新著《激情符号学》中，格雷马斯与学生冯塔尼勒一道探讨叙述者如何把人的身体对内外界的感觉、认知和反应表现于文本，分配于主体

---

① Freedman, Ralph. *The Lyrical Novel: Studies in Hermann Hesse, André Gide, and Virginia Woolf*. Princeton: Princeton University Press, 1963. 2.
② Ibid., 8.
③ Ibid., 273.

的不同功能角色,从而捕捉和构建意义的宇宙。

因此,本书探讨的"情"特指格雷马斯符号学意义上的"情感":情感范畴(thymic category)作为一个类型学范畴,它的名称由感官的根源——"thymia"而来,情感范畴的两个基本对立组是适意与失意(euphoria/dysphoria,或译愉悦/不悦),"通过赋予一个符号矩阵的指代词以适意的含义,相反位置的指示词以失意之义,情感范畴激起对每一个意义的基本结构的术语以积极和/或消极的评估",由此把情感应用于语义的描写,使分类概念转化为价值观概念。① 表意空间借助情感的组合分配进行分合(articulation),落实到具体主客体的生成旅程的表层符号结构中,情感便映射到对应的模态空间,模态接合支配主体与客体的关系。格雷马斯用情感范畴来描述人的身体感觉与语义宇宙之间的连结机制,这个范畴也在语义的微观宇宙向符号学的价值论的转换中扮演着重要角色。

格雷马斯的独著《论意义》起步于对词典学意义上的"情"的探讨,晚近与学生冯塔尼勒合著的《激情符号学》一书则倾力探究情感与主体建构的符号学关系。格雷马斯着重强调,认识论意义上的主体从来不会呈现为纯然的理性认知主体,在这一点上他与生物符号学创始人魏克斯库尔(Jakob von Uexküll)意见相合。② 意义的产生到话语外显之间存在一个主客相"感化"(sensitization)的阶段。格雷马斯在《论意义》中探讨的叙述句法层面的存在与行为的基本模态——"欲""应""能""知",尚且依赖于理性的范畴化。然而情感含义的效应依循别样的模型组织,它们更具"构形

---

① Greimas, Algirdas Julien and Joseph Courtés. *Semiotics and Language*: *An Analytical Dictionary*. Trans. Larry Crist et al. Bloomington: Indiana University Press, 1982. 346.

② 可参阅 Uexküll, Jakob von. "An Introduction to Umwelt." *Semiotica* 134 - 1/4 (2001): 107 - 110.

性"(configurational)①,而非严格意义上的结构(structural);它们投射到话语层面,形成具有独立自治性的表征系统。格雷马斯和冯塔尼勒对书名使用的原始表述是"Sémiotique des passions"②,表明他们把超出一般程度的、激烈的、难以抑制的情感(即"passion")作为研究的对象主体。

主体与作为价值的客体对情感的构形是至关重要的,而情感的张力是意义生成的前提条件。格雷马斯在先前的著作中用"主体的模态形式"来指称理性叙述轨迹中的主体的不同阶段和状态,因此他和冯塔尼勒选择用"存在形象"(existential images)或"拟象"(simulacra)来表述主体在情感的想象境域中的不同位置,它们分别形成不同的模态化过程。这个从话语主体中转化脱出的激情主体会干扰认知的程式和理性层面的叙述,以一种非线性、非连贯的情感化途径而活动。格雷马斯所引领的巴黎符号学学派的新创成果,正是力图阐明与模态系列的认知活动相伴而生的激情效应(passional effects),也就是意义效应的情感领域。

根据格氏符号学的界定,先于认识论意义上的主体的阶段的是一个富有张力的阶段,一个"近主体、可感的主体"是主体的前身;进而是一个对意义的感知分化为离散单元及它们的范畴化的阶段,此时主体成为一个"知的主体";"表层叙述句法把主体转变为一个诉求的主体。最终,在置入话语的阶段,主体与话语主体(discoursing subject)相同化……话语主体是已实现(realized)的主体,因为他成功地将整个轨迹搬上话语的舞台。诉求的主体位于表层叙述符号结构(surface semionarrative structures),他是

---

① Greimas, Algirdas Julien and Jacques Fontanille. *The Semiotics of Passion: From States of Affairs to States of Feeling*. Trans. Paul Perron and Frank Collins. Minneapolis: University of Minnesota Press, 1993. 10.
② 参阅 Greimas, Algirdas Julien, and Jacques Fontanille. *Sémiotique des passions: des états de choses aux états d'âme*. Paris: Seuil, 1991.

现实化(actualized)的主体,他预设了安置'基本结构'的知的主体。"①触发情感的与其说是某件具体事物,实则是主客体接合(junction)的模态形式以及由之建构的价值客体的句法形式。"模态序列一旦被建立为一种以行动为目的的能力,就可以被解释为'行动的存在',即主体的一种感化的状态。"②这些状态构成主体存在的模式,包蕴着产生它们的行动的不同时刻,这些模态化过程是拟象的组成部分,激情亦从中转化而生。模态在话语外显层表现为(动词)体化,主掌独立于叙述方案的主体的规划——间歇、持续、潜伏、休眠等等。格雷马斯和冯塔尼勒认为,存在一个独立于叙述方案本身的主体的规划,它具有特殊的体的形式。"叙述方案被一种热烈情感所调控,这种激情可被视为一种能力。"③激情能力构成了主体的一种模态想象,它的效果取决于体化的形式与过程。激情能力并不一定与主体的行动实践相一致,而与激情拟象的历时性轨迹相吻合。

情感的产生到中止都离不开主体与客体的纠葛,主体对对象价值的信赖程度尤其在其中发挥重要作用,决定激情拟象的不是价值客体的语义内容,而在于它们的句法属性——分合关系与量的程度,正如"创造一个吝啬鬼的不是金钱、土地或者物品,而是模态化的分合形式和价值客体的句法形式"④。吝啬鬼追逐的与其说是财富,不如说是内心憧憬、意欲实现之景象,它是潜在的拟象,让主体为之着迷,在其现实化之前已十足地影响了主体的存在状态与行为。主体在充满激情的想象域(passional imaginary

---

① Greimas, Algirdas Julien, and Jacques Fontanille. *The Semiotics of Passion: From States of Affairs to States of Feeling*. Trans. Paul Perron and Frank Collins. Minneapolis: University of Minnesota Press, 1993. 94.
② Ibid., 90.
③ Ibid., 66.
④ Ibid., 69.

第三章 另出机杼的叙事句法与文化舆图：苏曼殊小说研究

sphere)中把自己归属于不同的存在形象,在激情拟象上投射连续的位置,作为它的"存在"①。义素和词位总是对复杂的话语陈述结构的浓缩,也正是我们展开话语分析的起点。在下文中,笔者将以苏曼殊的小说《断鸿零雁记》等作品为例,细读其中与叙事互渗互动的情感书写形态,以格雷马斯学派的分析方法考察情感的表达如何参与意义的生成与显现,进而重新检视"抒情小说"的文类特征与意义生成机制,探析它与其他文学样式之间的深层殊异。

三、苏曼殊小说的"情感角色"与"情感拟像"

在《断鸿零雁记》中,叙述者自始至终都是"余"——三郎(也是作家苏曼殊的别名)。更确切而言,是作家苏曼殊面向读者以文学叙述的方式追忆、描绘、评议"三郎"这个人物的经历故事,"三郎"并不等同于作者本人,而是他塑造建构的一个他者;在文本层面,"三郎"这个叙述者在小说中把其自身他者化,追述在过去的一段时间内他所遭遇的事情。与此同时,叙述者自始至终汹涌动荡的情感情绪直截地以第一人称言说者之口表达出来,表征情感的义/词项俯拾皆是。

在故事开始时,"余"是怀着"恨"出家为僧的,一如"余"投灵隐寺之后所遇的比丘,实为"恨人也",当余"轮转思维,忽觉断惑证真,删除艳思,喜慰无极。决心归觅师傅,冀重重忏悔耳"②。根据《汉语大字典》的定义,"恨"的意思是:1.遗憾,后悔;2.怨

---

① Greimas, Algirdas Julien, and Jacques Fontanille. *The Semiotics of Passion: From States of Affairs to States of Feeling*. Trans. Paul Perron and Frank Collins. Minneapolis: University of Minnesota Press, 1993. 86.
② 苏曼殊撰:《断鸿零雁记》,见于苏曼殊著,柳亚子编:《苏曼殊全集》第三册,北京:中国书店1985年版,第136、111页。

恨，仇恨；3.通"很"，违逆，不听从。① 第三种由假借字而来的意思是在语用过程中产生的"变体"②，常见的是前两种意义，它们又彼此关联。因此，"恨"的语义机制表现为一个连续的序列：主体的受挫状态在逻辑上预设了一个先前没有受挫的情感状态，在这个状态中主体反而是拥有希望和权利的。进而言之，"恨"的前两重意思所区别出的正是对于现状内心不平而否定批判自我的状态主体和对于现状强烈不满而内心酝酿着向他者发起行动（能否实施行动尚未可知）的状态主体，他们分别具有不同的模态关系和能力。据第五章中"余"向读者的解释，雪梅本是"余"之未婚妻，雪梅之父见"余"义父家运式微，生母复无消息，欲悔婚约。"余"只好出家皈命佛陀达摩，"用息彼美见爱之心，使彼美享有家庭之乐。否则绝世名姝，必郁郁为余而死，是何可者？"③这是三郎的自我辩解。"使之受挫"意味着把主体与本有权得到的价值客体分离开来，这不仅提示主体三郎与价值客体"婚姻"的关系，还指出该主体与另一个主体雪梅之父之间近于契约的关系——虽然该关系已经终止。这种价值客体的缺失为叙述轨迹埋下伏笔——叙述者在叙述符号层所对应的主体在当下和未来的时间里葆有未曾止息的执着渴望，想要与价值客体相连结（wanting to be conjoined）而不得。分合关系的模态机制正是情感的发生器。因此，出家行为是"余"满腔郁愤愁苦之下的不得不为之，被剥夺而缺失的情（欲）因为"成全"了雪梅的自我牺牲所获得的肯定性认同而得以平衡。受挫感转而升华为内心的安适愉悦，这样的情

---

① 汉语大字典编辑委员会编：《汉语大字典》（第二版），成都：四川辞书出版社、崇文书局 2010 年版，第 2461 页。
② 参阅 Hjelmslev, Louis. *Prolegomena to a Theory of Language.* Trans. Francis J. Whitfield. Madison: University of Wisconsin Press, 1961.
③ 苏曼殊撰：《断鸿零雁记》，见于苏曼殊著、柳亚子编：《苏曼殊全集》第三册，北京：中国书店 1985 年版，第 30 页。

第三章 另出机杼的叙事句法与文化舆图：苏曼殊小说研究

感心境投射到表层语符叙述结构，主体"感觉到"他"应做"和"欲做"的是弃绝红尘，这两种同时是主体"能做"和"会做"的模态能力，进而得以实现。

回到小说开篇，"余"作为一个已入佛门，而养父见背、人皆谓无母之人，内心向往与母亲重逢。此时寺院的空间限制了主体的愿望实现，在"适意"对"失意"这两个对立项构成的矩阵中，（母子）亲情的语义范畴与"适意"的情感范畴衔接，变成肯定的价值观概念，"礼佛"则暂时与"失意"衔接，处于语义轴的负面；寻母是"余"欲求做的，也是能够做的，在寺院长老的许可下，"余"踏上了寻母之旅。渴望（欲求）做的模态与能做的模态相匹配，使潜在和能力得以成为现实。当"余"在异国他乡找到缺失的生母，随之实现的是孝敬父母的世俗伦理，主体与他者和世界之间的矛盾暂时平息。

当三郎与静子互生好感，三郎的母亲提出让三郎和静子缔结婚姻时，这一桩父母之命且两情相悦的婚事却与三郎的佛徒身份不能兼容。"僧人"这个意义范畴限制和取消了主体在男女之情进而在性方面的能力和行动，使从"爱情"中情不自禁地获得愉悦的三郎陷入深深的自责和愁苦，他向母亲强调并告诫自己，对于静子是姐弟互相爱护之亲情（"儿抚心自问，固爱静子，无异骨肉"）。同时，文中21处使用"玉人"一词以及多处"庄艳""冷艳"等词凸显价值客体之美好矜持，并毫不保留地明示汹涌的情感："但见玉人口窝动处，又使沙浮复生，亦无此庄艳。此时令人真个消魂矣！"[1]"消魂"一词的词典义是"魂渐离散，形容极度的悲伤、愁苦或极度的欢乐"[2]，这是一个意味深长的定义，它暗含了两种

---

[1] 苏曼殊撰：《断鸿零雁记》，见于苏曼殊著，柳亚子编：《苏曼殊全集》第三册，北京：中国书店1985年版，第69页。
[2] 《辞源》（修订本），北京：商务印书馆2009年版，第1961页。

状态或时刻:主体的主观意识受到强烈刺激的状态,和主体自身原有感知发生质变的状态,也就是因为感情累积至一种强度和峰值而让肉体难以承受,而进入被强烈情感攫住身心的非理性状态。"极度"证明情感的强度,魂渐离散的效果又标识出时间历史的维度,构成一个意蕴丰富的隐喻。被第一人称叙述者言说的"余"体验到极度的愉悦,而理性的认知又让他陷入极度的悲苦。因此,"消魂"一词用在文中表达"余"的心境实为绝妙。小说最为曲折尽情之笔即是三郎与静子的几次共处的场景,再以下文一段为例:

> 饭罢,枯坐楼头,兀思余今日始见玉人天真呈露,且殖学滋深,匪但容仪佳也。即监守天阍之乌舍仙子,亦不能逾是人矣!思至此,忽尔昂首见月明星稀,因诵忆翁诗曰:"千岩万壑无人迹,独自飞行明月中。"心为廓然。对月凝思,久久,回顾银烛已跋,更深矣,遂解衣就寝。复喟然叹曰:"今夕月华如水,安知明夕不黑云叆叇耶?"余词未毕,果闻雷声隐隐,似发于芙蓉塘外,因亦戚戚无已。寻复叹曰:"云耶,电耶,雨耶,雪耶,实一物也,不过因热度之异而变耳。多谢天公,幸勿以柔丝缚我!"①

"玉人"和"仙子"的意象衬托、"月华如水"和"雷电雨雪"的鲜明对照所暗示的心境转折,显示出三郎一方面恐惧男女情爱,另一方面自己又难以抗拒它:"余谛念彼姝,抗心高远,固是大善知识,然以眼波决之,则又儿女情长,殊堪畏怖。使吾身此时为幽燕

---

① 苏曼殊撰:《断鸿零雁记》,见于苏曼殊著,柳亚子编:《苏曼殊全集》第三册,北京:中国书店 1985 年版,第 73—74 页。

第三章 另出机杼的叙事句法与文化舆图: 苏曼殊小说研究

老将,固亦不能提刚刀慧剑,驱此婴婴宛宛者于漠北。吾前此归家,为吾慈母,奚事一逢彼姝,遽加余以尔许缠绵婉恋,累余虱身于情网之中,负己负人,无有是处耶?"[1]"幸勿以柔丝缚我",实则透露了"余"已为"柔丝"所缚,这是一个值得重视的比喻:物质(柔丝)作用于身体的感觉和折磨人心的郁结情感联系在一起,被这个看上去柔弱的"假想敌"挫败比被强悍的敌人击败更令人痛苦难堪。"余"要捍卫的是自己的"法身"——它是主体根据自己的社会身份建造的功能性的自我"形象",是一个"被暴露在外又同时被保护的脆弱内核"[2],它建立在对自己持有的价值论价值(axiological value)以及主体与价值客体的相合关系的"自信"上。挫败是与"失望"具有同位性而更加强烈的情感,它是预期设想的严重受阻、被推翻进而引起主体否定自身。在格雷马斯看来,简单的期望是让主体与一个价值客体发生关系,而更为复杂的一种是基于信用的期望,它假设主体与另一个主体之间存在着模态关系。在《断鸿零雁记》中,信用关系就建立在话语主体与其所造的仿制物——言说对象之间。这种基于信用的期望不仅可以表述为一个"希望与之是相合的"[3],同时也是后设的观察者主体对行动主体必须与价值客体实现合取的坚定信念。这个信用契约作为一种观念的建构,其真伪性并不能断言,但是它能够在相当程度上决定主体的行为。

由上观之,在《断鸿零雁记》的话语层面,是第一人称叙述者在言说中再现和阐释自己,此时在回忆中被认知和建构的"余"是

---

[1] 苏曼殊撰:《断鸿零雁记》,见于苏曼殊著、柳亚子编:《苏曼殊全集》第三册,北京:中国书店1985年版,第110页。

[2] Greimas, Algirdas Julien. *On Meaning: Selected Writings in Semiotic Theory*. Trans. Paul J. Perron and Frank H. Collins. Minneapolis: University of Minnesota Press, 1987. 159.

[3] Ibid., 151-152.

从作者到叙述者的文本化之后二度建模的产物;更为重要的是,叙述主体可以在对对象主体观照体察的同时把它获得的能力运用于潜在或虚拟的想象,由此构建叙述主体的激情拟象,这个激情主体因它所观察到的事物来体验变迁的情感进而体化。符号叙述层的存在轨迹和可感的模态编排构成激情的意义效应的句法基础,"最终在话语层,目标图像和倾向共同形成激情拟象"①。位于表层符号叙述结构与话语结构之间的认识论意义上的主体并不能代表主体的全部属性,由于激情效应的介入,叙述话语的相关程序也因之更改。

当"余"情不自禁地被静子吸引,相对于情爱这个客体,激情主体通过建构想象的情景,取得潜在化主体的位置,"激情效应不仅仅是直接关涉激情主体的模态化过程的产物,更是它们相互对抗的结果"②。在"余"和"法身"这个价值客体之间,"应与之相合"与"不欲与之相合"这两种模态之间的冲突导致一种难受的失意感,期望的强度愈强,因为没有达成心愿而直接导致的(此处主要是对自身的)不满和失望就愈深。主体的这种失意一方面来自于所欲求价值客体的求之不得或先合后离,另一方面则因为认为自身的行为与其期望不相符。如果从传统叙事学来看,这是故事的第一人称叙述主人公自信动摇,开始自我怀疑和自我否定;而从语符叙事学的视角来看,在语符叙述层面上,对于期望主体而言,此行为的模态是"应做",但是此行为没有发生或者发生后没有正常持久地延续,主体的信任找错了对象,"由此导致的失望是一种来自双重视角的信任危机,不仅主体2辜负了主体1对他的

---

① Greimas, Algirdas Julien and Jacques Fontanille. *The Semiotics of Passion: From States of Affairs to States of Feeling*. Trans. Paul Perron and Frank Collins. Minneapolis: University of Minnesota Press, 1993. 109.
② Ibid., 82.

第三章 另出机杼的叙事句法与文化舆图：苏曼殊小说研究

信任,而且更为重要的是主体1对自己的错信感到自责"①。这两种失意感共同造成"挫败"的激情效果。

在小说中,"余"多次用"畏怖""忧怖""忧患"等词来表达对男女之情的态度,它们同样都是有"记忆"的词位,预设认识论主体对情爱摧枯拉朽的力量的认知,这种认知进而作用于该主体的激情拟象。"畏怖""忧怖""忧患"是经过认知过滤的后设反应,记忆是存在轨迹的目标图景最重要的源泉之一。记忆的经验教训对认识论主体的认知判断的影响是直截有力的,而对其激情拟象和情感轨迹的作用则颇多曲折。以"畏怖"为例,对男女之情的畏怖包含了对先前失败经历的牢记,主体的跨模态句法形式是欲与客体相合而不得,"能"模态压倒"欲"模态。记忆的功能使"欲"模态得以保存,它被抑制却始终以潜在的冲突形式存在,进而在"畏怖"的构形中,与"知"模态相互对峙。当主体再度拥有投入行动的能力,在"知不做"与"欲做"的角力之间,凸显的是主体内心的反主体角色对主体存在形象的挑战和挑衅,尤其是主体面对客体和反主体的双重被动性。主体对"世外法"愈是捍卫固守,反主体对"世间法"的执着迷恋愈是强烈。

当一个被模态化的状态主体有能力投入行动时,这个主体就被现实化了(actualized),一旦他的行动达到了目标,就(暂时)成为实现了(realized)的主体。格雷马斯认为,在这两种动态模态形式之间还存在一个潜在化(potentialization)的阶段——"潜在化可被视为叙述方案中,能力的获得与实践之间的一种必要的悬置,它可被定义为这样一种操作,具备行动条件的主体能够在行动中展现自身,投射以情感为特征的整个行动和模态情景

---

① Greimas, Algirdas Julien. *On Meaning: Selected Writings in Semiotic Theory*. Trans. Paul J. Perron and Frank H. Collins. Minneapolis: University of Minnesota Press, 1987. 154.

的拟象。"① 它是一个具有持续性的非不连结（nondisjunction）的静态模态形式，激情主体驻足于沉思的时刻，暂时停止行动，品味着潜在化过程所开放的无数激情遐想的可能，"各个模态化过程各得其所，它们打开的想象的路径可以被视为存在的轨迹。这使我们能够理解为什么情感经常以一种回避行动的方式出现在叙述的展开之中"②。在跨模态句法中，主体拥有选择自己与价值客体结盟的方式的权利。此外，外界事物通过以身体为中介的同质化过程而"情感化"，正是通过潜在化这个过程："符号的存在源于感知产物的变异（外感之物通过本体感觉产生内感现象），它保留着身体的记忆。一旦它被分割为离散的单位并范畴化，它关于本体感觉所唯一保留的即是两极化的情感体（thymic mass），由适意/失意构成。通过潜在化过程的运用，言说（enunciation）便可再次召唤身体的'感觉'能力和身体本身。"③

反映在《断鸿零雁记》中，在某种程度上已具备行动能力（两情相悦、家长应允），即现实化的主体，既难以割舍和抗拒情爱，迟于行动，又痛苦恐惧、挫败不堪，激情主体的存在轨迹的复杂性对应着他与价值客体之间关系的多种可能性。"余"对呼之欲出的情爱接连使用的词位是"情网""情关""情澜"，这些词位由抽象义素"情"和另一个具有丰富隐喻义的实体物质义素构成。一方面它们标识出焦虑、紧张或忧惧的情感态度并预设主体的模态化，另一方面，它们都包蕴着一个"体化"的动态过程，一个具有时间长度的绵延性轨迹。以"情网"为例，该词喻义的结构基础是"被笼罩而陷入的状态"，它是一个逐渐的过程，由一个忧虑烦恼的行

---

① Greimas, Algirdas Julien, and Jacques Fontanille. *The Semiotics of Passion: From States of Affairs to States of Feeling*. Trans. Paul Perron and Frank Collins. Minneapolis: University of Minnesota Press, 1993. 90-91.
② Ibid., 90-91.
③ Ibid., 94-95.

第三章　另出机杼的叙事句法与文化舆图：苏曼殊小说研究

动主体实施。这个忧虑的行动主体的出现基于一种价值比较的认知活动——"佛法高于情爱"，这种价值判断也使主体在"此时此地"的叙述假设和一种传达"更高一层的愉悦的叙述拟象"①交织在一起。这两个叙述程序的不兼容引发了一个量变累积以至质变的过程，它终止于话语主体在他的轨迹某一临界时刻的忧虑痛苦的爆发。拥有两个模态的主体处在这样一个位置上，他在模态相容时接受这个文化空间（母亲所在的类似于乌托邦的处所）的契约，在模态不相容时，只能拒绝这个空间的伦理规则并逃至其他的空间（佛门彼岸）。"余"不顾劝阻地逃离日本回到故国："余自是力遏情澜，亟转山脚疾行。渐前，适有人夫牵空车一辆，余招而乘之，径赴车站。购票讫，汽车即发。二日半，经长崎，复乘欧舶西渡。余方豁然动念，遂将静子曩日所媵凤文罗简之属，沉诸海中，自谓忧患之心都泯。"②行为的结局是主体和价值客体（佛法）相合，之前的紧张暂时被缓解。但这个模态转化而带来的平衡关系只是一种虚假的暂时平衡，"自谓忧患之心都泯"揭示了叙述主体对对象主体的强加认识，由此感到满足的适意只是一种自欺欺人的幻觉。

　　回到佛门的三郎所获得的内心平静不久即被消弭。如果说湘僧的介入只是侧面烘托"余"对于静子深感"吾滋愧悔于中，无解脱时矣"③的暂时潜伏隐而不显，雪梅的死讯则全然打破了该文化空间中模态关系的制衡，小说结尾处凭吊雪梅的事件更是让全文的情感抒写达到高潮："呜呼！'踏遍北邙三十里，不知何处

---

① Greimas, Algirdas Julien. *The Social Sciences: A Semiotic View*. Trans. Paul Perron and Frank H. Collins. Minneapolis: University of Minnesota Press. 1990. 174.
② 苏曼殊撰：《断鸿零雁记》，见于苏曼殊著，柳亚子编：《苏曼殊全集》第三册，北京：中国书店1985年版，第126页。
③ 同上书，第106页。

葬卿卿。'读者思之,余此时愁苦,人间宁复吾匹者?余此时泪尽矣!自觉此心竟如木石,决归省吾师静室,复与法忍束装就道。而不知余弥天幽恨,正未有艾也。"①无情所暗含的恰是情(恨)之深,同时又揭示对情的绝望。绝望的程序与复仇相比,缺乏"能做"这个能力模态,"余"无法寻仇于自身之外的世界,不能像复仇一样生产出一个完整的叙述程序。"(不)能做"模态完全"统治"了冲动的主体,它只能零散地选择那些可能用来构建程序的成分,这些成分呈现出"被导向的攻击性"(在此为自我攻击),也使我们得以体察"关于激情的话语"和被"激情"所推动的"激情话语"②之间的区别。

"无情"是主体和内心反主体之间对抗性力量的彻底失衡,这种模态关系的张力程度比对价值客体的疏远/向往还要强烈。那么如何重建因为强烈的悔恨、愧疚、愤慨所打乱的平衡?这个补偿程序只能是情感层面的补偿,如果主体1(叙述者"余")痛苦,那么它就必须处罚主体2——他一直感到不满、敌意、愤怒的他所认知建构的对象"余",让他也感到同样的痛苦。这是一种虚拟的再平衡调节,是叙述轨迹最后的存在图像。它相当于实践于文本的审判,主体通过让反主体痛苦以此"赎罪",缓解内心情感因模态冲突而导致的折磨,从而让对立双方的痛苦再次达到平衡。和先前失望、挫败的情感对比,此时的痛苦是一种绝望。三者的激情主体的主导模态都是"欲"模态——欲与价值客体相合而不得,他们同时被"知""能"的模态干预,"欲做"和"知不做""不能做"之间的冲突揭示了主体的内在矛盾。"失望"与"挫败"主体的

---

① 苏曼殊撰:《断鸿零雁记》,见于苏曼殊著,柳亚子编:《苏曼殊全集》第三册,北京:中国书店1985年版,第168页。
② Greimas, Algirdas Julien. *On Meaning*: *Selected Writings in Semiotic Theory*. Trans. Paul J. Perron and Frank H. Collins. Minneapolis: University of Minnesota Press, 1987. 164.

第三章　另出机杼的叙事句法与文化舆图：苏曼殊小说研究

欲望具有反抗性，它被暂时压制却愈抑愈强，这种反抗性使激情拟象呈现出伸展、潜隐、变化的体化特征。"欲"在句法上预设了"已知"，"对障碍的知晓更增强了欲的程度"①。相比之下，"绝望"的主体则身处于与价值客体、外部世界以及内在反主体之间关系的彻底失衡，"欲做""知不做"和"不能做"的模态共存并冲突，却不再相互交涉和影响。正是由于它们的各自独立、它们之间冲突的无解，使历时性模态序列濒临断裂，激情拟象的发展演变到此休止，这也印证了"绝望"的主体为何总是处于叙述的终点。

《激情符号学》进一步修订和完善了《论意义》的观点，将**情感角色**(pathemic role)与**主题角色**(thematic role)相区分。主题角色是主题轨迹的背景下语义内容的撒播，情感角色则由"主题轨迹中易感的片断"②构成，同时又是自身独立的，随时机而改变。"主题角色的表现严格遵从话语中的主题的散播(dissemination)，而情感角色的表现依循激情拟象的逻辑——它是独立于主题的想象性散播。当一个角色的重现显得时间错乱（一旦它不再依从主题的散播），我们可以说我们面对的就是一个情感角色。"③重复、回旋、曲折是激情轨迹的常见特征。因此从语符学的意义上讲，抒情小说是情感角色的活动丰富而活跃的小说。如果对情感的意义效应追本溯源，它的最初阶段是"thymia"的张力空间，一个可感、易感的主体先于认识论意义上的主体存在，激情拟象的逻辑打乱了认知的模态句法和认识论主体的存在轨迹，而情感轨迹的终点总是一个突出可感的目标形象或蓝图，尽管它不一定能

---

① Greimas, Algirdas Julien and Jacques Fontanille. *The Semiotics of Passion: From States of Affairs to States of Feeling*. Trans. Paul Perron and Frank Collins. Minneapolis: University of Minnesota Press, 1993. 37.
② Ibid., 111.
③ Ibid., 112.

够实现。情感角色的活动建基于主体的目标形象被建构的历史,它的动力机制源于文本的跨模态句法,情感的强度总是随着体化的进程而变化,这个过程累积成主体的"内心'生活'的话语形式"①。因此,抒情小说总是突出地表征为对主体的内心世界尤其是非现实想象的浓墨重彩的书写。

  在苏曼殊的其他小说中,情感角色没有《断鸿零雁记》那样突出,不足以让小说被认定为抒情小说,但是小说中与模态系列的认知活动相伴而生的激情效应仍是意义效应的重要组成部分。《焚剑记》展现了一幅世态炎凉、民不聊生的乱世图景,以记事为主,悲、骇、怨、愤的强烈情感渗透于叙事之中,主题角色与情感角色基本是统一的。《碎簪记》的笔墨则重在以叙述者的特殊地位实践动元角色的灵活多样与多功能配置。《断鸿零雁记》的故事在《绛纱记》《非梦记》中均被改写为双线叙事结构,它们并没有完全脱离传统小说的才子佳人两情相悦、宗法礼教棒打鸳鸯的主题,但是作家没有止步于此。海琴在家长制的强烈压制下始终表现为被动接受,不得不做的模态压倒欲做模态,在绝望心死之际,他以遁入空门作为最后的反抗。若没有先前的苦闷之深,亦不会有最终的反抗之强。在《绛纱记》中,昙鸾和梦珠实为同一人格的两个分裂变体。昙鸾爱情悲剧的肇始者是势利庸俗的麦翁,梦珠和秋云的悲剧则是被主人公自身内心走向所左右。根据故事最终的情节发展,表面上昙鸾与梦珠皆弃绝红尘皈依青灯,小说结尾处的生花妙笔却将这一"谎言"彻底拆穿——它们几乎堪称《绛纱记》超越于《非梦记》的画龙点睛之处:一是梦珠虽屡弃佳人知己,坐化时却怀揣情人多年前所赠之绛纱;二是"后五年,时移俗

---

① Greimas, Algirdas Julien and Jacques Fontanille. *The Semiotics of Passion*: *From States of Affairs to States of Feeling*. Trans. Paul Perron and Frank Collins. Minneapolis: University of Minnesota Press, 1993. 78.

第三章 另出机杼的叙事句法与文化舆图：苏曼殊小说研究

易,余遂昙谛法师过粤,途中见两尼,一是秋云,一是玉鸾。余将欲有言,两尼已飘然不知所之。"[1]时隔五年,"余"依然能够当即认出已出家为尼的故人且"将欲有言",其虽已入佛门,却将回忆和欲念深藏于心。已与"世间法"断绝的虚拟化主体已经彻底丧失行动能力,但是在先前存在轨迹中被压制的欲模态却以和"知""能"模态互不干涉的方式保留下来,独立发展甚至可能增殖；这种跨模态句法形式虽不能生产出一个完整的叙述程序,却能成为塑造情感角色的主要动因。在语符叙事学的视域下,我们可以深入考察被纳入环境的话语主体表达自我感受与认知并对外界做出反应的方式,以及价值观概念的深层结构,从"语义学",也即本维尼斯特所倡导的话语符号学出发,重新追溯一个话语主体的构造过程及其激情拟象的生成轨迹。

我们进而可以对"抒情小说"的文类符号系统重新认识和界定：抒情小说倾力于用情感热烈的想象表达对世界的认知,把充满张力的激情拟象注入话语主体的模态结构和存在轨迹；抒情小说的文类特征不仅仅是表面上大量使用指涉情感的语汇,注重挖掘言说主体的内心世界和描述想象的幻景,从根本上说,它最突出的特征是主体所操演的不同功能角色及其存在轨迹的复杂性,**尤其是情感角色相较于主题角色所演绎的意义效应的丰富性**。苏曼殊小说复杂多变的情感拟象和多维面向的语义空间,映射出作家在寻找自我与精神归宿的过程中遭遇的与时代历史、社会环境之间的悖论冲突,他的抒情小说是中国文学的现代转型之际独具特色的重要一笔。

---

[1] 苏曼殊撰：《绛纱记》,见于苏曼殊著,柳亚子编：《苏曼殊全集》第三册,北京：中国书店1985年版,第221页。

第三节　苏曼殊小说中的空间、地点与行踪

文学文本的空间建构得力于作家的观察、过滤与表达,作家同时是一个体验者、讲述者和中介者。在小说中,行动中的主人公将不同的地点组织为独属于他/她的个体化空间表达方式,如此文本化的行踪是一种在象征意义上"展现个人生活基本方式的语言学结构",关乎"一种步行的修辞学"(a rhetoric of walking)①。小说的叙事和现实地理空间的行走同样都是对个人生活方式的设想、表达和实践。在小说中,作家通过叙述分配和操演主体的行动、主体与他者的互动,进而建立空间。不同的地缘空间、文化空间经由作家的主体性想象和提取,整合在文学文本空间之中,文学即文化的涵摄物、过滤器和传播载体。从文学文本出发,我们可以从叙事学中开辟出一种探索地图绘制和空间实践的"地志符号学"(topological semiotics)②。

---

① de Certeau, Michel. *The Practice of Everyday Life*. Trans. Steven Rendall. Berkeley: University of California Press, 1984. 99.
② "topos"(τόπος)一词在希腊文中的词源意义是地点(place),后来引申出(文学创作的)主题、(修辞学上的)惯用语句、普通概念等含义,陆谷孙主编的《英汉大词典》(第2版)对"topology"作出的中文含义是:1.【数】拓扑(学);2. 地志学;3. 局部解剖学;4.(物体的)表面结构;结构,构造。(陆谷孙主编:《英汉大词典(第2版)》,上海:上海译文出版社 2007 年版,第 2142 页。)"topos"在关涉希腊语源意义的人文社科著作中常被译作"地点""地方""场所""处所","topology"则多译为"拓扑学""拓朴学",也有译作结合理论背景译为"定位学"(夏可君撰:《海德格尔与世界问题的发生——一个"Topology"的标画》,见于《现代哲学》,2003 年第 1 期,第 121 页)、"社会地形图"(弗兰西斯·马尔赫恩撰,孟登迎译:《瓶中信:文学研究中的阿尔都塞》,见于曹顺庆主编:《中外文化与文论》第 18 辑,成都:四川大学出版社 2009 年版,第 269 页)、"空间结构学"(克里斯蒂安·诺伯格-舒尔茨著,黄士钧译:《居住的概念——走向图形建筑》,北京:中国建筑工业出版社 2012 年版,第 27 页)等。格雷马斯在收入 *The Social Sciences: A Semiotic View* 一书的(转下页)

第三章 另出机杼的叙事句法与文化舆图：苏曼殊小说研究

一、作家生活轨迹与文本空间书写的互涉

苏曼殊一生经历动荡辗转，现实人生的遭际强烈地映射在他的文学创作中。苏曼殊于1903—1904年间游历南洋学习梵文和佛法，归国后投身民主革命的宣传活动，为秋瑾诗词集撰写序言，加入南社，积极地译介西方浪漫主义诗歌，亦赞赏西方人文主义、启蒙主义思想，同时，他已具有相当的佛学造诣，于1907年倾力编著《梵文典》。苏曼殊的小说写作于其中晚年，看破红尘、退隐方外的思想情绪更为浓重地表现在小说里。《断鸿零雁记》的故事在《绛纱记》中被改造为双线叙事结构，最终两条线索殊途同归。《断鸿零雁记》的故事在《非梦记》同样被呈现为双线结构，遭凡身处现世而心在佛门，而在家长制下，对爱情及其所象征的自由与理想的诉求的失败，令海琴最终体认到红尘生活的黑暗无解，与遭凡所代表的出世人格相契合。纵观苏曼殊的小说，主人公大抵都经历了这样一个行走的轨迹：在乱世中逃难避祸或有所寻找—偶然闯入世外桃源—回到黑暗现世—皈依古寺青灯（佛门彼岸）。

描写自然景色、风土世情本是传统说部的擅长。周桂笙评吴趼人《胡宝玉》时指出："至于社会中一切民情风土，与夫日行纤细

（接上页）"Toward a Topological Semiotics"这篇文章里所阐述的"topological semiotics"，在国内译本《符号学与社会科学》中被翻译为"拓扑符号学"（A. J. 格雷马斯著，徐伟民译：《符号学与社会科学》，天津：百花文艺出版社2009年版），这并没有错误，然而格雷马斯在文中明确区分了数学学科意义上的拓扑学和他所致力的"topology"，并声称为避免遭遇术语方面的模糊不清，将对空间语言（spatial languages）的描述阐释称为"topological semiotics"。笔者采用地理学术语"地志"译作"地志符号学"，以便明确格雷马斯的理念原意和特定所指。可参阅 Greimas, Algirdas Julien. *The Social Sciences: A Semiotic View*. Trans. Paul Perron and Frank H. Collins. Minneapolis: University of Minnesota Press, 1990. 140.

之事,惟于稗官小说中,可以略见一斑。"可是该作品并非是现代意义的小说文体,而是"记载'三十年上海北里之怪历史'的笔记"①。晚清"新小说"为启迪民众、宣传政治而将写作重点放在说理议论上,有意无意地忽略了对自然与人文文化空间的捕捉。"辛亥革命后出现的大批文言长篇小说,大段大段地描写景物,表面上纠正了早期'新小说'的偏差,可小说中充塞的是从古书中抄来的'宋元山水'。山是纸山,水是墨水,全无生趣可言,诵之不知今世何世。"②真正将"景语"与人情以个性化的方式结合为一,使写景状物与人物心理、性格刻画、情节发展、思想论理相得益彰的小说寥寥难觅,而这一点却再次印证了苏曼殊的小说是现代转型之际的文言小说中的一抹亮色。苏曼殊小说细致化、情境化的写景状物,亦是作家有意构筑自己独特的文化舆图。苏曼殊不是循规蹈矩地为写景而写景,或概念先行地为主题意识造景,而是通过对小说人物身处的周遭世界的主体性想象与捕捉,把现实中跨国、跨地域的地理空间与抽象的多元文化空间共同整合在话语建构的文学文本空间之中。

苏曼殊的每一篇小说都有一个"在路上"的主题结构,主人公始终奔波迁徙于不断变换的地理位置,不停地探索着新的可能的目的地。构建主体活动的地理空间的源动力机制是作家对不同文化空间的认知,作家通过叙述者、小说人物的话语陈述,完成这些地理空间的句法系统。"如果旅行未通过某种回归带来'对我的记忆的荒弃之地的探索',经历迂回远行之后对于身边事物之新奇的重拾,以及对遗迹和传说的'发现'……总而言之就像'背井离乡'(海德格尔)一样,那么它还能带来什么呢? 这种步行流

---

① 转引自陈平原著:《中国小说叙事模式的转变》,上海:上海人民出版社1988年版,第117—118页。
② 同上书,第119—120页。

放所导致的,恰是一个人当下的周围地带所缺乏的传说载体;这是一种具有双重特点的虚构,它像梦或步行修辞一样,是移置和浓缩的结果。必然的结果是,我们可以衡量这些表意实践(对自己讲述传说)的重要性,就像衡量创造空间的实践一样。"[1]处于古典中国向现代中国社会及文学、文化转型之际的苏曼殊,同时接受和习得东亚与西方文明的不同养分。对中日传统文化的亲近,对西方人文主义思想的接纳,以及苏曼殊个人特殊的身世经历,使得苏曼殊的大量文学作品成为文化母体与精神漂泊、古典传统与现代文明、现实俗世与佛门彼岸、"乌托邦"与"异托邦"等多重文化母题与观念性空间结构交织层叠的复杂建构。

二、苏曼殊小说舆图的观念模型与模态句法

既然我们已知文本中地理空间的筑造打上了作家亲身经历的鲜明烙印,融入了作家对历史家国的忧患情怀与个人命运的当下反思,那么我们进一步追问,作家苏曼殊本人是如何通过作品中行动的主体,使自己介入文学文本的呢?作家的行走作为描绘现实地理空间的途径方式,与主人公在文学世界中言说地理空间的句法又是怎样互动互映的关系呢?格雷马斯的语义矩阵和模态分析方法可以再度帮助我们寻求解答。承上一节所述,格雷马斯用"适意"与"失意"两项对阵的情感(thymic)范畴结合分析主体行动的模态关系,把情感和价值观概念纳入语义的描写;在深层的抽象结构中,表意空间借助情感的组合分配进行接合,落实到具体主客体的生成旅程的表层符号结构中,情感便映射到对应的模态空间。在苏曼殊的小说中,主人公的每次迁徙都是对一个

---

[1] de Certeau, Michel. *The Practice of Everyday Life*. Trans. Steven Rendall. Berkeley: University of California Press, 1984. 107.

新的场所的开启并暗示两个地理位置之间的关系,都是由于身处原处所的行动主体与内在反主体之间、与他者之间,或与社会规则和环境之间愈加尖锐的矛盾冲突造成主体潜在化模态与现实模态的不兼容,使其必须转移自身才能暂时缓解;一旦新的地理位置的模态关系发生质变,主人公又不得不再次逃离。借助语符叙事理论绘制主体状态与行为的模态结构图,可以有力解析并深化我们对作家创作的文化母题与观念性空间模型的初步观察。

对"流血涂野草,豺狼尽冠缨"的浊世的描绘,对社会时局的铺写,并非只是作为旁衬小说的背景环境,而是作为辅助线索发挥展开情节的功能,这正是苏曼殊小说跳脱旧言情小说才子佳人模式的重要一环。《焚剑记》中村民以人肉为粮,阿蕙许配于亡夫,《非梦记》中"媪望门乞食。薇香不知也"①。人命危浅、朝不虑夕的时代让美好事物岌岌可危,爱情亦如风中飘萍,最终在现实风卷残云面前灰飞烟灭。纵观各部小说,最终结局都是女主角殒命或出家,而这又与男主角以遁入空门的方式与现世决裂,选择生活在彼世有直接的关联。

在现实乱世之外,苏曼殊的小说几乎都呈现出一个独立于大时代的、历史时间暂时消失的中国传统理想社会的微缩模型。《绛纱记》《焚剑记》和未完成的《天涯红泪记》都是如此,对该空间最为浓墨重彩的铺写是作家在《断鸿零雁记》中对"余"(三郎)生母所居的日本市镇的描绘,可以说这是苏式空间建筑学的一个共相。通过作家的移置、拼接、拆除等方法,这个地域的景物和功能得以个性化的分配。这种扩大细节、缩小整体的提喻手法是作家文学想象中的空间构建最常用的修辞手法之一:"人们通过'神话'了解到一种与地方/乌有之地(或者始源)的具体存在相关联的话语……一个与它所象征的社会实践相啮合的,影射的、片断

---

① 苏曼殊著,柳亚子编:《苏曼殊全集》第三册,北京:中国书店 1985 年版,第 316 页。

第三章 另出机杼的叙事句法与文化舆图：苏曼殊小说研究

化的故事。"①以下几个显著的共性使这个空间在主题学意义上具有乌托邦的特征：

其一，位于或藏于自然景色优美的乡土田园或山野林泉之中，与外界交通往来甚为有限，寻常人难以进入，只待特殊身份与权限的人造访。如《焚剑记》中，"生常行陂泽，忽见断山，叹其奇绝，躐石傍上，乃红壁十里，青箐百仞，殆非人所至。"②《天涯红泪记》中，"翌日，天朗无云，湖水澄碧。生辞母氏出庐，纵步所之，仰望前面山脉，起伏曲折，知游者罕至。湖之西，古榕甚茂，可数百年物也。生就林外窥之，见飞泉之下，有石梁通一空冥所在。生喜，徐徐款步，不觉穿榕林而出，水天弥望，生不知其为湖为海。"③即使在《断鸿零雁记》中，乌托邦的同位变体在日本横滨市，三郎母亲所居的地点却是"是地甚迩，境绝严静"，"超逸者，诚宜至彼一游。"④这些场景描写和说明，无一不体现出乌托邦的隐蔽性和它所竖立的有形的门禁，以及更为重要的——这一场所对来访者内在资质的无形要求。

其二，这些空间的居民保留着古典中国的民情风俗，其中有的角色是作者寄托理想的人物类型——饱读诗书，通儒道经典，具有相当的文化涵养，且具侠义精神；有的则是侧重体现前现代社会农业文明和非商品经济的生产生活状态下，小国寡民的朴素道德伦理与文化表征。在《绛纱记》中，这个乌托邦的样态是："茅屋杂处其间。男女自云：不读书，不识字，但知敬老怀幼，孝悌力田而已；贸易则以有易无，并无货币；未尝闻评议是非之声；路不拾遗，夜不闭户。复前行，见一山，登其上一望，周环皆水，海鸟明

---

① de Certeau, Michel. *The Practice of Everyday Life*. Trans. Steven Rendall. Berkeley: University of California Press, 1984. 102.
② 苏曼殊著，柳亚子编：《苏曼殊全集》第三册，北京：中国书店1985年版，第224页。
③ 同上书，第174页。
④ 同上书，第44页。

灭,知是小岛,疑或近崖州西南。"①村中老人曰:"吾名并年岁亦亡之,何有于姓?但有妻子。日出而作,日入而息耳。"②村人不识甲子数目等事,并正言厉色劝"余"将怀表"速投于海中,不然者,争端起矣"③,这一颇具反讽意味的场景昭示以精确计量为象征的现代化文明尚未侵入该地。然而根据《绛纱记》接下来的情节发展我们可以看出,这个地点只是主人公暂时避祸的港湾,而非久留之地,这个空间也不具备扩展和推广的可能。此外,乌托邦是小说主人公与理想女性相遇相知的场所。虽然文学文本之外的作者已入佛门,旧梦难温,作家内心深处却从未放弃对真情的渴望和探寻;苏曼殊的小说主人公在乌托邦邂逅的理想女子皆是美好动人,并能够在精神层面与男主角产生共鸣的良家女子,或是古德幽光,或是德才兼备。她们有的已走出"女子无才便是德"的旧观念,在接受外来文化的同时葆有古典气质和传统美德,有的宁死抗争封建体制中的黑暗压迫,为坚持自主意志,面对父母之命作决绝的反抗。

纵观苏曼殊全部小说,主人公对女性的观点看法似乎是互相矛盾而不统一的,典型体现于《断鸿零雁记》中,静子之于三郎时而是玉人仙子,时而是祸水魔障。首先,我们不能将小说中人物的思想与作家的价值判断直接对等。其次,男主人公的自我质疑、内心交战并不妨碍甚至愈加衬托女主人公形象之动人。男主人公的有意拒斥只是证明其内心潜意识的难以抗拒。另外,佛徒的身份并不妨碍小说主人公与作家苏曼殊对理想女性在精神层面上的欣赏。历经世事的作家内心深处始终不曾放弃对真情的渴望和探寻。他将这种理想形象首先寄托于乌托邦的文本空间,

---

① 苏曼殊著,柳亚子编:《苏曼殊全集》第三册,北京:中国书店1985年版,第204页。
② 同上书,第203—204页。
③ 同上书,第204页。

第三章 另出机杼的叙事句法与文化舆图：苏曼殊小说研究

这些人物分享该空间的属性，参与塑造该空间的结局。

其三，这些乌托邦空间与它们以外的世界以自然地理作为屏障相分离，但又并非完全隔绝。船、人迹罕至的山路都是连结乌托邦与其他空间的纽带，它们使主人公可以偶然闯入，内部居民可以出去，外部势力亦可入侵。

其四，这些乌托邦的结局往往是两种：一种是本身逐渐显现出对主人公意愿、行动的阻碍和束缚，而使主人公被迫逃离，如《断鸿零雁记》中河合夫人对三郎与静子的撮合使三郎不得不背着母亲悄悄离开日本，回到中国；另一种是由于外部力量突然入侵而瞬间土崩瓦解，如《焚剑记》中乱兵忽至，屋破人亡。乌托邦的脆弱性、不稳定性和不可再生性使得它们只能成为主人公暂时的落脚地，而不可能成为永久性的归宿。

由上观之，苏曼殊笔下的乌托邦并非如同陶潜笔下的桃花源般遗世独立，与世隔绝，并可以凭空消失，亦不具备持久的生命力和再生能力。它们是主人公在乱世辗转中在异域发现的精神原乡，亦融入了作家对历史家国的忧患情怀与个人命运的当下反思。与此同时，这个乌托邦空间能使主人公和小说读者追怀联想文学史中描绘相似的理想世界和出世情结的篇章，因此，这个空间在小说文本的诗学维度上是一个包蕴着悠长历史的场所。

在《断鸿零雁记》这一篇佛徒的"自述"中，"余"因雪梅家长悔婚而无奈入佛门，养父见背，家道中落，自己茕茕一身，内心向往与母亲重逢，以尽人伦，此时，寺院的地理空间限制了"余"的愿望实现，在"适意"与"失意"这两个对立项构成的情感范畴的矩阵中，（母子）亲情的语义范畴与"适意"的范畴衔接，变成肯定的价值观概念，"礼佛"则暂时与"失意"的情感范畴衔接，处于语义轴的负面；寻母是"余"欲求的，也是能够做的，在寺院长老的许可下，"余"踏上了寻母之旅，进入第二个空间。欲做的潜在化模态与能做的现实化模态相匹配，这些对主体施加影响的模态构成他

255

的模态能力，亲情的语义素被肯定而在表层叙事结构显现出来。当"余"在"他乡"找到缺失的生母，在此语义轴位置的"适意"得以实现，随之实现并暂时处于正指示轴上的是孝敬父母的世俗伦理，"余"对其表现为主动服从。

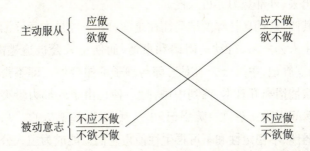

三郎在乌托邦遭遇的矛盾冲突起于三郎的母亲提出让他和静子缔结婚姻之时，这一桩父母之命且两情相悦的婚事却与三郎的佛徒身份不能兼容。陈述/行动主体极力抹杀却欲盖弥彰的正是"情爱"这个语义范畴，它在这篇文本以及苏曼殊的各篇小说中都是一个"失意"与"适意"兼而有之并常常冲突的概念，它在此空间中与儒教传统家庭伦理的连带出现使它把"亲情"也携带上"失意"的情感色彩，逐渐转化为行为主体欲求的对立面。拥有两个模态的主体在模态相容时接受这个观念性空间的契约，在模态不相容时，只能拒绝这个空间的伦理规则并逃至他处，因此主人公再次远走他乡。

离开乌托邦之后，主人公回到第一个空间——现实乱世中徘徊一段时间，便进入第三重空间——佛门彼岸。母子亲情虽为"余"所欲，但是这个价值客体和主体只得分离，在第三空间中相对于"法身"处于次要和隐退的位置。

笔者暂且称这个空间为"异托邦"。它虽然处于红尘现世之中，但实质却是一个脱离现实的纯精神空间，它原则上要求进驻

第三章 另出机杼的叙事句法与文化舆图：苏曼殊小说研究

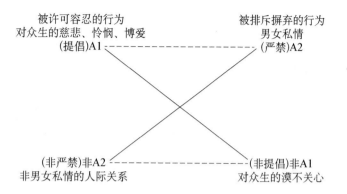

者必须放下在前两个空间中获得的权利和认知，并重新建立与空间内外的他者的关系。在这个空间中，主人公在前两个空间里与恋人、母亲及其他人之间的紧张冲突关系都被高于一切的佛家戒律取消或搁置。因此在《非梦记》中，虽然身处同样的**地点**，遭凡和海琴所置身的意义**空间**是不同的，直至小说结尾，对现实乱世这一空间中的生活彻底绝望的海琴投奔至与遭凡同样的空间，在新的人际关系中获得新的身份，方得身心解脱。

同时我们不能忽视的是，《断鸿零雁记》中的"余"对爱情既拒斥又不由自主被其吸引，爱情和法身这两种价值客体的不可兼容也使"法身"同时兼有"适意"和"失意"的情感色彩，"佛戒"作为一个从原本"不欲的"，而"不得不"的被动诉求发展为主体"所欲的"价值客体，"应当""不得不"的模态形式亦掺杂其中。在苏曼殊的小说中，主人公对红尘现世和乌托邦并非绝情断念，而是恰恰相反。《断鸿零雁记》结尾处，"（余）自觉此心竟如木石，决归省吾师静室，复与法忍束装就道。而不知余弥天幽恨，正未有艾也"[①]。《绛纱记》中，梦珠虽有佳人倾心却依然绝爱出家，经年后更以已学"生死大事"再次拒红尘情爱，坐化时却怀揣情人所赠的绛纱。

[①] 苏曼殊撰：《断鸿零雁记》，见于苏曼殊著，柳亚子编：《苏曼殊全集》第三册，北京：中国书店1985年版，第168页。

小说中看似坚固的异托邦空间,被这突然映入小说人物和读者眼帘的绛纱划下一道深重的裂痕。由此观之,这个异托邦是一个由多个相冲突的结构并置其中的空间。此外,它趋于时间的无限累积,指向绝对的永恒时间,它由居住者设置了一个身份识别的门禁系统,以隔离和允许主体的出入。它和福柯意义上的异托邦(heterotopia)[①]具有一些共性,但是笔者所述的异托邦并非等同于福柯意义上的异托邦,主体在乌托邦的想象之境获得他在现世所缺失之物,继而离开该空间,在第三空间找到新的自我认同。这个异托邦与现实空间(的法则)相对立,又与乌托邦空间互为矛盾体;它尤其在关于强制、禁止、允许或者可选的"义务"模态("deontic" modalities)[②]层面上,对现实乱世和乌托邦两个空间否定拒斥,但又在关于确定性、排他性、可信性或者争议性的"认识"模态("epistemic" modalities)[③]层面上,与这两种空间保持关联(可参阅本节第三部分两张图表)。

三、"再现性空间"与"感觉文化区"

因为个人特殊的身世经历,苏曼殊不少作品的内容都涉及在日本的行踪,或渗透着东瀛文化意蕴。《断鸿零雁记》搭建出"中国"和"日本"两个地理空间,它们分别作为现实乱世(后来分隔出"异托邦")与"乌托邦"呈现:在"日本","余"找到了幻想中的原乡,体现为母亲、静子所代表的传统中国社会的伦理温情、对古典文化的传承。这个"乌托邦"的另一面是媒妁婚嫁、传宗接代的伦

[①] 可参阅 Foucault, Michel. "Of Other Spaces: Utopias and Heterotopias." Trans. Jay Miskowiec. *Diacritics*. 16.1(1986). 22–27.
[②] de Certeau, Michel. *The Practice of Everyday Life*. Trans. Steven Rendall. Berkeley: University of California Press, 1984. 150.
[③] Ibid., 150.

第三章 另出机杼的叙事句法与文化舆图：苏曼殊小说研究

理,它与佛门戒令尖锐冲突,使"余"只好再次远走,在"中国"土地的现实红尘之外再寻一处次生的精神之乡。如蔡秀枝所言,文学空间的构建是经由人物在历史传统和各种社会制度、伦理的规约下,对现实生活保持认知上的自省,从而能够返回至列斐伏尔(Henri Lefebvre)所说的第一层空间去思考文明传统,并且观察到当下的空间中的切身规条,对它们进行反抗、改革,在与其他空间的并置反思中转换视角,创造"再现性的空间"(representational space)。① 在地理行踪背后的文化认知的向度上,作家通过自己的亲身经历而生发出的对社会与文化的见解思考先是表示为以下结构:

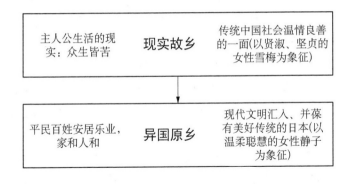

雪梅所代表的贤淑、坚贞、善良的传统女性在其所处的社会时代却遭遇厄运,最终成为黑暗势力的牺牲品,如此文学书写包含了作家对所处的中国社会现实的批判否定。母亲与静子所在的异域原乡看似美好祥和,却已然为弃绝尘世的三郎所不能接受,而转变为其行动的阻碍,行动主体继而迁移至第三个空间:

---

① 参阅蔡秀枝,彭佳撰:《符号学与空间理论的遇合:蔡秀枝教授访谈》,《符号与传媒》2012年第2期。亦参阅 Lefebvre, Henri. *The Production of Space*. Trans. Donald Nicholson-Smith. Oxford: Basil Blackwell, 1991.

259

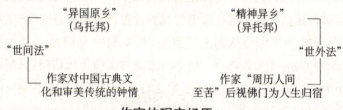

回到"红尘故土",行动主体"我"对"我"所在的空间的文化传统(前现代中国社会的道德意识与伦理习俗)与当下的切身规约(如宗教律令)具有充分的意识,"我"能够以自省的态度反思文明的传承,并且观察到当下生活世界中与"我"直接相关的道德、宗教的规约限制,经由"我"在空间中的实践活动,通过对各种规约的抵抗、妥协、适应,创造出文学的"再现性空间"。在这个空间之中,参与意义构建的各方之间的角力关系始终存在。苏曼殊的小说几乎都存在这几组相类似的空间构成和关系图,我们甚至可以依据互文性理论来说,这些文本共同结合成一个互文互涉的形构,每一篇小说都是其他小说的互文本。这些小说共同呈现出三个基本的文化/观念空间——"红尘故土""异域原乡"与"精神异乡",这三者并非顺利无碍地衔接组合,而是始终相互冲突着,构造这三种空间的概念模式正是文学幻想的发生器。作家凭借主体性想象与捕捉,把现实的跨国、跨地域的地理空间与抽象的多元文化空间共同整合在话语建构的文学文本空间之中。

值得一提的是,小说文本中的行动主体始终自觉地对他与三个空间之间的关系保持怀疑和探索,而船是主人公施展空间实践,变更自我与他者、环境之间关系的主要工具和方法。福柯在《其他空间》一文中把船看作异托邦的一个典型范例,它不仅是现实社会经济发展的工具,也为文学想象提供丰盛的资源:"船是一

第三章 另出机杼的叙事句法与文化舆图：苏曼殊小说研究

个漂浮的空间片断,一个没有地点的地方,它以其自身存在,自我封闭,同时又被赋予大海的无限性。"① 在笔者看来,船在苏曼殊的小说中则是不同空间之间的转换机关,亦是连结现实乱世、乌托邦与异托邦三种空间的重要纽带,它连接着未知世界与已知世界、生与死,标识着生命的不同阶段的转折与重新开始的可能性。如《绛纱记》中,船使男女主人公流落至不同的空间:"忽而船内人声大哗,或言铁穿,或言船沉。余惊起,亟抱五姑出舱面……水过吾膝,吾亦弗觉,但祝前艇灯光不灭,五姑与女得庆生达,则吾虽死船上,可以无憾。"② 又如《焚剑记》中,"天明,二女方行,回顾村中,积水弥望,继有凄厉之声,随风而至,始知大水为灾。二女于村庙中,得破鼓,仅容二人,遂乘之,顺流而往,若扁舟泛大海。"③ 在苏曼殊的小说中,船是灾难中的一线生机,又是开启新天地的钥匙;它分开和链接不同的地方,摧毁地方的自治性,使人们脱离封闭的生活;它象征着空间的不稳定性和疆界的可跨越性,又与行动者"在路上"的探索主题相契合。

另外值得注意的是,广东在作家的现实经历中是他的原初故乡,却是母亲缺席、相当程度上父爱缺失的场所。两广在《焚剑记》《非梦记》和《绛纱记》中被标记为兵荒马乱、盗寇出没的地方,也是现实乱世这个空间的地理位置,如"舟子即令余三人匿其中,诫勿声。余思广东故为盗邑,亦不怪之。"(《绛纱记》)④ "二人至钦州,值江上盗贼蜂起,动芸香以去。媪望门乞食,薇香不知也。"(《非梦记》)⑤ 芸香、韦媪不是《非梦记》的主角,也不参与主线情

---

① Foucault, Michel. "Of Other Spaces: Utopias and Heterotopias." Trans. Jay Miskowiec. *Diacritics*. 16.1(1986). 27.
② 苏曼殊著,柳亚子编:《苏曼殊全集》第三册,北京:中国书店1985年版,第202页。
③ 同上书,第239页。
④ 同上书,第215页。
⑤ 同上书,第316页。

节,对二人遭遇的这段叙述不仅使小说人物的生活世界更加复杂充实,也在小说的爱情悲剧故事之外增加了一层社会观察与批判的视野。《绛纱记》的一部分现实空间坐落在南洋,亦是两广在地缘上和文化环境上的邻近之所。苏曼殊小说中的乌托邦都是虚指或没有专名的场所,即使在《断鸿零雁记》中有地名出现,主要人物的活动区也是"是地甚迹,境绝严静"①,堪称实实在在的"乌有之乡"。而苏曼殊设置的异托邦的地点多托名江浙——《绛纱记》中的苏州无量寺、上海留云寺,《断鸿零雁记》中的杭州灵隐寺,与作家现实经历有一定交集,也与江浙自古佛教兴盛,坐拥名刹的史实有关。因此,作品文本的第一重空间的地点与该文本外的现实多有交叠,而第二重空间大体存在于作家幻想的地图上,第三重空间则是假托现实地名而实则存在于形而上的世界。苏曼殊通过文学叙述将这些地名再度编码和"再语义化"(resemanticization)②。此外,这三种空间有其各自的时间运行方式:现实乱世依循线性的时间法则,乌托邦世界是静止化的时间,异托邦中则是永恒化的宗教时间。这些设置蕴含作家对时间的反思,尤其是对现代社会时间计量方式的保留意见。存在于人们普遍观念中的地理区域,历史地理学者称为"感觉文化区","对于历史时期文化区域的研究,感觉文化区比形式文化区更有意义。前者是通过古人的认同而复原出来的,它本身就是当时文化的一部分,而且是结构性的一部分,曾经用于指导古人的日常生活,并深刻影响其对世界的认知"③。考量文学作品如何绘制文化舆图与构造空间场景,是当今学者研究文化史时日益关注的一

---

① 苏曼殊著,柳亚子编:《苏曼殊全集》第三册,北京:中国书店 1985 年版,第 44 页。
② Greimas, Algirdas Julien. *The Social Sciences: A Semiotic View*. Trans. Paul Perron and Frank H. Collins. Minneapolis: University of Minnesota Press, 1990. 150.
③ 张伟然撰:《文学中的地理意象》,《读书》2014 年第 10 期。

个跨学科切入点。

四、小结

空间是地图上被实践的地点,在几何学意义上被规划命名的道路、区域,被行人转变为空间。① 文学文本通过语言的中介将地理空间构架于文本之中,文化、作者个人思想观念可以看作这些空间的后设语言。这些多样建构的空间亦可被视为社会符旨的一种符征。因此,我们应当关注结构于文本中的地理空间和主角的行动路线所发挥的意指作用,使表征空间的文学话语分解为不同类属的语义单位,进而探索这些语义单位背后的概念模式的结合规则和转换规则。

家国理想的幻灭使苏曼殊对现世人生失去信心,试图在宗教信仰中获得永恒的说服,佛门戒令从此在他和其他空间之间树起坚实的壁垒,但是红尘现世和乌托邦理想又常常萦绕心头无法散去,使他终其一生挣扎在找寻自我和找寻终极归宿的矛盾之中。苏曼殊小说着力细致化、情境化的写景状物,亦是作家有意构筑自己独特的文化地图,这在当时是颇具先锋试验性的。他的各篇小说共同呈现出三个基本的文化/概念空间:"红尘故土""异域原乡"与"精神异乡",构造这三种空间的观念模式正是文学幻想的发生器。这三重空间注入了作家亲身经历的烙印,体现出作家对历史家国的忧患情怀与个人命运的当下反思。

---

① de Certeau, Michel. *The Practice of Everyday Life*. Trans. Steven Rendall. Berkeley: University of California Press, 1984. 117. 德赛都的原文论述主要针对的是城市空间,但是这种空间地理研究并不必限于城市范围。

第四章

苏曼殊"杂文"的语言学诗学之辨：兼作结语

本书行止末尾，笔者还欲论及的是苏曼殊的"杂文"。在此所议之"杂文"，指的是在语言符号学的意义上，文本内涵系统的成分复杂，相对较难与其他文类共同相应地归位于文学的分类学体系，或文类划分依据没有统一定论的散文。这些与苏曼殊创作和翻译的诗歌、小说同样重要的"杂文"，将拙作的语言符号学探索之途引向延伸着的远方，而不是终点。

柳亚子编北新版《苏曼殊全集》仅将"文"类列出两种：序跋类与杂文类。与"文"并列的是诗、译诗、书札、小说、杂著、译小说。在1991年出版的马以君编、柳无忌校订的《苏曼殊文集》中，马以君的分类法是诗歌、小说、杂论・序跋、题画・题照、笔记（包括《燕子龛随笔》）①、书信、翻译诗・文・小说。这些杂文、杂论有《女杰郭耳缦》《呜呼广东人》《南洋话》《燕影剧谈》《讨袁宣言》等，这些文本的语码构形各具特色。《文章辨体序说》云："杂著者何？辑诸儒先所著之杂文也。文而谓之杂者何？或评议古今，或详论政教，随所著立名，而无一定之体也。文之有体者，既各随体裒集；其所录弗尽者，则总归之杂著也。著虽杂，然必择其理之弗

---

① 杂著和笔记都是极为驳杂、无所不包的文体，柳亚子、马以君都是把单篇的短小杂体散文列入杂文类，将已成集的《燕子龛随笔》单独列出，下文将另外详述。

第四章 苏曼殊"杂文"的语言学诗学之辨：兼作结语

杂者录焉,盖作文必以理为之主也。"①故"杂文"是以杂之体制论不杂之理。在语言符号学的意义上,"杂文"突出体现为采用多元文类符码规则的内涵语言系统。

《女杰郭耳缦》是一篇以浅近文言与白话夹杂的"纪实"文章,从头至尾以第三人称全知叙事的方式讲述故事,同时又融合了新时代的报刊文章的文类特征。开篇即拟表演式讲述之话外音："咄！咄！！咄！！！北美合众国大统领麦坚尼,于西历一千九百零一年九月十四日被枣高士刺毙于纽育博览会。捕缚之后,受裁判。枣高士声言：'行刺之由,乃听无政府党巨魁郭耳缦女杰之演说,有所感愤,决意杀大统领者也。'"②一节叙事完毕常补议论片语："噫！皇帝,皇帝,诚可怜矣！"③"是非无政府党员意大利人夫尔诺之所为乎？——继此风云,尚不知其何所极也！"④虽说其中不少叙述是史实,作者对故事内容的调度取舍,让文章的情节纵横曲折、凝练而富有张力,人物形象、言语生动鲜活,体现出强烈的文学特征。从叙事程式来看,《女杰郭耳缦》打破自然时间的线性叙事,以分小节的片段化叙述结构多个时空场景(如《狱中之女杰》《英王之警戒》《各国无政府党之相应》),将历史风云之状以点、线、面的不同方式分别展现,以聚焦局部细节的场景突出核心情节、人物、言语。用现代的分类标准来看,《女杰郭耳缦》可以看作一篇对郭耳缦(Emma Goldman)的人物报道或报告文学,以多角度、变换焦点的方式采写人物事件最具轰动性、话题性的核心要素；将总统刺杀事件置于篇首,然后补续前因,尤其具有新闻报

---

① 吴纳著,于北山校点；徐师曾著,罗根泽校点：《文章辨体序说·文体明辨序说》,北京：人民文学出版社1998年版,第45—46页。
② 苏曼殊著,柳亚子编：《苏曼殊全集》第一册,北京：中国书店1985年版,第151页。
③ 同上书,第154页。
④ 同上书,第155页。

道的特征,这大概与晚清报刊媒体的兴起有关。这篇融合多种文体成分的"纪实性"文章,让柳亚子和后来编者有充足的理由将其列入"杂文""杂论"①"散文"②而非小说。

同被归入"杂论"类的还有《碧伽女郎传》,创作此文源于曼殊偶得"一幅德国邮片,上有一女郎肖像。曼殊便与杨沧白、叶楚伧开玩笑,当作真有其人,请二人赋诗,自己则串缀成此文"③。"碧伽女郎"盖非真实存在的人物,即使确有其人,人物传记从来不是文本之外的人物生平的透明再现,读者永远不可能脱离和超越文本而直接把握语言书写符号之外的符旨,关于郭耳缦、碧伽女郎的所有"实情"和"实事"都产生和立足于言说者每一个言说的时刻。④ 传记作者所刻画的存在于历史时空的真实人物和力图营建的传真性,自始至终受到叙述话语的中介与规约,正如苏曼殊的"自传"小说《断鸿零雁记》一样。

再看苏曼殊连载未完的一部《岭海幽光录》,马以君《苏曼殊文集》未收录此集,是因为考虑到"《岭海幽光录》确非苏曼殊所'著'或所'作'。而是他在1907年秋冬之间寄寓上海国学保存会藏书楼时,'每于残籍'见到一些记载明末岭南志士反清抗清的'苦节艰贞'行为,'随即抄录'的史料"⑤。但事实上,经由曼殊有意识地筛选的残籍史料,已经不再是原文集的样貌,而是热奈特意义上的复写本,它们依据特定的目的收束聚拢,且不排除断章

---

① 参阅苏曼殊著,马以君编注,柳无忌校订:《苏曼殊文集》上册,广州:花城出版社1991年版。
② 参阅苏曼殊著:《苏曼殊文集》,北京:线装书局2009年版。
③ 苏曼殊著,马以君编注,柳无忌校订:《苏曼殊文集》上册,广州:花城出版社1991年版,第334页。
④ 参阅张汉良撰:《匿名的自传:〈浮生六记〉与〈罗朗巴特〉》,见于张汉良著:《比较文学理论与实践》,台北:东大图书公司1986年版,第273—274页。
⑤ 马以君撰:《〈岭海幽光录〉笺注》,见于马以君编:《南社研究第7辑》,香港天马图书有限公司1999年版,第258页。

第四章 苏曼殊"杂文"的语言学诗学之辨：兼作结语

取义的可能。这些叙事文本的每一次剪辑，是编者对内涵符号系统的修辞与意识形态的重新整合。《幽光录》的作者包括匿名的作者、复数的作者和互动的作者。从传统文体学的角度来说《幽光录》可以看作杂著，也完全可以归入笔记。1930年时希圣所编《曼殊笔记》，收入《岭海幽光录》《燕子龛随笔》《娑罗海滨遁迹记》三种。① 《遁迹记》堪称"笔记小说"，《燕子龛》的内容则是读书笔记和生活随感。中国古代的"笔记"本即是一种非常驳杂的文体，和"杂著"同样，其最突出的性质特点就是"杂"，至今学界并未能对这种文体的界定统一意见。笔记既有史料笔记或轶事笔记，又有学术笔记，可用来记人记事，或考辨或议论，还有记游述行写景状物，近乎无所不容。笔记的篇幅可长可短，可成文成章也可是片断只语，有的笔记偏重叙事，以篇章、片断构成短小精悍的故事讲述，有的只是简要记录名人事迹和颂赞之词。如下文《岭海幽光录》中例则：

（一）僧祖心，博罗人，礼部尚书韩文恪公长子。少为名诸生，才高气盛，有康济天下之志。年二十六，忽弃家为僧，禅寂于罗浮匡庐者久之。乙酉，至南京，会国再变，亲见诸士大夫死事状，纪为私史。城逻发焉，被拷治，惨甚。所与游者忍死不一言。法当诛死，会得减，充戍沈阳。……

（二）甲寅春，广州有请岘仙者，忽有自署苏氏者来。问其谁。曰："妾广州绣花街人，年十七，嫁汪叔孟季子。庚寅冬，城破，吾父被杀。吾以几击清兵破头额，因碟我而死。"屈翁山为之歌曰：

---

① 参阅苏曼殊著，时希圣编：《曼殊笔记》，上海：广益书局1930年版。

>   击奴击奴,
>   奴虽不死已碎颅,脑血可以溅吾夫。
>   纤纤女手有霹雳,泰山难与秋毫敌。
>   文夫何必是荆轲,死为鬼雄随所击。
>
> (三)林氏者,广州之河南乡人。丙戌城破,投珠江而死。番禺罗宾王吊之,有曰:
>   黄泉随母逝,白璧为夫全。
>   抱玉云飘海,沉珠月在渊。

《岭海幽光录》开篇首则所记述的僧祖心,才高气盛,虽入佛门,但仍坚持以康济天下之志行大义之事,应符合曼殊心中的理想人物类型,他的事迹也必定令曼殊感动共鸣,这一则笔记被置于卷首,盖是曼殊有心为之。《幽光录》的创作目的是将岭南有志之士之"苦节艰贞,发扬馨烈,雄才瑰意,智勇过人"传于后世,因为"古德幽光,宁容沉晦"?[①] 这些篇章有不少情节生动、人物丰满的叙事,实际又与杂史、杂传浑然难分。古人自身对"笔记"文体的把握也从不确切或统一,从传统四部分类看,《岭海幽光录》这类笔记可能会被放入子部,也可能会被放入史部,这从四库全书所收各种笔记即可见一斑,今日"笔记小说"之提法,实则容易引起歧义和麻烦。

仅从叙述之事与历史现实的疏近离合而言,常有"纪实"与"虚构"之别。如今传世的中国古代"小说",常是古人以书记官、记录者的态度记述稗官野史、道听途说。一方面,他们的记述不同于现代意义的小说;另一方面,他们对所闻之语的转述必定经过本人的情感和认知的过滤加工,进而言之,街谈巷语本身同样

---

① 苏曼殊著,柳亚子编:《苏曼殊全集》第二册,北京:中国书店1985年版,第1页。

第四章　苏曼殊"杂文"的语言学诗学之辨：兼作结语

历经多次复述和重写,典型如陆次云《峒溪纤志》《八纮荒史》,以及许多被我们现今当作虚构故事的志怪笔记。如热奈特所言,搜索每一个关于前文本的线索并不是最重要的研究任务,也不可能穷尽此工。研究复写本的意义在于揭示文本系统的开放性,辨识书写与接受的多向度与多种可能。

传统文集编类一般不收笔记文,尤其是笔记已单独成集的情况。《岭海幽光录》和曼殊另外 62 则《燕子龛随笔》,都被柳亚子和马以君单列在"文类"之外,马以君《苏曼殊文集》将《燕子龛随笔》归入"笔记"。"随笔"在《辞源》的条目释为:"〔洪迈容斋随笔序〕:'予习懒。读书不多。意之所之,随即纪录,因其后先,无复诠次,故目之曰随笔。'宋以来,以随笔名书者甚众。"[①]《燕子龛随笔》于 1913 年 11 月 7 日至 12 月 10 日初载于上海《生活日报》副张《生活艺府》,后复刊于上海《华侨杂志》、东京《民国杂志》、上海《民权素》第十二集。[②] 在这些数十行、数行或甚至仅有两句的只言片语中,曼殊旁征博引地记述自己阅读与翻译外国文学的感悟,对中外文学经典、文化传统的对观思索,记录自己作诗行文的缘由、心境。不少则随笔成为读者阅读曼殊创作与翻译作品的参考资料,极具学术价值,亦是见性情的文字。它们不必以文学创作为初衷,却具有文学的语码特征;它们是围绕着文学文本周边的副文本(paratext),作为介入读者和文学作品之间的隐含规约,辅助和引导文学文本被解读阐释的方式,确保文本以与作者意图相一致的存在形态流传下去。

"随笔"从 20 世纪二三十年代的中国文学界直至今日,常被作为英语词"essay"的对应词。英国作家查尔斯·兰姆(Charles

---

① 《辞源·第四册》,北京：商务印书馆 1999 年影印版,第 2696 页。
② 参阅苏曼殊著,柳亚子编：《苏曼殊全集》第二册,北京：中国书店 1985 年版,第 62 页。

Lamb)的倾心追随者、英年早逝的作家梁遇春尝将法国蒙田(Michel de Montaigne)首创,培根(Francis Bacon)、兰姆等推进发展的文体"essay"译为"小品文",又称"絮语文"①。鲁迅在发表于1933年10月的"杂文"《小品文的危机》中批判"论语派"小品文为"小摆设",不能为时代之匕首投枪,并使用"随笔"指涉"essay"一词:"到五四运动的时候,才又来了一个展开,散文小品的成功,几乎在小说戏曲和诗歌之上。这之中,自然含着挣扎和战斗,但因为常常取法于英国的随笔(essay),所以也带一点幽默和雍容;写法也有漂亮和缜密的,这是为了对于旧文学的示威,在表示旧文学之自以为特长者,白话文学也并非做不到。……但现在的趋势,却在特别提倡那和旧文章相合之点,雍容,漂亮,缜密,就是要它成为'小摆设'。"②鲁迅同样用"随笔"指代自己创作的形式内容自由的散文,他在1933年3月的信中写道:"有一本书我倒希望北新印,就是:我们有几个人在选我的随笔,从《坟》起到《二心》止,有长序,字数还未一定。"③《燕子龛随笔》全为数行至数十行的只言片语,而没有一篇完整的文章,每一则随笔是即兴起笔,没有明确统一的立论主题,乃是作者在古今文苑自由徜徉时,将灵感之触发涌现落笔记之。《燕子龛随笔》中这种微缩、片断的形式——或用雅各布森的术语"过渡性的文类"(transitional genre)④,

---

① 参阅梁遇春著,吴福辉编选:《梁遇春文集》,北京:华夏出版社2000年版,第164页。
② 鲁迅撰:《小品文的危机》,见于鲁迅著:《南腔北调集》,北京:人民文学出版社1973年版,第136页。
③ 鲁迅撰:《致李小峰》,见于鲁迅著:《鲁迅全集·第十二卷 书信》,北京:人民文学出版社1981年版,第162页。
④ Jakobson, Roman. "The Dominant." *Language in Literature*. Eds. Krystyna Pomorska and Stephen Rudy, Cambridge: Belknap-Harvard University Press, 1987. 45.

第四章 苏曼殊"杂文"的语言学诗学之辨：兼作结语

亦是一种"尝试性"①的书写形式，常常以简洁扼要的数行向读者畅抒己见；也有情动于心，不觉字数增加，俨然与《浮生六记》《陶庵梦忆》中片断无异；其中还多引前人之语示己衷肠，使这些短章成为多重作者的互文本、后设文本、原型文本：

《摩诃婆罗多》、《罗摩延》二篇，成于吾国商时。篇中已有"支那"国号，近人妄谓"支那"为"秦"字转音，岂其然乎！（五六）

"涉江采芙蓉"，"芙蓉"当译 Lotus，或曰 Water lily，非也。英人每译作 Hibiscus，成木芙蓉矣！木芙蓉梵音"钵磨波帝"，日中王夫人取此花为小名。（五八）

废寺无僧，时听堕叶，参以寒虫断续之声。乃忆十四岁时，奉母村居。隔邻女郎手书丹霞诗笺，以红线系蜻蜓背上，使徐徐飞入余窗，意似怜余蹭蹬也者。诗曰："青阳启佳时，白日丽旸谷。新碧映郊坰，芳蕤缀林木；轻露养筜荣，和风送芬馥。密叶结重阴，繁华绕四屋。万汇皆专与，嗟我守茕独。故居久不归，庭草为谁绿？览物叹离群，何以慰心曲！"斯人和婉有仪，余曾于月下一握其手。（三）

南雷有言："人而不甘寂寞，何事不可为"、"笼鸡有

---

① Chang, Han-liang. "Calendar and Aphorism: A Generic Study of Carolus Linnaeus' *Fundamenta Botanica* and *Philosophia Botanica*." *Languages of Science in the Eighteenth Century*. Ed. Britt-Louise Gunnarsson. Berlin and New York: Mouton de Gruyter. 275.

食汤刀近,野鹤无粮天地宽"二语,特为今之名士痛下针砭耳。(十八)①

"essay"文体在创制之初,是由蒙田从法语动词"essayer"(意为尝试)转化而来,表示试图就某事说些什么。从这个意义上讲,苏曼殊的《燕子龛随笔》、杂文恰对应"essay"一词之本义,它所凸显的是言说者喷薄而出的言说欲望以及运思踌躇的生动行为。说话者一边展开自我交流——内在言语,一边在话语辩证的场域召唤言说对象的参与,因此苏曼殊的《燕子龛随笔》属于"言语文类"(speech genre)的一种,其文类特征是话语时刻的凸显和主体性的彰示。"语言是稳定的,对说话者具有强制性约束的,而言语文类的运用更加灵活、弹性而自由。"②如巴赫金所言:"言语文类是从社会的历史到语言的历史的传送带。"③在精神分析研究影响深远的今天,我们愈加认识到,我们无法直接抵达无意识的层面,或直截了当地让自己深层的内心意识获得他人理解;我们永远是通过以语言为主要中介的符号系统去把握和感知所生活的世界,并与他者互相理解与沟通。苏曼殊的《燕子龛随笔》,既是日常随感散记,也充满引经据典的学术火花;它既是作者创造性主体意识的文本化尝试,也成为作者鲜活生命本身的一种动态的载体;它本身具有复杂的面向,又与多元的历史时空连结。

另外值得一提的是,曼殊的这种随笔又可以和法语的"笔体"

---

① 苏曼殊著,马以君编注,柳无忌校订:《苏曼殊文集》下册,广州:花城出版社1991年版,第382、390、410、411页。
② Bakhtin, Mikhail. "The Problem of Speech Genres." *Bakhtin*: *Essays and Dialogues on His Work*. Ed. Gary Saul Morson. Chicago: University of Chicago Press, 1986. 95.
③ Ibid. ,92.

第四章 苏曼殊"杂文"的语言学诗学之辨:兼作结语

(ecriture)①书写相类比。语素"笔"和"ecrit"都含有书写的语义;随笔和"笔体",都同样凸显书写的行为,它们都可以看作书写体制的"元文类"(genus universum)②。和文本性的概念同样,这些断章向文类的既成概念和种属区分发起挑战,向着让-吕克·南希(Jean-Luc Nancy)、拉库·拉巴特(Philippe Lacoue-Labarthe)探讨德国浪漫主义文学时提出的超越以往任何分类和定义的、"作为绝对纯粹的文学"③之说靠近。如张汉良所言,文类归根究底是语用的问题,"没有先验的、透明的、历万古而长新的文类",诸如诗歌、小说、戏曲、散文④的基本分类并不是先验自明的,西

---

① "笔体"从齐隆壬的译法,参阅齐隆壬:《笔体=Ecriture, Writing》,《文讯月刊》1986年第22期。
② 参阅张汉良撰:《何谓文类》,见于张汉良著:《比较文学理论与实践》,台北:东大图书公司1986年版,第110页。
③ 参阅 Lacoue-Labarthe, Philippe, and Jean-Luc Nancy. *The Literary Absolute: The Theory of Literature in German Romanticism*. Albany: State University of New York Press, 1988.
④ 郁达夫在《中国新文学大系 散文二集·导言》中写道:"在四千余年古国的中国,又被日本人鄙视为文字之国的中国,散文的内容,自然早已发达到了五花八门,无以复加。我们只须一翻开桐城派正宗的《古文辞类纂》来看,曰论辨,曰序跋,曰奏议……一直到辞赋哀祭之类,它的内容真富丽错综,活像一部二十四史零售的百货商店。这一部《古文辞类纂》的所以风行二百余年,到现在还有人在那里感激涕零的理由,一半虽在它的材料的丰富,但一半也在它的分门别类,能以一个类名来决定内容。但言为心声,人心不同又各如其面,想以外形的类似而来断定内容的全同,是等于医生以穿在外面的衣服而来推论人体的组织;我们不必引用近代修辞学的分类来与它对比,就有点觉得靠不住了。所以近代的选家,就更进了一步,想依文章本体的内容,来分类而辨体。于是乎近世论文章的内容者,就又把散文分成了描写(Description)、叙事(Narration)、说明(Exposition)、论理(Persuasion including Argumentation)的四大部类;还有人想以实写,抒情,说理的三项来包括的。
从文章的本体来看,当然是以后人分类方法为合理而简明;但有些散文,是既说理而又抒情,或者兼以描写记叙的,到这时候,你若想把它们来分类合并,当然又觉得困难百出了,所以我们来论散文的内容,就打算先撇掉这分类细叙的办法。"郁达夫找到的散文之"最重要的内容",是"散文的心","照中国旧式的说法,就是一篇的作意,在外国修辞学里,或称作主题(Subject)或叫它要旨(Theme)的,大约就是这'散文的心'了。有了这'散文的心'后,然后方能求散文的体,就是如何能把这心尽(转下页)

方文学研究的历史上也曾多次经历文类划分的混乱不明。① 随着文学的历时嬗变,新的文学样貌很可能与旧的文学法则疏离,文学的类型格局也会变化,也因而让我们重新思考文学分类的依据本身。如郁达夫在 1935 年新文学运动已硕果累累之时谈道:"古人说,小说都带些自叙传的色彩的,因为从小说的作风里人物里可以见到作者自己的写照;但现代的散文,却更是带有自叙传的色彩了,我们只消把现代作家的散文集一翻,则这作家的世系、性格、嗜好、思想、信仰,以及生活习惯等等,无不活泼泼地显现在我们的眼前。"②历史性的、归纳性的划分方法,难以完成对始终处于变动中的、驳杂多维的、"尝试性"的文本的囊括。笔者并非表示中西传统的文体学、文类研究是无意义的,它们是文学研究不同视域下的重要研究领域,对我们后辈的研究具有重要的指引价值,是我们展开新的研究之前必须掌握的知识成果。而语言符号学的视野使我们能够超越以往不自觉地假设出文学有虚构与非虚构、文学与非文学之畛域的思维成见,从文本性(textuality)——一种可以自我结构-解构的话语空间和具有创造衍生能力的演绎系统出发,加之互文本性③的视野,着眼于对

(接上页)情地表现出来的最适当的排列与方法。"所以散文其实也就是"杂文"。参阅郁达夫撰:《中国新文学大系·散文二集 导言》,见于郁达夫编选:《中国新文学大系 散文二集 1917—1927》,上海:上海文艺出版社 2013 年版,第 3—4 页。

① 参阅张汉良撰:《何谓文类》,见于张汉良著:《比较文学理论与实践》,台北:东大图书公司 1986 年版,第 112 页。
② 郁达夫撰:《中国新文学大系·散文二集 导言》,见于郁达夫编选:《中国新文学大系·散文二集 1917—1927》,上海:上海文艺出版社 2013 年版,第 5 页。
③ 如张汉良所言:"'正文'(笔者按:今通译作"文本")表意系统的衍生过程是多元的(plurality,而非 polysemy),无法由一个实存的主体驾驭,因为所谓的主体或'我',也是无穷多元的正文,而且传统符号学中的传送者与接受者(addresser/addressee)可以互相易位,写作与阅读的关系可以相互交错,因而产生游戏的空间。在这种情形之下,每一篇原以为是自足的正文也都是无数其他正文的吸收与转换,正文其实是正文间的(intertextual)。"参阅张汉良撰:《何谓文类》,见于张汉良著:《比较文学理论与实践》,台北:东大图书公司 1986 年版,第 119 页。

第四章 苏曼殊"杂文"的语言学诗学之辨：兼作结语

文本系统不同的语言层次和成分进行解析与辨明，在具体话语实践中考察说话者与受众之间的关系、语言使用者和语言的关系以及语言系统的语用规则。

以上列举的"杂文"，它们绝非一种统一的文类，亦不可以文类大杂烩一言以蔽之，更没有绝对性的"杂文"与"纯文"存在。立足于文本性和互文本性重新检视文学作品，真正深入语言文本内部、文本之间考察各成分部件的结构与功能，这是笔者在未来觉得有趣又有意义的研究课题。如张汉良在《方法：文学的路》序言中写道，方法($\mu\varepsilon\theta o\delta o\varsigma$)是路，道路错综，其中有物，其中有象。[①]在语言符号学的视域下研究文学的变与不变，考察跨文化的行者们在不同文学、文化之间的上下求索，是笔者愿一如既往、勉力前行的治学之路，这条探索之途才刚刚开始。

[①] 此道路隐喻的阐发参阅张汉良撰：《方法序说》，见于张汉良编：《方法：文学的路》，台北：台大出版中心2002年版，第6—7页。

参考文献

一、中文文献

(一) 专著

阿英编. 晚清文学丛钞·域外文学译文卷[M]. 北京：中华书局, 1961.

阿英著. 晚清小说史[M]. 北京：东方出版社, 1996.

A. J. 格雷马斯著, 徐伟民译. 符号学与社会科学[M]. 天津：百花文艺出版社, 2009.

——吴泓缈、冯学俊译. 论意义——符号学论文集[M]. 天津：百花文艺出版社, 2011.

埃米尔·本维尼斯特著, 王东亮等译. 普通语言学问题[M]. 北京：生活·读书·新知三联书店, 2008.

艾恩斯著, 孙士海、王镛译. 印度神话[M]. 北京：经济日报出版社, 2001.

安徽省炳烛诗书画联谊会编. 陈独秀诗歌研究[M]. 香港：国际炎黄文化出版社, 2005.

安庆市历史学会、安庆市图书馆编印. 陈独秀研究参考资料[M]. 安庆：安庆市历史学会、安庆市图书馆, 1981.

拜伦著, 查良铮译, 王佐良注. 唐璜[M]. 北京：人民文学出版社, 1993.

北京大学哲学系美学教研室编. 中国美学史资料选编[M]. 北京：中华书局, 1981.

彼得·V. 齐马著, 范劲、高晓倩译. 比较文学导论[M]. 合肥：安徽教育出版社, 2009.

参考文献

曹雪芹著.红楼梦[M].上海:上海辞书出版社,2001.
曾国藩著,李瀚章编.曾国藩书信[M].北京:中国致公出版社,2011.
陈国恩著.中国现代文学的历史与文化透视[M].武汉:武汉大学出版社,2005.
陈平原、夏晓虹编.二十世纪中国小说理论资料·第一卷 1897—1916[M].北京:北京大学出版社,1989.
陈平原著.中国小说叙事模式的转变[M].上海:上海人民出版社,1988.
陈尚君辑校.全唐文补编[M].北京:中华书局,2005.
陈自力著.释惠洪研究[M].北京:中华书局,2005.
重显著,惟盖竺编.明觉禅师语录[M].见:永乐北藏第一五五册,北京:线装书局,2008.
大正新修大藏经第一、八、十四、十七、二十六、四十八、五十三册[M].台北:佛陀教育基金会,1990.
邓伟著.分裂与建构:清末民初文学语言新变研究 1898—1917[M].北京:中国社会科学出版社,2009.
狄更斯著,庄绎传译.大卫·科波菲尔[M].北京:人民文学出版社,2000.
迭朗善译,马香雪转译.摩奴法典[M].北京:商务印书馆,1982.
丁尔苏著.语言的符号性[M].北京:外语教学与研究出版社,2000.
董乃斌主编.中国文学叙事传统研究[M].北京:中华书局,2012.
董乃斌著.中国古典小说的文体独立[M].北京:中国社会科学出版社,1994.
杜甫著,仇兆鳌注.杜诗详注[M].北京:中华书局,1979.
范晔著,李贤等注.后汉书[M].北京:中华书局,1965.
费尔迪南·德·索绪尔著,高名凯译,岑麒祥、叶蜚声校注.普通语言学教程[M].北京:商务印书馆,1980.
——裴文译.普通语言学教程[M].南京:江苏教育出版社,2002.
冯光廉主编.中国近百年文学体式流变史[M].北京:人民文学出版社,1999.
冯自由著.冯自由回忆录:革命逸史[M].北京:东方出版社,2011.
傅璇琮等主编,北京大学古文献研究所编.全宋诗[M].北京:北京大学出版社,1991—1999.
高亨注.周易古经今注[M].上海:开明书店,1947.

高友工著. 美典：中国文学研究论集[M]. 北京：生活·读书·新知三联书店,2008.

高友工著. 中国美典与文学研究论集[M]. 台北：台湾大学出版中心,2004.

葛洪著. 抱朴子[M]. 见：诸子集成第八册[M]. 北京：中华书局,2006.

葛其仁学,王宝仁辑逸. 小尔雅疏证[M]. 北京：中华书局,1985.

龚自珍著,刘逸生注. 龚自珍己亥杂诗注[M]. 北京：中华书局,1980.

顾嗣立编. 元诗选初集[M]. 北京：中华书局,1987.

郭茂倩编. 乐府诗集[M]. 北京：中华书局,1979.

郭璞注,邢昺疏. 尔雅注疏[M]. 见：阮元校刻. 十三经注疏. 北京：中华书局影印清嘉庆刊本,2009.

郭庆藩辑,王孝鱼整理. 庄子集释[M]. 北京：中华书局,1961.

郭延礼著. 20世纪中国近代文学研究学术史[M]. 南昌：江西高校出版社,2004.

韩南著,徐侠译. 中国近代小说的兴起（增订本）[M]. 上海：上海教育出版社,2010.

韩一宇著. 清末民初汉译法国文学研究(1897—1916)[M]. 北京：中国社会科学出版社,2008.

和合本新旧约全书[M]. 南京：中国基督教协会印,1989.

洪汉鼎编. 理解与解释——诠释学经典文选[M]. 北京：东方出版社,2001.

洪兴祖注,白化文等点校. 楚辞补注[M]. 北京：中华书局,1983.

胡适著,俞吾金编选. 疑古与开新——胡适文选[M]. 上海：上海远东出版社,1995.

胡适著. 尝试集[M]. 上海：亚东图书馆,1923.

胡应麟著. 少室山房笔丛[M]. 上海：上海书店,2001.

华夫主编. 中国古代名物大典[M]. 济南：济南出版社,1993.

黄清泉主编,曾祖荫等辑录. 中国历代小说序跋辑录[M]. 武汉：华中师范大学出版社,1989.

黄人编. 普通百科新大词典未集、亥集[M]. 上海：国学扶轮社,1911.

黄庭坚著,任渊、史容、史季温注,刘尚荣校点. 黄庭坚诗集注[M]. 北京：中华书局,2003.

黄轶著. 现代启蒙语境下的审美开创：苏曼殊文学论[M]. 上海：上海人民出版社,2008.

黄永健著.苏曼殊诗画论[M].北京:中国社会科学出版社,2001.
黄征、张涌泉校注.敦煌变文校注[M].北京:中华书局,1997.
黄遵宪著,钱仲联笺注.人境庐诗草笺注[M].上海:古典文学出版社,1957.
纪昀著,汪贤度点校.阅微草堂笔记[M].上海:上海古籍出版社,1998.
季进编著.另一种声音——海外汉学访谈录[M].上海:复旦大学出版社,2011.
蒋一葵著.长安客话[M].见:丛书集成续编第50册·史部.上海:上海书店,1994.
鸠摩罗什译,朱棣集注.金刚经集注[M].上海:上海古籍出版社,1984.
孔安国传,孔颖达等正义.尚书正义[M].见:阮元校刻.十三经注疏.北京:中华书局影印清嘉庆刊本,2009.
孔范今主编.二十世纪中国文学史[M].济南:山东文艺出版社,1997.
孔范今著.近百年中国文学史论[M].北京:人民文学出版社,2008.
莱辛著,朱光潜译.拉奥孔[M].北京:人民文学出版社,1979.
黎锦熙著.国语运动史纲[M].上海:商务印书馆,1935.
李昉等编.太平广记[M].北京:中华书局,1961.
李亮著.诗画同源与山水文化[M].北京:中华书局,2004.
李欧梵著,毛尖译.上海摩登——一种新都市文化在中国[M].北京:北京大学出版社,2001.
李欧梵著,王宏志等译.中国现代作家的浪漫一代[M].北京:新星出版社,2005.
李蔚著.苏曼殊评传[M].北京:社会科学文献出版社,1990.
李幼蒸著.理论符号学导论[M].北京:社会科学文献出版社,1999.
李泽厚著.中国思想史论[M].合肥:安徽文艺出版社,1999.
梁启超著,易鑫鼎编.梁启超选集[M].北京:中国文联出版社,2006.
梁启超著.小说传奇五种[M].北京:中华书局,1936.
梁启超著.饮冰室合集[M].北京:中华书局,1989.
梁启超著.饮冰室诗话[M].北京:人民文学出版社,1982.
梁启超著.饮冰室文集全编[M].上海:广益书局,1948.
梁遇春著,吴福辉编选.梁遇春文集[M].北京:华夏出版社,2000.
廖七一著.中国近代翻译思想的嬗变——五四前后文学翻译规范研究[M].天津:南开大学出版社,2010.

列子著,张湛注.列子[M].见:诸子集成第三册,北京:中华书局,2006.
林辰著.林辰文集[M].济南:山东教育出版社,2010.
林庚著.唐诗综论[M].北京:商务印书馆,2011.
林纾译.林纾译著经典[M].上海:上海辞书出版社,2013.
林文光编.王国维文选[M].成都:四川文艺出版社,2009.
刘基著,傅正谷评注.郁离子[M].天津古籍出版社,1987.
刘勰著,周振甫注.文心雕龙注释[M].北京:人民文学出版社,2002.
刘勰著.文心雕龙[M].北京:中华书局,1985.
刘心皇著.苏曼殊大师新传[M].台北:近代中国出版社,1984.
刘扬体著.流变中的流派:鸳鸯蝴蝶派新论[M].北京:中国文联出版公司,1997.
柳无忌著,王晶垚译.苏曼殊传[M].北京:生活·读书·新知三联书店,1992.
柳亚子、苏曼殊著,柳无忌译.磨剑鸣筝集:南社二友柳亚子与苏曼殊诗选[M].上海:上海外语教育出版社,1993.
柳亚子等著.南社丛刻(《南社》二十二集影印本,1909—1923年)[M].扬州:江苏广陵古籍刻印社,1996.
柳亚子著,郭长海、金菊贞编.柳亚子文集补编[M].北京:社会科学文献出版社,2004.
柳亚子著,柳无忌编.苏曼殊研究[M].上海:上海人民出版社,1987.
鲁迅编选.中国新文学大系·小说二集[M].上海:上海文艺出版社影印1935年上海良友图书公司版,2003.
鲁迅著.鲁迅杂文集:坟·热风·两地书[M].杭州:浙江人民出版社,2002.
鲁迅著.鲁迅全集第六卷、第十二卷[M].北京:人民文学出版社,1981,2005.
鲁迅著.中国小说史略[M].北京:人民文学出版社,1973.
陆游著,钱仲联校注.剑南诗稿校注[M].上海:上海古籍出版社,2005.
逯钦立辑校.先秦汉魏晋南北朝诗[M].北京:中华书局,1983.
路文彬主编.中国当代文学史料文论选1949—2000[M].北京:中国文联出版社,2006.
路易斯·叶姆斯列夫著,程琪龙译.叶姆斯列夫语符学文集[M].长沙:湖南教育出版社,2006.

罗兰·巴尔特著,李幼蒸译.符号学原理:结构主义文学理论文选[M].北京:生活·读书·新知三联书店,1988.

罗兰·巴尔特著,王东亮等译.符号学原理[M].北京:生活·读书·新知三联书店,1999.

马瑞辰撰.毛诗传笺通释[M].北京:中华书局,1989.

迈珂·苏立文著,洪再新译.山川悠远——中国山水画艺术[M].广州:岭南美术出版社,1989.

毛策著.苏曼殊传论[M].北京:中国人民大学出版社,1995.

毛亨、毛苌传,郑玄笺,孔颖达等正义.毛诗正义[M].见:阮元校刻.十三经注疏.北京:中华书局影印清嘉庆刊本,2009.

纳兰性德著,赵秀亭、冯统一笺校.饮水词笺校[M].北京:中华书局,2005.

彭定求等编.全唐诗[M].北京:中华书局,1960.

钱基博著.现代中国文学史[M].上海:上海书店出版社,2004.

钱钟书著.谈艺录(补订本)[M].北京:中华书局,1993.

钱仲联主编.近代诗三百首[M].杭州:浙江古籍出版社,1990.

钱仲联著.钱钟联学述[M].杭州:浙江人民出版社,1999.

乔治·桑塔亚纳著,犹家仲译.宗教中的理性[M].北京:北京大学出版社,2008.

任访秋著.中国近代文学作家论[M].郑州:河南人民出版社,1984.

邵迎武著.苏曼殊新论[M].天津:百花文艺出版社,1990.

邵盈午著.苏曼殊传[M].北京:团结出版社,1998.

沈德潜编.古诗源[M].北京:中华书局,1963.

沈约著.宋书[M].北京:中华书局,1974.

沈宗骞述,齐振林写.芥舟学画编[M].北京:人民美术出版社,1959.

施蛰存主编.中国近代文学大系1840—1919 翻译文学集三[M].上海:上海书店出版社,1991.

施蛰存著.文艺百话[M].上海:华东师范大学出版社,1994.

石钟扬著.文人陈独秀[M].陕西:陕西人民出版社,2005.

司马光著,李之亮笺注.司马温公集编年笺注第一、六册[M].成都:巴蜀书社,2009.

司马迁著,裴骃集解.史记[M].北京:中华书局,1982.

司香旧尉著.海上尘天影[M].上海:上海古籍出版社,1992.
宋协周、郭荣光主编.中华古典诗词辞典[M].济南:山东文艺出版社,1991.
苏曼殊编译,朱少璋编.曼殊外集:苏曼殊编译集四种[M].北京:学苑出版社,2009.
苏曼殊著,柳亚子编:苏曼殊全集.北京:中国书店影印1928年北新书局版,1985.
苏曼殊著,储菊人校订.苏曼殊诗文集[M].上海:中央书店,1936.
苏曼殊著,刘斯奋笺注.苏曼殊诗笺注[M].广州:广东人民出版社,1981.
苏曼殊著,柳无忌编.曼殊逸著两种[M].上海:北新书局,1927.
苏曼殊著,柳亚子编.曼殊余集[M].未出版手稿,现藏于国家图书馆.
苏曼殊著,柳亚子.普及版曼殊全集[M].上海:开华书局,1933.
苏曼殊著,马以君编注,柳无忌校订.苏曼殊文集[M].广州:花城出版社,1991.
苏曼殊著,马以君笺注.苏曼殊诗集[M].珠海:珠海市政协文史资料委员会1991.
苏曼殊著,马以君笺注.燕子龛诗笺注[M].成都:四川人民出版社,1983.
苏曼殊著,邵盈午注.苏曼殊诗集[M].北京:北京十月文艺出版社,2013.
苏曼殊著,施蛰存辑录.燕子龛诗[M].南昌:江西人民出版社,1981.
苏曼殊著,时希圣编.曼殊笔记[M].上海:广益书局,1930.
苏曼殊著,文公直编.曼殊大师全集(第二版)[M].上海:教育书店,1947.
苏曼殊著,文公直编.曼殊大师全集(第三版)[M].上海:教育书店,1949.
苏曼殊著,周瘦鹃编.燕子龛残稿[M].上海:大东书局,1923.
苏曼殊著.苏曼殊书信集[M].上海:中央书店,1935.
苏曼殊著.苏曼殊小说集[M].上海:大达图书供应社,1923.
苏曼殊著,曾德选注.苏曼殊诗文选注[M].西安:陕西人民出版社,1986.
苏轼著,孔凡礼点校.苏轼文集[M].北京:中华书局,1986.
孙文光、王世芸编.龚自珍研究资料集[M].合肥:黄山书社,1984.
孙希旦撰,沈啸寰,王星贤点校.礼记集解[M].北京:中华书局,1989.
孙诒让撰.周礼正义[M].北京:中华书局,1979.
谭其骧编.清人文集·地理类汇编[M].杭州:浙江人民出版社,1987.
唐圭璋编.全宋词[M].北京:中华书局,1965.
唐润钿著.革命诗僧:苏曼殊传[M].台北:近代中国出版社,1980.

庭野日敬著,释真定译.法华经新释[M].上海:上海古籍出版社,2013.
王弼、韩康伯注,孔颖达等正义.周易正义[M].见:阮元校刻.十三经注疏.北京:中华书局影印清嘉庆刊本,2009.
王昶编著.古典诗词曲名句鉴赏[M].太原:山西经济出版社,2012.
王充著,黄晖校释.论衡[M].北京:中华书局,1990.
王德威著.想像中国的方法——历史·小说·叙事[M].北京:生活·读书·新知三联书店,1998.
王光明编.中国诗歌通史·现代卷[M].北京:人民文学出版社,2012.
王广西著.佛学与中国近代诗坛[M].开封:河南大学出版社,1995.
王国维.宋元戏曲史[M].上海:上海古籍出版社,2008.
王梦鸥著.文学概论[M].台北:艺文印书馆,1976.
王梦鸥著.中国文学理论与实践[M].台北:里仁书局,2009.
王士禛著,李毓芙、牟通、李茂肃整理.渔洋精华录集释[M].上海:上海古籍出版社,1999.
王士禛著.池北偶谈[M].北京:中华书局,1982.
王先谦注.庄子集解[M].北京:中华书局,1987.
王先谦撰,吴格点校.诗三家义集疏[M].北京:中华书局,1987.
王晓明编.批评空间的开创——二十世纪中国文学研究[M].上海:东方出版中心,1998.
乌蒙勃托·艾柯著,卢德平译.符号学理论[M].北京:中国人民大学出版社,1990.
吴承学著.中国古代文体学研究[M].北京:人民出版社,2011.
吴纳撰、于北山校点,徐师曾撰、罗根泽校点.文章辨体序说·文体明辨序说[M].北京:人民文学出版社,1998.
吴无忌编.王国维文集[M].北京:北京燕山出版社,1997.
五灯会元(清藏本)[M].见:中华大藏经·汉文部分第七五册.北京:中华书局,1994.
夏晓虹等著.文学语言与文章体式:从晚清到五四[M].合肥:安徽教育出版社,2006.
夏志清.中国古典小说导论[M].合肥:安徽文艺出版社,1988.
萧统选、李善注.文选[M].上海:商务印书馆,1936.
嚣俄著,商务印书馆编译所译.孤星泪[M].北京:商务印书馆,1907.

小仲马著,林纾、王寿昌译.巴黎茶花女遗事[M].北京:商务印书馆,1981.
谢冕著.1898:百年忧患[M].济南:山东教育出版社,1998.
谢天振,查明建主编.中国现代翻译文学史(1898—1949)[M].上海:上海外语教育出版社,2004.
徐陵编,吴兆宜注.玉台新咏笺注[M].北京:中华书局,1985.
徐枕亚著,玉梨魂[M].上海:清华书局,1929.
雅罗斯拉夫·普实克著,李燕乔等译.普实克中国现代文学论文集[M].长沙:湖南文艺出版社,1987.
严复著,周振甫选注.严复诗文选[M].北京:人民文学出版社,1959.
严羽著.沧浪诗话[M].北京:中华书局,2014.
扬雄著,司马光集注.太玄集注[M].北京:中华书局,1998.
杨晓东著.历史的回声——吴地古代妇女研究[M].北京:北京燕山出版社,1994.
杨义著.中国现代小说史[M].北京:人民文学出版社,2005.
姚鼐著.古文辞类纂[M].见:续修四库全书·1609集部 总集类.上海:上海古籍出版社,2002.
姚思廉著.陈书[M].北京:中华书局,1972.
俞剑华编著.中国古代画论类编(修订本)[M].北京:人民美术出版社,2004.
雨果著,郑克鲁译.悲惨世界[M].上海:上海译文出版社,2010.
郁达夫编选.中国新文学大系·散文二集[M].上海:上海文艺出版社影印1935年上海良友图书公司版,2013.
郁达夫著,吴秀明主编.郁达夫全集第十卷·文论上[M].杭州:浙江大学出版社,2007.
袁斌业著.翻译报国,译随境变:马君武的翻译思想和实践研究[M].苏州:苏州大学出版社,2011.
袁行霈、侯忠义编.中国文言小说书目[M].北京:北京大学出版社,1981.
张汉良主编.符号与记忆:海峡两岸的文本实践[M].台北:行人出版社,2015.
张汉良编.方法:文学的路[M].台北:台大出版中心,2002.
张汉良著.比较文学理论与实践[M].台北:东大图书公司,1986.
张衡著,张震泽校注.张衡诗文集校注[M].上海:上海古籍出版社,2009.

张煌言著.张苍水集第二编[M].北京:中华书局,1959.

张舜民著.画墁集[M].见:丛书集成新编第62册,台北:新文丰出版公司,1986.

章培恒、骆玉明主编.中国文学史[M].上海:复旦大学出版社,2004.

郑克鲁著.法国文学论集[M].桂林:漓江出版社,1982.

郑玄注,贾公彦疏.仪礼注疏[M].见:阮元校刻.十三经注疏.北京:中华书局影印清嘉庆刊本,2009.

郑逸梅编著.南社丛谈[M].上海:上海人民出版社,1981.

中国社会科学院近代文学研究组编.中国近代文学研究集[M].北京:中国文联出版社,1986.

周作人编选.中国新文学大系·散文一集[M].上海:上海良友图书公司,1935.

周作人著,陈子善、张铁荣编.周作人集外文[M].海口:海南国际新闻出版中心,1993.

周作人著.中国新文学的源流[M].上海:华东师范大学出版社,1995.

卓如,鲁湘元主编.二十世纪中国文学编年(1900—1931)[M].石家庄:河北教育出版社,2013.

(二)期刊、辑刊、报纸文献

卞东波.《全宋诗》重出、失收及误收举隅[J].南京大学古典文献研究所编.古典文献研究,第9辑,南京:凤凰出版社,2006:83—97.

蔡秀枝,彭佳.符号学与空间理论的遇合:蔡秀枝教授访谈[J].符号与传媒,2012,2:77—85.

蔡宗齐撰,李冠兰译.节奏·句式·诗境——古典诗歌传统的新解读[J].中山大学学报(社会科学版),2009,2:26—38.

曹旭.苏曼殊诗歌简论[J].上海师范学院学报(社会科学版),1981,4:58—64.

陈大康.近代小说面临转折的关键八年[J].华东师范大学学报(哲学社会科学版),2008,6:153—162.

陈引驰.劝君惜取眼前人:近代诗人的女性叙写及姿态[J].杨乃乔、伍晓明主编.比较文学与世界文学,第1辑,北京:商务印书馆,2004:165—179.

丁富生.苏曼殊:《惨世界》的译作者[J].南通大学学报(社会科学版),2006,

3：65—69.

丁富生. 苏曼殊：《娑罗海滨遁迹记》的创作者[J]. 南通大学学报（社会科学版），2009,4：72—76.

弗兰西斯·马尔赫恩撰，孟登迎译. 瓶中信：文学研究中的阿尔都塞[J]. 曹顺庆主编. 中外文化与文论，第18辑，成都：四川大学出版社，2009：255—272.

龚鹏程. 成体系的戏论：论高友工的抒情传统[J]. 清华中文学报，2009,3：155—189.

郭延礼. "诗界革命"的起点、发展及其评价[J]. 文史哲，2000,2：5—12.

黄永健. 苏曼殊诗画的禅佛色彩[J]. 深圳大学学报（人文社会科学版），2003,6：74—77.

黄子平、钱理群、陈平原. 论"20世纪中国文学"[J]. 文学评论，1985,5：3—13.

黄子平、钱理群、陈平原. "二十世纪中国文学"三人谈·缘起[J]. 读书，1985,10：3—11.

胡翠娥. 拜伦《赞大海》等三诗译者辨析[J]. 南开学报（哲学社会科学版），2006,6：132—136.

简·布朗撰，刘宁译. 歌德与世界文学[J]. 学术月刊，2007,6：32—38.

廖七一. 现代诗歌翻译的"独行之士"——论苏曼殊译诗中的"晦"与价值取向[J]. 中国比较文学，2007,1：68—79.

柳无忌. 苏曼殊研究的三个阶段[J]. 华南师范大学学报社会科学版，1984,3：113—121.

柳无忌. 苏曼殊与拜伦"哀希腊"诗——兼论各家中文译本[J]. 佛山师专学报，1985,1：8—36.

马以君.《岭海幽光录》笺注[J]. 马以君编. 南社研究第7辑，香港：香港天马图书有限公司，1999：258—284.

马以君.《题画》诗非苏曼殊作[J]. 语文月刊，1990,11—12：91.

马以君. 关于苏曼殊生平的几个问题[J]. 华南师院学报（社会科学版），1982,1：82—86.

潘重规. 黄季刚译拜伦诗稿读后记[J]. 马以君编. 南社研究第7辑，香港：香港天马图书有限公司，1999：376—384.

齐隆壬. 笔体＝Ecriture，Writing[J]. 文讯月刊，1986,22：313—315.

任访秋.苏曼殊论[J].河南师大学报,1980,2:53—59.

孙席珍.怀念郁达夫——纪念郁达夫被害四十周年[J].社会科学战线,1985,2:234—241.

唐珂.论参与二度模式系统的古汉语语法与修辞:以苏曼殊的诗作为例[J].中国比较文学,2013,4:114—122.

唐珂.试析《二十四诗品》作为互文性理论实践的一个典范[J].信阳师范学院学报(哲学社会科学版),2013,4:104—109.

王晓平、中西进.枕词与比兴[J].天津师大学报,1992,6:55—62.

王玉祥.李商隐对苏曼殊诗的影响[J].《文学评论》编辑部编.古典文学专号·文学评论丛刊,第三十一辑,北京:文化艺术出版社,1989:276—286.

文芷.曼殊上人诗册[J].商务印书馆香港分馆编.艺林丛录,第五编,香港:商务印书馆,1964:73—84.

吴承学、刘湘兰.颂赞类文体[J].古典文学知识,2010,1:103—111.

夏可君.海德格尔与世界问题的发生——一个"Topology"的标画[J].现代哲学,2003,1:115—123.

夏晓虹.谁是《新中国未来记》五回的作者[N].中华读书报,2003,5(21).

许冬云.苏曼殊汉英互译作品集与梵学的因缘[J].现代语文,2011,3:115—117.

杨义.汉魏六朝"世说体"小说的流变[J].中国社会科学,1991,4:85—99.

叶起昌.叙事符号学的格雷马斯模式——评《符号学的关键术语》[J].当代外语研究,2012,3:128—130.

张伯伟.再论骑驴与骑牛——汉文化圈中文人观念比较一例[J].清华大学学报(哲学社会科学版),2007,1:12—24.

张汉良.《碧果人生》中的个人私语[J].文艺月刊,1988,6:39—46.

张汉良.透过几个图表反思"文学关系研究"[J].中国比较文学,2014,1:159—170.

张伟然.文学中的地理意象[J].读书,2014,10:49—56.

钟翔、苏晖.读黄侃文《缮秋华室说诗》关于拜伦《赞大海》等三译诗的辨析[J].外国文学研究,1994,3:27—31.

周晓平.理想与目标的契合——黄遵宪与"诗界革命"[J].中国文学研究,2012,3:27—29页.

朱光潜.歌德的美学思想[J].哲学研究,1963,2:62—74.

朱少璋.黄(侃)译拜伦诗献疑——兼论《潮音》与《拜伦诗选》之关系[J].马以君编.南社研究第7辑,香港:香港天马图书有限公司,1999:385—388.

(三)学位论文

黄轶.苏曼殊文学论[D].济南:山东大学,2005.

吴硕禹.翻译:一个符号系统的探讨[D].台北:台湾师范大学,2013.

张静.雪莱在中国(1905—1937)[D].上海:复旦大学,2012.

(四)工具书

辞源(修订本)[M].北京:商务印书馆,2009.

丁福保编纂.佛学大辞典[M].上海:上海佛学书局,1994.

丁福保编纂.佛学大辞典[M].北京:文物出版社,1984.

汉语大字典编辑委员会编.汉语大字典(第二版)[M].成都:四川辞书出版社、崇文书局,2010.

陆谷孙主编.英汉大词典(第2版)[M].上海:上海译文出版社,2007.

王先霈主编.小说大辞典[M].武汉:长江文艺出版社,1991.

魏绍昌、管林、刘济献等编.中国近代文学辞典[M].开封:河南教育出版社,1993.

新村出编.广辞苑(第六版)[M].上海:上海教育出版社,2012.

张玉书等编.康熙字典[M].上海:上海书店,1985.

二、外文文献

(一)专著

Abrams, Robert M. and Jack Stillinger. *The Norton Anthology of English Literature*. 7th Edition. Gen. Ed. M. H. Abrams. New York: W. W. Norton & Co, Inc, 1999-2000.

Baker, Mona. *Routledge Encyclopedia of Translation Studies*. London & New York: Routledge, 1998.

Barthes, Roland. *Elements of Semiology*. Trans. Annette Lavers and Colin Smith. Hill and Wang: New York, 1968.

Baudelaire, Charles. *Correspondance Générale IV*. Ed. M. Jacques Crépet.

Paris: L. Conard, 1948.

Behr, Edward. *The Complete Book of Les Misérables*. New York: Arcade Publishing, 1993.

Benveniste, Émile. *Problèmes de Linguistique Générale*. 2 Vols. Paris: Gallimard, 1966,1974.

— *Problems in General Linguistics*. Trans. Mary Elizabeth Meek. Coral Gables: University of Miami Press, 1971.

Burgwinkle, William; Nicholas Hammond and Emma Wilson. Eds. *The Cambridge History of French Literature*. New York: Cambridge University Press, 2011.

Byron, George Gordon. *The Poetical Works of Lord Byron*. London: Humphrey Milford, Oxford University Press, 1921.

Chang, Han-liang. *Sign and Discourse: Dimensions of Comparative Poetics*. Shanghai: Fudan University Press, 2013.

Chao, Yuen Ren. *A Grammar of Spoken Chinese*. Berkeley: University of California Press, 1965.

Chomsky, Noam. *Aspects of the Theory of Syntax*. Cambridge: MIT Press, 1965.

— *Syntactic Structures*. 2nd Edition. Berlin: Mouton de Gruyer, 2002.

Cronin, Ciaran. *A Companion to Victorian Poetry*. Eds. Richard Cronin, Antony Harrison and Alison Chapman. Oxford: John Wiley & Sons, 2008.

Culler, Jonathan. *The Pursuit of Signs: Semiotics, Literature, Deconstruction*. Ithaca: Cornell University Press, 1981.

de Certeau, Michel. *L'Invention du Quotidien. Vol. 1, Arts de Faire*. Paris: Union Générale d'éditions, 1980.

— *The Practice of Everyday Life*. Trans. Steven Rendall. Berkeley: University of California Press, 1984.

Eco, Umberto. *A Theory of Semiotics*. Bloomington: Indiana University Press, 1976.

Fauconnier, Gilles, and Mark Turner. *The Way We Think: Conceptual Blending and the Mind's Hidden Complexities*. New York: Basic Books,

2008.

Fauconnier, Gilles. *Mappings in Thought and Language*. Cambridge: Cambridge University Press, 1997.

Fenollosa, Ernest and Ezra Pound. *The Chinese Written Character as a Medium for Poetry: A Critical Edition*. Eds. Haun Saussy, Jonathan Stalling and Lucas Klein. New York: Fordham University Press, 2008.

Gadamer, Hans-Georg. *Truth and Method*. 2nd Rev. Edition. Trans. Joel Weinsheimer and Donald G. Marshall. London: Continuum, 2004.

Genette, Gérard. *Narrative Discourse: An Essay in Method*. Trans. Jane E. Lewin. Ithaca: Cornell University Press, 1980.

— *Paratexts: Thresholds of Interpretation*. Trans. Jane E. Lewin. Cambridge: Cambridge University Press, 1997.

— *Palimpsests: Literature in the Second Degree*. Trans. Channa Newman and Claude Doubinsky, Lincoln: University of Nebraska Press, 1997.

Goethe, Johann Wolfgang von. *The Poems of Goethe*. Trans. Edgar Alfred Bowring. London: John W. Parker and Son, 1853.

Greimas, Algirdas Julien and Jacques Fontanille. *The Semiotics of Passion: From States of Affairs to States of Feeling*. Trans. Paul Perron and Frank Collins. Minneapolis: University of Minnesota Press, 1993.

— *Sémiotique des passions: des états de choses aux états d'âme*. Paris: Seuil, 1991.

Greimas, Algirdas Julien and Joseph Courtés. *Semiotics and Language: An Analytical Dictionary*. Trans. Larry Crist et al. Bloomington: Indiana University Press, 1982.

Greimas, Algirdas Julien. *On Meaning: Selected Writings in Semiotic Theory*. Trans. Paul J. Perron and Frank H. Collins. Minneapolis: University of Minnesota Press, 1987.

— *Structural Semantics: An Attempt at a Method*. Trans. Daniele McDowell, Ronald Schleifer and Alan Velie. Lincoln: University of Nebraska Press, 1983.

Groupe μ. *Rhétorique générale*. Paris: Larousse, 1970.

— *A General Rhetoric*. Trans. Paul B. Burrell and Edgar M. Slotkin.

Baltimore: Johns Hopkins University Press, 1981.

Hendricks, William O. *Essays on Semiolinguistics and Verbal Art*. The Hague and Paris: Mouton, 1973.

Hermans, Theo. *Translation in Systems: Descriptive and System-oriented Approaches Explained*. Manchester: St. Jerome Publishing, 1999.

Hjelmslev, Louis. *Prolegomena to a Theory of Language*. Trans. Francis J. Whitfield, Madison: University of Wisconsin Press, 1961.

Hsüan-ying, Su. *The Lone Swan*. Trans. George Kin Leung. Shanghai: Commercial Press, 1924.

Hugo, Victor. *Les Misérables Tome Ⅲ*. Paris: Le Livre de Poche, 1972.

— *Les Misérables*. Trans. Charles Edwin Wilbour. New York: Carleton, 1863.

— *Les Misérables*. Trans. Isabel F. Hapgood. New York: Thomas Y. Crowell & Co. 1887. http://www.gutenberg.org/files/135/135-h/135-h.htm#link2H_4_0423.

Iser, Wolfgang. *The Act of Reading: A Theory of Aesthetic Response*. Baltimore: Johns Hopkins University Press, 1978.

Jakobson, Roman. *On Language*. Eds. Linda R. Waugh and Monique Monville-Burston. Cambridge: Harvard University Press, 1990.

— *Studies on Child Language and Aphasia*. The Hague: Mouton. 1971.

James Chandler. Ed. *The Cambridge History of English Romantic Literature*. Cambridge: Cambridge University Press, 2009.

Jauss, Hans Robert, and Wlad Godzich. *Aesthetic Experience and Literary Hermeneutics*. Vol. 3. Minneapolis: University of Minnesota Press, 1982.

Lacoue-Labarthe, Philippe, and Jean-Luc Nancy. *The Literary Absolute: The Theory of Literature in German Romanticism*. Albany: State University of New York Press, 1988.

Lakoff, George, and Mark Johnson. *Metaphors We Live By*. Chicago: University of Chicago Press, 1980.

— *More than Cool Reason: A Field Guide to Poetic Metaphor*. Chicago: University of Chicago Press, 1989.

Lefebvre, Henri. *The Production of Space*. Trans. Donald Nicholson-Smith. Oxford: Basil Blackwell, 1991.

Lotman, Juri M. *The Structure of the Artistic Text*. Trans. Gail Lenhoff and Ronald Vroon. Ann Arbor: University of Michigan, 1977.

Metz, Christian. *Le signifiant imaginaire: psychanalyse et cinéma*. Paris: Union générale d'éditions, 1977.

Morson, Gary Saul. Ed. *Bakhtin: Essays and Dialogues on His Work*. Chicago: University of Chicago Press, 1986.

Peirce, Charles Sanders. *The Essential Peirce: Selected Philosophical Writings*. Vol. 2(1893–1913). Ed. The Peirce Edition Project. Gen. ed. Nathan Houser. Bloomington: Indiana University Press, 1998.

Pu, Songling. *Strange Stories from a Chinese Studio*. Trans. Herbert A. Giles. London: T. De la Rue & co., 1880.

Saussure, Ferdinand de. *Cours de Linguistique Générale*. Paris: Payot. 1972;1997.

— *Course in General Linguistics*. Eds. Charles Bally, Albert Sechehaye and Albert Riedlinger. Trans. Wade Baskin. New York: McGraw-Hill, 1959.

— *Course in General Linguistics*. Eds. Charles Bally, Albert Sechehaye and Albert Riedlinger. Trans. Roy Harris. London: Duckworth, 1983.

Shelley, Percy Bysshe. *Posthumous Poems*. London: John and Henry L. Hunt, 1824.

— *The Complete Poetical Works of Percy Bysshe Shelley. Vol 3*. (Oxford Edition. Including Materials Never before Printed in Any Edition of the Poems. An Electronic Classics Series Publication.) Ed. Thomas Hutchinson. 1914. www2.hn.psu.edu/faculty/jmanis/shelley/shelley-3.pdf.

— *The Poetical Works of Percy Bysshe Shelley*. Ed. William Michael Rossetti. London: E. Moxon, son & Company, 1870.

Stockwell, Peter. *Cognitive Poetics: An Introduction*. London: Routledge, 2002.

Tang, Xianzu. *The Peony Pavilion*. Trans. Cyril Birch. Bloomington: Indiana University Press, 1980.

Toury, Gideon. *Descriptive Translation Studies-And Beyond*. Amsterdam & Philadelphia: John Benjamins, 1995.

Wang, David Der-wei. *Fin-de-siècle Splendor: Repressed Modernities of Late Qing Fiction*, 1849-1911. Stanford: Stanford University, 1997.

纪贯之等编著,佐伯梅友校注. 古今和歌集[M]. 东京:岩波书店,1958.

藤原定家等编,久松潜一、山崎敏夫、后藤重郎校注. 新古今和歌集[M]. 东京:岩波书店,1958.

藤原定家编,三木幸信、中川浩文评解. 评解小仓百人一首(新订版)[M]. 京都:京都书房,1976.

(二) 期刊、辑刊与文集论文

Bakhtin, Mikhail M. "Forms of Time and of the Chronotope in the Novel." *The Dialogic Imagination: Four Essays by M. M. Bakhtin*. Ed. Michael Holquist. Trans. Caryl Emerson and Michael Holquist. Austin: University of Texas Press, 1981. 84-258.

Chang, Han-liang. "Calendar and Aphorism: A Generic Study of Carolus Linnaeus' *Fundamenta Botanica* and *Philosophia Botanica*." *Languages of Science in the Eighteenth Century*. Ed. Britt-Louise Gunnarsson. Berlin and New York: Mouton de Gruyter. 267-282.

——"Mental Space Mapping in Classical Chinese Poetry: A Cognitive Approach". *Semblance and Signification*. Eds. Pascal Michelucci, Olga Fischer and Christina Ljungberg. Amsterdam: John Benjamins Publishing Company, 2011. 251-268.

Even-Zohar, Itamar. "Factors and Dependencies in Culture: A Revised Outline for Polysystem Culture Research." *Canadian Review of Comparative Literature* 24(1997): 15-34.

——"Polysystem Theory." *Poetics Today* 1.1-2(1979): 287-310.

——"Polysystem Studies." *Poetics Today* 11.1(1990): 1-268.

Fokkema, Douwe W. "Method and Programme of Comparative Literature." *Synthesis: The Romanian Journal of Comparative Literature* 1974(1): 1-12.

Foucault, Michel. "Of Other Spaces: Utopias and Heterotopias." Trans.

Jay Miskowiec. *Diacritics*. 16. 1(1986): 22 - 27.

Genette, Gérard. "The Proustian Paratexte." Trans. Amy G. McIntosh. *SubStance*. 17. 2, n°56(1988): 63 - 77.

Greimas, Algirdas Julien. "Pour une Théorie des Modalités." *Langages*, 10e année, n°43(1976): 90 - 107.

Hermans, Theo. "Translational Norms and Correct Translations." *Translation Studies: The State of the Art*. Eds. Kitty M. van Leuven-Zwart and Ton Naaijkens. Amsterdam: Rodopi, 1991. 155 - 169.

Jakobson, Roman. "Linguistics and Poetics." *Language in Literature*. Eds. Krystyna Pomorska and Stephen Rudy, Cambridge: Belknap-Harvard University Press, 1987. 62 - 94.

— "The Dominant." *Poetry of Grammar and Grammar of Poetry*. Vol. 3 of *Selected Writings*. 7 Vols. Ed. Stephen Rudy. The Hague: Mouton, 1981. 751 - 756.

— "Two Aspects of Language and Two Types of Aphasic Disturbances." *Language in Literature*. Eds. Krystyna Pomorska and Stephen Rudy, Cambridge: Belknap-Harvard University Press, 1987. 95 - 114.

Jaroslav Špirk, "Anton Popovič's Contribution to Translation Studies." *Target* 21. 1(2009): 3 - 29.

Langacker, Ronald W. "Introduction to Concept, Image and Symbol." *Cognitive Linguistics: Basic Readings*. Ed. Dirk Geeraerts. Berlin: Walter de Gruyter, 2006. 29 - 67.

Lotman, Juri M. "Primary and Secondary Communication Modeling Systems." *Soviet Semiotics: An Anthology*. Ed. Daniel P. Lucid. Baltimore: Johns Hopkins University Press, 1977. 95 - 98.

Petrilli, Susan. "Interpretive Trajectories in Translation Semiotics." *Semiotica* 163 - 1/4(2007): 311 - 345.

Phillips, Natalie A. "Claiming Her Own Context (s): Strategic Singularity in the Poetry of Toru Dutt." *Nineteenth-Century Gender Studies* 3. 3 (2007). http://ncgsjournal.com/issue33/phillips.htm

Popovič, Anton. "Aspects of Metatext." *Canadian Review of Comparative Literature / Revue Canadienne de Littérature Comparée* 3. 3(1976): 225 -

235. Sundaram, Susmita. "Translating India, Constructing Self: Konstantin Bal'Mont's India as Image and Ideal in Fin-de-siècle Russia." *Contexts, Subtexts and Pretexts: Literary Translation in Eastern Europe and Russia*. Ed. Brian James Baer. Amsterdam/Philadelphia: John Benjamins Publishing, 2011. 97 - 116.

Swiggers, Pierre. "A New Paradigm for Comparative Literature." *Poetics Today* 3.1(1982). 181 - 184.

Tang, Ke. "Reciprocal Signification and Reformulated Discourse in the Translation of *Ogura Hyakunin Isshu*." *GSTF Journal of Law and Social Sciences* 2.2(2013): 92 - 96.

Toury, Gideon. "The Nature and Role of Norms in Translation." *The Translation Studies Reader*. Ed. Lawrence Venuti. London & New York: Routledge, 2000. 198 - 211.

Uexküll, Jakob von. "An Introduction to Umwelt."*Semiotica* 134 - 1/4 (2001): 107 - 110.

(三) 工具书

OED Online. Oxford University Press, December 2014. Web. 12 December 2014.

OED Online. Oxford University Press, March 2014. Web. 3 April 2014.

主要术语对照表

笔者按：本表所列术语的中文译名均表示该词、词组在本书中相关语境下的特定意义。根据术语使用的不同语境，尤其是考虑到与同一场合其他语汇的对应性或一致性，一些术语酌情译为多个中文名称。

actant　动元角色、动元
actor　行动者
actualized　现实化的
antithesis　相反对比
apostrophe　顿呼
architext　原型文本、始源文本
argument　论证符号（普尔斯）
articulation　分合
aspectualization　体化
aspect　面向、方面
auto-communication　自我交流、自我交际
autopoiesis　自体生成
blended space　合成空间
classeme　类义素
code　代码、语码、符码
comparatum　比较体
competence　言中能力（格雷马斯）
conceptual blending　概念合成
conceptual metaphor　概念隐喻

connotation　内涵
connotator　内涵符征
content　内容
context　语境
decode　解码
deixis　指称词
denotation　外延
deontic modality　义务模态
dicisign　命题符号
discours　话语、言谈
domain space　领属空间
dysphoria　失意、忧虑
ecriture　笔体
emergent structure　新创结构
encode　编码
epitext　外文本
euphoria　适意、欣快
expression　表达
faculté　机能、能力
form　形式

functive　功能子
generic space　类属空间、普遍空间
genre　文类
genus universum　元文类
grammar　语法
heterotopia　异托邦
histoire　故事
hypertext　高级文本
hypotext　下级文本、初级文本
hypothetical space　假想空间
ideal reader　理想读者
idiolect　个人私语
indexical sign　索引符号
interlingual translation　语际翻译
interpretant sign　符解符号
interpretant　符解
intersemiotic translation　符际翻译
intralingual translation　语内翻译
junction　接合、连结
landmark　地标
langage　语言活动、语言
langue　语言
legisign　律则符号
mental space　心智空间
message　信息
meta-language　后设语言
metalogism　逻辑变换、逻辑辞格
metaplasm　语形变换、语形辞格
metasememe　义素变换、语义辞格
metatax　句法变换、句法辞格
metatext　后设文本
modality　模态
énonciation，enunciation　言说
norm　规范、常规
object language　对象语言

object　符物
oxymoron　矛盾形容法
paratext　副文本
parole　言语
paronomasia　文字游戏
pathemic role　情感角色
performance　言中行为（格雷马斯）
peritext　围绕文本
phenomenon of ethos　情感现象
poetic function　诗性功能
poetic indexicality　诗性索引
potentialized　潜在化的
primary modeling system　初度模式系统
prototext　原初文本、前文本
pseudotranslation　虚假翻译、伪译
purport　心智材料
referential function　指示功能
repertoire　经典曲目
representamen　符表
rheme　述位符号
scheme　图式
secondary modeling system　二度模式系统
semantic pragmatics　语义语用学
sememe　义子
seme　义素
semiolinguistics　语言符号学
semiosis　表意活动、表意过程
sensitization　感化
sign-function　符号功能
signifiant　符征
signification　表意
signifié　符旨
simulacra　拟象

sociolect　社会公语、社团公语
space space　空间空间
speech　言语
style　文体
subcode　亚级语码
substance　实质
symbolic sign　象征符号
synaesthesia　通感
syntax　句法
textuality　文本性
thematic role　主题角色
thymic category　情感范畴
time space　时间空间
topological semiotics　地志符号学
trajector　射体
transtextuality　跨文本性
virtualized　虚拟化的
Weltliteratur　世界文学
Wirkungsgeschichte　效果历史

后 记

还记得博士三年级的时候,梳理过苏子谷译的英诗法国小说印度诗和他自作的《燕子龛随笔》,偶然见野史载伊临终留下两句:"一切有情,都无挂碍。"这位英年早逝的僧人、文人并非人生赢家或时代楷模,他曾想做荆轲又纠结人世间,他心念苍生,乱世投佛,亦难断尘缘。他的笔下一面是春雨楼头尺八箫,一面是海天龙战血玄黄,他推崇异域诗人悲愤激昂的天鹅之歌,亦从故国文化典藏中获得精神深处的共鸣,最好夜深潮水满,橹声摇月到柴门。他生在"国家不幸诗家幸"的时代,又是一位倾力推动东西文化沟通的"行者"。这样一个复杂有趣的人,便是本书的主角。

这本书中同样充满传奇色彩的大人物是罗曼·雅各布森,他是本书方法论的主要贡献者之一。中学时代的雅各布森已决定将语言与诗作为未来的研究对象,年少的他曾饱读诺瓦利斯、赫列勃尼科夫、马雅可夫斯基、帕斯捷尔纳克,也许正是这样的经历让他的视野超出了"普通"语言的研究之外。这位莫斯科语言学小组、布拉格学派的主创者在二战时穿越欧洲大陆一路辗转逃到美国,再树新帜,如果他没能和恩斯特·卡西尔一起登上去往纽约的货船,那就不会有 1958 年的纲领陈辞,西方文论史就要重写了,如此惊心动魄的历史造就了不可复制的传世经典。

下图这本《拜伦诗作》,是一百多年前陈衡哲先生在瓦萨学院

(Vassar College)的老师送给她的,后来她转赠予林同济先生,林先生后将此书送给了复旦外文学院资料室,于是我在写苏曼殊翻译一章时,因查阅拜伦诗歌而遇到了它。那一刻,我感到书是有生命的,载着不同的灵魂活在时空里。

在这本小书从起笔到即将付梓的这几年,有四位影响了几代学人的大学者——韩南教授(Patrick Hanan,1927—2014)、多勒泽尔教授(Lubomír Doležel,1922—2017)、托多洛夫教授(Tzvetan Todorov,1939—2017)、热奈特教授(Gérard Genette,1930—2018)相继作古,他们的著述是我求学与治学的路上不可替代的指引。化用维特根斯坦《逻辑哲学论》6.4311中的话,他们的生命是没有止境的,正如他们的视野无穷尽一样。

《跨文化的行者苏曼殊》这本小书由我的博士论文修订而成,由这本小书展开的无比充实富有意义的学术历程和生命旅程,而今我还在继续走着。这本小书是在恩师张汉良先生的鞭策和指导下完成的。面对语言符号学体大思精的理论体系,我从普尔斯、索绪尔的原典开始学步,从山脚开始攀登,到现在也只是走了几小步,而一览众山小的张老师无数次为在论证过程中遭遇困顿

后 记

或瓶颈的我指点迷津,又总是一针见血地指出我的错误漏洞让我痛改前非,令我常想起三千多年前摩西引领着以色列人穿越红海,让我感到求真知之道,仰之弥高,钻之弥坚,瞻之在前,忽焉在后;感到路漫漫其修远兮,吾唯上下而求索;感到自己还远远不具备融会贯通的学养,然而挑战艰难的过程是如此充实有意义。导师还多次拨冗邀请蔡秀枝教授、齐隆壬教授等前辈师长来复旦讲学座谈,听他们娓娓讲述在符号学领域的治学体会,我也更深刻地了解了导师的良苦用心。没有张师的谆谆教诲和严格要求,这本小书不可能完成。亦是学界前辈的师母也在我们开题答辩和多次学术活动时亲自前来为我们加油打气。如今导师已是从心所欲不逾矩的高龄,却仍孜孜不倦地开辟新的学术热土,师母在返台前曾长期义务地为上海的农民工子女辅导英文。二位先生不仅是我在学术道路上幸甚得遇的引路者,也是我的人生导师。

感谢母校的人文气象和气魄塑造了现在的我。比较文学学科较本系其他学科更为严格的培养体系、光华人文基金讲座的星云灿烂、高研院的"席明纳"、哲院的 Sophia 人文节,一切历历在目。感谢比较文学与世界文学教研室的杨乃乔教授、周荣胜教授、戴从容教授、白钢教授、梁永安教授,无论硕博期间修读课程、博士论文各个考核环节,还是中文系研究生学术报告会、上海市比较文学年会、上海市比较文学博士生论坛,几位老师都对我提出了许多宝贵意见。他们指引我探索更广大而多元的学术天地,通过文学去发现和表达生命之诗意,且凝思与反思我们生活的世界,让我逐渐深入地意识和体会到作为一个比较文学专业的学生、研究者的自我觉悟和应当追求的方向。

感谢我的硕士导师陆扬教授,最初使我坚定地申请直研复旦中文系文艺学专业的就是他的著作《文化研究导论》和译著《重构美学》,陆老师以精炼晓畅的语言阐发文艺美学与文化研究之要旨,让艰深繁难的理论变得不再晦涩。读研期间,陆老师一直鼓励我独立地思考和以自己的兴趣所至深入地研究。感谢普林斯顿大学比较文学系布鲁克斯(Peter Brooks)教授,面对一个大洋彼岸素昧平生的毛头小辈毛遂自荐的贸然来信,布鲁克斯教授愿意信任并推荐我进入普林斯顿大学比较文学系访学,让我有幸进入世界顶尖的学术殿堂学习,了解西方学界最前沿的研究动向、学术成果和知识之海的星河璀璨,让我真正感受到吾生有涯知也无涯,也更加坚定了我的学术理想和信念。布鲁克斯教授的多部著作和他的研究生课程尤其惠予我在探讨苏曼殊小说叙事学部分的灵感启迪。

因为苏曼殊的创作、翻译与中国古代文学、中国近现代文学、英国文学、法国文学、佛教文化、印度教文化等都关联密切,我在写作中时感目力有限,只好屡次叨扰求教师长前辈。感谢陈引驰教授、铃木阳一教授、村井宽志教授、金雯教授、倪伟教授、黄轶教授、侯体健教授、林晓光教授多年来在不同学术领域的拨冗指点,感谢复旦外文学院资料室的陈老师在我查阅原版书籍时的热心相助,惠予我前行路上的温暖动力。幸得友直,友谅,友多闻,一道分享、见证和经历学业与生活的山长水阔,虽世界广大,"相逢的人会再相逢"。感谢我的家人,是你们赋予我生命的意义,赋予我去守护和创造它们的力量。

感谢上海外国语大学英语学院的领导与同事,让我有幸融入这个温暖的大家庭,让我能够继续坚持对学术的初心,感谢科研处的学术出版项目对本书出版的资助。复旦大学出版社责任编辑宋启立老师为本书的出版付出大量心血,铭感至深。这本小书是一段求学生涯的小结,其中许多问题的探讨才刚刚开始。溯洄从之,道阻且长。溯游从之,宛在水中央。

2019年仲夏于沪上

图书在版编目(CIP)数据

跨文化的行者苏曼殊:一种语言符号学探索/唐珂著.—上海:复旦大学出版社,2019.11
ISBN 978-7-309-14498-7

Ⅰ.①跨… Ⅱ.①唐… Ⅲ.①苏曼殊(1884-1918)-文学研究 Ⅳ.①I206.6

中国版本图书馆 CIP 数据核字(2019)第 155648 号

跨文化的行者苏曼殊——一种语言符号学探索
唐 珂 著
责任编辑/宋启立 刘苏瑶

复旦大学出版社有限公司出版发行
上海市国权路 579 号 邮编:200433
网址:fupnet@fudanpress.com http://www.fudanpress.com
门市零售:86-21-65642857 团体订购:86-21-65118853
外埠邮购:86-21-65109143
上海崇明裕安印刷厂

开本 890×1240 1/32 印张 9.75 字数 224 千
2019 年 11 月第 1 版第 1 次印刷

ISBN 978-7-309-14498-7/I·1175
定价:48.00 元

如有印装质量问题,请向复旦大学出版社有限公司发行部调换。
版权所有 侵权必究